BASTEI
LÜBBE

Von Willy Breinholst sind bei Bastei Lübbe lieferbar:

60 024 Hallo, hier bin ich!
12 269 Hallo, hier bin ich! Band 2
60 039 Hallo, Mama! Hallo, Papa!
60 044 Hallo, Herr Doktor!
60 059 Guck mal, Mami! Guck mal, Papi!
60 063 Mama ist die Beste der Welt
10 742 Die schönsten Geschichten für junge Eltern
14 677 Hallo – lach mal wieder!
14 764 Hallo, ich bin Vater geworden!
14 934 Hallo Liebling, hier bin ich!
15 064 Nur heiter kommt man weiter
15 153 Ohne Liebe geht es nicht
15419 Keine Bange – man lebt nur einmal

Über den Autor:

Der Däne Willy Breinholst ist wohl der meistgelesene Humorist der Welt. Seine Bücher erschienen in mehr als 100 Ländern und erreichten eine Gesamtauflage von mehr als 65 Millionen. Willy Breinholsts Lieblingsthema ist das menschliche Miteinander in der Familie, in Freizeit und Beruf. Sein Erfolg beweist, dass die Menschen auf der ganzen Welt von denselben Kümmernissen geplagt und von denselben Freuden erheitert werden.

Willy Breinholst

Wie wär's mit einem Lächeln?

Die besten Geschichten vom Weltmeister des Humors

Mit 100 Illustrationen von Chris ausgewählt vom Autor

BASTEI LÜBBE

BASTEI LÜBBE TASCHENBUCH
Band 15489

Erste Auflage: Mai 2006

Vollständige Taschenbuchausgabe

Bastei Lübbe Taschenbücher in der Verlagsgruppe Lübbe

Originalausgabe

Herausgeber: Verlagsgruppe Lübbe GmbH & Co. KG,
Bergisch Gladbach
Umschlaggestaltung: Gisela Kullowatz
Satz: hanseatenSatz-bremen, Bremen
Druck und Verarbeitung: Ebner & Spiegel, Ulm
Printed in Germany
ISBN-13: 978-3-404-15489-0 (ab 01.01.2007)
ISBN-10: 3-404-15489-4

Sie finden uns im Internet unter
www.luebbe.de

Der Preis dieses Bandes versteht sich einschließlich
der gesetzlichen Mehrwertsteuer.

Inhaltsverzeichnis

Der Mann, der aus der Kälte kam

Harry warf einen Blick auf die elektrische Uhr über der Musikbox. Es war fast Mitternacht. Noch eine Stunde, dann konnte er schließen. Eigentlich hätte er jetzt schon Feierabend machen können. Gäste waren keine da, und um diese Zeit und bei diesem Wetter waren auch keine mehr zu erwarten. Das Motel war abgelegen, und die wenigen Gäste, die heute hier übernachteten, hatten sich längst zurückgezogen.

Er trocknete die letzten Gläser ab und stellte sie auf das Bord hinter dem Tresen. Dann sah er aus dem Fenster in den kalten Regen hinaus, der gegen die Scheiben trommelte. Ein bisschen unheimlich war es schon, hier so mutterseelenallein zu sein.

Er hatte eben erst von einem entflohenen Sträfling gelesen, der eiskalt einen Tankwart niedergeschossen hatte und dessen Fluchtweg in Harrys Richtung wies. Man konnte nie wissen …

Doch da öffnete sich die Tür, und Harry konnte seinen trüben Gedankengang nicht weiterspinnen. Ein kleiner, gedrungener Mann mit Stoppelbart, den schwarzen Filzhut tief in die Stirn gezogen, kam aus der Kälte herein. Er schüttelte die Regentropfen ab und trat, sich nervös nach allen Seiten umblickend, an die Theke. Er bestellte einen Whisky.

»Sind Sie allein?« Beim Ton seiner Stimme überlief es Harry kalt.

»Ich? Nein, wir, wir sind zu dritt. Die anderen beiden kommen gleich wieder«, schwindelte er.

»Wo ist das Telefon?«

Harry deutete auf die Telefonzelle in der Ecke. Der Fremde setzte sich an einen Tisch neben der Musikbox und drehte seinen Stuhl so, dass er den Eingang im Auge behalten konnte. Er drückte eine Zigarette aus, die er gerade erst angezündet hatte, zündete sich eine neue an, nahm einen Zug und drückte sie wieder aus. Harry griff so unauffällig wie möglich nach der Zeitung und blätterte so lange, bis er eine Beschreibung des entflohenen Tankwartmörders gefunden hatte. Kräftig gebaut, dunkelhaarig, klein, khakifarbener Mantel, dunkler Filzhut. Die Beschreibung passte haargenau. Harry merkte, wie ihm das Blut in den Kopf stieg, und sein Herz klopfte so laut, dass er meinte, man müsste es hören. Was sollte er tun? Hilfe holen? Aber wie? Das Telefon … Er sah auf … und merkte, dass der Fremde ihn scharf beobachtete, als hätte er Harrys Absicht erraten.

»Noch einen Whisky, Mister, einen doppelten. Und was zu rauchen.«

Harry beeilte sich, die Bestellung auszuführen. Dann nahm er seinen ganzen Mut zusammen und ging zur Telefonzelle hinüber. Er legte die Hand auf die Klinke.

»Hände weg vom Telefon«, fuhr der Fremde ihn an. »Ich erwarte einen Anruf.«

Harry sah, dass der Fremde die rechte Hand in die Tasche seines khakifarbenen Mantels gesteckt hatte. Von seiner nicht unbeträchtlichen Kenntnis einschlägiger Krimis her wusste er nur zu gut, was das bedeutete. Sein Leben war ihm viel zu kostbar, um sich in

Dinge einzumischen, die ihn nichts angingen. Eilig begab er sich wieder hinter den Tresen.

Der Fremde stand auf und begann erregt im Gastraum hin und her zu laufen. Er warf ein Geldstück in die Musikbox. Lauter Beat fetzte durch den Raum. Er stellte den Apparat wieder ab, trat seine Zigarette aus, ging zur Tür, öffnete sie einen Spaltbreit und blickte in die Dunkelheit hinaus. Dann nahm er sein Glas, ging damit zum Tresen und knallte es auf die Theke.

»Noch einmal dasselbe«, forderte er.

Harry griff nach der Flasche.

»Trostloser Schuppen hier«, knurrte der Fremde und griff nach der Zeitung mit dem Artikel über den Tankstellenmord. Er überflog ihn, dann fragte er in einem Ton, der Harry durch Mark und Bein ging:

»Was wurden Sie machen, Mister, wenn so ein Typ plötzlich hier auftauchen, Ihnen eine Kanone an die Birne halten und Bares verlangen würde?«

Harry brachte kein Wort heraus. Er schrumpfte um sechs Zentimeter und musste sich Mühe geben, beim Einschenken nicht alles zu verschütten. Der Fremde packte ihn am Kragen und zog sein Gesicht zu sich heran.

»Ein großer Redner, scheinen Sie nicht zu sein. Ich hab Sie gefragt, was …« Aber weiter kam er nicht. Das Telefon läutete. Mit einem Satz war er in der Zelle und hatte die Tür hinter sich zugeschlagen. Er führte ein kurzes Gespräch. Als er wieder herauskam, hatte sich ein Strahlen auf seinem stoppeligen Gesicht ausgebreitet.

»Die nächste Runde geht an mich«, sagte er glücklich. »Das war das Krankenhaus. Es ist ein Sohn. Ich bin vom Morddezernat. Wir jagen den Tankstellenmörder, und der Chef wird sauer sein, wenn er erfährt, dass ich hier Station gemacht habe. Aber ich hatte gesagt, dass ich heute Abend zwischen elf und zwölf in Ihrem Motel sein würde, dort sollte man mich benachrichtigen. Ein Sohn, Mister. Achteinhalb Pfund, ein strammer Kerl. Es ist das sechste Mal dass ich Vater werde, meine ich. Aber an so was gewöhnt man sich einfach nicht. Ich bin jedes Mal total runter mit den Nerven.«

Man kann viel über Blumen sagen …

Man kann viel über Blumen sagen, und es ist eine gute Idee, es mit Blumen zu sagen … allerdings ist es auch eine verdammt teure Art, sich zu unterhalten! Man denke nur, wie wenig man heutzutage für einen Hunderter sagen kann. Aber wenn Sie Ihre Frau glücklich machen wollen, dann versichern Sie sich, dass Sie immer einen großen Blumenstrauß in der Hand haben, wenn Sie wieder einmal so spät und so betrunken nach Hause kommen, dass Sie Schwierigkeiten haben, die richtige Eingangstür zu Ihrem Schlüssel zu finden!

Ich persönlich würde Marian nicht so oft Blumen schenken, wenn sie nicht so eine charmante Persönlichkeit hätte. Mich nämlich!

Sie hält nicht viel von meinem Interesse an der Pflanzenwelt, aber in der Öffentlichkeit verteidigt sie mich dann doch. Kürzlich hörte ich sie sagen: »Wenn Sie denken, dass mein Mann sich nicht für Pflanzen interessiert, haben Sie ihn noch nie vom Cremespinat seiner Mutter schwärmen gehört!«

Ich muss jedoch hinzufügen, dass sich mein Interesse nicht bis zu den Blumenbeeten ausdehnt. Wie mein Nachbar unlängst sagte: »Also hören Sie einmal, so werden Sie den Löwenzahn doch nicht los! Sie rupfen ja nur die Stängel und die Blätter aus und lassen die Wurzeln in der Erde. In einer Woche haben Sie wieder welche!«

»Ich weiß, dass ich sie so nicht loswerde«, erwiderte ich, »aber zumindest werden sie sich miserabel fühlen!«

Dieses Desinteresse muss in der Familie liegen. Als ich mit dem kleinen Jacob in den Zoo ging und er einen Hahn sah, rief er begeistert: »Schau, Opa! Da ist ein Huhn mit Blumen am Rücken!«

Die Rose bezeichnet man zurecht als die schönste aller Blumen. Aber ein Strauß Rosen beeindruckt einen Mann dennoch nicht so sehr wie eine Frau. Das sollte man sich vor Augen halten, bevor man etwas mit Blumen sagt! Der erste Strauß Rosen hat auf eine Frau die gleiche Wirkung wie der erste Schluck Whisky auf einen Mann!

Eigentlich sind Rosen nie ein Geschenk ... sie sind Bestechung! Man wird kaum eine Frau finden, die, wenn sie einen Strauß dunkelroter Rosen bekommt, nicht so geschmeichelt wäre, dass sie sich nicht zu etwas sehr Unmoralischem hinreißen ließe!

Weiterhin ist zu beachten, dass eine Frau, wenn Sie mit einem Strauß Rosen zu ihr kommen und sagen: »Diese Rosen sind für dich, weil ich dich liebe«, sie Sie skeptisch anschauen und nicht wissen wird, was sie davon halten soll. Wenn Sie ihr aber die Rosen geben und gleichzeitig ihre weiche, kleine Hand in die Ihre nehmen, ihr tief in die Augen schauen und leidenschaftlich sagen: »Diese Rosen sind für dich, weil du das wunderbarste Geschöpf dieser Welt bist!«, dann wird sie keine Sekunde daran zweifeln, dass Sie die Wahrheit sagen!

Wenn Ihnen Ihre Frau eines Tages erzählt, dass sie von einem Verehrer Rosen bekommen hat, müssen Sie nichts unternehmen, da nichts zu befürchten ist. Erzählt sie es Ihnen nicht, müssen Sie auch nichts tun, da es sowieso schon zu spät ist!

Denken Sie auch daran, dass die vernachlässigte Frau, die das erste Mal in ihrem Leben Rosen bekommt, ihren Verehrer so schätzen wird wie ein Hund einen Rindsknochen!

Ja, es wird immer etwas geben, was man einer Frau schenken kann, solange noch eine Rose auf Erden zu finden ist. Für mich ist eine schöne Frau ohne eine Rose im Haar oder am Ausschnitt wie ein Schloss ohne Möbel!

Vergesst nicht, ihr Ehemänner, die Frauen wollen nicht nur am Muttertag Blumen bekommen. Sie freuen sich das ganze Jahr über Blumen. Deshalb ist es nett, wenn man sich hin und wieder eine ins Knopfloch steckt!

Da wir gerade beim Muttertag sind: Es ist eine Tatsache, dass es ebenso schwer ist, einen Muttertag zu überstehen, ohne zur Blumenhandlung zu pilgern, wie einem Hahn einen Sonnenaufgang zu verheimlichen!

Aber Vorsicht beim Blumenkauf. Es ist weniger gefährlich, sich einen ausgehungerten Tiger zum Feind zu machen oder eine Leopardenmutter am Schwanz zu ziehen, als Ihre Frau, wenn Sie sie auf der Straße treffen, merken zu lassen, dass die Blumen in Ihrer Hand für eine andere bestimmt sind!

Oder, wie es ein Mann einmal ausgedrückt hat: »Die letzte Nacht habe ich mit einem Mädchen verbracht, die so wundervoll war, dass ich nicht vergessen darf, meiner Frau heute einen Blumenstrauß mitzubringen!«

Blumen haben auch poetische Qualitäten, wie das Beispiel des Mannes zeigt, der ein junges Mädchen traf und sagte: »Komm mit mir. Lass uns im Wald Veilchen pflücken.« Sie gingen also in den Wald, trafen dort aber so viele andere Leute, dass sie tatsächlich nur Blumen pflücken konnten!

Ja, wirklich, man kann viel mit Blumen ausdrücken, wenngleich man immer noch mehr mit dem Mund sagen kann. Und noch mehr kann man mit den Händen sagen, da man schließlich zwei davon hat!

Das Leben ist ein Bett voll mit Rosen, es ist nur schade, dass sie so viele Dornen haben!

Trotzdem sollten Sie Ihr ganzes Leben verschwenderisch in Bezug auf Blumen sein ... dann wird sogar der Florist an Ihrem Grab weinen!

CHRIS

»Ich liebe dich, Yvette!«

Nachdem Fernand Fouvet sorgfältig alle Lippenstiftspuren vom Weinglas abgewischt und alle rot gefleckten Zigarettenkippen zusammen mit einem durchdringend nach Shalimar duftenden Taschentuch ins Kaminfeuer geworfen hatte, glaubte er, sämtliche Spuren seiner Besucherin beseitigt zu haben. Er strich die Seidenkissen auf dem brokatbezogenen Louis-Seize-Sofa glatt, warf einen Blick auf die Sèvres-Uhr auf dem Kaminsims und stellte die kleine Limoges-Lampe auf den ovalen Tisch zurück. In wenigen Minuten musste seine Frau Lisette hier sein. Fernands dunkle, unergründliche Augen glühten befriedigt, und ein feines, triumphierendes Lächeln spielte um seine Mundwinkel unter dem schwarzen, dünnen Schnurrbart.

Alles war wieder in Ordnung und an seinem Platz. Es war das perfekte Verbrechen; besser gesagt, der vollkommene Seitensprung. So vollkommen, wie eine Liebesaffäre in Paris nur sein kann, der Stadt der Wollust und der Untreue. Ihr Name war Yvette. Er liebte sie. Sie war so französisch, wie ein französisches Topmodell nur sein kann. Schon die Art, wie diese Frau von Welt in ihren Chinchilla-Mantel glitt … oh là là!

»Ich liebe dich, Yvette!«

Fernand Fouvet fuhr herum. Woher war die Stimme gekommen? Sie kam ihm bekannt vor. Dieses heisere, schrille, unverschämt durchdringende Gekrächz hatte er schon irgendwo gehört. Wer hatte den viel sagenden Satz hinausposaunt? Der Papagei natürlich! Es musste der Papagei gewesen sein, dieser widerliche, aufgeplusterte, verräterische Vogel.

»Ich liebe dich, Yvette!«

Fernand durchfuhr es heiß und kalt – und dann wieder heiß.

»Que diable!«, fluchte er. Dann trat er ganz nahe an den vergoldeten Käfig heran und drohte dem Papagei wütend mit der Faust.

»Wenn du nicht sofort deinen gottverdammten Schnabel hältst, du Mistvieh, weißt du, was ich dann mit dir mache? Ich dreh dir siebenmal den Hals um! *Prends garde!*«

Der Papagei starrte in sein zorngerötetes Gesicht, ohne auch nur mit der Wimper zu zucken.

»Ich liebe dich, Yvette!«, kreischte er.

Eine Weile wusste Fernand nicht, was er tun sollte. Dann kam ihm der rettende Einfall. Er rannte in die Küche, brachte die Zuckerdose mit, nahm eine Hand voll Würfelzucker heraus und bot sie dem Papagei an.

»Pass auf«, schmeichelte er. »Die sind für dich, damit du still bleibst. Einverstanden?«

»Oui, monsieur!«, versprach der Papagei und knabberte an den Zuckerstückchen.

Da klingelte es an der Tür.

Sekundenlang trat jener nervöse Blick in Fernands Augen, den alle Ehemänner in Paris bekommen, wenn ihr Gewissen so finster wie der Kerker der Bastille ist. Dann riss er sich zusammen, rückte die teure Krawatte zurecht und ging, um die Tür zu öffnen. Draußen stand Lisette.

Sie hängte ihren Pelzmantel an die Flurgarderobe.

»Hast du dich sehr gelangweilt, mein Schatz?«, erkundigte sie sich beiläufig.

»Gelangweilt?« Fernand vermied es, ihr in die Augen zu sehen. »Ach nein, fast gar nicht. Ich hab ein bisschen gelesen, ferngesehen, und dann, ehrlich gesagt – bin ich eingeschlafen.«

Nervös blickte er sich nach dem Papageienkäfig um. Das Vieh hatte schon allen Zucker verputzt.

»Ich … ich liebe dich …«, begann er zu krächzen!

Wie der Blitz war Fernand bei ihm, holte noch ein paar Zuckerstückchen aus der Tasche und fütterte den Papagei damit, bis er verstummte.

Lisette betrat die Küche.

»Ich dachte, wir hätten uns geeinigt«, zischte Fernand und steckte die Nase durchs Gitter. »Jetzt pass mal gut auf. Wenn du heute Abend noch einmal den Schnabel aufmachst, geht's dir an den Kragen. Dann rupf ich dir die Schwanzfedern aus und werf dich in den Suppentopf! Hast du kapiert?«

»Ich liebe dich, Yvette«, schrie der Papagei überschwänglich. Offenbar hatte er den Ernst der Lage noch nicht begriffen. Oder *wollte* er nicht verstehen?

Fernand drehte das Radio an und sang eine Melodie so laut mit, dass Lisette den grässlichen, großmäuligen Vogel in der Küche nicht hören konnte.

»Sst! Ssssst! Ich hab nur einen Witz gemacht. Natürlich koche ich keine Suppe aus dir. Ich denke nicht im Traum daran, auch nur eine deiner entzückenden Schwanzfedern zu knicken. Hab Vertrauen zu mir … und hier! Na, will das süße kleine Vögelchen noch etwas Zucker? Also bitte … hier … und jetzt benimm dich bitte für den Rest des Abends, okay?«

»Oui, monsieur!«, bekräftigte der Papagei, und diesmal klang es, als meinte er es auch.

Am folgenden Abend fand Fernand eine Ausrede, um sich zu verdrücken.

»Geschäftsessen«, erklärte er Lisette. »Ein sehr wichtiges Geschäftsessen, das ich leider nicht absagen kann. Es ist dringend, da die Firma ja weiter expandieren soll ... Vielleicht komme ich erst sehr spät nach Hause, du brauchst also nicht auf mich zu warten, mein Schatz.«

Dann gab er Lisette einen kleinen Kuss auf die Wange und ging. Eine halbe Stunde später traf er sich mit Yvette im Caprice Viennois. Hinterher gingen sie in ihr schönes, luxuriöses Apartment auf dem Boulevard St.-Michel, wo es noch gemütlicher wurde.

»Du hattest Recht«, begrüßte ihn Lisette, als er endlich heimkehrte. »Es ist wirklich sehr spät geworden.«

»Ja«, gestand Fernand ein und wich ihrem Blick aus, »aber du weißt ja, wie wichtig diese hochrangigen Geschäftsbeziehungen für mich sind. Wenn es um Grundsatzentscheidungen geht, kommt man leider nicht immer so schnell zum Schluss, wie man möchte.«

Er trat an die Hausbar, um sich einen Gutenachtdrink einzuschenken.

Der Papagei hüpfte aufgeregt in seinem Käfig auf und ab, sodass dieser über dem Louis-Seize-Sofa hin und her pendelte.

»Ich – ich liebe ...«, begann er in laut kreischendem, heiserem Ton.

Verzweifelt kramte Fernand in seinen Taschen nach einem Zuckerstückchen, aber noch bevor er den Käfig erreichte, war der Papagei schon verstummt und mampfte ungerührt seinen Zucker.

Lisette hatte ihn schon versorgt.

Der wunderschönen Kunigunde

Ein neuer Schmied beehrte die Region mit seiner Anwesenheit. Meister Albrian wurde er genannt, und ihm wurde nachgesagt, ungewöhnlich geschickt in seinem Handwerk zu sein. Er war kräftig gebaut, von eher dunklem Teint und wirkte recht finster. Um seinen Hals trug er stets einen schweren Eisenring, an dem Schlösser und Schlüssel für Truhen und Behältnisse befestigt waren.

Ritter Svante benötigte schon seit langem eine neue Rüstung, da seine alte im Sitz durch jahrelangen Dauergebrauch ziemlich abgewetzt war. Eines Tages ritt er hinunter zu Meister Albrian, um von dem zu erfahren, wie viele Silberstücke er für die Anfertigung einer nagelneuen, handgeschmiedeten, hochmodischen Rüstung verlange – einen Harnisch mit Schößchen, rundem Ausschnitt, Beinschienen mit Taschen und allem, was der neusten Mode entsprach.

Meister Albrian legte den Blasebalg beiseite, wischte sich den Schweiß von der Stirn und kramte einen schmuddeligen französischen Rüstungskatalog aus der verriegelten Schublade seines Werkstatttisches hervor. Ritter Svante blätterte ihn bedächtig durch und zeigte dann auf eines der Modelle.

»Die könnte mir gefallen«, sagte er.

RUM.
JAMAICA

»Wünscht Ihr sie mit Armschienen und Kniescharnieren? Das ist der neuste Schrei.«

»Ich möchte genau dieses Modell«, beharrte Ritter Svante.

»Benötigt Ihr sie aus einem bestimmten Anlass, zu einem bestimmten Zeitpunkt?«

»Ja, in der Tat. Unter uns gesagt habe ich vor, der wunderschönen Kunigunde einen Heiratsantrag zu machen.«

Meister Albrian stieß einen leisen, anerkennenden Pfiff aus.

»Dieser Rüstung kann keine Jungfrau widerstehen, Ritter Svante. Mit Sicherheit erringt Ihr Herz und Hand der Schönen, wenn Ihr ...«

Svante fiel ihm ins Wort: »Habt Ihr dieses französische Modell schon einmal geschmiedet? Für einen anderen Ritter, meine ich ...«

Meister Albrian wandte den Blick ab. »Selbstverständlich nicht«, murmelte er und begann emsig sein Feuer zu schüren.

»Also gut. Dann fertigt sie für mich an.«

»Sehr wohl. Ihr könnt am Sonnabend zu einer ersten Anprobe kommen. Die Rüstung kostet zwanzig Silberstücke. Über den Preis lasse ich nicht mit mir handeln, das gute Stück wird schließlich von allerfeinster Qualität sein.«

Am Sonnabend ritt Ritter Svante zur Anprobe. Voller Vorfreude legte er die Rüstung an, sie passte wie angegossen.

»Es ist erst geheftet, Herr«, erklärte Meister Albrian, den Mund voller Eisennadeln. »Doch heute Nachmittag wird alles gehärtet, gelötet und geschweißt, damit die Rüstung morgen fertig ist. Wie wäre es mit einem Paar passender Eisenschuhe mit aufragenden Spitzen? Das ist im Moment der dernier cri der Fußbekleidung. Und hättet Ihr die Ellbogen lieber mit oder ohne Lochstickerei?«

»Alles soll genau so wie im Katalog sein.«

Ritter Svante betrachtete sich in einem winzigen Spiegel, den Albrian für ihn hochhielt. Er war sehr zufrieden.

»Nicht übel«, meinte er. »Aber zwanzig Silberstücke sind ein recht hoher Preis. Können wir nicht doch ein bisschen handeln?«

Meister Albrian schüttelte störrisch den Kopf.

Am Sonntagmorgen war die Rüstung fertig, und Ritter Svante platzte fast vor Stolz, als ihm Meister Albrian anschließend auf sein weißes Pferd half.

»Jetzt werde ich unverzüglich zu Kunigunde reiten und ihr einen Heiratsantrag machen«, verkündete er aufgeregt.

»Viel Glück«, sagte Meister Albrian, reichte ihm die Beinschienen und ein Fläschchen mit Öl, falls Ritter Svante gezwungen sein sollte, vor seiner Angebeteten auf die Knie zu fallen. Der Schmied steckte die zwanzig Silberstücke ein, und der Ritter ritt von dannen.

Auf der Straße direkt unterhalb des Schlosses, in dem Kunigunde wohnte, schloss plötzlich und unerwartet Ritter Vidrik zu ihm auf. Verdutzt sah Ritter Svante, dass Vidrik genau die Rüstung anhatte, die er auch trug.

»Wer hat Eure Rüstung geschmiedet?«, erkundigte sich Ritter Svante empört.

»Meister Albrian, der neue Schmied«, erwiderte Ritter Vidrik und lüpfte höflich das Visier einen Spalt.

»Dieser Gauner! Das wird er mir büßen! Er hat mir hoch und heilig versichert, dass ich der einzige Ritter im ganzen Königreich bin, der eine solch schöne Rüstung sein Eigen nennt. Habt Ihr etwa auch den exklusiven metallenen Konvektionsschutz an Euren Panzerhandschuhen?«

Ritter Vidrik nickte.

»Exakt wie das Modell aus dem französischen Katalog«, sagte er und fügte dann vertraulich hinzu: »Übrigens habe ich vor, der wunderschönen Kunigunde einen Heiratsantrag zu machen.

Das war mehr, als Ritter Svante ertragen konnte.

»Ihr?«, schrie er. »Ihr wollt Kunigunde einen Antrag machen?! Was für ein Unsinn! Wie könnt Ihr es wagen, Ihr Schuft. Fahrt zur Hölle!«

Damit schleuderte er ihm den Fehdehandschuh vor die Pferdehufe.

Am nächsten Tag fochten die beiden ehrenwerten Ritter ein Duell um die Gunst Kunigundes aus. Ihnen war klar, dass Rapiere sinnlos gewesen wären, daher benutzten sie schwere Kampfschwerter, doch keiner konnte der Rüstung des anderen einen Kratzer, geschweige denn eine Delle beibringen – wie heftig sie auch aufeinander einschlugen. Meister Albrian verstand tatsächlich viel von seinem Handwerk. Dann versuchten sie es mit Pistolen. Ebenfalls erfolglos, obwohl sie kaum sieben Schritte voneinander entfernt standen und Schuss um Schuss abfeuerten. Die Kugeln prallten von dem schweren Brustharnisch ab und schossen wie Erbsen aus der Hülse nach allen Seiten.

Doch keiner von ihnen wollte aufgeben. Nachdem sie sich mit Meister Albrian beraten hatten, unternahmen sie einen dritten Versuch – einen, der in der Geschichte seinesgleichen sucht.

Mit Meister Albrian als Sekundanten duellierten die beiden Ritter sich mit – Dosenöffnern!

»Du bist doch der Allerbeste, mein Schatz!«

Karriere machen kann man auf verschiedene Art und Weise, und in einer geordneten demokratischen Gesellschaft sind viele Karrieren zu machen, auch wenn man politisch nicht besonders interessiert ist oder im Staatsdienst arbeitet. Sehen wir uns zum Beispiel Rudolf an. Er hatte schon immer gut mit Zahlen umgehen können. Nach der Schule verschaffte ihm sein Vater eine Lehrstelle in einer Bank. Eine Bank hat im Wesentlichen mit Zahlen zu tun. Man denke allein an all die Hundertmarkscheine, die dort im Laufe der Zeit gezählt und gebündelt werden. Auch in einer Bank gibt es diverse Aufstiegsmöglichkeiten, obwohl es die wenigsten bis zum Direktor der Bundesbank bringen. Aber weniger tut es wohl auch!

Nach beendeter Lehrzeit wurde Rudolf einfacher Angestellter. Aber lassen Sie uns ihn lieber Herrn Hansen nennen, das klingt erwachsener, denn der junge Rudolf Hansen war allmählich so erwachsen geworden, dass er sich mit Heiratsgedanken trug. Er hatte ein nettes Mädchen gefunden, die ihn gern hatte, und als sie ihn erobert hatte, bezogen sie ein modernes kleines Siedlungshaus mit allem Komfort, einschließlich Kinderzimmer. Und es dauerte auch nicht lange, bis sie von Letzterem Gebrauch machten.

Ein Einzelkind konnte man sich wohl leisten, wenn

man auf einem sicheren Posten saß. Aber aufpassen musste man schon, dass das Gehalt reichte. Und mit der Beförderung dauerte es ziemlich lange.

»Wie lange willst du eigentlich noch ein einfacher Angestellter bleiben?«, fragte Anni, seine zauberhafte junge Frau, als Rudolf – nennen wir ihn ruhig wieder Rudolf, denn nun kennen wir ihn ja schon besser – nach vier Jahren immer noch nicht befördert worden war.

»Tja«, meinte er, »das ist nicht so leicht, wie du denkst. Wenn Schmidt mal aufrückt, könnte ich Abteilungsleiter werden.«

Aber es dauerte sehr lange mit Schmidts Aufstieg. Sieben lange Jahre. Dann endlich wurde Rudolf Abteilungsleiter, und das Gehalt stieg ein wenig.

Aber das reichte nicht. Inzwischen hatte Rudolf nämlich teure Darlehen aufnehmen müssen, um das Siedlungshaus um einen Seitenflügel für drei Kinderzimmer zu vergrößern.

»Was kannst du als Nächstes werden?«, fragte Anni jedes Mal, wenn das Haushaltsgeld nicht mehr reichte.

»Hm«, überlegte Rudolf, »wenn Schütte geht, könnte ich Bankbevollmächtigter werden, aber das kann noch dreißig Jahre dauern, denn ehrlich gesagt, ich glaube nicht, dass Schütte das Zeug dazu hat, von seiner jetzigen Stellung aufzurücken.«

»Ja, aber könntest du nicht was anderes, noch Besseres werden?«, wollte Anni wissen.

»Doch, Kassierer, aber das ist nicht so einfach, das wollen ja alle werden.«

»Und Filialleiter?«

Rudolf wusste, dass er diesbezüglich kaum Chancen hatte. Es lohnte sich nicht, darauf zu warten.

»Und Direktor? Wie steht's damit?«

Rudolf sah auch hier keine Aussichten.

»Jedenfalls musst du irgendetwas tun …«, verlangte Anni »Wie soll ich mit dem bisschen Geld wirtschaften in Anbetracht der Tatsache, dass wir drei Kinder haben und das vierte unterwegs ist?«

Es verging ein Jahr, es vergingen zwei Jahre, es vergingen fünf Jahre. Rudolf war immer noch Abteilungsleiter, und die Kinder purzelten vom Himmel. Im Laufe der Zeit hatten sie so viele Kinderzimmer anbauen müssen, dass sie schließlich auf das Nachbargrundstück ausweichen mussten.

Nein, leicht war das Leben nicht.

»Also los«, meckerte Anni eines Tages, als die Krippe so leer war, dass sich die Pferde zu beißen begannen, »jetzt gehst du zum Filialleiter und sagst, du hättest es satt, ewig ein kleiner Abteilungsleiter zu bleiben. Der Dussel muss endlich begreifen, dass deine Fähigkeiten total unterschätzt werden. In einer so großen Filiale muss es doch eine Position geben, die etwas mehr Geld einbringt.«

Widerwillig versprach Rudolf, am folgenden Tag mit dem Filialleiter zu sprechen.

»Obwohl ich es nicht gern tue«, gestand er.

»Irgendwas muss jedenfalls getan werden, wenn wir nicht alle vor Hunger sterben wollen«, erklärte Anni spitz.

Und Rudolf zog schuldbewusst den Kopf ein, griff nach seiner Aktentasche und fuhr zur Bank.

Er wirkte wie ein ganz anderer Mensch, als er am späten Nachmittag nach Hause kam und seinen Kopf in die Küche steckte, um zu sehen, was es in den Töpfen gab.

»Ich spendiere ein Abendessen im ›Grand Pavillon‹, ein Menü mit sieben Gängen, zu jedem Gang französi-

schen Champagner«, rief er fröhlich, »zieh dich um und ruf die Kinder zusammen. In fünf Minuten geht's los!«

Sie können sich vorstellen, wie Anni ihrem Rudolf um den Hals flog, wie sie ihn küsste und knutschte.

»Du bist doch der Allerbeste, mein Schatz«, jubelte sie, »du hast mit dem Filialleiter gesprochen, und er hat dich befördert? Endlich sind wir auf dem richtigen Weg. Herzlichen Glückwunsch!«

Stolz ließ sich Rudolf diese Huldigung gefallen. Dann leerte er den Inhalt seiner Aktentasche auf den Küchentisch. Mindestens hundert dicke Bündel Hundertmarkscheine und bestimmt ebenso viele Bündel Fünfhundertmarkscheine flogen heraus.

Rudolf war zum Kassierer befördert worden.

Liebe – und die Jagd nach Schmetterlingen

Ich empfinde das größte Mitgefühl für Barbara Wallace, diese süße, junge Theologiestudentin, über die ich die folgende kleine Geschichte erzählen möchte. Und danach werden Sie genauso empfinden – sofern Sie nicht kälter sind als grönländisches Binneneis. Am Beginn dieser Geschichte sitzt Barbara da und starrt niedergeschlagen auf das Telefon. Wird denn dieses verkabelte Ungeheuer nie klingeln?

RINNNG!

Es klingelt an der Tür.

Barbara kämmt sich überstürzt das Haar.

»Das muss Kenneth sein«, sagt sie atemlos. »Sieht man mir an, dass ich geweint habe?«

Sie wartet die Antwort nicht ab, sondern eilt zur Tür. Doch ihr Vater ist schon vor ihr dort. Es ist nur Tante Sara.

»Habt ihr schon etwas gehört?«, fragt sie besorgt.

Barbaras Vater schüttelt den Kopf.

Daraufhin gehen Tante Sara und Barbaras Mutter in die Küche. Barbara lässt sich schwer auf das Sofa im Wohnzimmer sinken.

Das Telefon gibt keinen Ton von sich. Niemand klingelt an der Haustür. Alles ist still – still wie der Schipka-Pass, wie die Höhlen in Azeville du Mont, wie die Gräber auf einem Friedhof.

Die Zeit vergeht, und es wird allmählich dunkel. Barbaras Vater, der hoch angesehene, weißhaarige Geistliche von Lansbury, geht unruhig hin und her, die Hände hinter seinem Rücken verschränkt, die Augenbrauen zusammengezogen.

»Das gefällt mir gar nicht«, sagt er.

Tante Sara, die gute, besorgte Seele, möchte helfen. Aber wie? Sie denkt angestrengt nach und hat eine Idee. Keine sehr gute, aber immerhin eine Idee.

»Meine Liebe, weißt du, was du machen solltest? Du solltest etwas backen. Und wenn du gerade bis zu den Ellbogen im Teig steckst, wird das Telefon klingeln. Garantiert. Dieses Mittel versagt nie.«

Barbara setzt sich auf.

»Was meinst du, Mutter?«

»Ich meine, einen Versuch ist es wert«, sagt ihre Mutter.

Kaum hat sie die Worte ausgesprochen, als das Telefon klingelt. Alle stürzen sich auf den Apparat, aber Barbara erreicht ihn als Erste.

»Hallo?«, ruft sie. »Oh, hallo, Lila. Du bist das … Nein, ich fürchte, ich kann nicht … nicht heute Abend. Ich warte darauf, dass Kenneth anruft oder ins Pfarrhaus kommt … Ja, ich weiß, es ist lange her, dass wir uns das letzte Mal gesehen haben, aber es ist so viel passiert. Ich kann jetzt nicht ins Detail gehen, aber bei anderer Gelegenheit erzähle ich dir alles … Ich rufe dich bald an, Lila … Leb wohl.«

Barbara legt den Hörer zurück auf den Apparat.

»Das war Lila«, sagt sie traurig. »Meine alte Freundin vom Tyler College. Mir war nicht danach, mit ihr zu sprechen … nicht jetzt. Wie könnte ich? Es ist alles so schrecklich! Begreift ihr das nicht? Schrecklich!« Und sie beginnt wieder zu weinen.

Ihre Mutter, ihr Vater, Tante Sara und Tante Margaret sind mit ihrem Latein am Ende. Keiner weiß Rat.

Dann fährt Barbara aus ihrer Niedergeschlagenheit hoch. Sie ist wütend. »Es ist mir egal, ob er herkommt oder nicht. Das ist typisch für ihn. Nur weil er Professor an einer großen Universität ist, braucht er sich nicht wie ein zerstreuter Professor aufzuführen!«

Rasch greift sie nach dem Hörer.

»Hallo?«, sagt sie erwartungsvoll, lauscht ein paar Sekunden und erwidert dann enttäuscht: »Nein, hier ist nicht die Lansbury Nerzfarm. Hier ist das Pfarrhaus von Lansbury.«

Sie legt den Hörer auf.

Ihre Mutter kommt herein. »War er das?«, fragt sie besorgt.

Barbara schüttelt den Kopf.

»Nein. Jemand wollte mit der Nerzfarm sprechen.«

Vielleicht zum hundertsten Mal blickt Barbara auf ihre Uhr. Die Zeit verstreicht unaufhaltsam. Es ist zu viel für sie. Sie bedeckt ihr Gesicht mit den Händen und weint von neuem. Ihre Mutter legt ihr tröstend die Hand auf die zuckende Schulter.

»Vielleicht ist er spät von zu Hause weggekommen. Du weißt doch, wie er ist. Vielleicht hatte er eine Reifenpanne ...«

Es klingelt an der Tür. Aber es ist nur Tante Margaret.

Das Telefon gibt keinen Ton von sich. Die Sonne schickt sich an unterzugehen.

Barbaras Vater geht ruhelos auf und ab, die Hände hinter seinem Rücken ineinander verschränkt. Ein finsterer Ausdruck liegt auf seinem Gesicht.

»Das gefällt mir gar nicht«, sagt er.

Tante Margaret möchte so gern helfen. Aber wie?

Sie hat eine Idee. Keine sehr gute, aber immerhin eine Idee.

»Weißt du, was du versuchen solltest, Barbara? Du solltest ein Bad nehmen. Dann wird das Telefon klingeln. Garantiert. Dieses Mittel versagt nie.«

Barbara steht auf. Sie ist bereit, alles zu versuchen.

»Was meinst du, Mutter?«

»Ich meine, einen Versuch ist es wert«, sagt ihre Mutter.

Genau in diesem Augenblick klingelt das Telefon. Alle laufen hin. Barbara erreicht den Apparat als Erste.

»Hallo?«, ruft sie. »Oh, hallo, Irene ... Mmmm. Verstehe ... Nein, tut mir Leid, ich kann nicht, nicht heute Abend. Ich warte darauf, dass Kenneth mich anruft ... oder vielleicht kommt er ja auch vorbei und holt mich ab ... Ja, es ist schon lange her, dass wir beide miteinander gesprochen haben. Nun, sieh mal, hier ist in letzter Zeit so viel passiert. Das muss ich dir alles ein andermal erzählen ... Ich rufe dich an ... Auf Wiederhören, Irene.«

Barbara legt den Hörer auf.

»Das war Irene«, sagt sie enttäuscht. »Eine alte Freundin vom Tyler College. Mir war nicht danach, mit ihr zu sprechen ... nicht in einer solchen Situation ... Versteht ihr denn nicht ... Das ist eine *Katastrophe* ... milde ausgedrückt.«

Sie wirft sich aufs Sofa und weint.

Weder ihre Mutter noch ihr Vater oder Tante Margaret wissen, was sie tun sollen.

Plötzlich steht Barbara auf.

»Ha!«, sagt sie laut und ballt zornig die Fäuste. »Es ist mir egal, ob Kenneth anruft oder nicht oder ob ich ihn jemals wiedersehe ... Es würde mich nicht überraschen, wenn er vergessen hat, sich die Verabredung aufzuschreiben und auf Schmetterlingsjagd gegangen ist. Wenn er Schmetterlinge jagt, existiert der Rest der Welt für ihn nicht mehr! Aber ich werde nicht …«

RINNNNNG!

Das Telefon! Barbara reißt den Hörer an sich und lauscht ein paar Sekunden.

»NEIN!«, schreit sie. »Wie oft soll ich Ihnen noch sagen, dass hier nicht die Lansbury Nerzfarm ist!«

Sie knallt den Hörer auf den Apparat.

Ihre Mutter kommt aus der Küche mit einigen am Rand lädierten Tellern. »Hier, Barbara«, sagt sie verständnisvoll. »Zerschlag sie. Das wird dir helfen.«

Barbara packt die Teller und schleudert sie zu Boden, wütender über all die albernen Ratschläge als über die Situation an sich.

Doch das Zerschlagen der Teller hilft nichts. Es hilft auch nicht, dass sie das Telefon aus der Wand reißt und durch den Raum schleudert.

»Ich gehe jetzt ins Bett«, verkündet sie.

Sie steigt die Treppe zu ihrem Schlafzimmer hinauf – wirft den Brautstrauß in den Papierkorb und zieht ihr Hochzeitskleid aus.

ZZZ

Landwirtschaft ist nicht mehr das, was sie einmal war

Eben war ich im Hühnerstall und habe Eier geholt. Ich habe mir draußen auf dem Land einen Hof gekauft, nur einen ganz kleinen Hof. Landwirtschaft ist nicht mehr das, was sie einmal war. Ich rede von der Zeit, als es uns noch ganz normal schlecht ging; denn richtig dreckig geht es uns ja erst heute.

Denken Sie nur an den Preis für Speck. Wer will noch Speck kaufen, wenn der Kilopreis dafür so hoch ist wie der von englischen Kronjuwelen?

Tja, Landwirt in der Sowjetunion müsste man sein! Die Leute haben es gut! Jahraus, jahrein vier Ernten! Eine zu Hause in der Sowjetunion, eine in der DDR, eine in Polen und eine in Ungarn. Und zwischendurch noch ein paar weitere Ernten in anderen befreundeten Ländern, die die Kasse klingeln lassen.

Wenn ich an damals denke, als es um die EG ging! Ich sagte damals gleich zu Polly: Erst wenn wir da wieder raus sind, geht es mit uns aufwärts!

Aber unser Landwirtschaftsminister macht ja die Klappe in Brüssel nicht richtig auf.

Der hat mehr Angst als ein Nudist, der über einen Stacheldrahtzaun klettert.

Und dann die Eier. Reden wir nicht davon! Gestern sah ich einem meiner Hühner zu. Es hielt den Hintern zur Kühlung in den scharfen Ostwind, weil es dasselbe Ei sechsmal legen musste. Dafür sind wir ja in der EG. Zum Glück gelang es mir aber, die Verdienstspanne jedes Mal ein wenig zu erhöhen. Dafür bin ich Bauer.

Mein Nachbar hat seine Produktion ganz umgestellt. Er kreuzt jetzt seine Kälber mit australischen Kängurus. Ich weiß auch, warum er das tut. Jetzt bekommt er Kalbfellmäntel, in denen die Taschen gleich eingearbeitet sind.

Dann die Küken! Das ist eine Geschichte für sich. Die Leute wollen nicht länger ein Huhn für acht Mark aus dem Ausland beziehen, wenn sie es für zwei Mark selber produzieren können. Die Geschäfte gehen jetzt so schlecht, dass wir sogar unsere Melkmaschine verkaufen mussten. Wir verscherbelten das Ding an einen Kleinbauern, der nur eine Kuh hat. Und diesem Kleinbauern ging's so dreckig, dass er uns seine Kuh als Anzahlung auf die Melkmaschine gab.

Man braucht dann nur noch an die Milchpreise zu denken. Wir Bauern können es uns nicht länger leisten, ein Glas Milch zum Essen zu trinken. Und rein kaufmännisch betrachtet, ist es doch Kokolores und glatter Unfug, dass man sich nur noch Bier und Schnaps zum Essen leisten kann. Von einem Ausgleich will die Regierung nichts wissen, obgleich unsereiner bei Wind und Wetter auf seinen Äckern rumrennt und ständig einen in der Krone hat von all dem Bier und Schnaps.

Export von Schlachtvieh? Dass ich nicht lache. Das ist eine so traurige Geschichte wie die von dem Bullen, der seine Tage auf einem Hof verbringt, auf dem es keine Kuh mehr gibt.

Nein, nein! Wir Landwirte verbringen manch schlaflose Nacht, weil wir daran denken müssen, was die

Städter an Steuern aufbringen müssen, nur damit wir leben können.

Aber was kann man schon von einem Bundestag anderes erwarten, in dem lauter Leute sitzen, die ihre Schuhe und Strümpfe ausziehen, sobald sie mal bis zwanzig zählen müssen!

Vor ein paar Tagen, als ich von meinem Rübenacker nach Hause kam, behauptete Polly, meine Frau, heute sei unser Hochzeitstag.

»Was meinst du, wie wollen wir den Tag feiern?«

»Feiern?«, sagte ich. »Was hältst du von einer Schweigeminute?«

»Wir könnten vielleicht eins unserer Hühner schlachten.«

»Ein Huhn? Was kann denn, zum Donnerwetter, so ein armes Huhn dafür, dass wir damals geheiratet haben?«

Es endete dann damit, dass wir in die Stadt fuhren, um in einem Restaurant zu feiern.

Der Oberkellner erschien mit einer Speisekarte, die so lang war wie unser Fahnenwimpel, also fast zwei Meter.

»Darf ich Ihnen Kaviar naturel als Vorspeise empfehlen?«, erkundigte er sich.

»Was ist das denn?«, fragte ich vorsichtig.

»Das sind kaspische Störeier«, erwiderte er herablassend.

»Einverstanden«, sagte ich. »Wir nehmen jeder zwei. Aber meine möchte ich gern gebraten haben!«

Es lief dann darauf hinaus, dass wir eine ganze Tube bekamen und den Inhalt als Brotaufstrich vernaschten.

Aber immer noch besser als Austern!

Als ich das letzte Mal Austern aß, war ich bei unserem Kreisbauernführer eingeladen. Na ja, Rinderbraten

oder Schweinefleisch konnte er sich natürlich bei den jetzigen Preisen nicht leisten. Also gab's Austern, und davon bekam ich furchtbare Magenschmerzen.

»Vielleicht war eine verdorben?«, fragte der Bürgermeister teilnahmsvoll »Das hättest du doch aber sehen müssen, als du sie geöffnet hast!«

»Öffnen?«, fragte ich verblüfft. »Woher konnte ich denn wissen, dass man Austern öffnen muss?«

Nicht viel besser war es mir beim Erntedankfest ergangen, da hatte ich ein paar Schnäpse zur Brust genommen. Polly merkte es, als ich die Weintrauben mit dem Nussknacker zu öffnen versuchte.

Na, zurück zu unserem Hochzeitstag!

Als wir uns das Hauptgericht aussuchten, entschied sich Polly für Wildente.

»Nimm lieber eine zahme«, riet ich. »Denk dran, wie schnell du wild wirst, wenn sie nicht durchgebraten ist!«

Ich wollte nicht wie sonst mit dem Messer essen und nahm deshalb eine Löffelente.

Als sie dann aufgetragen wurde, sah sie reichlich klein aus. Jedenfalls für ihr Alter.

»Nein!«, sagte der Kellner. »Klein ist sie nicht. Wir haben nur unseren Speisesaal vergrößert, seit Sie das letzte Mal hier waren.«

Dann der Wein! Wahnsinnig teuer! Als ich mit dem Kleinbauernverband im letzten Jahr auf Mallorca war, kostete der Wein nicht mehr als vier Mark. Pro Stunde.

Als Nachtisch wollte Polly Pfannkuchen haben, oder vielmehr Crêpe Suzette, weil sich das vornehmer anhört.

»Moment mal«, bremste ich. »Ich will mich lieber erst einmal erkundigen, wie hoch die Anzahlung dafür ist!«

Aber Polly bekam dann doch ihr Crêpe Suzette,

mit Kognak übergossen und anschließend mit einem Streichholz in Brand gesteckt wie ein Sonnwendfeuer.

Polly geriet außer sich, als plötzlich dieses Pfadfinderlagerfeuer an unserem Tisch entfacht wurde.

»Ist es nicht wundervoll?«, stieß sie hervor.

»Sicher«, erwiderte ich kurz, »aber warte lieber ab, bis die Rechnung vor uns liegt!«

Nein, nein, nein! Ich weiß wirklich nicht, wie es mit uns Landwirten weitergehen soll, wenn wir eines Tages überhaupt keine Sorgen mehr haben.

Selbst meine Schweine sehen deprimiert aus, sobald sie ein Huhn gackern hören.

Sie denken dann wohl immer an Eier und Speck.

»Schnell! Schick sofort Hilfe nach Fort el Salah!«

Die Luft glühte. Die Wüste schnappte keuchend nach Luft wie ein Ölofen mit defekter Düse. An der versandeten Kante des Karawanenweges lagen halb begrabene Kadaver von Ziegen, Schafen und Kamelen. Am gleißenden Horizont der Wüste warteten räudige Schakale ungeduldig darauf, dass die Sonne ihr Hochofenflimmern einstellte und die kühlende, mondlose Nacht sich über die heißen Sanddecken senkte.

Seit 87 Tagen und Nächten wurde das kleine Wüstenfort El Salah mitten in der Sahara von den Sirdis belagert. Die Mannschaft des Forts bestand aus tapferen Einheiten der Fremdenlegion unter Leitung von Oberst Lacretelle sowie einer Truppe Beduinen des französischen Wüsten-Kamel-Corps. Die Sirdis waren ein kleiner, wilder, aufrührerischer Stamm, der in den Sandbergen östlich von der Oase Djebel Kiffa sein Unwesen trieb, von wo aus er einen blutigen Überfall nach dem anderen verübte.

Oberst Lacretelle hatte jegliche Hoffnung auf Hilfe aufgegeben, denn es war unmöglich, eine Depesche zur Garnison in Sidi Bel Shari durchzuschleusen. Der Proviant war längst aufgebraucht, und Wasser hatten sie seit Wochen nicht mehr. Die Mannschaft hing keuchend in den Schießscharten und sah Fata Morganas

mit Brunnen, die so eng wie Wüstenheringe in der Dose beieinander lagen, und kleine Araberkinder, die mit Wasser plantschten, dass es sich wie in Kaskaden über die ganze Wüste ergoss. Und während sie dalagen, in betörenden Träumen gefangen, wurden sie von harten, gnadenlosen Sirdi-Kriegern einer nach dem anderen umgebracht.

Die Beduinen des Kamel-Corps warfen sich unentwegt in den staubigen Sand auf die Knie und bettelten Allah um Wasser an, wobei der Sand wie bei einem kräftigen Wüstensturm mit Windstärke zwölf aufgewirbelt wurde und die Situation noch unerträglicher machte.

»Allah akbar! Gib uns Wasser! La illaha illullah«, schrien sie, bis ihre Kehlen so trocken waren wie eine leere Whiskyflasche in einem heißen Backofen. Es war das reine Elend.

»Lasst uns die weiße Flagge hissen und um freies Geleit bitten, damit wir eine Patrouille an den Fluss schicken und unsere leeren Wassersäcke füllen können«, bettelte Sergeant Murville.

Der Kapitän des Wüsten-Kamel-Corps, Scheich Mehmed, sah ihm fest in die Augen und sagte mit kalter Stimme: »Sag das noch einmal, Effendi.«

»Ich sagte – lasst uns um freies Geleit bitten, dass wir eine Patrouille an den Fluss schicken und unsere Wassersäcke füllen können«, wiederholte Sergeant Murville.

»Welchen Fluss, Effendi?«

Ein schwaches spöttisches Lächeln zeigte sich auf Scheich Mehmeds fülligen blauen Wüstenlippen.

»Zeig ihn mir, Effendi.«

Sergeant Murville zeigte mit seiner braunen Faust über den Wüstensand: »Dort, der breite Fluss, der nahe an unserem Fort vorbeifließt. Ich sehe ihn ganz deutlich. Er ist so nah, dass ich mit diesem Stein hier seine glatte Oberfläche kräuseln könnte.«

Sergeant Murville fletschte einen flachen Stein über die Wüste, sodass der Sand in einer gewaltigen Staubwolke aufwirbelte. Einen Augenblick später stürzte er sich von der Ringmauer des Forts hinunter und krabbelte mehrere hundert Meter auf den eingebildeten Fluss zu, bis man ihm ein paar Leute nachschickte.

»Meine Leute halten diese Hölle keine Nacht mehr aus«, murmelte Oberst Lacretelle bedrückt und strich sich mit dem Handrücken einen halben Liter Schweiß von der fieberheißen Stirn.

Aber als in der folgenden Nacht der rotgoldene Mond der Sahara, el Gamer, im Zenit stand, geschah etwas Unerwartetes. Auf einem verschwitzten schwarzen Hengst kam ein Reiter auf das Fort zugaloppiert, wobei ihm die Kugeln ums Kafieth, die weiße Kopfbinde, jagten und das Hinterteil von Gumbazzas beschossen wurde. Unter Aufbietung der letzten Kräfte gelang es der Wache, das Tor zu öffnen, und der Reiter torkelte herein. Erschöpft sank er vor Oberst Lacretelle in den braunen Wüstensand.

»Salaam aleikum«, begrüßte ihn der Oberst.

»Aleikum salaam, Effendi«, erwiderte der Araber den Gruß keuchend, wobei er einen Finger in seinen Hals steckte, um ihn vom Wüstensand zu reinigen. Wie durch ein Wunder war die Wüstenbriefpost diesmal durchgekommen. Er brachte die neusten französischen Pin-up-Magazine und Briefe von zu Hause, in denen Frauen, Mütter und Geliebte wohlmeinende Ratschläge gaben, dass sich die Männer in den kalten Wüstennächten um Gottes willen nicht erkälten, aufpassen, keinen Sand in die Augen zu kriegen, und die Finger von den frechen Arabermädchen lassen sollten.

Oberst Lacretelle fasste Mut. Die allerletzten abgestandenen Tropfen Wasser des Forts wurden dem entkräfteten Postreiter in den Hals geträufelt, und er kam ein wenig zu sich. Der Oberst kritzelte einige Worte auf eine Postkarte, holte eine Briefmarke aus der Schublade, frankierte die Karte und drückte sie dem Postreiter in die Hand.

»Versuch mit der Depesche zum Kommandanten in Sidi Bel Shari durchzukommen«, sagte Oberst Lacretelle eindringlich, »und ich werde dich für den Tapferkeitsorden erster Klasse mit Dattellaub und Kamelhaarkette vorschlagen.«

Der Wüstenpostreiter steckte den Brief in seine Gumbazza und schwang sich auf seinen schwarzen Hengst. Einen Augenblick später ritt er vom Fort El Salah weg, und Oberst Lacretelle folgte ihm gespannt mit den Augen, bis er wie ein Punkt, wie ein Sandkorn am Horizont verschwand.

Drei Tage später wurde Melek Hamdi mehr tot als lebendig dem Kommandanten im Fort Sidi Bel Shari vorgeführt, der die Depesche überflog.

»Schnell«, befahl er dann seinem Unterbefehlshaber, »schick sofort Hilfe nach Fort El Salah, lass so viele gefüllte Wassersäcke, wie wir entbehren können, dorthin schaffen.«

»Wir selbst können im Augenblick kaum Wassersäcke entbehren, Monsieur Colonel«, wich der Unterbefehlshaber aus, »wir haben nur die nötigsten Rationen.«

»Wir sind nicht ganz so schlecht dran wie die Leute im Fort El Salah«, schnitt ihm der Kommandant in aller Schärfe das Wort ab, »sieh dir doch mal die Depesche an, die Oberst Lacretelle mir geschickt hat. Sogar die Spucke haben sie aufgebraucht. Die Briefmarke war mit einer Sicherheitsnadel befestigt.«

C-OTTO!

Vorsicht! Der Hund ist los!

Es ist möglich, dass Sie Krusenberg für ein bisschen weich in der Birne halten. Vielleicht finden Sie den Mann aber auch ganz vernünftig. Das hängt alles von Ihrer Einstellung zum besten Freund des Menschen ab, unserem treuen, vierbeinigen Gefolgsmann, dem Hund! Und von Ihrer Einstellung zu Buch- und Staubsaugervertretern! Also, es verhielt sich mit Krusenberg so, dass er Leute nicht ertragen konnte, die herumliefen und bei jeder Gelegenheit an den Türen von Leuten klingelten. In seinem Privatleben wollte er Ruhe haben. Und man tat gut daran, seine Finger von seiner Klingel fern zu halten. Schließlich hatte er sie selbst gekauft und bezahlt. Wenn es jemanden gab, der an seiner Tür klingeln durfte, dann nur er selbst. Und nicht diese geschäftigen Staubsaugervertreter, diese aufdringlichen Herumtreiber, die Bürsten verkaufen wollten, diese wurzellose Zigeunersippschaft, die den Mercedes am Anfang der Straße parkte und mit allerlei wertlosem Plunder von Tür zu Tür zog – diese aufdringlichen Verkünder extremer Religionen, diese schnell sprechenden, geschliffenen Herren, die 24 Bände Konversationslexikon mit Farbtafeln, Kunstdruck, Golddruck und allem möglichen Krimskrams anboten. Er konnte die überfreundlich lächelnden Versicherungsagenten auf den Tod nicht ausstehen. Mit ihren großen, viel versprechenden Formularen, wo all die goldenen Versprechen blitzschnell durch das Kleingedruckte auf der Rückseite annulliert werden. Er verabscheute Markenverkäufer und all die kleinen, rotznasigen, wassergekämmten Pfadfinderjungen, die klingelten, um Lose zu verkaufen, bei denen man riskierte, eine selbst geschneiderte Tischdecke oder ein hässlich gesticktes Sofakissen zu gewinnen. Alles in allem konnte er Menschen nicht ertragen, die herumrannten und zu allen möglichen Tageszeiten bei Leuten an der Tür klingelten.

Also kam er auf die gute Idee, sich einen Wachhund anzuschaffen. Ein großer, bissiger, menschenfeindlicher Satan sollte es sein. Und das wurde er denn auch. Nämlich ein Schrecken einflößender, schwarzer, kurzköpfiger Rottweiler-Rüde, der in direkter Linie von den Menschen fressenden, bisswütigen Kriegshunden abstammte, die Kaiser Nero in seinem Palast gehalten hatte, um sich gegen jede Art fremden Eindringens zu schützen, wenn er auf der Geige fiedelte. An einem strategisch gut gewählten Platz – gleich vor der Gartentür – stellte Krusenberg ein Hundehaus auf. Dann kaufte er ein großes emailliertes Messingschild mit der Aufschrift BISSIGER HUND und nagelte es an die Gartentür. Dann setzte er sich auf seiner Veranda im Seegrasstuhl zurecht und wartete, dass jemand auftauchte, den der Köter beißen konnte.

Es vergingen keine zehn Tage, bis sich der erste Staubsaugervertreter zeigte. Löwenzahn, Mücken, Fliegen und Staubsaugervertreter sind bekanntlich Dinge, die bisher noch niemand ausrotten konnte.

Der Staubsaugervertreter öffnete forsch die Gartentür, beugte sich hinunter, um den großen schwarzen, bissigen Köter freundlich im Vorbeigehen zu streicheln.

»Ja, ja – guter Wauwau!«, sagte er schmeichelnd, ging zum Haus und klingelte. Schmeicheleien war der Köter nicht gewöhnt, sie gefielen ihm, und er lief eifrig wedelnd hinter dem Besucher her, in der Hoffnung, dass noch mehr lobende Bemerkungen abfallen würden. Auf der Veranda erhob sich Krusenberg mit einem ärgerlichen Kraftausdruck. Dann ging er zur Tür und öffnete. Der Staubsaugervertreter stand abwartend auf der Matte und kraulte den Rottweiler hinter den Ohren. Das war es eben, was dieser brauchte. Nach einer traurigen Jugend als Wachhund auf einem stacheldrahteingezäunten militärischen Übungsgelände genoss er diese Zuwendung und Freundlichkeit.

Bevor der Staubsaugervertreter dazu kam, seinen Spruch aufzusagen, hatte Krusenberg ihn schon abgeschmettert.

»Danke, kein Interesse«, brüllte er und schlug die Tür mit einem derartigen Knall zu, sodass der Luftzug den Vertreter die Treppe hinunterfegte. Mit einem Schulterzucken zog dieser sich zurück. Kaum war er verschwunden, als Krusenberg dem Rottweiler ordentlich eins aufs Dach gab.

Dann ging er hinaus und starrte kurz auf das Warnschild an der Gartentür, nahm es ab und ersetzte es durch ein größeres, furchterregenderes. Mit Riesenbuchstaben stand da jetzt: VORSICHT! DER HUND IST LOS!

Er nickte zufrieden. Wenn das nicht wirkte, dann gab es nichts, was wirken konnte.

»Jetzt hast du gefälligst zu beißen, du großer, dummer Dämlack von Hund!«, ermahnte er den Rottweiler, als er am Hundehaus vorbeiging. Der Hund folgte seiner Anweisung. Er fuhr aus der Hütte heraus und biss sich mit der ganzen Klaviatur seiner scharfen Zähne so

solide und nachdrücklich in Krusenbergs Hosenboden, dass der zur Unfallstation musste, um seine klaffende Wunde mit 17 Stichen zusammennähen zu lassen.

Nach Hause zurückgekehrt, beschloss er, sich von dem Rottweiler zu trennen. Von Hunden hatte er für die nächste Zeit genug. Dann setzte er sich auf der Veranda auf einem weichen Kissen im Seegrasstuhl vorsichtig zurecht und grübelte lange und gründlich darüber nach, was er sich ausdenken konnte, um diese verdammten Herumtreiber zu verscheuchen.

Und wirklich! Ihm kam eine Idee, die sich als bombensicher erweisen sollte.

Nachdem er sie in die Tat umgesetzt hatte, zeigten sich nie wieder Staubsaugervertreter, Bürstenverkäufer Pfadfinder, Zeugen Jehovas oder Versicherungsagenten in seinem Garten. Nicht einmal der Postbote – und es gehört schon was dazu, auch diese zu verscheuchen.

Was hatte er gemacht?

Ja, er hatte sein letztes großes Schild abgenommen und dafür ein neues aufgestellt. Ein kleines, lumpiges, handgemaltes Schild war es, das er mit ein paar Heftzwecken an der Gartentür befestigt hatte. Darauf stand:

BITTE, ACHTEN SIE AUF DEN HUND! SERUM GEGEN WUNDSTARRKRAMPF BEFINDET SICH GLEICH HINTER DEM EINGANG IM VERBANDSKASTEN!

Einen leichten Stoß

Peddersen war Buchhalter in einer kleinen Handelsfirma, im Hinterhof, zweiter Stock links. Sitzende Tätigkeit im Büro. Nicht organisiert. Und so schlecht bezahlt, dass selbst der Chef kurz vorm Weinen war. Und eintönig war es, Tag für Tag dort über den schmierigen Buchhaltungsbüchern zu sitzen. Öde Zahlen auf der Kredit- und auf der Debet-Seite, lange Zahlenkolonnen, die immer und ewig zusammengezählt und auf die nächste Seite übertragen werden mussten. Denken Sie an die Mehrwertsteuer, Peddersen! Nein, wirklich kein Job, der die ganz große Freude brachte. Man machte ihn einfach. Es ist ja nun einmal so im Leben, dass man irgendetwas machen muss, wenn man mitkommen will, wenn man nicht hängen bleiben will, wenn man jeden Tag sein warmes Essen haben und satt zu Bett gehen will. Ohne der Gemeinschaft zur Last zu fallen.

Und Peddersen wusste sich zu helfen. Man soll nicht glauben, dass er das Dasein als besonders schwer empfand, weil er in der Schublade platziert worden war, wo man nichts anderes macht, als Zahlen niederzuschreiben. Nein, er war gut gelaunt und langweilte sich nie … das heißt, es konnte natürlich vorkommen, wenn er am Sonntag zu Hause im Ohrensessel saß, dass ihm die Zeit etwas lang wurde, aber dem konnte

man abhelfen. Dann erhob er sich, ging in den Flur und zog sich an.

»Ich gehe mal raus und gucke, ob ich jemanden schubsen kann, Alvilda«, sagte er dabei.

»Ja, tu du das, Peddersen«, sagte Alvilda, und Peddersen ging.

Er hielt sich an die verkehrsreichsten Straßen. Es war eine ganz bestimmte Kategorie von Sonntagsspaziergängern, für die er sich interessierte. Nämlich Leute, denen die Schnürsenkel aufgegangen waren. Besonders bei neuen Schuhen haben Schnürsenkel bekanntlich die Gewohnheit, immer wieder aufzugehen, und daher folgte er vorzugsweise Leuten mit neuen Schuhen ... und wenn sie sich bückten, um die blöden Schnürsenkel neu zu binden, war er da wie der Blitz. Er gab ihnen einen leichten Stoß von hinten, und sie purzelten vornüber, manchmal schlugen sie sogar einen richtigen Purzelbaum! Und Peddersen verduftete um die nächste Straßenecke. Noch viele Stunden danach konnte er vor Lachen kaum an sich halten, wenn er an den köstlichen Anblick dachte, den er mit seinem Stoß verursacht hatte! Doch, es ging ihm gut!

Ja, Peddersen hatte seinen Spaß daran, Leute zu schubsen, wenn sie sich bückten, um ihre Schnürsenkel neu zu binden. Übrigens hatte er eines Tages zu Hause auch Alvilda geschubst. Sie bückte sich, um irgendetwas aufzuheben, und blitzschnell war Peddersen hinter ihr und gab ihr einen Stoß, worauf sie vornüberfiel und einen schönen Purzelbaum schlug, wobei ihr Rock ihr über die Ohren hing und einen großen Teil ihrer Maxi-Unterwäsche offenbarte! Peddersen gluckste vor Wonne. Es war der köstlichste Anblick, den er jemals ... plötzlich wurde er ganz ernst. Als Alvilda wieder in die Senkrechte gekommen war und ihren Rock in Ordnung gebracht hatte, war auch ihre Miene so finster wie die Nacht. Sie hatte keinen Sinn für diese Art von Humor, die Madam. Sie hatte das nie gehabt. Die Schläge prasselten nur so auf seinen armen Rücken.

Seit diesem Tag schubste er sie nie mehr, wenn sie sich bückte, um etwas aufzuheben. Aber das war auch nicht nötig. Auf der Straße gab es genug Leute, die man schubsen konnte. An einem Sonntagnachmittag, als Peddersen am Hafen entlangspazierte, erblickte er einen dicken Mann, der seinen Fuß auf einen Poller gestellt hatte, um seinen Schnürsenkel zu binden. Und Peddersen beeilte sich. Mit schelmischem Glanz in den Augen begab er sich zu dem Mann, gab ihm mit seinem Stock einen Stoß … und mit einem Platsch verschwand der Kerl im Hafenbecken! Peddersen schlug sich auf die Schenkel und ließ ein verzücktes Lachen hören. Noch nie hatte er etwas derart Komisches gesehen! Sein Gesicht war noch ganz rot vor Lachen, als er in der grünen Minna zur Polizeiwache gebracht wurde, denn unglücklicherweise hatte ein übereifriger Polizist ihn bei seiner Tat beobachtet. Und sofort hatte er Peddersen festgenommen, anstatt woanders ein paar Bankräuber zu fangen oder Demonstranten auseinander zu treiben.

»Hören Sie«, sagte der Richter streng zu Peddersen, als dieser später wegen seiner Schandtat vor Gericht stand. »Wir haben erfahren, dass Sie es sich zur Gewohnheit gemacht haben, herumzugehen und Leute zu schubsen, die sich gerade bücken, um ihre Schnürsenkel zu binden. Das dürfen Sie aber nicht!«

Wütend blickte Peddersen den Richter an. Man sollte ihm nicht so ohne weiteres das Dasein vermiesen. Und dann brüllte er:

»Seit wann ist es in diesem elenden Wohlfahrtsstaat strafbar, ein Hobby zu haben?«

Der größte Coup

Für Mike Sloane und Al Slade war es reine Routinearbeit. Die leichte Nervosität rührte einfach daher, dass es der größte Coup war, an den sie sich je gewagt hatten.

Ein Coup, den sie seit Monaten planten. Hinter der massiven Stahltür des riesigen Wandsafes der High Wells-Stahlwerke lag Gebündeltes im Wert von mindestens 500 000 Dollar, das darauf wartete, in Umschläge gesteckt und an die Mitarbeiter des Stahlwerks ausgezahlt zu werden. Und wer sich den Zaster holen wollte, brauchte nur das Schloss aufzuschweißen.

»Geschafft, Mike«, sagte Al erleichtert und legte seinen Schweißbrenner beiseite. Mike machte sich mit Eifer daran, die dicken Geldscheinbündel in einen der beiden harmlos aussehenden Koffer zu packen, die sie mitgebracht hatten, während Al in dem anderen Schweißbrenner, Brecheisen, Dynamitstäbe und weiteres unentbehrliches Handwerkszeug verstaute.

»Also, dann nichts wie weg«, sagte Mike.

Jeder griff sich einen Koffer, und sie eilten zur Tür. In diesem Augenblick ging das Licht an, und sie sahen die Mündung eines Revolvers auf sich gerichtet.

Die Hand, die den Revolver hielt, gehörte Nicolas Spender, dem Werksingenieur der High Wells-Stahlwerke, der zufällig in dieser Nacht noch etwas in seinem Büro zu erledigen gehabt hatte und jetzt gelassen am Bücherregal lehnte.

»Ich beobachte euch schon eine ganze Weile und habe eure vorzügliche Arbeit mit großem Interesse verfolgt«, meinte er mit einem ironischen Lächeln. »Glückwunsch, Jungs! Fachlich einwandfrei! Wirklich professionell. Schnell, sicher und präzise. Es ist ein Jammer, dass ich eure Leistung nicht so würdigen kann, wie sie es verdient hätte. Bitte gebt mir den Koffer … Ja, diesen da. Den anderen dürft ihr behalten.«

Der Koffer schlitterte über den Fußboden zu Spender hinüber.

»Und darf ich bitten, euch in das Büro dort drüben zu bemühen?«

Mit erhobenen Händen bewegten sich Mike und Al widerstrebend in die angegebene Richtung.

»Hören Sie mal, Mister, wollen Sie uns nicht laufen lassen?«, bettelte Mike.

»Sie haben uns doch schon genug Schrecken eingejagt. Lassen Sie Gnade vor Recht ergehen! Ausnahmsweise! Sie bekommen von der Geschäftsleitung bestimmt 'ne Belohnung, weil Sie den Zaster für die Firma gerettet haben. Reicht Ihnen das nicht?«

Wieder spielte ein leises Lächeln um Spenders schmale, zynisch verzogene Lippen.

»Während ich dort am Bücherregal stand und euch zusah, kam mir plötzlich eine Idee. Und ich darf wohl sagen, dass es die beste Idee meines Lebens ist. Der Job hier hat mich nie sonderlich interessiert. Ich habe lange genug malocht. Wisst ihr, was ich wirklich möchte? Ich möchte mal ausprobieren, wie es sich lebt, wenn man 500 000 Dollar Bares zur Verfügung hat. Wenn ihr erlaubt, werde ich mit diesem Koffer diskret nach Mexiko verschwinden. Also los, rein in das Büro dort.«

Mithilfe des Revolvers scheuchte Spender sie in den Raum, der voller Aktenschränke stand, und drehte den Schlüssel um. Dann schnappte er sich den Koffer und hastete zu seinem Wagen.

Fünf Minuten später brauste er in Richtung Grenze ab.

Mike und Al gelang es, ein Fenster einzuschlagen, über eine Feuerleiter gelangten sie zur Straße. Nach Rache lechzend, setzten sie sich mit der Polizei in Verbindung und gaben den Cops einen Tipp, wie sie sich 500 000 Dollar schnappen konnten, wenn sie sich beeilten. Dieser unfreundliche Hinweis war schuld daran, dass Spender plötzlich, als er sich der Grenze näherte, Polizeisirenen hinter sich hörte.

Es kam zu einem heftigen Schusswechsel. Spender hatte Glück – es gelang ihm, einen der Vorderreifen des Polizeifahrzeugs zu zerschießen, ohne selbst getroffen zu werden. Die Verfolger mussten aufgeben, und wenige Stunden später überschritt Werksingenieur Nicolas Spender die Grenze nach Mexiko. Per Anhalter fuhr er in die nächste Stadt, wo er sich in einem der besten Hotels vor Ort einquartierte. In seinem Zimmer schloss er die Tür sorgsam hinter sich ab, stellte den Koffer auf den Tisch und öffnete ihn, um sich am Anblick der gebündelten Geldscheine zu weiden. Als das Zimmermädchen später an diesem Tag hereinkam, um sein Zimmer zu machen, lag er tot auf dem Fußboden, von einem Herzinfarkt dahingerafft.

Im Koffer, seinem einzigen Gepäckstück, fand die Polizei einen Schweißbrenner, ein Brecheisen, mehrere Dynamitstäbe und das übrige unentbehrliche Handwerkszeug.

»Sie sind ein Verkäufer voll übler Tricks, Herr Foppenberg!«

Großhändler Mendel, Firma Mendel & Mendel, *Elegante Damen- und Herrenunterwäsche en gros*, sah von seinem Schreibtisch auf, als seine Sekretärin eintrat und einen Herrn anmeldete, der draußen im Vorzimmer wartete.

»Vertreter Foppenberg von der Firma Fix & Finte, Hannover«, sagte sie.

»Foppenberg«, brüllte Großhändler Mendel und fühlte plötzlich, wie ihm das Blut in den Kopf stieg und sein ohnehin bulliges Großhändlergesicht dunkelrot färbte, »schmeißen Sie den Kerl raus!«

»Ja, aber – er sagt …«

»Schmeißen Sie ihn raus, habe ich gesagt! Dieser Schwindler soll mir nicht unter die Augen treten. Nie werde ich die Warensendung Unterhosen mit den ausgefransten Säumen vergessen, die er uns neulich angedreht hat …«

Großhändler Mendel kam nicht weiter. Vertreter Foppenberg stand bereits vor ihm, ergriff seine Hand und drückte sie warm und herzlich.

»Einen schönen guten Tag. Ist ja lange her …«

»Mir reicht's mit Fix & Finte«, fauchte Großhändler Mendel und entzog ihm hastig die Hand, »mit Ihnen will ich nichts mehr zu tun haben … das heißt, das will ich allerdings. Ich werde klagen. Die Sendung Unterhosen mit den ausgefransten Säumen, die Sie mir neulich angedreht haben, war die reinste Mogelpackung. Die ausgefransten Hosen hätten jedem Lumpensammler Ehre gemacht. Nie bin ich so betrogen worden wie mit dieser Ware.«

»Ich mach's mir schon mal gemütlich, bis Sie fertig sind«, unterbrach Vertreter Foppenberg und nahm selbstgefällig Platz.

»Und die Hemden«, brüllte Großhändler Mendel, »die 48 Gros prima-prima Charmeuse-Hemden, die garantiert beim Waschen nicht einlaufen? Was meinen Sie, wie es uns damit ergangen ist?«

»Sie haben alle verkauft«, erriet Vertreter Foppenberg.

»Verkauft, ja! Und all die Reklamationen hinterher? Die Leute haben uns die Türen eingerannt. Die Hemden liefen beim Waschen derartig ein, dass man sie nicht mal mehr als Ziertaschentücher hätte verwenden können. Und so eine Ware drehen Sie mir an, ohne mit der Wimper zu zucken.«

Vertreter Foppenberg kratzte sich an der Nase. Offensichtlich hatte er nichts zu seiner Verteidigung vorzubringen.

»Sie wussten doch genau, Mann, dass die Hemden nicht einen Dreck wert waren. Und dann schwatzen Sie mir diese Dinger auf als prima-prima waschfeste, knitterfreie Non-iron-Ware von bester Qualität, wie man sie in Fürstenhäusern trägt. So ein Mist! Der dickste Betrug, den ich je erlebt habe. Wären es bloß ein Dutzend oder zwei gewesen ... aber 48 Gros. Das war zu viel des Guten, Foppenberg.«

Großhändler Mendel warf dem Vertreter aus Hannover einen Büstenhalter hin.

»Kennen Sie den?«, fauchte er. »Von der Firma Fix &

Finte, und von der Sorte haben Sie mir fünftausend Stück untergejubelt. Futterrand mit Nylonvelour haben Sie mir damals versprochen. Wo sehen Sie hier einen Futterrand, Foppenberg?«

Foppenberg nahm den Büstenhalter näher in Augenschein.

»Nicht gerade bei diesem Exemplar«, gab er zu.

»Sie haben mich betrogen, Mann!«, schrie Mendel, ohne den leisesten Versuch zu machen, sich zu beherrschen, »betrogen, dass mir jetzt das Wasser bis zum Halse steht. Dieser BH war nie ein Perl-O-Tex-BH mit V-Kreuz, Elastik-Fix-Spitzen-Schalen und Streck-O-Matic-Trägern, Dessin 4711 – nein, nichts als eine elende, drittklassige Ausverkaufsware, ein Restposten, Ramsch aus Hannover, und lassen Sie sich sagen, dass dieser Fetzen zu einem jämmerlichen Klacks Kaugummi wird, sobald er sich nur einer Waschmaschine nähert.«

Vertreter Foppenberg drehte und wendete den BH ein paarmal in seinen Händen.

»Der BH entspricht genau dem Muster, der Warendeklaration«, protestierte er mit einer Stimme, die deutlich verriet, dass er selbst daran zweifelte.

»Ich hatte das Muster doch mit, als Sie mir damals den Auftrag gaben.«

»Und ich wette, Sie gaben mir keine ehrliche Chance, das Muster näher zu überprüfen. Sie redeten wie immer das Blaue vom Himmel herunter. Ich will Ihnen mal was sagen, Foppenberg, Sie haben eine widerwärtige Geschäftsmoral, nein, Sie haben überhaupt keine Moral!«

»Aber, aber, das können Sie doch nicht sagen!«

»So, das kann ich nicht?« Großhändler Mendel geriet immer stärker in Rage.

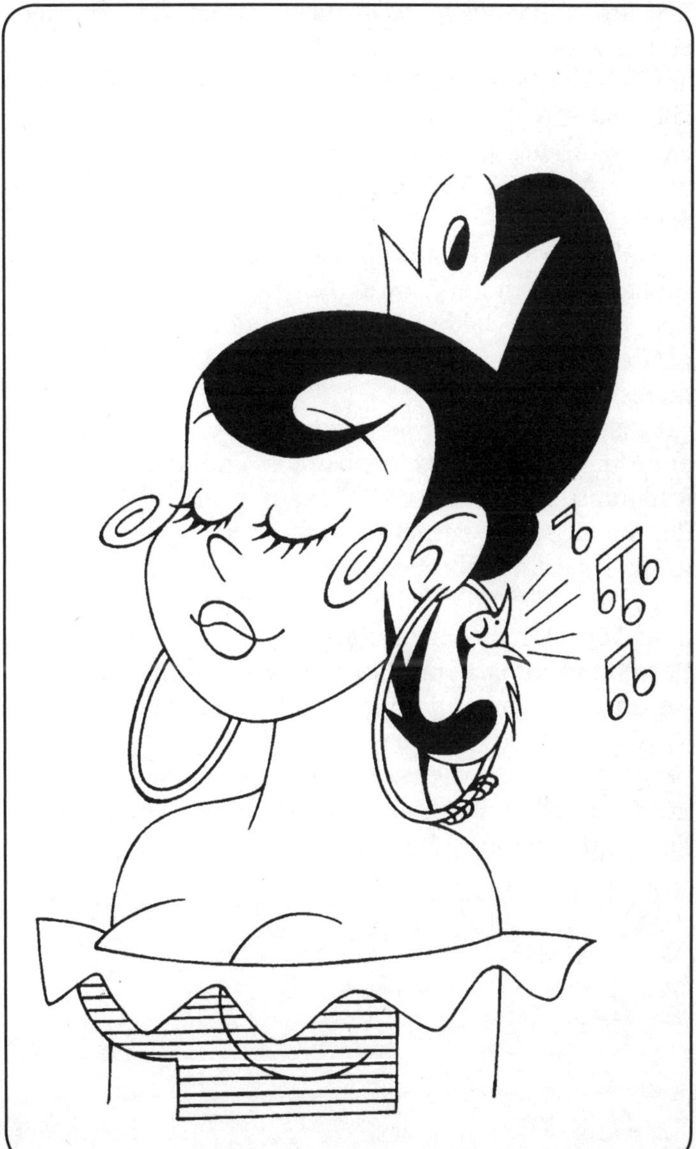

»Darf ich vielleicht auch nicht sagen, dass Sie mich auch mit der Sendung Schlüpfer mit dem gestickten Lilienmuster übers Ohr gehauen haben, die ich letzte Woche von Ihnen kaufte? Die Lilienstickereien fielen wie Herbstlaub ab, nachdem die Kundinnen die Schlüpfer nur ein einziges Mal getragen hatten. Wenn das kein Schwindel ist …«

»Auf die Stickereien gab es keine Garantie«, versuchte der Vertreter schwach zu protestieren, »ich habe kein Wort von Haltbarkeit gesagt oder …«

Großhändler Mendel winkte ab. Er wollte kein Wort mehr hören.

»Wissen Sie, was Sie sind, Foppenberg? Sie sind ein durch und durch korrupter Prahlhans von der schlimmsten Sorte … ein Verkäufer voll übler Tricks, der nicht davor zurückschreckt, seinen Kunden den größten Mist anzudrehen. Genau das sind Sie!«

Großhändler Mendel schwieg plötzlich und schob dem Vertreter die Zigarrenkiste hin. Er öffnete seinen Barschrank, holte eine Flasche Whisky und zwei Gläser und fügte mit eindringlicher Stimme hinzu:

»Aber um das Thema zu wechseln, Herr Foppenberg – könnten Sie sich vorstellen, eine feste und gut bezahlte Stellung als Reisevertreter hier in meiner Firma anzutreten?«

500.00

»Was ist jetzt, Schatz? Werden wir nun heiraten?«

Lisa war ein ausgesprochen schönes Mädchen – eines dieser bezaubernden Wesen, die selbst in einem alten, ausgebrannten Krater noch Flammen der Leidenschaft entzünden können. Männer umschwärmten sie wie Wespen ein offenes Marmeladenglas. Sie hätte jeden, den sie wollte, haben können. Sie brauchte bloß mit dem Finger zu schnipsen – und schon würde er ihr gehören.

Und so angelte sie sich Goathill.

Es war unglaublich! Niemand konnte es verstehen.

Adolf Goathill war nun wirklich niemand, mit dem man hätte Staat machen können. Er war klein, schmalschultrig, kurzsichtig, halb kahl, bleich, schwächlich und mittleren Alters. Er war nicht einmal hässlich genug, um interessant zu wirken. Man übersah ihn, oder wenn man ihn sah, vergaß man ihn gleich wieder.

Weshalb hatte Lisa sich für ihn entschieden?

Eine gute Frage.

»Nun«, gab sie offen zu, wenn jemand sie danach fragte. »Das kann ich Ihnen schon sagen. Er hat Geld.«

Das beweist wieder einmal die Macht des Geldes. Je mehr Geld, desto mehr Macht. Adolf Goathill war der reichste Mann der Stadt.

Ein Industriemagnat, gefürchtet und geachtet. Einer, den man mit größter Ehrerbietung grüßte.

»Guten Morgen, Herr Goathill. Guten Morgen!«

Lisa wurde Frau Goathill. Eine Villa direkt am Meer, mit einer eigenen Suite für sie, mehr Zofen und anderes Hauspersonal als sie Finger hatte, die teuersten Modellkleider und Pelze, einen vergoldeten Cadillac mit ihrem eigenen prächtig livrierten Chauffeur.

Lisa sorgte dafür, dass so richtig Bewegung in Goathills sämtliche Bankkonten kam, und was den Haufen Bargeld betraf, den Goathill in seinem Wandtresor im Schlafzimmer aufbewahrte, nun, er setzte kein Moos mehr an, sondern wurde einer Menge frischer Luft ausgesetzt. Was sie nicht in teuren Schmuck umwandelte, verstaute sie in ihrem eigenen Safe. Lisa war eine Dame, die die wahren Werte des Lebens haargenau kannte.

Die Jahre vergingen. So ganz allmählich schwand Lisas Schönheit; die vielen Schachteln teuren Konfekts forderten ihren Tribut. Na und? So geht es nun mal. Sinnlos, verlorener Schönheit nachzuweinen. Und was war mit Goathill, ihrem Mann? Was geschah mit ihm?

Dazu kommen wir jetzt.

Lisa besuchte ihn unerwartet in der Firma. Ohne zu warten, dass die Vorzimmerdame – der sie übrigens nicht einmal einen Blick gönnte – sie anmeldete, und ohne zu klopfen, rauschte sie ins Allerheiligste ihres Gatten – und blieb mit offenem Mund wie angewurzelt an der Tür stehen.

Saß da doch auf seinem Schoß seine vollbusige, platinblonde Sekretärin.

»Das ist – ungeheuerlich!«, presste Lisa hervor.

Mehr gab es nicht zu sagen. Das war jedenfalls ein Scheidungsgrund. Sie schlug die Bürotür hinter sich zu und fuhr zum besten Scheidungsanwalt der Stadt.

Vierzehn Tage später war sie geschieden – zu den für sie vorteilhaftesten Bedingungen. Lisa bekam die

Villa, einschließlich des Wandsafes mit Inhalt, des Hauspersonals, des Mobiliars, des Silberservices, der Gemälde in ihren kostbaren goldenen Rahmen, der Pferde in den Stallungen, der Jacht, des Cadillacs und Privatchauffeurs.

Das alles gehörte nun ihr.

Goathill saß düster grübelnd in seinem Büro, während die vollbusige, platinblonde Sekretärin auf seinem Schoß ihn zu trösten versuchte.

»Was ist jetzt, Schatz?«, fragte sie impulsiv. »Werden wir nun heiraten?«

»Nein«, brummte Goathill, ohne zu zögern, und stieß sie von seinem Schoß. »Du musst entschuldigen, aber ich habe andere Pläne für meine Zukunft.«

Wut packte seine Sekretärin. Sie rauschte aus seinem Büro, schmetterte die Tür ins Schloss und eilte zur Personalabteilung, um zu kündigen und dafür zu sorgen, dass sie außer dem ihr zustehenden Gehalt noch einen Härteausgleich bekam. Und so verschwand sie aus Goathills Leben.

Weitere Jahre vergingen. Lisa, die einst so bezaubernd schöne Lisa, aß immer mehr teure Pralinen und wurde zusehends beleibter. Nun war sie niemand mehr, mit dem man Staat machen konnte. Sie war eben nur noch eine alternde, feiste, unförmige, stinkreiche Frau, die fast den ganzen Tag auf dem Sofa herumlag und in den Journalen mit der neusten Pariser Mode herumblätterte – während ihr Mann sie mit Konfekt überschüttete.

Ihr Mann?

Hatte sie wieder geheiratet?

Wen denn?

Ihren Privatchauffeur? Den mit der breiten Goldlitze an der prächtigen Livree?

Oh nein! Sie heiratete noch einmal Goathill. Es gab keine andere Möglichkeit. Er musste sie wieder heiraten. Die Scheidung hatte ihn zu viel gekostet und ihn fast in den Ruin getrieben. Offen gab er zu:

»Ich habe sie ihres Geldes wegen geheiratet!«

C–

Geraldo und sein Singing Dog

Louis Geraldo verdiente sein täglich Brot als Bauchredner. Er trat mit seinen Bauchrednerpuppen in kleinen, drittrangigen Varietés des ganzen Landes auf und kam gerade so zurecht – doch es war ein unstetes Leben. Auf dem Weg nach Stoke-on-Trent machte er eines Tages Halt, um seinen Durst an einer Quelle am Wege zu stillen. Er hatte sich gerade niedergekniet, als er einen struppigen Schäferhund entdeckte, der mit einem verträumten Ausdruck in den gutmütigen Augen das Lied sang: »Farewell and Goodbye, my Own, my Dear!« Im ersten Augenblick glaubte Geraldo seinen Augen und Ohren nicht zu trauen. Aber es war Wirklichkeit: Der Hund sang tatsächlich mit tiefer, melodiöser Stimme das altbekannte walisische Volkslied. Ein bärtiger Hirte saß mit gekrümmtem Rücken auf einem riesigen Stein neben ihm und kraulte ihm den Nacken. Geraldo fragte ihn, ob ihm der Hund gehöre.

»Ja«, nickte der Alte. »Aber er taugt zu nichts mehr, zu steif in den Beinen, um die Schafe zu bewachen, zu faul und desinteressiert. Ich habe mir gerade einen jungen angeschafft. Der alte Lassie sitzt bloß den ganzen Tag da, jault und grölt all seine alten, wehmütigen Lieder.«

»Wer hat ihm das beigebracht?«

»Ich! Zwölf Jahre lang saß Lassie neben mir, während ich all die alten Lieder summte. Etwas Gehör muss ihm angeboren sein. Jedenfalls kann er sie alle auswendig … obwohl ich nicht viel von seiner Singstimme als solcher halte. Im Übrigen singt er nur, wenn man ihn im Nacken krault … dann fühlt er sich wohl – dann blafft er etwas und stimmt irgendeine Melodie an …«

»Wollen Sie ihn verkaufen?«

»Ihn verkaufen? Sie können ihn geschenkt haben! Er ist mir bloß eine Last. Aber ihn zu erschießen bringe ich nicht übers Herz.«

Geraldo bekam den alten englischen Hirtenhund. Einige Tage später hatte er eine tolle Bauchrednernummer eingeübt und führte sie einem Artistenagenten, Mr. Tzigani, vor. Er setzte den alten Lassie mitten auf Tziganis Schreibtisch, kraulte ihn im Nacken … und Lassie begann zu singen. Er grölte munter und wohl aufgelegt die gute alte Volksweise: »At Carfax good my darling waits!«, während Geraldo mit mehreren Heftpflastern vor dem Mund seinen Kopf tief hinunter in einen Eimer Wasser steckte, um Mr. Tzigani zu überzeugen, dass nicht er es war, der sang. Als Lassie mit seinem Lied fast am Schluss angekommen war, nahm Geraldo seinen Kopf aus dem Eimer und riss das Heftpflaster ab.

»Na, Mr. Tzigani, was sagen Sie jetzt?«, fragte er den Artistenagenten gespannt.

»Diese Art Bauchrednernummer hat es früher schon gegeben.«

»Nicht mit sieben Streifen Heftpflaster vor dem Mund und nicht mit dem Kopf in einem Eimer Wasser! Im Übrigen kann ich Ihnen, unter uns gesagt, anvertrauen, dass es in Wirklichkeit der Hund ist, der singt!«

»Danke«, fertigte Tzigani ihn kurz mit einer verärgerten Handbewegung ab. »So was können Sie sich sparen! Ich bin doch kein Idiot! Ich arbeite seit dreißig Jahren in der Branche, mein Lieber! Aber, all right, das ist ein ganz guter Bauchrednertrick. Sie können in der Trimble Music Hall vom Ersten an ein Engagement antreten.«

Geraldo war glücklich. Dem Engagement folgte ein Gastauftritt in der Fernsehshow »The Good Old Days«, in der das Publikum über GERALDO AND HIS SINGING DOG jubelte. Er baute die Nummer noch mit einer kleinen Raffinesse aus, indem ein Herr oder eine Dame aus dem Publikum auf die Bühne kommen und das Ohr an Lassies Mund legen durfte. Und jedes Mal war der Betreffende bereit zu schwören, dass die Töne vom Hund kamen! Fantastisch gut gemacht! Eine hervorragende Nummer! Denn selbstverständlich handelte es sich um einen Trick, das war ja klar. Jedoch konnte man diesen Trick unmöglich entdecken ... und daher war es wirklich ein Supertrick.

In der nächsten Zeit verdiente Geraldo mit seiner Nummer eine Menge Geld, und die Engagements wurden immer besser. Eines Abends vertraute er sich seiner Frau Rhona an.

»Rhona«, sagte er, »ich kann es einfach nicht lassen, manchmal darüber nachzudenken, dass ein Hund wie Lassie unnatürlich ist ... ich meine ... ein singender Hund. Na gut, seine Stimme zeigt kein überragendes Talent, aber allein die Tatsache, dass er all die alten Lieder behalten hat. Es sind einige dabei, wie zum Beispiel ›My Irish Molly O!‹, die bis zu einem Dutzend Strophen haben. Ich weiß, du glaubst, das sei ein Trick und dass in Wirklichkeit ich es bin, der singt. Du sollst jetzt aber hören, wie ich zu dem Hund gekommen bin. Es war oben bei Stoke-on-Trent, wo er bei einem alten Hir-

ten saß und sang, als ich vorbeikam und ... och, er saß da und sang an einer Quelle und ...«

»Ach, hör auf«, unterbrach Rhona ihn gereizt, »jeder im Showbusiness weiß, dass das Bauchrednertricks sind. Sclbst wenn du ungewöhnlich gut dabei abschneidest, brauchst du nicht zu versuchen, mir was vorzumachen. Ich habe im Lauf der Zeit zu viele Varietényummern gesehen, um darauf reinzufallen! Saß und sang an einer Quelle! Mann, hör doch auf!«

Dann redete man nicht mehr darüber. Und eines Tages flatterte das ganz große Angebot aus Amerika ins Haus: ein dreimonatiges Engagement in dem weltbekannten Seven Star Club, Las Vegas. Geraldo flog sofort hinüber, um den Vertrag zu unterschreiben. Ein paar Tage später folgte Rhona mit allen Requisiten. Als Geraldo auf dem Flughafen eintraf, um sie in Empfang zu nehmen, bekam er den Schock seines Lebens.

»Wo ist Lassie?«, fragte er heiser.

Statt mit dem alten, struppigen, verlebten Hirtenhund erschien sie mit einem jungen, edlen, frisch getrimmten schottischen Windhund, einem vornehmen Rassehund allererster Klasse.

»Lassie?«, sagte sie. »Den hab ich einem Hundefänger zum Einschläfern überlassen. Du willst dich doch wohl nicht im Star Club mit einem alten, verlausten, schäbigen Köter zeigen wollen? Dieser hier passt viel besser zum Geschmack eines verwöhnten Publikums ... besonders wenn du etwas Modernes und Fortschrittliches einübst statt dieser stinklangweiligen, naiven, alten irischen Volkslieder!«

Das Defizit

Hansen, der Hauptkassierer, zählte das Bargeld, aber der Abschluss wollte nicht stimmen, Es fehlten hundert Kronen. Er zählte noch immer, als die Kollegen schon auf dem Sprung in den Feierabend waren.

»Stimmt die Kasse nicht, Hansen?«, fragte der Bankdirektor, als er durch die Schalterhalle in Richtung Ausgang ging. »Das ist aber dumm. Zählen Sie noch einmal nach.«

Selbst in einer kleinen Bank muss die Kasse stimmen, da hilft alles nichts. Hansen zählte noch einmal. Die hundert Kronen waren und blieben verschwunden. Zwei Wochen später das gleiche Ärgernis. Als Hansen Kasse machte, fehlten fünfhundert Kronen. Er meldete es dem Direktor, der bereitwillig zu ihm herauskam und persönlich alles noch einmal überprüfte.

»Haben Sie das Gold mitgezählt, Hansen?«

Ja, das Gold hatte er mitgezählt.

»Kleben vielleicht zwei Fünfhundert-Kronen-Scheine aneinander?«

Die anderen Mitarbeiter standen voller Mitgefühl um seinen Schreibtisch herum, während Hansen sämtliche Fünfhundert-Kronen-Scheine kontrollierte. Es fanden sich keine, die aneinander klebten. Alle schüttelten verständnislos den Kopf. Hansen war seit fast fünfundzwanzig Jahren Angestellter bei der Bank, und bisher hatte die Kasse bei ihm immer gestimmt.

»Passen Sie auf, morgen findet sich das Geld wieder«, sagte der Direktor und klopfte Hansen ermutigend auf die schmalen Schultern. »Jetzt machen Sie sich mal keine Sorgen wegen der fünfhundert Kronen. Ist nicht heute Mittwoch? Da gehen Sie doch immer zum Pferderennen, oder?«

Hansen nickte. Pferderennen waren sein Hobby. Also schloss er die Kasse ab und besuchte seine Tierchen.

Drei Wochen danach erschien er wieder beim Direktor.

»Was gibt's denn, Hansen? Stimmt etwa die Kasse wieder nicht?«

Hansen nickte trostlos. »Es fehlen tausend Kronen, Sir.«

»So langsam kommt mir das aber komisch vor, Hansen«, sagte der Direktor leicht verärgert. »Die Kasse muss stimmen, wo kommen wir denn sonst hin?«

Hansen duckte sich eingeschüchtert. Dann setzte er sich vor seine Kasse und zählte noch einmal sämtliche Zehnkronenscheine, während sich der Direktor die größeren Beträge selbst vornahm.

Die übrigen Mitarbeiter beobachteten die Zählerei interessiert.

»Sie haben Recht«, sagte der Direktor, als er das letzte Bündel Fünfhundert-Kronen-Scheine aus der Hand legte. »Es fehlen genau tausend Kronen. Am besten, Sie bleiben heute nach Feierabend hier und versuchen die Sache in Ordnung zu bringen.«

»Aber heute sind Abendrennen«, sagte Hansen schüchtern.

»Die Kasse geht vor«, entschied der Direktor und verließ den Kassenraum.

»Dumm genug, wenn Sie Ihr Gehalt auf irgendeinen lahmen Gaul verwetten …« Hansen begann ihm auf die Nerven zu gehen.

Zwei Wochen vergingen. Dann klopfte eines Nachmittags Hansen wieder beim Direktor.

»Die Kasse …«, sagte er heiser. »Es fehlen zehntausend.«

Der Direktor sprang auf, schob Hansen beiseite und ging wortlos hinaus. Er zählte selbst. Scheine, Gold, Münzen. Alles! Seine Mitarbeiter sahen ihm in atemlosem Schweigen dabei zu.

»So was habe ich mein Lebtag noch nicht erlebt, Hansen. Ich bin nicht bereit, das noch länger mit anzusehen. Wenn Sie keine glatten Abschlüsse mehr hinbekommen, muss ich es der Zentrale melden.«

Der Blick des Direktors fiel auf ein Rennprogramm, das Hansen in die Kasse gesteckt hatte, neben die Schecks. Er griff danach und sah Hansen scharf an.

»Wetten Sie dort auch?«, fragte er kurz.

»Ab und zu setze ich mal fünf Kronen«, sagte Hansen leise, ohne aufzublicken.

Der Direktor drehte sich um und ging mit ungewöhnlich langen Schritten hinaus.

Die zehntausend Kronen fanden sich nie. Der Direktor meldete den Vorfall zwar nicht an die Zentrale, ließ aber von dem Tag an die Tür zu seinem Büro offen, damit er Hansen im Auge behalten konnte. Wenige Wochen später trat er zu dem Kassierer, als der gerade Kasse machte.

»Muss ich wieder nachzählen, Hansen?«, fragte er.

Hansen rückte widerstrebend beiseite. Die Angestellten drängten sich um die beiden Männer. Der Direktor zählte dreimal alles durch und wurde immer erregter. Dann schlug er mit der Faust auf den Tisch.

»Jetzt reicht's aber«, fuhr er Hansen an. »Es fehlen hunderttausend Kronen. Jensen, holen Sie die Polizei.«

Jensen rief die Kriminalpolizei an. Der Fall lag klar. Hansen hatte sich aus der Kasse bedient und das Geld beim Pferderennen verspielt. Die Wettleidenschaft hatte sein Leben ruiniert.

»Drei Jahre kriegt er mindestens«, sagten die von der Kriminalpolizei.

Es kam zum Prozess, die Zeugen machten ihre Aussagen.

»Alles klar«, sagte der Richter. »Drei Jahre.«

Wenige Tage später kam Jensen, der Stellvertreter des Direktors, tief erschüttert in dessen Büro.

»Stellen Sie sich vor, Hansen hat Selbstmord begangen.«

»Armer Kerl«, sagte der Direktor, nachdem er sich von dem Schock ein bisschen erholt hatte. »Warten Sie mal, Jensen.«

Er stand auf, nahm ein Bild von der Wand und öffnete seinen Privatsafe. Vor ihm lag ein Bündel mit 100 000 Kronen, eins mit 10 000 Kronen, eins mit tausend, eins mit fünfhundert und eins mit hundert Kronen. Er nahm die hundert Kronen heraus und drückte sie Jensen in die Hand.

»Hier, besorgen Sie einen schönen Kranz. Von mir persönlich. Mit einer roten Seidenschleife und der Inschrift: ›Dank für alles‹.«

LOVE AND CRIME IN CLOS-DE-PROVENCE

»Der Frühling hat mich geweckt, Mademoiselle!«

Clos-de-Provence schlief den Schlaf der Gerechten. In der kleinen Stadt war alles ruhig und still. Erst nachdem Madame Chapelots alter Hahn zum dritten Mal gekräht hatte, begann der Ort allmählich, sich ein wenig zu rühren. Und der Metzger, Gustave Barbaroux, rieb sich mit seinen großen, groben Händen das Gesicht, als wolle er die Dunkelheit der Nacht wegreiben. Neben ihm im Doppelbett lag Florianne, die Nase unter der Decke.

Eine Weile blieb der Metzger still liegen und lauschte. Gegen das Krähen des Hahnes war er immun, das konnte ihn nicht geweckt haben. Nur selten wurde er vor zwanzig vor sieben wach, wenn Florianne ihn schüttelte. Heute Morgen war irgendetwas völlig anders, und das hatte ihn geweckt. Aber was?

Wieder lauschte er. Kein Mucks war zu hören. Bis auf Floriannes regelmäßiges, ruhiges Atmen, das tief unter der Decke hervordrang. Aber an ihre Geräusche war er gewöhnt, das konnte es also auch nicht sein.

Er schlug die Decke zurück und setzte sich auf die Bettkante. Etwas rief ihn. Er musste aufstehen und herausfinden, was es war. Florianne knurrte unwirsch, als er aufstand und die hochspringende Matratze ihr einen Ruck versetzte.

In bester Schimpansenmanier massierte sich der

Metzger die Brust, ging ans Fenster, das die ganze Nacht offen gestanden hatte, und klappte die Fensterläden auf.

Frühlingsluft blies ihm entgegen.

Ach! Das hatte ihn also geweckt. Der Frühling war da! Über Nacht war er gekommen. Die letzten Wochen über war es feucht und kalt gewesen. Die Knospen an den Mandelbäumen hatte niemand bemerkt, obwohl sie sich termingerecht gezeigt hatten, wie sie es nach Kalender sollten. Nicht einmal die Katze hatte darin einen Frühlingsboten gesehen. Hätte sie zwischen den Topfpflanzen auf der Fensterbank gelegen und ein Sonnenbad genommen, wäre es wohl eher ein Vorbote des Frühlings gewesen.

Gustave Barbaroux blickte aus dem Fenster und nickte zufrieden. Nirgendwo war der Frühling schöner als in der Provence! Kein Zweifel. Die Sonne schien auf die Dächer der Stadt und ließ das schmiedeeiserne Gitterwerk des festungsartigen Glockenturms aufleuchten, der hoch über ihnen aufragte; sie blitzte in Fensterscheiben auf und brachte den Zeiger einer Sonnenuhr in Barbaroux' Blickfeld dazu, einen langen Schatten zu werfen.

Der morgendliche Dunst verflüchtigte sich, der Himmel wurde blau, und die Luft roch aromatisch. Heute war alles anders als gestern. Über Nacht hatte der Frühling Einzug gehalten, und dieses Wunder veränderte alles. Barbaroux sah hinunter in den Garten des Polizisten Giron, in dem Mandel- und Kirschbäume um die Wette blühten und ihren süßen Duft zu seinem Fenster hinaufschickten. Tief sog er die Frühlingsluft ein. Er füllte seine Lungen fast bis zum Bersten und ließ den Atem mit einem Zischen entweichen. Das wiederholte er, bis ihm schwindelig wurde.

Ihm war danach, sich zu strecken und zu beugen, die Arme auf und ab zu schwingen und zu versuchen, mit den Fingerspitzen den Boden zu berühren, wie er es früher gekonnt hatte. Aber jetzt hinderte ihn sein dicker Bauch, sich allzu weit zu bücken. Na ja, eigentlich war es auch egal. Oder? Flüchtig ärgerte er sich, dass er die Geschmeidigkeit seiner Jugend verloren hatte und bei den Freiübungen, die der Frühlingsanfang ihm eingab, außer Atem geriet. Doch ebenso rasch war es auch wieder vergessen.

Ein beschwingtes Wohlgefühl erfüllte ihn, und diese Wonne wollte er mit jemandem teilen. Nur Florianne kam dafür infrage. Sie hatte sich im Bett umgedreht, nun lag ihr Hintern fast völlig bloß da. Er war rosa, rund und plump. Gustave starrte ihn lüstern an. Die Frühlingsfreude sandte ihre Botschaft in alle Glieder und erfüllte ihn mit Verlangen. Da ihm aber auch klar war, dass er sich besser zusammenreißen sollte, gab sein rasch arbeitendes morgendliches Hirn Gegenbefehle. Florianne würde einen Frühlingsquickie um diese unchristliche Zeit wohl kaum zu würdigen wissen. Aber zumindest musste er ihr die gute Nachricht mitteilen. Er gab ihr einen Klaps auf den runden rosa Po.

»Wach auf!«, schrie er fast. »Es ist Frühling!«

Florianne schob ihre Nase unter der Decke vor, starrte ihn völlig verständnislos an und zog die warme Decke über ihren Hintern.

»Was ist los? Hab ich verschlafen? Wie spät ist es?«

Gustave tätschelte ihr die Hand. »Ich wollte dir nur sagen, dass der Frühling da ist.«

»Wer?«

»Der Frühling! Über Nacht ist er gekommen. In aller Stille. Schau, wie die Sonne scheint, und riech die milde Luft. Es ist herrlich. Stell dir vor. Da wachst du

auf und merkst, der Frühling steht in voller Blüte. Das gibt's nur hier in der Provence, dass …«

»Gustave, manchmal glaube ich, du bist nicht ganz richtig im Kopf! Wie spät ist es?«

»Es ist der erste Frühlingstag, fünf nach halb sechs«, erklärte Barbaroux. Er war immer schon ein sensibler Mensch, und es gab oft Stimmungen, die ihn überwältigten. Zum Beispiel, wenn der Frühling kam.

»Halb sechs!« Florianne vergrub sich wieder unter der Decke. »Wage es ja nicht, mich noch eine Sekunde länger wachzuhalten«, zischte sie. Dann drehte sie sich so heftig um, dass die Federn der Matratze in sich zusammensanken. Als sie wieder hochkamen, grub sie ihre Nase ins Kissen und schlief ein.

Aber so leicht ließ Gustave Barbaroux sich nicht aus dem Konzept bringen. Die Freude über das Frühlingserwachen würde er sich nicht nehmen lassen. Er ging in ihr kleines Badezimmer und duschte. Während das Wasser über ihn rieselte, summte er ein schnulziges Frühlingslied: Eine Huldigung an die Frühlingssonne, die Zeit der Kirschblüte/ die Zeit der Herzen voller Liebe/ die Ach! so kurz/ nur weilt, so lang die Bäume Kirschen tragen. »Immer, immer werde ich diese Zeit lieben«, sang er schmachtend. »Vorbei die kalte Pein des Winters, da nun der Frühling mein Herz erfüllt!«

»Verdammt!«, fluchte er plötzlich. Es kam kein Wasser mehr. Kein Tropfen. Gelegentlich wurde die Hauptwasserleitung für ein oder zwei Stunden abgestellt, aber es war eine unverzeihliche Schande, das am ersten Frühlingsmorgen zu tun. Die Burschen vom Wasserwerk sollten dafür sorgen, dass es genügend Wasser gab, wenn Leib und Seele in Flammen standen. Denn dann war es ja wohl nur natürlich, dass man ausgedehnt duschen und dabei singen wollte.

Andererseits ... vielleicht hatte er ja genug gesungen. Rasch zog er sich an und beschloss auszugehen, um den Frühling zu begrüßen. Florianne wälzte sich im Bett herum und grummelte, sie könne nicht wieder einschlafen. Alles nur wegen seines Unsinns mit dem Frühling.

»Reg dich nicht auf, Schatz«, sagte Gustave. »Schatz« sagte er immer, wenn es keinen Grund dafür gab. »Der Frühling kommt nur einmal im Jahr und will begrüßt werden ... Übrigens, es gibt kein Wasser, ich gehe eben zum Brunnen.«

Er packte ein paar leere Plastikflaschen in eine Tasche und ging die steile Wendeltreppe hinunter in die Morgensonne. In herrlicher Stimmung schlenderte er fast eine Stunde durch die noch schlafende Stadt. Er plauderte ein bisschen mit zwei Straßenkehrern, füllte seine Flaschen am Brunnen und landete ganz selbstverständlich bei *Chez Charles,* wo die Fensterläden gerade geöffnet wurden. Er setzte sich an seinen Stammplatz an einem Tisch auf dem Bürgersteig und bestellte eine Tasse Kaffee und ein Croissant. Und während er darauf wartete, kam der FRÜHLING in Person.

Sie setzte sich an einen Tisch in der Nähe – jung und frisch mit großen, funkelnden Augen, so schwarz wie ihr Haar. Ihr ganzes Gesicht drückte Heiterkeit aus und strahlte vor Jugendfrische. Sie war morgens Stammkundin bei *Chez Charles,* und Monsieur Charles stellte unverzüglich eine Tasse Kaffee vor sie hin. Frisch gebackene Croissants hatte sie selbst mit, eben in André Piroux' Bäckerei gekauft.

Barbaroux kannte sie gut. Sie arbeitete im Maison de la Presse, dem Zeitungsladen, in dem er immer seine Zeitung kaufte und unweigerlich ein freundliches Lächeln dazu bekam. Yvette war ein flottes Mädchen. Ein bisschen zu flott vielleicht. Es war bekannt, dass sie jeden Morgen zu *Chez Charles* kam – immer aus einer anderen Richtung. Aber junge Mädchen wollen jung sein, und solange sie wissen, was sie tun, und dafür sorgen, dass auch die jungen Burschen es wissen, macht genau das die Welt schön.

»Guten Morgen, Mademoiselle Yvette«, grüßte Barbaroux sie.

»Guten Morgen, Monsieur Barbaroux.« Sie warf einen Blick auf ihre Uhr. »Sie sind früh dran heute.«

»Ja. Der Frühling hat mich geweckt! Sie haben doch gemerkt, dass Frühling ist?«

»Oh ja, es ist herrlich! Nach dem langen Winter. Jean Claude und ich … mein neuer Freund … haben heute Morgen davon gesprochen … ich meine, gestern, als er mir gute Nacht gesagt hat.« Sie bedachte Barbaroux mit einem entzückenden Lächeln. Er grinste breit und herzlich zurück. Yvette war der Inbegriff des Frühlings.

»Ja, es ist wirklich herrlich …«, nickte er. Und das galt für viele Dinge. Am liebsten hätte er den ganzen Morgen hier gesessen und den Frühling genossen – und seine Verkörperung, aber die Metzgerei öffnete um acht, und er musste mit dem Wasser für Floriannes Kaffee nach Hause.

Die beiden Flaschen wurden ihm schwer, als er durch die schmalen Gassen trottete. Und als er nach Hause kam, war das Wasser natürlich wieder aufgedreht. Florianne saß verschlafen am Küchentisch und trank Kaffee.

»Du hast dir aber Zeit gelassen«, meinte sie ärgerlich. »Wenn es nicht noch so früh wäre, würde ich denken, du bist hinter den Mädchen her gewesen.«

Barbaroux goss das Wasser aus den Flaschen in die Küchenspüle. »Bring mich nicht auf dumme Gedanken«, meinte er verschmitzt, »ich könnte sonst versucht sein, sie umzusetzen …«

Raboulet war der einzige Fischhändler in Clos-de-Provence und daher auch der beste oder der schlechteste, je nachdem, wie man es sah. Er stellte schon seine Kisten Fisch auf Holzgestellen vor seinem Laden auf, als Barbaroux auf dem Weg zu seiner Metzgerei ein Stück weiter unten auf der Rue du Marché an ihm vorbeikam. Der Fisch lag auf einem Bett aus klein gehacktem Eis, und die Kisten waren mit Blattgirlanden aus grellgrünem Plastik geschmückt. Eine scheußliche Auslage, vor der Barbaroux nur angewidert die Nase rümpfte. Er konnte Fisch nicht ausstehen, und als eifriger Parteigänger der rechten *Rassemblement pour la République* hielt er Raboulet, der ein unverbesserlicher Kommunist war, für seinen persönlichen und nationalen Feind.

Früher hatte Raboulet immer das unnachahmliche russische System gepriesen. »Von den Russen können wir eine Menge lernen, was Maßhalten und Arbeitsdisziplin angeht«, hatte er erklärt; er nutzte jede Gelegenheit zur Agitation. »Und wie ich immer gesagt habe: Die wahre Friedensbereitschaft und der ehrliche Wunsch nach Abrüstung ist nur bei unseren Nachbarn im Osten zu finden.«

In jüngster Zeit sprach er weniger von seinen russischen Brüdern. Obwohl er immer noch ein gewisses Maß an Solidarität übte. Als die Russen Wodka verboten, setzte er pflichtschuldigst seine tägliche Ration Pastis um ein oder zwei Gläser herab.

Barbaroux gewann sofort Raboulets Aufmerksamkeit, als er stehen blieb und sich die Nase zuhielt. »Vom

ersten Frühlingstag an sollte der Verkauf von Fisch gesetzlich verboten sein«, erklärte er.

Raboulet machte auf dem Absatz kehrt, stürzte in den Laden, kam sofort mit einer Zeitschrift zurück und tippte überzeugt mit dem Finger darauf. »Hier, hier in *Der Fischhändler,* da steht es schwarz auf weiß«, schrie er. »Hier steht, es ist wissenschaftlich bewiesen, dass Leute, die Fisch essen, gesünder sind, einen klareren Kopf haben und 20 Prozent länger leben als ihr Fleischesser alle miteinander! Du kannst es selber lesen ... das heißt, wenn du lesen *kannst*!«

Barbaroux lachte lauthals. »*Der Fischhändler!* Das müssen dir deine roten Freunde aus Moskau geschickt haben. Da drüben müssen die Leute drei Stunden Schlange stehen für ein Stück Rindfleisch ... und wenn sie es schließlich kriegen, ist es zäh wie Schuhleder!«

Raboulet trommelte inzwischen auf die Zeitschrift ein, doch ehe er noch eine scharfe Erwiderung geben konnte, war Barbaroux pfeifend weitergegangen.

Der Metzger schloss das Eisengitter vor seinem Laden auf. In der Wurstküche zog er seine knöchellange Schürze an. Ein paar Minuten später kam Francis, sein Geselle. Er war mit Nicole, der Tochter des Fischhändlers, verheiratet. Sie hatten schon zwei Zwillingspaare, was die Einwohner von Clos-de-Provence mit einem gewissen Lokalstolz erfüllte. Francis stand unter erheblichem Druck, es noch einmal zu versuchen und zu sehen, ob er einen Hattrick schaffen würde. Er sah bleich und müde aus, und seine Augen waren vom Schlafmangel blutunterlaufen.

Barbaroux klopfte ihm ermutigend auf die Schulter. »So ist das nun mal!«, sagte er. »Wenn du jung bist und ein hübsches, williges Mädchen zur Frau hast, kannst du das Frühlingserwachen genüsslich feiern. Ich schätze, ihr beiden habt eine lange Liebesnacht hinter euch, was?«

Nach wie vor wurde Francis bei jeder Anspielung auf sein Liebesleben rot. »Nichts dergleichen«, meinte er. »Zwei der Kinder kriegen Zähne und haben uns die ganze Nacht wach gehalten.«

»Zähne«, wiederholte Barbaroux völlig desinteressiert. »Eine Schande. Es ist nämlich Frühling geworden, und junge Leute sollten sich darüber besonders glücklich zeigen. Denk dran, die Kirschen halten nicht lang. Ich brauch dir ja nicht zu sagen, wie's damit steht … Ich gehe zur Bank, Wechselgeld holen.«

Weit brauchte der Metzger nicht zu gehen. Crèdit Agricole hatte gleich im Nebenhaus eine Filiale eröffnet. Natürlich hatte die Bank so früh noch nicht geöffnet, aber Barbaroux brauchte nur ans Fenster zu klopfen, und der Bankdirektor, Vincent Rodriguez, der morgens immer als Erster bei der Arbeit war, ließ ihn herein.

Rodriguez war ein großer, sehr kräftiger Mann, der ganz und gar nicht wie ein Bankdirektor aussah. Eigentlich war er nur Filialleiter, keine ganz so hohe Position wie Bankdirektor. Aber in Clos-de-Provence waren Titel ganz nützlich. Sie sorgten dafür, dass man schneller und höflicher bedient wurde, zumal wenn man es mit Beamten zu tun hatte und sie im Dienstgrad um ein oder zwei Stufen hinaufbeförderte.

Rodriguez stammte aus den Ardennen, und da er mit seiner mächtigen Statur auf jedermann einen überaus soliden Eindruck machte, hatte niemand Bedenken, der neuen Bankfiliale größere Beträge anzuvertrauen, manchmal auch beträchtliche Summen, von denen die Finanzbehörden nichts wussten. Diese Schwarzgelder konnte die Bank jedoch nicht nutzen, da sie unantastbar in den 120 Schließfächern lagen, die die Kunden gemietet hatten. Und in diesen unsicheren, ungewissen Zeiten bewahrten sie dort außer Bargeld auch Silberbesteck, Goldschmuck, Perlenketten, Diamantringe und anderes Geschmeide auf.

Nachdem Barbaroux sein Wechselgeld bekommen hatte, schenkte Rodriguez ihnen den üblichen Morgenpastis ein. Der Metzger sah zu dem Gebäude auf der anderen Straßenseite hinüber. Noch vor nicht allzu langer Zeit war es ein hübsches, gut gepflegtes Haus mit einigen guten Wohnungen, einer Pension und einer großen Wäscherei im Erdgeschoss gewesen, die vor einigen Jahren auf einen Münzwaschsalon umgestellt worden war. Aber als die Behörden verlangten, dass die sanitären Einrichtungen mit Duschen und modernen Toiletten auf den neusten Stand gebracht würden, wollte der Besitzer die Ausgaben nicht investieren. Er kündigte allen Mietern und versuchte das Haus zu verkaufen, allerdings ohne Erfolg.

»Da drüben fällt alles zusammen«, meinte Barbaroux finster. »Man kann Häuser nicht leer stehen lassen. Allmählich kommen die Ratten zu mir herüber. Offensichtlich ist Lapierre kein so guter Makler, wie ich dachte. Sonst hätte er doch längst einen Dummen gefunden, dem er den Kasten aufhalsen kann, oder?«

»Aber er hat ihn doch verkauft. Vor ein paar Tagen«, sagte Rodriguez, »an einen Unternehmer aus Marseille. Er heißt Baptiste Papot.«

»Baptiste Papot«, wiederholte Barbaroux. Er dachte, er kenne jeden aus der Provence. »Der Name sagt mir nichts. Was hat er mit dem Rattenloch vor?«

»Offenbar hat er große Pläne. Wie ich gehört habe, will er das ganze Haus renovieren und in ein feines Hotel mit gutem Restaurant umbauen. Er brennt darauf, anzufangen. Ich habe schon ein paarmal mit ihm über verschiedene finanzielle Aspekte gesprochen.«

»Hotel-Restaurant«, überlegte Barbaroux. »Keine schlechte Idee. Wir brauchen schon lange ein gutes Hotel, und wenn ich den Auftrag als Lieferant für die Küche bekomme, soll er mir willkommen sein! Wann fängt er mit den Umbauarbeiten an?«

»Er ist so weit, dass er anfangen kann, den Keller auszuschachten, um da die Küche einzubauen. Die Decke ist zu niedrig, er muss etwa einen Meter tiefer in den Granit … Das wird viel Lärm geben.«

»Das macht nichts. Dann höre ich wenigstens nicht, wie Florianne sich selbst bemitleidet, wenn sie an der Kasse sitzt.«

»Da haben Sie auch wieder Recht«, lächelte Rodriguez. Er hatte Sinn für Humor, obwohl er aus den Ardennen stammte.

In der Nähe des ersten Kassenschalters stand ein Strauß Rosen vom Vortag auf der Theke. Sie ließen schon ein bisschen die Köpfe hängen, aber Barbaroux suchte sich die schönste heraus, zog sie mit einem »Darf ich?« aus der Vase, brach den größten Teil des Stieles ab und steckte sich die Blüte knapp über dem Schürzenlatz ins Knopfloch seines Hemdes.

»Letzte Nacht ist der Frühling gekommen, alles treibt Knospen und blüht«, meinte er. »Der Frühling ist die schönste Zeit, die ich kenne. Ich wünsche Ihnen einen wunderschönen Tag!«

Der Bankdirektor brachte Barbaroux zur Tür und ließ ihn hinaus. Er warf einen Blick zum Waschsalon auf der anderen Straßenseite und freute sich, dass dort bald ein Hotel eröffnet werden würde. Seine Ehe mit einer zwölf Jahre älteren Frau war nicht sonderlich glücklich. Zum Ausgleich hatte er eine Affäre mit

der reizenden Joëlle Varnier, vielleicht dem hübschesten Mädchen von Clos-de-Provence. Allerdings war es immer schwierig, ein ruhiges Plätzchen für ihre heimlichen Zusammenkünfte zu finden. Er war es leid, mit Joëlle an eine abgelegene Stelle im Wald fahren und sich mit dem Rücksitz des Wagens behelfen zu müssen. So klein, wie der Citroën war, und so groß und kräftig, wie er war, und so anspruchsvoll, wie Joëlle war – na ja, all das machte ihre amourösen Treffen zu einer recht komischen Parodie. Ein diskretes Arrangement mit Monsieur Papot, ihm ein Hotelzimmer zur Verfügung zu stellen, wenn er es brauchte, käme ihm sehr gelegen. An ihm sollte es nicht scheitern, dass die Renovierungsarbeiten so bald wie möglich starteten. Monsieur Papot konnte mit einem großen Baudarlehen zu vernünftigen Zinsen und Rückzahlungsbedingungen rechnen. Initiative und den Mut zu neuen Ideen musste man schließlich unterstützen.

Rodriguez war sehr zufrieden. Er wandte sich um und wollte in sein Büro gehen. Inzwischen war die Hauptkassiererin eingetroffen und stellte frische Blumen in die Vase am ersten Kassenschalter.

»Oh, danke!« Er machte eine leichte Verbeugung in ihre Richtung. »Es ist Frühling geworden, Madame Boudeau!«

Le Vilain Petit Canard

Kaja und Klaus Schou waren dänische Einwanderer. Ursprünglich stammten sie aus einer Kleinstadt nördlich des Limfjords. Das sonnenverwöhnte Klima Südfrankreichs hatte sie hergelockt. In der Regel dauerte der Sommer nördlich des Limfjords etwa einen Nachmittag. So machten sie also den großen Sprung und ließen sich für immer in Clos-de-Provence nieder. Dort führten sie ein kleines dänisches Lokal, *Le Vilain Petit Canard*, das hässliche Entlein, ein Tribut an das bekannteste Märchen ihres weltberühmten Landsmannes H. C. Andersen.

Auch Klaus war in Frühlingslaune. Vielmehr hatte sie ihn sogar ganz in Besitz genommen. Als die ersten Kirschbäume blühten, traf ihn der Frühling mitten ins Herz.

Er war verliebt. Wahnsinnig. Seine Kopfhaut prickelte, der Schweiß stand ihm auf der Stirn, und seine Brust juckte. Zuweilen konnte er nur schwer atmen und verlor den Appetit. All das war die Folge eines viel zu hohen Blutdrucks, der wiederum durch die Heftigkeit seiner Verliebtheit bedingt war.

Klaus hatte einmal gelesen, was mit einem Mann geschah, der sich in eine Frau verliebte. Die Atmung wurde asthmatisch. Die Pupillen weiteten sich, der Blick wurde starr und glasig. Das Blut pochte ihm wie ein Hammer in den Schläfen. Das Unterbewusstsein sandte Alarmsignale an die Hirnanhangdrüse, den Chef aller Hormone produzierenden Drüsen. Rasch ging die Nachricht weiter an die Nebennieren, die auf der Stelle eine Unmenge Adrenalin in den Blutkreislauf ausschütteten und den Stoffwechsel anregten. Wenn dieser Zustand der Verliebtheit unerkannt blieb und zu lange andauerte, zehrte er den Patienten völlig aus.

All diese Symptome hatten Klaus seit dem Tag befallen, an dem er neulich in Magali Fomarets Modegeschäft gegangen war, um Kaja zum Geburtstag eine Bluse zu kaufen. In den letzten zehn Jahren war er Magali oft in der Stadt begegnet. Er hatte sie auch im Lokal bedient, wenn sie mit einem Freund oder ihrer Freundin Joëlle Varnier dort gewesen war. Er hatte sie schon immer schön und sexy gefunden. Oh là là, wie der Franzose sagen würde. Aber es hatte keine Atembeschwerden, keine geweiteten Pupillen, keinen glasigen Blick, keinen Bluthochdruck, keine Erregung der Nebennieren und keine Adrenalinausschüttung gegeben, bis er an jenem Tag in ihr Geschäft trat. Es war wie eine Explosion, und als er blindlings aus dem Laden stürzte und über die Straße taumelte, vergaß er sogar die Bluse. Dann kehrte er um, ging mit weichen Knien zurück, um sie zu holen und Magali zu erklären, dass er ohne sie nicht leben könne. Sie fand ihn komisch und lachte herzlich über ihn. Aber als er am nächsten Tag wiederkam und erklärte, er meine es ernst, glaubte sie ihm.

Seitdem hatte er kaum ein Auge zugetan, so konnte es nicht weitergehen. Schlaftabletten halfen zwar ein bisschen, aber sie konnten die Auswirkungen seiner Vernarrtheit nicht aus seinem Körper treiben. Zu all den anderen Symptomen gesellte sich auch noch ein Rauschen in seinen Ohren. Sein Blutdruck war bedroh-

lich hoch. Ein Arzt hätte ihn ins Krankenhaus eingewiesen. Und als der Frühling und die Kirschblüte kamen, wurde alles nur noch schlimmer.

Gleichzeitig litt er unter einem überaus schlechten Gewissen. Kaja und er hatten zehn Jahre hart für den Erfolg ihres Lokals gearbeitet, und es hatte sich ausgezahlt. Es wurde von verschiedenen kulinarischen Experten empfohlen, und Liebhabern guten Essens machte es nichts aus, einen Umweg zu fahren, um im *Vilain Petit Canard* zu essen.

Wie konnte er Kaja so etwas antun? Er wusste, dass es falsch war. Er war ein Rohling. Ein hoffnungslos verliebter Rohling. Magali gestand ihm, dass er auf sie ebenfalls einen gewaltigen Eindruck gemacht habe. Na gut!

Aber so einfach war das nicht. Er konnte Kaja auf keinen Fall verlassen. Das wurde er aber wohl müssen, da Bigamie gesetzlich verboten war. Und selbst wenn dies nicht der Fall wäre, war er überzeugt, dass keine der beiden Damen an einem Arrangement interessiert war, bei dem er beide behalten konnte.

Wie hatte das alles nur so aus dem Ruder laufen können? Lag es an Magalis Schönheit und Ausstrahlung? Am Liebeshunger eines darbenden Herzens? Hatten er und Kaja vernachlässigt, was früher in ihrer Beziehung vorhanden gewesen war, weil sie so schwer für das Lokal arbeiten mussten und viele Opfer und finanzielle Schwierigkeiten zu bewältigen hatten?

Vielleicht war da etwas dran. Ihre ganze Leidenschaft hatten sie in das Hässliche Entlein gesteckt. Offenbar war keine Kraft mehr übrig geblieben, einander Zuneigung zu zeigen. Die Jahre hatten bei Kaja ihre Spuren hinterlassen. Nie hatten sie sich einen Urlaub gegönnt. All das forderte seinen Tribut. Wann hatten sie sich zum letzten Mal etwas Liebes gesagt?

Darüber grübelte Klaus in seinen langen, schlaflosen Nächten nach. Er versuchte sein schlechtes Gewissen zu beruhigen. Nicht er hatte sich verändert, sondern Kaja. Sie war nicht mehr die Frau, in die er sich vor all diesen Jahren verliebt hatte. Sie achtete inzwischen zu wenig auf ihr Äußeres, und dazu hatte keine Frau das Recht. Schließlich gab es noch mehr im Leben als nur das Lokal. Es gab ja auch noch IHN. Und wenn er versuchte zärtlich zu sein, wies sie ihn ab. Sie hatte keine Zeit. Sie war müde. Und hatte er daran gedacht, nachzusehen, ob der Weinkeller voll war, damit sie nicht wieder in die gleiche Klemme gerieten wie vor zwei Jahren, als ihnen ein Wein ausgegangen war, der auf der Speisekarte stand.

In der Nacht, als der Frühling kam, dachte Klaus nur an Magali. Sie war die neue Frau in seinem Leben. Er hatte das Gefühl, sämtliche Gelenke seines Körpers stünden in Flammen. Vielleicht war es Rheuma. Noch mehr Qualen zusätzlich zu seinem pochenden Herzen und dem Rauschen in den Ohren.

Aber wie sollte er es Kaja sagen? Wie würde sie reagieren? Schreien? Eine Szene machen? Zusammenbrechen? Den Gedanken an diese letzte Möglichkeit konnte er nicht ertragen.

Er versuchte mit Magali darüber zu sprechen, aber sie meinte, das sei nicht ihr Problem. Und bevor er etwas Voreiliges tue, brauche auch sie Zeit, über die Lage nachzudenken, fügte sie hinzu. Sie fand, es käme alles ziemlich plötzlich. Allerdings müsse sie zugeben, dass seine leidenschaftliche, stürmische Werbung sie erregt habe. Außerdem seien große, blonde, blauäugige Wikinger einfach ihr Typ.

»Was siehst du nur in mir, das meine Frau nicht sieht?«, fragte Klaus.

»Ich sehe einen Mann«, antwortete Magali. »Vielleicht sieht sie nur einen Ehemann.«

Diese Worte machten Klaus so glücklich, dass er beschloss, zu handeln. Das einzige Problem war, es über die Lippen zu bringen. Auf nette Art. Ohne Kaja allzu unglücklich zu machen. Vielleicht würde es sie ja gar nicht unglücklich machen. Sicher konnte er sich nicht sein. Und was war mit dem Lokal? Würde sie es allein weiterführen?

Der Gedanke an das Hässliche Entlein versetzte ihm einen Stich ins Herz. Es war ihr gemeinsames Lebenswerk. Ideal wäre es, wenn sie es zu dritt führen könnten, aber das war vielleicht zu viel verlangt.

Er drehte den Kopf und sah Kaja an. Sie lag da und lächelte strahlend im Schlaf. Es war lange her, seit er sie zuletzt hatte lächeln sehen. Jetzt tat sie es nur noch im Schlaf.

Der Wecker klingelte, aber das störte sie nicht. Sie lächelte weiter. Er schlängelte sich unter ihre Steppdecke. An die französischen Decken, die man fest unter die Matratze stopfte, sodass die Füße verdreht auf der Seite lagen, hatten sie sich nie gewöhnen können. Deshalb hatten sie sich schon vor langer Zeit Daunendecken aus Dänemark kommen lassen.

»Wir müssen aufstehen«, sagte er.

Sie öffnete die Augen einen schmalen Spalt. Als sie ihn sah, gefror ihr das Lächeln auf den Lippen.

»Ach, du bist es«, sagte sie verschlafen.

Er setzte sich auf. »Ja, ich bin's! Wer soll es denn sonst sein?«

Sie setzte sich auf die Bettkante und tastete mit dem Fuß nach ihren Pantoffeln.

Schmollend betrachtete er ihren Rücken. »Worüber hast du gelächelt?«

»Ich habe etwas sehr Komisches geträumt. Wir waren im Urlaub, und du bist gefallen und hast dir den Knöchel verstaucht und konntest nur im Sessel sitzen.«

»Sehr komisch«, meinte Klaus und stieg auf seiner Seite aus dem Bett.

»Und da war ein gut aussehender junger Mann, der sich wahnsinnig in mich verliebt hatte. Wir hatten ihn im Hotel kennen gelernt. Und als wir alle zusammen draußen im Garten des Hotels saßen, nahm er mich plötzlich in die Arme. Du bist von der Liege aufgesprungen, konntest aber nicht laufen. Nur hüpfen.«

»Natürlich nicht. Ich war schließlich Invalide«, sagte Klaus verärgert.

»Genau. Und während du wütend auf uns zugehüpft kamst, schaffte er es, mich dreimal zu küssen.«

»Dreimal?«

»Ja. Und dann lief er weg, und du hast versucht ihn zu fangen. Auf einem Bein. Es sah so komisch aus.«

»Hast du solche Träume öfter?«

»Nein. Aber ich träume oft davon, Urlaub zu machen«, sagte Kaja und zog ihr Nachthemd aus.

Klaus saß mit dem Rücken zu ihr. Gedankenversunken zog er seine Hose an und setzte sich wieder. Ihm war eine großartige Idee gekommen, wie er das Problem lösen konnte, aus dieser Ehe herauszukommen, ohne allzu bittere Gefühle zurückzulassen. Es musste mit einer so großzügigen Geste geschehen, dass Kaja ihn immer als netten, lieben Burschen in Erinnerung behielt.

»Ich setze Kaffeewasser auf«, sagte sie, »aber wir haben kein frisches Brot mehr.«

»Ich springe eben in die Bäckerei und hole eine Tüte frische Croissants«, sagte er und fand sich schon ziemlich nett.

»Djam-Djam-Schlangen? Was ist das denn?«

Der Mann war klein, gedrungen und ziemlich muskulös. Sein Gesicht wäre uninteressant gewesen, hätte er nicht diese Nase gehabt, die die Aufmerksamkeit des Betrachters fesselte. Irgendwann hatte sie einen Zusammenstoß erlebt, der ihr nicht gut bekommen war. Vielleicht war sie mit einer Betonmauer zusammengeprallt oder in einen Boxhandschuh oder eine Eisenfaust gelaufen oder das Ziel der Bratpfanne einer erzürnten Dame gewesen. Jedenfalls war sie gebrochen und für immer verschandelt. Um die Aufmerksamkeit von seiner grotesken Nase abzulenken, hatte der Besitzer sich eine Dekoration unter den Nüstern wachsen lassen, einen schmalen schwarzen Schnäuzer in echtem Certosinastil der achtziger Jahre des vorigen Jahrhunderts.

»Mein Name ist Baptiste Papot«, stellte sich der Mann vor und schüttelte Barbaroux so kräftig die Hand, dass sich seine Fersen einen Zentimeter vom Boden hoben. »Ich habe das Haus auf der anderen Straßenseite gekauft, das, in dem der Waschsalon war. Ich will den ganzen Kasten renovieren und in ein kleines, erstklassiges Touristenhotel umbauen. Das ist genau das, was Clos-de-Provence braucht.«

»Ein Touristenhotel«, nickte Barbaroux und rieb sich die Hände. »Keine schlechte Idee. Touristen sind gut

fürs Geschäft. Ein leer stehendes Haus ist nicht gut. Den Kaufleuten auf der Rue du Marché gefällt es ganz und gar nicht, dass das Haus leer steht. Besonders seit es da von Ratten wimmelt.«

»Die werden wir schon los. Die Arbeiten beginnen bald. Wir fangen im Keller an, in den die Küche, der Kühlraum und der Tiefkühlraum kommen sollen. Aber es wird viel Lärm machen. Wir müssen den Boden um anderthalb Meter tiefer legen, mit Presslufthämmern. Unter dem jetzigen Boden befindet sich hauptsächlich Fels.«

»Damit müssen wir wohl leben«, meinte Barbaroux freundlich. »Das Wichtigste ist, dass endlich etwas gegen die Ratten unternommen wird, bevor der ganze Kasten zusammenfällt.«

»Wir hatten überlegt, auch nachts zu arbeiten«, meinte Papot, »damit wir die Geschäftsleute und ihre Kunden nicht zu sehr belästigen. Nachts scheint sich in der Gegend niemand aufzuhalten. Oder zumindest fast niemand.«

Barbaroux starrte fasziniert auf seine gebrochene Nase. »Sehr rücksichtsvoll von Ihnen, an die Geschäftsleute zu denken.«

Papot wechselte das Thema. »Können Sie mir drei Zicklein besorgen und für mich schlachten?«

»Warum nicht«, antwortete Barbaroux. »Ich kenne jemanden, der Ziegen hat. Monsieur Fournel. Jean-Marius Fournel.«

Der Name sagte Papot offensichtlich nichts.

»Er war früher Pfarrer hier in Clos-de-Provence. Hat eine Menge Ärger gemacht. Das heißt, der Kirche. Er hat das Zölibat gebrochen und eine Lehrerin aus dem Ort geheiratet.

Eine ganz reizende, attraktive junge Frau. Jetzt verdient er seinen Lebensunterhalt mit der Herstellung von Ziegenkäse. Ich verkaufe den Käse in meinem Laden. Höchstwahrscheinlich hat er ein paar Zicklein, die er erübrigen kann.«

»Und falls nicht, gibt es noch andere Möglichkeiten?« Papot klang ungeduldig.

»Sicher. Verlassen Sie sich auf mich. Aber sie müssen schon eine gewisse Größe haben, wenn sie ein bisschen Geschmack haben sollen.«

»Ich will sie nicht essen. Sie sind für meine Anakondas.«

Barbaroux machte große Augen. »Anakondas«, wiederholte er. »Aber sind das nicht ...«

»Ja. Es sind Riesenschlangen. Große. Sie können bis zu zehn Metern lang werden. Meine sind nur acht oder neun. Aber sie haben großen Appetit.«

»Haben Sie vielleicht einen Zoo?«, erkundigte sich Barbaroux und sah sich suchend nach etwas um, das etwa die Größe einer Anakonda hätte. Seine Wand war vier Meter lang. Eine Anakonda konnte doppelt so lang werden. Wahnsinn! Das war groß!

»Nein, aber ich habe als internationaler Händler für Wildtiere gearbeitet. Nur Großwild. Nashörner, Nilpferde, Elefanten. Aber heute ist Großwildhandel fast ein Schimpfwort, darum habe ich ihn aufgegeben. Ich habe allerdings noch ein Terrarium. Übrigens ... Ich brauche noch ein paar Stücke Fleisch für meine Djam-Djam-Schlangen. Aber es muss ganz frisch sein.«

»Djam-Djam-Schlangen? Was sind das denn für welche?« Barbaroux kannte sich in der Zoologie nicht sonderlich gut aus. Über wechselwarme Wirbeltiere wusste er quasi gar nichts.

»Haben Sie noch nie von der indischen Djam-Djam-Schlange gehört? Die echten Djam-Djams und ihr betäubendes Gift sind wirklich hochinteressant. Eigentlich die fantastischste Spezies der Gattung Naja-Naja.«

»Betäubendes Gift?«, murmelte Barbaroux und trat unwillkürlich einen Schritt zurück. Er konnte sich nicht sicher sein, ob der Mann nicht ein Demonstrationsexemplar in der Westentasche hatte. »Das klingt ja schrecklich! Beißen sie?«

»Und ob! Das Komische an der Djam-Djam ist, dass sie gar nicht aufhören kann zu beißen. Sie beißt alles, was sich bewegt. Wenn es Sie interessiert, erzähle ich Ihnen bei Gelegenheit mehr darüber.«

»Ich sage Ihnen wegen der Ziegen Bescheid.«

»Gut. Könnten Sie sie mir vielleicht ins Haus liefern? Ich wohne in den Bergen, knapp zwölf Kilometer von hier. Fahren Sie einfach nach La Motte und fragen Sie nach dem Haus. Es heißt Beau Soleil. Ich habe es gerade gemietet. Sie finden es bestimmt.« Papot setzte seine Zustimmung bereits voraus.

»Ich brauche diese Ziegen innerhalb der nächsten zehn bis zwölf Tage«, fuhr er fort. »Wenn sie bis dahin nicht dort sind, werden meine Anakondas zu hungrig, und dann werden sie gefährlich und noch stärker.«

Barbaroux schauderte und versprach, sich sobald wie möglich darum zu kümmern.

»Der ist aber komisch«, meinte Florianne hinter ihrer Kasse, nachdem Papot gegangen war. »Wer ist das? Was für eine Nase!«

»Er war früher Großwildjäger und -händler«, antwortete Barbaroux kurz angebunden. »Vielleicht ist er mit der Nase in ein Nashorn gerannt. Wenn ja, ist sie bestimmt gebrochen. Bist du jetzt zufrieden? Du weißt, ich kann es nicht leiden, wenn du schlecht über meine Kunden sprichst.«

»Und das ganze Gerede über Schlangen«, fuhr Florianne unbeirrt fort. »Ich sage dir, er ist genau der Typ, der Riesenschlangen hält. Statt Kanarienvögel.«

Der Metzger wollte sie gerade barsch anfahren, als die reizende Joëlle Varnier den Laden betrat und der Frühling wieder Einzug in sein romantisches Herz hielt.

»Was kann ich an diesem wunderschönen Tag für Mademoiselle tun?«, fragte er höflich und starrte auf den tiefen Ausschnitt ihrer Bluse.

Für Barbaroux war weibliche Schönheit das Salz des Lebens. Hätte Florianne nicht mit scharfen Adleraugen an der Kasse gesessen, hätte er Joëlle umarmt, ihr einen Kuss auf beide Wangen gegeben und ihr ein schönes Frühjahr gewünscht. So begnügte er sich mit seinem strahlendsten Lächeln und dem innigsten Blick, und sie verstand. Sie errötete leicht, lächelte schüchtern über seine unausgesprochene Würdigung und sah sich das umfangreiche Fleischangebot an.

»Ich habe Gäste«, sagte sie. »Ich hatte gedacht, *Noix de veau* für Kalbsrouladen zu holen.«

Barbaroux ging in den Kühlraum und kam mit einem Stück Kalbfleisch wieder, das er hielt, als sei es die Jahrhundertentdeckung.

»Sehen Sie sich das an«, erklärte er stolz. »Das Stück ist vom Allerfeinsten! Was Besseres finden Sie in der ganzen Provence nicht. Die Kalbsrouladen, die Sie davon machen, können Sie dem Fürsten von Monaco servieren!«

»Ich bin sicher, Sie geben mir nur das Beste«, sagte Joëlle. »Ich brauche genug für sechs Personen.«

Barbaroux schnitt die erforderliche Menge ab, warf sie auf die Waage und nannte den Preis. Dann legte er noch ein schönes Stück Speck umsonst dazu. »Frühling ist nur einmal im Jahr!«

Lächelnd stolzierte Joëlle zur Kasse. Sie schwang die Hüften wie eine türkische Bauchtänzerin, was Barbaroux so erregte, dass er trockene Lippen bekam. Jedenfalls verspürte er das dringende Bedürfnis, sie zu befeuchten.

Joëlle legte einen Fünfhundert-Francs-Schein hin.

»Haben Sie's nicht kleiner?«, fragte Florianne ärgerlich.

»Leider nicht.«

Florianne fasste es immer als persönliche Beleidigung auf, wenn Kunden nur große Scheine hatten. Schließlich war gleich nebenan eine Bank, es bestand also kein Grund, mit Fünfhundert- oder Tausend-Francs-Scheinen zu bezahlen. Mit großem Getue zählte sie das ganze Wechselgeld vor. Joëlle rächte sich, indem sie es sorgfältig nachzählte, um sich zu vergewissern, dass der Betrag stimmte. Dann kehrte sie Florianne den Rücken zu und wandte sich wieder an Barbaroux.

»Au revoir, Monsieur. Et bonne journée!«

»Vous de même, mademoiselle, et merci!«

Barbaroux brachte sie mit strahlendem Lächeln und liebevollem Blick zur Tür. Als sie ging, schaute er ihr sehnsüchtig nach und schloss dann die Tür.

»Flittchen!«, erklärte Florianne.

Nachmittags, als das Geschäft ruhiger lief, überließ er den Laden Francis und Florianne und fuhr zu Jean-Marius Fournel. Mit seiner schönen Lucienne hatte dieser sich ein Paradies in der felsigen Landschaft geschaffen, in der eine große Ziegenherde frei weidete. Der ehemalige Pfarrer des Ortes hatte nie zu verhehlen versucht, dass dieses abgelegene Paradies wie für den Sündenfall geschaffen war.

Fournel war allein in der weiß gekalkten, soliden

Milchküche, die er selbst auf dem Granitboden gebaut hatte. Hier machte er seinen beliebten Ziegenkäse, während Lucienne in der Schule unterrichtete.

Jean-Marius freute sich, den Metzger zu sehen. Sofort holte er eine Flasche Pastis und stellte zwei Gläser auf den Tisch zwischen ein paar zerbröckelte Käse. Er brach ein Stück von einem Baguette ab, legte eine dicke Scheibe Käse darauf und reichte es Barbaroux.

»*Santé*«, sagte er und hob sein Glas.

»*Santé*«, antwortete Barbaroux, trank das Glas halb leer und aß das Käsebrot. Ein, zwei oder drei Glas Pastis und dazu frischer Ziegenkäse auf einem knusprigen Baguette war eine seiner Lieblingsspeisen.

»Ich habe eine Bestellung für ein paar Zicklein«, sagte er. »Sie sind für den Mann aus Marseille, der das Haus gegenüber von meinem Laden gekauft hat. In dem der Waschsalon war. Da wimmelt es nur so von Ratten, es ist nur gut, dass endlich jemand etwas dagegen unternimmt. Der Mann will den ganzen Kasten renovieren und in ein Hotel umbauen. Ein Touristenhotel. Gute Idee.«

»Und die Zicklein. Was will er mit denen?«

»Er hat ein paar Anakondas. Früher war er Großwildjäger und -händler. Wie ich gehört habe, werden diese Biester alle acht bis zehn Tage ziemlich hungrig, und dann braucht man ein Zicklein, um sie satt zu bekommen.«

»Lebendig? Wenn sie mit lebendigen Zicklein gefüttert werden, kannst du meine vergessen!«

»Ich schlachte sie, du brauchst dir also keine Sorgen zu machen, wie sie gefressen werden. *Santé!*«

Die beiden Männer leerten ihre Gläser.

»Normalerweise verkaufe ich meine Zicklein nicht«, meinte Fournel. »Und der Gedanke, dass sie Schlangen zum Fraß vorgeworfen werden sollen, gefällt mir nicht. Andererseits habe ich wirklich zu viele Zicklein. Also, aus alter Freundschaft … du kannst dich auf mich verlassen … wenn der Preis stimmt und er sich nicht noch mehr Anakondas holt.«

Sie einigten sich auf einen Preis, und nach einem netten Plausch und vier Pastis machte sich Barbaroux auf den Heimweg.

Unterwegs hielten ihn zwei Gendarmen an, die eine Straßensperre errichtet hatten. Das ist gar nicht gut, dachte Barbaroux, besonders, wenn sie mich ins Röhrchen blasen lassen. Könnte sein, dass ich einen Pastis zu viel hatte. Vielleicht auch zwei.

Aber die Gendarmen wollten ihn nur vor einem Waldbrand warnen, der in der Gegend von Montabard ausgebrochen war. In der Richtung, die sie Barbaroux zeigten, war der Rauch nicht zu übersehen. Alljährlich kam es zur gleichen Katastrophe, wenn Pyromanen mit ihren Benzinkanistern und Streichhölzern loszogen oder verantwortungslose Camper ein offenes Feuer machten.

Es war der erste Waldbrand des Jahres, und es würde nicht der letzte sein. Zwei große gelbe Canadair-Flugzeuge schwebten langsam und niedrig mit durchdringendem Dröhnen über ihren Köpfen, um das Brandgebiet von der richtigen Seite anzufliegen. Bald würde sie ihre schwere Seewasserladung über das Feuer ausschütten und wieder zum Mittelmeer zurückfliegen, um nachzutanken.

Diese Teufelskerle der Luft saßen da oben hinter ihren Steuerknüppeln in den alten Feuerlöschflugzeugen, die schon lang hätten verschrottet werden müssen. Die Piloten waren freiwillige Soldaten der Luftwaffe, und keiner war unter vierzig. Es mussten Männer sein, die genau wussten, worauf sie sich einließen. Jedes Mal, wenn sie mit ihrer schweren Ladung über einem Flammenmeer im Sturzflug nach unten gingen, riskierten sie ihr Leben. Sobald sie in die dichten Rauchschwaden eintauchten, um ihr Wasser abzuwerfen, konnten sie die Hand nicht mehr vor Augen sehen.

»Warum stellt ihr nicht einfach ein Schild auf … und zieht los, um diese verdammten Pyromanen zu fangen«, fragte Barbaroux, als er aus dem Wagen stieg.

Die beiden Gendarmen sahen sich an, als wollten sie sagen, das sei vielleicht keine schlechte Idee. Aber dann fiel dem älteren Polizisten ein gutes Argument ein, um dazubleiben.

»Dazu haben wir keine Befehle«, meinte er. »Wir befolgen nur unsere Anweisungen.«

Der Jüngere reichte Barbaroux ein Fernglas, damit er den Flug der Canadair-Maschinen verfolgen konnte.

»Ich bin froh, dass ich nicht da oben sitze«, sagte er.

»Sie bekommen eine Gefahrenzulage«, meinte der jüngere Gendarm.

»Wenn du Frau und Kinder und ein Zuhause hast wie ich, bist du ganz zufrieden, hier unten zu bleiben und die Leute zu warnen. Das muss schließlich auch jemand tun«, sagte der ältere.

Barbaroux stimmte ihm zu und gab das Fernglas zurück. Dann fuhr er auf der Strecke, die sie ihm geraten hatten, nach Hause. Er dachte an die vielen Morgen Wald, die bald in Schutt und Asche liegen würden. Wenn er das nächste Mal durch diese Gegend fahren würde, würden da nur noch unzählige verkohlte Baumstümpfe in einem Geisterwald stehen, in dem jedes Leben ausgelöscht war. Das Einzige, was nach einem solchen Waldbrand gewöhnlich übrig blieb, war das Gerede. Die Leute wurden über die verrückten Pyroma-

nen reden, über die Zigarettenkippen, die Autofahrer achtlos aus dem Fenster warfen, über die waghalsigen Canadair-Piloten und wie man weitere Waldbrände in Zukunft vermeiden könnte. In diesem Sommer sollten die Leute jedoch einen völlig anderen Gesprächsstoff haben. Ein großes, erschütterndes Drama stand den Einwohnern von Clos-de-Provence bevor. Schlangen sollten Einzug ins Paradies halten. Und Barbaroux war dazu bestellt, sie zu füttern und am Leben zu halten.

»Das klingt wie ein Märchen aus Tausendundeiner Nacht!«

Kaja legte ihren Schaber aus der Hand und sah Klaus ungläubig an. »Das meinst du nicht ernst«, sagte sie.

»Doch, bestimmt. Du hast von morgens bis abends geschuftet. Du *brauchst* einen Urlaub. Nur drei Wochen. Wo du an nichts anderes denken musst, als Urlaub zu machen, auszuruhen und dich wohl zu fühlen.«

Kaja schüttelte den Kopf. »Wir können nicht einfach das Lokal schließen und wegfahren.«

»Natürlich können wir. Solange wir es vor der Hauptsaison tun. Alle anderen schließen auch für ein bis drei Wochen. Selbst Raboulet macht das Fischgeschäft vierzehn Tag lang zu. Du weißt doch selbst, wie schwierig es für uns ist, Fisch zu servieren, wenn er weg ist. Er schließt jedes Jahr ... und sein Geschäft geht immer noch gut. Wir haben seit zehn Jahren keinen Urlaub mehr gehabt. Nicht einen einzigen freien Tag. Und jetzt genehmigen wir uns ein paar Tage. Keine Widerrede mehr!«

Kaja wandte sich wieder ihren Töpfen und Pfannen zu. Sie bereitete gerade das Tagesmenü vor, *Soufflé au thon à la marseillaise,* ein köstliches Tunfischsoufflé, das sehr gefragt war. Früher hatten sie eine Zeit lang einen richtigen Koch beschäftigt, aber sein Tempera-

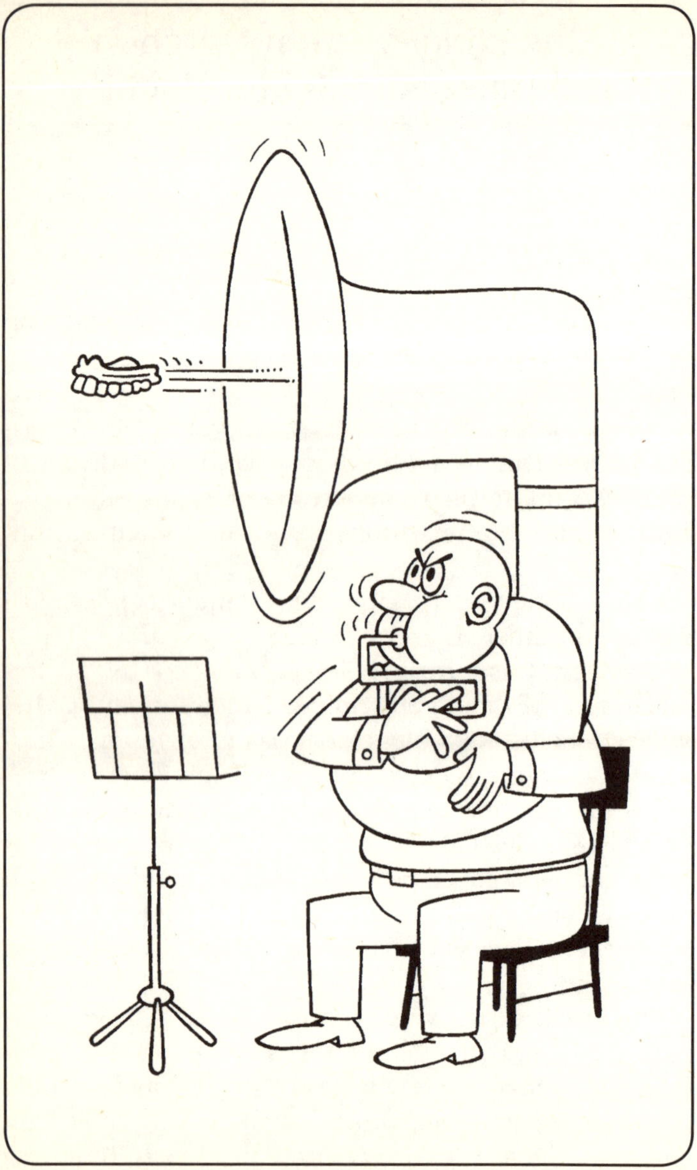

ment und seine Hysterie gingen Kaja auf die Nerven. Er glaubte allmählich, das Lokal gehöre ihm und er könne alles entscheiden. Schließlich trennten sie sich gewissermaßen in gegenseitigem Einverständnis, und seitdem stand Kaja wieder in der Küche und machte alles selbst. Nachdem sie den Koch los waren, hatte die Ausgabe der Gastronomiezeitschrift für die Provence und die Côte d'Azur, *Gault Millau,* dem Hässlichen Entlein, »geschaffen von diesem charmanten dänischen Ehepaar, Kaja und Klaus Schou«, seine Anerkennung gezollt und es zum Restaurant des Monats erklärt. Und die Monatsbeilage des Figaro, Provence-Côte d'Azur, hatte das Lokal besonders erwähnt, was für die Inhaber eine große Ermutigung war. Das hässliche Entlein verwandelte sich in einen wunderschönen Schwan. Über all das durfte Klaus gerade jetzt nicht nachdenken, da andere Sorgen ihm Kopf und Herz füllten.

»Noch was«, meinte die durch und durch praktische Kaja, »können wir uns das überhaupt leisten?«

»Mach dir darüber keine Gedanken«, antwortete Klaus. »Du weißt doch, dass wir in den letzten zehn Jahren ganz gut verdient haben. Wir haben sogar etwas Geld in unserem Schließfach bei der Crédit Agricole. Das bringen wir jetzt in Umlauf! Du entscheidest, wohin wir fahren. Ganz gleich wohin. Eine Kreuzfahrt in die Karibik. Madeira. Griechenland mit seinen Ruinen. Wohin du willst. Wie wär's mit Kenia, einer Fotosafari mit Löwen und Elefanten. Alles, was du willst. Wenn es nicht gerade eine Weltreise ist, brauchst du über den Preis gar nicht nachzudenken.«

Kaja sah ihn mit plötzlichem Argwohn an. Die Intuition einer Frau ist untrügerisch. »Gewöhnlich wirfst du nicht mit Geld um dich. Wieso jetzt?«

»Keine Sorge! Es geht nicht darum, mit Geld um

mich zu werfen. Es geht darum, dass du einen unvergesslichen Urlaub bekommst. Es ist das Mindeste, was ich tun kann, um dir für deine harte Arbeit zu danken.«

Klaus war so stolz auf sich, dass er gleich ein paar Zentimeter größer wurde.

»Einverstanden«, meinte Kaja. »Schließlich bezahle ich letzten Endes ja die Hälfte mit.«

Ihr Mann wurde um ein oder zwei Strich kleiner. Entscheidend war aber eigentlich doch der gute Wille, die großzügige Geste. »Vom rein Praktischen mal abgesehen, brauchst du auch noch ein paar neue Kleider für den Urlaub. Und die bezahle ich, von *meinem* Geld. Fahr nach Marseiile oder Nizza und geh in die besten Geschäfte ... kauf, was dir gefällt! In vertretbarem Rahmen, natürlich. Du bist Wirtin, nicht die Fürstin von Monaco!«

»Das klingt wie ein Märchen aus Tausendundeiner Nacht«, sagte Kaja. Einen Augenblick sah sie aus, als erwarte sie, dass er in Lachen ausbrechen und sagen würde, es sei alles nur ein Scherz. Doch dann sagte sie:

»Jetzt, wo du den Damm gebrochen hast, muss ich zugeben, dass ich mir schon lange einen kleinen Urlaub wünsche. Nur ein bisschen Zeit, den ganzen Tag zu tun, was ich möchte. Das Essen serviert zu bekommen, das ich mir von einer großen Speisekarte ausgesucht habe ... statt es anderen aufzutischen. Es wäre wirklich herrlich, Klaus. Ich verspreche dir, wenn wir wieder nach Hause kommen, wirst du feststellen, dass du eine völlig neue Frau hast!«

»Ja«, murmelte er und beugte sich über einen Einkaufskorb. »Das hoffe ich. Aber fürs Erste such dir einen schönen Platz aus, an den wir fahren können.«

Der Waldbrand um Montabard war nicht so verheerend oder ausgedehnt wie befürchtet. Die Canadair-Piloten bekamen ihn rasch unter Kontrolle. Daher lieferte er den Einwohnern von Clos-de-Provence nicht lange Gesprächsstoff. Außerdem gab es so viel anderes, worüber die Leute reden konnten. Zum Beispiel Alain Pasquet, den Pfarrer, und seine neue Haushälterin, Madame Paulette Zanetti.

Die letzte Haushälterin des Pfarrers war im Alter von achtundsiebzig Jahren gestorben, und zu aller Überraschung stellte Pasquet die erst zweiundvierzigjährige Paulette ein. Sie war die Witwe eines städtischen Kassierers, den bei der Jagd nach einem wilden Bären durch ein Unglück eine Kugel getroffen hatte. Er war auf der Stelle tot und wurde ein paar Tage später beerdigt. Alle wussten, dass die Kirche es lieber sah, wenn ihre Priester Haushälterinnen einstellten, die nicht attraktiv waren und die mittleren Jahre fast hinter sich hatten, damit das Keuschheitsgelübde der Priester keiner Versuchung ausgesetzt wurde. Das Fleisch ist schwach – und selbst katholische Priester sind aus Fleisch und Blut …

Pasquet trotzte jedoch seinem Bischof und stellte Paulette ein – aus humanitären Gründen. Sie brauchte die Stelle dringend, da die Witwenpension nicht zum Leben reichte. Pasquet verteidigte seinen Entschluss außerdem mit dem Hinweis, dass sie eine eigene Wohnung habe und nur tagsüber im Pfarrhaus sei, was das Risiko in Grenzen hielte. Trotzdem war das Thema allzu interessant, um umkommentiert zu bleiben. Allen fiel auf, dass Paulette, die gern kurze, enge Kleider mit tiefem Ausschnitt trug, es offensichtlich nicht für nötig hielt, ihren Kleidungsstil zu ändern, nachdem sie nun dem Pfarrer den Haushalt führte.

Einige Einwohner der Stadt, besonders ältere Frauen, waren entrüstet und schockiert, aber die meisten anderen gönnten dem Pfarrer ein bisschen Sonnenschein, der seine grauen Tage erhellte. Niemand rechnete mit einem neuen Priesterskandal, wie sie in den letzten Jahren recht häufig vorkamen. Zum Glück gehörte Pasquet nicht zu der heißblütigen Sorte Männer, von denen man sich vorstellen konnte, dass sie das Keuschheitsgelübde offenkundig brechen würden. In den letzten Jahren ließ er jedoch Charakterzüge durchblicken, die die leichtere, heitere Seite des irdischen Daseins durchaus nicht verdammten. Hinter dem strengen Äußeren schimmerte etwas durch, das zumindest die Frauen bemerkten, und es war tatsächlich auffallend, dass immer mehr jüngere Frauen als Männer in die Kirche kamen.

Der Frühling hatte unverkennbar Einzug gehalten. Er wurde hinter verschlossenen Fensterläden bei einer verlängerten Siesta gefeiert. Und in den Wohnungen vieler junger Paare wurde der Kalender neun Monate vorgeblättert und mit einem dicken roten Kreuz markiert.

Selbst der Polizeichef von Clos-de-Provence, Raymond Grely, spürte das Frühlingserwachen. Zur Abwechslung erfüllten ihn zärtliche Gedanken an seine Frau, Solange, wenn er die Polizeistation verließ, um zum Mittagessen nach Hause zu fahren. Und das nicht nur, weil sie ihm eins seiner Lieblingsgerichte gekocht hatte, *Blanquette de Veau,* ein Kalbsragout, das alles andere übertraf.

Seine Ehe mit Solange war nicht sonderlich glücklich. Es gab zu viele Seitensprünge. Und der Gerechtigkeit halber muss gesagt werden, dass beide nichts an-

brennen ließen, wenn sich die Gelegenheit bot. Zur Zeit hatte Raymond keine Geliebte. Und soweit er wusste, hatte Solange schon den ganzen Winter nichts mit anderen Männern gehabt. Mit anderen Worten, in diesem Frühling lief es gut zwischen den beiden. Seine Sehnsucht nach Solange war so heftig, dass er auf dem Heimweg einige Geschwindigkeitsbegrenzungen überschritt.

»Na!«, sagten die Leute in der Stadt mit einem Grinsen, wenn sie sahen, dass Grely sein Blaulicht eingeschaltet hatte, um schneller durch den Verkehr zu kommen, wenn er durch die engen Gassen fuhr. »Entweder kann der Polizeichef es nicht abwarten, nach Hause zu einem leckeren Essen zu kommen … oder er kann es nicht abwarten, mit Solange ins Bett zu kommen!«

Plötzlich musste er scharf bremsen. Die Hauptstraße war von einer Schafherde blockiert. Vorneweg ging eine alte Frau, die sich einen Pullover um die Hüften gebunden hatte und einen Stock mit einer roten Flagge trug. Janine, die Schäferin, marschierte vorneweg wie ein Tambourmajor vor einer Militärkapelle. Und ihre beiden Hunde, Flic und Flac, liefen zwischen zwei Kreuzungen hin und her und sorgten für Ordnung.

Grely stieg aus dem Wagen und stand breitbeinig da, die Hände in die Seiten gestemmt. Janine schwenkte zur Begrüßung den Stock in seine Richtung.

»Janine! Wie oft muss ich Ihnen noch sagen, dass Sie die Schafe nicht durch die Stadt treiben sollen!«, schrie er. »Früher war das in Ordnung, aber heute nicht mehr! Das wissen Sie doch! Und Sie müssen damit aufhören!«

»Sagen Sie das meinen Schafen«, erwiderte sie lachend und zeigte ein paar abgewetzte Zahnstümpfe. »Sie weigern sich, den langen Umweg um die Stadt zu machen. Sie haben genau solchen Hunger wie Sie,

Chef. Und sie wissen, dass auf dem Südhang frisches, saftiges Gras auf sie wartet. Sie wissen doch auch, dass zu Hause etwas Gutes auf Sie wartet, oder? Meine Schafe können in der Mittagszeit, in der doch kaum Verkehr ist, unmöglich jemanden stören.«

In breiter Formation drängten die Schafe vorwärts, ohne vom langen Arm des Gesetzes Notiz zu nehmen, der vor seinem Streifenwagen stand. Bald war Grely eine Insel inmitten eines wolligen Meeres.

Grely machte sich nicht die Mühe, der Schäferin zu antworten. Es bedurfte einer wesentlich größeren Autorität, als er sie besaß, um auch nur hoffen zu dürfen, Janine zum Schweigen zu bringen, geschweige denn, sie zu ändern. Er musste warten, bis die Straße frei war und die Hunde ein paar verirrte Schafe wieder zur Herde getrieben hatten.

Janine schwenkte den Stock in seine Richtung. »*Bon appétit*!«, rief sie dem Wagen mit dem hungrigen Polizisten nach, der davonjagte.

»Baptiste Papot? Ach, der mit den Riesenschlangen!«

La Motte bestand nur aus ein paar Häusern. Barbaroux musste trotzdem mehrmals nach dem Weg fragen, ehe er Beau Soleil, das kleine Haus, das Baptiste Papot gemietet hatte, endlich fand. Der Name sagte den Einheimischen nichts, aber sobald er die Anakondas erwähnte, wusste jeder, um wen es ging.

»Ach, der mit den Riesenschlangen«, sagte Marcel Charette, einer der Bauern, der einen Handkarren mit ein paar Milchkannen zog. Er warf einen flüchtigen Blick auf die Schrift auf dem Lieferwagen: GUSTAVE BARBAROUX, *Wurst und Fleisch, Rue du Marché.*

»Sie sind Metzger. Fahren Sie vielleicht hin, um die Ungeheuer zu schlachten?«, fragte Marcel und spuckte in einen Graben.

»Nein. Ganz im Gegenteil. Ich fahre hin, um sie zu füttern.«

»Mon Dieu!«, murmelte der Mann und strich sich mit dem Handrücken über den strubbeligen Schnurrbart. »Hier in La Motte haben sich alle über die grässlichen Schlangen beschwert. Aber die Herren von der Gendarmerie sagen, es ist nicht illegal, Schlangen zu halten, solange sie sich im Käfig befinden. Aber obwohl sie nicht frei herumlaufen, fühlen wir uns nicht sicher bei dem Gedanken, dass sie da sind.«

Die Frau des Mannes hatte sich zu ihnen gestellt. Sie

stand da, die Arme über ihrer karierten Schürze verschränkt.

»Ich habe einen Schwager, der war Tierpfleger in Paris«, sagte sie. »Einmal ist eine Riesenschlange aus dem Käfig ausgebrochen und war gerade dabei, einen siebenjährigen Jungen zu strangulieren, und das wäre ihr auch gelungen, wenn mein Schwager nichts unternommen hätte. Er hat ihr eins mit einem Eisenrohr übergezogen, da hat sie losgelassen, und der Junge ist mit ein paar gequetschten Rippen davongekommen. Sein Eishörnchen war zerquetscht. Er war auf einem Schulausflug. Und mein Schwager ist in Paris mit Bild in die Zeitung gekommen!«

»Ja, das war wirklich schrecklich«, pflichtete der Mann bei. »Stellen Sie sich vor, so ein Tier bricht aus und baumelt plötzlich über Ihrem Kopf von einem Baum!« Er schob seinen Hut zurück und sah hinauf in den Olivenbaum.

»Bald trauen sich die Leute gar nicht mehr aus dem Haus«, meinte die Frau.

»Na ja, fahren Sie da drüben die Straße lang«, sagte der Mann und zeigte mit einem Finger die Richtung, »die führt direkt hin. Passen Sie nur auf, dass Sie sie nicht entwischen lassen.«

Das Haus lag höher, als Barbaroux recht war. Vorsichtig fuhr er den ganzen Weg im ersten Gang hinauf. Seit seine Bremsen einmal auf einer ähnlich schmalen Gebirgsstraße versagt hatten und er gezwungen war, gegen eine Felswand zu fahren, hasste er enge, steile Bergstraßen.

Baptiste Papot stand draußen und unterhielt sich mit zwei Männern, die erschraken, als sie Barbaroux' Lieferwagen die Straße herauftuckern sahen. Papot lachte und sagte etwas zu ihnen. Dann kam er an Barbaroux'

Wagen und reichte ihm die Hand. Sein Handschlag war so kräftig, dass der Metzger die Finger bewegte, nachdem Papot sie losgelassen hatte, um zu prüfen, ob etwas gebrochen sei.

»Schön, dass Sie gekommen sind«, sagte Papot. »Ich nehme an, Sie haben was Gutes für meine Tierchen.«

»Ja«, meinte Barbaroux barsch. »Die drei Zicklein, die Sie bestellt haben. Aber Ihr Haus war schwer zu finden. Bei diesem schönen Wetter sollte ich eigentlich heute Abend Petanque spielen. Aber mir war auch klar, dass es wichtig war, schnell mit dem Schlangenfutter herzukommen.«

»Wir können hier Petanque spielen«, bot Papot an. »Hinter dem Haus gibt es einen Weg, und Kugeln habe ich auch.«

Barbaroux fühlte sich ein bisschen versöhnt. Dann war die Fahrt ja doch nicht ganz umsonst gewesen. Er hoffte nur, dass er nicht mit blutigen Laien spielen musste.

Papot rief jemandem im Haus etwas zu, und kurz darauf traten zwei weitere Männer aus der Tür.

»Das sind die Burschen, die den Keller ausschachten«, erklärte Papot. »Das wird ein hartes Stück Arbeit. Sie müssen auch die Wände abstützen, damit nicht das ganze Haus zusammenfällt, während wir graben. Das meiste ist Granit, aber es ist der einzige Platz, der sich für die Küche eignet. Restaurant und Bar nehmen das ganze Erdgeschoss ein. Wir müssen den Keller tiefer legen, um den Bauvorschriften zu genügen, die zweieinhalb Meter vom Boden bis zur Decke vorschreiben. Aber ich habe eine gute, schwer arbeitende Mannschaft.«

Die Männer wurden als Honoré, Armand und Hubert vorgestellt. Nur der vierte besaß offenbar einen Nachnamen.

»Und mein Vormann, Severin Petit.«

Barbaroux konnte nicht umhin, zu bemerken, dass Severin Petit stark schielte. Honoré hatte kurze Beine, eine Brust wie eine Tonne und so muskulöse Arme, dass er sie kaum seitlich an den Körper legen konnte. Hubert fiel nur durch sein rotes Haar auf. Armand, der lediglich ein Unterhemd trug, war behaart wie ein Affe und hatte Tätowierungen molliger Damen mit großen Brüsten auf den Unterarmen.

Was für ein komischer Haufen, dachte Barbaroux. Er war sich nicht mehr so sicher, ob er mit ihnen Petanque spielen wollte. Severin Petit jedenfalls schielte eindeutig zu stark, um zu spielen.

»Aber zuerst müssen Sie sich ansehen, wie die Anakondas gefüttert werden«, meinte Papot. »Sie haben schon großen Hunger. Das sieht man an ihren Augen.«

Auf dem tiefstgelegenen Teil des Grundstücks hinter dem Haus stand ein kleineres Gebäude, das ursprünglich einmal ein Stall für Schafe und Maultiere gewesen war. Später hatte man es in eine Garage umgebaut. Jetzt war es ein Terrarium mit einem großen Käfig aus Glas und Stahl, geräumig genug für zwei Anakondas.

Barbaroux hatte ein Terrarium im Freien erwartet, aber Papot erklärte, dass er die Schlangen nur kurze Zeit behalten wolle. Er habe schon ein Angebot von einem ausländischen Tierhändler, die Ausfuhrpapiere seien jedoch noch nicht fertig.

Armand und Severin schleppten jeder ein Zicklein herein. Sie hievten sie auf den Glasdeckel des Käfigs. Sofort wurden die Anakondas unruhig, da sie offenbar spürten, dass es nicht mehr lang dauern konnte, bis der Tisch für sie gedeckt sein würde.

»Wie ich sehe, sind sie ein bisschen verstimmt, dass sie ihre Beute nicht selbst töten dürfen«, meinte Papot und öffnete die Käfigtür, um die Tiere mit einem Stock munter zu machen. »Fertignahrung mögen sie nicht sonderlich«, fuhr er fort. »Aber daran müssen sie sich wohl gewöhnen. Wenn das Zicklein lebendig wäre, würde die Schlange seinem Kopf einen Schlag versetzen und automatisch ihren Körper um den Brustkorb des Opfers schlingen. Boas zerquetschen ihre Beute nie. Der Würgegriff, den sie einsetzen, verhindert die Ausdehnung der Lungen, sodass das Herz aussetzt. Das geht alles sehr schnell ... wenn sie hungrig genug sind. Versuchen Sie nie, eine Boa zu füttern, die nicht genug Hunger hat.«

Barbaroux konnte den Blick nicht von den Anakondas wenden. »Was würde dann passieren?«, fragte er; er atmete etwas leichter, nachdem Papot aufgehört hatte, die Schlangen anzustacheln, und die Käfigtür zugeworfen hatte.

»Absolut nichts! Ich erinnere mich, dass ich einmal einer Anakonda, die keinen Hunger hatte, ein Zicklein gegeben habe. Das Zicklein war dumm und wusste nicht, was eine Schlange ist, deshalb hatte es keine Angst. Am nächsten Morgen fand ich es schlafend auf der zusammengerollten Schlange liegen. Ich dachte schon, das Zicklein würde der Schlange eine Weihnachtskarte schicken, wenn es lange genug leben sollte. Aber ein paar Tage später bekam die Anakonda Hunger und fraß das Zicklein noch vor Weihnachten!«

Barbaroux trat unwillkürlich einen Schritt vom Käfig zurück. Er war gleichermaßen fasziniert wie verängstigt.

»Wie viel kann so eine Schlange denn auf einmal vertilgen?«

»Einmal hatte ich eine, die fraß ein Zicklein von zwölf Kilo und war noch nicht richtig satt, da fraß sie

noch eins von nicht weniger als acht Kilo. Danach rülpste sie und interessierte sich nicht einmal mehr für ein paar lebendige Hamster, die ich ihr zuwarf. Keine Lust auf Nachtisch. Wenn eine Anakonda wochenlang keinen Bissen bekommen hat, könnte sie eine ausgewachsene junge Ziege von dreißig Kilo auf einen Happen bewältigen. Aber dreißig Kilo ist das Maximum. Soviel ich weiß.«

»Dreißig Kilo.« Barbaroux rechnete sich aus, dass das etwa einhundertzwanzig großen Steaks auf einen Happen entsprach … Was für ein Appetit!

Papot öffnete die obere Käfigklappe und bedeutete Armand und Severin, sie sollten die beiden Zicklein in den Käfig schieben.

Barbaroux beobachtete, wie die nächstgelegene Anakonda den Kopf der Ziege suchte und das Maul weit aufsperrte. Er hatte noch nie gesehen, wie weit eine Schlange das Maul öffnen konnte. Es war kolossal. Papot erklärte, dass der Unterkiefer der Schlange mit besonders beweglichen, dehnbaren Gelenken ausgestattet sei. Nicht nur das, die beiden Teile des Unterkiefers wuchsen auch nicht zusammen wie bei anderen Tieren, sondern waren durch ein elastisches Gewebe verbunden. Die beiden Kieferteile konnte sie nicht nur stark ausdehnen, um das Maul weit aufzusperren, sie konnte sie auch unabhängig voneinander vor- und zurückbewegen.

»Ja«, sagte Papot, »der liebe Gott war ein fähiger Mann. Was er gemacht hat, funktioniert.«

Barbaroux nickte. Er war völlig gefesselt vom Anblick der fressenden Schlangen.

Auch die andere Anakonda war jetzt mit ihrem Zicklein beschäftigt. Langsam, Zentimeter für Zentimeter, verschwand das Tier im geweiteten Körper der Schlange.

»Und was ist, wenn die Schlange plötzlich satt ist und die ganze Portion nicht verdauen kann. Kann sie den Rest ausspucken und fürs nächste Mal aufheben?«

»Nein! Sie müssen einfach das ganze Tier schlucken. Sie können nicht kauen oder etwas durchbeißen. Diese Schlangen haben Zähne, die spitz nach hinten zeigen wie Stacheln, es gibt kein Zurück. Sie müssen alles schlucken. Sonst würden sie ersticken. Sie müssen wirklich genau wissen, wie viel Sie ihnen geben dürfen. Wenn Sie sie am Leben halten wollen.«

Papot nahm das dritte Zicklein und packte es in einen Kühlschrank in einem Nebenraum, der so groß war wie eine Speisekammer. Die Schlangen sollten für die nächsten zehn bis zwölf Tage vollauf gesättigt sein, aber er wollte etwas Vorrat haben, falls sie möglicherweise ein oder zwei Tage vor der Zeit Hunger bekommen würden.

»Es war interessant, sie beim Fressen zu beobachten, aber Anakondas sind nicht gerade Tiere, die ich gern halten würde. Obwohl meine Frau, Florianne, oft gesagt hat, sie hätte gern ein Paar Schuhe aus Schlangenleder«, erklärte Barbaroux weitschweifig, bis er beim Anblick eines kleineren Käfigs aus eng geflochtenen Binsen, der in der Ecke des Raumes stand, abrupt innehielt.

Papot ahnte schon, was er fragen wollte. »Da sind meine Djam-Djams drin. Ich hoffe, Sie haben auch für sie gutes Fleisch mitgebracht.«

Barbaroux nickte und antwortete fast automatisch: »Erstklassige Rinderschnitzel von den besten Stücken. Das müsste schon in Ordnung sein.«

Er war gebannt von den Schlangen. »Sind das die mit dem lähmenden Gift, von dem Sie mir erzählt haben?«

Papot nickte. »Möchten Sie sie sehen?«

Barbaroux erklärte hastig, das sei nicht so wichtig. Trotzdem öffnete Papot den Verschluss des Korbdeckels und ließ Barbaroux einen Blick hineinwerfen. Soweit er sehen konnte, waren es drei, jede etwa einen Meter lang, gelblich mit unregelmäßigen schwarz-weißen Streifen, die an Kopf und Oberseite besonders ausgeprägt waren.

»Die Djam-Djams sind wohl die ungewöhnlichsten und aktivsten Schlangen Indiens«, führte Papot aus. Er reagierte auf Barbaroux' Handbewegung und schloss den Deckel wieder. »Man unterscheidet zwei Arten von Gift. Die eine Art, die das Blut vergiftet, zerstört das Gewebe in den Arterien durch Gerinnung. Das Raffinierte an dieser Art von Gift ist, dass der Schlangenbiss Angst auslöst, die den Puls beschleunigt, sodass das Gift blitzschnell in alle Körperteile gelangt.«

Barbaroux wäre gern gegangen, aber er war von Papots Vortrag seltsam fasziniert und blieb wie angewurzelt stehen.

»Und das lähmende Gift? Was passiert, wenn man gebissen wird?«

Papot war in seinem Element. »Also, das ist ganz schlimm. Es lähmt die Atmung des Opfers, das Herz hört auf zu schlagen, und das führt zu einem schnellen Tod. Die Djam-Djams gehören zwar zu dieser Sorte, aber ihr Biss ist kaum der Rede wert. Mäuse und andere sehr kleine Tiere sterben daran, aber Menschen nicht. Es wirkt auf Menschen wie ein Betäubungsmittel. Ein paar Sekunden, nachdem ein Mensch gebissen wurde, bricht er zusammen und verliert das Bewusstsein. Weiter nichts. Nach fünf oder sechs Stunden kommt er ohne die geringsten Nebenwirkungen wieder zu sich. Das ist natürlich nur so, wenn die Djam-Djam das Opfer inzwischen verlassen hat. Sonst beißt sie immer wieder. Die Djam-Djam beißt alles, was sich bewegt.« Papot ließ den Verschluss des Korbdeckels zuschnappen.

»Gegen Schlangen ist nichts einzuwenden«, schloss er. »Die Leute sind nur zu dumm, sich in Gottes schöner Natur zu bewegen. In Gegenden mit Giftschlangen braucht man nur Safaristiefel oder auch nur Gummistiefel. Die Djam-Djams halten sich dann fern. Sie glauben nicht, dass in dem Stiefel etwas Lebendiges steckt. Sie beißen auch nicht in Büsche oder Pflanzen, die sich bewegen. Das ist schon alles. Also kommen Sie, lassen Sie uns Petanque spielen.«

Für einen Mann wie Barbaroux, der ein Meister dieses edlen Provence-Spiels war, sollte es nicht sonderlich erfreulich werden, mit Leuten zu spielen, die so linkisch und unerfahren wirkten wie Baptiste Papot und sein Arbeitstrupp. Sie warfen die Kugel nicht stilvoll, sondern schleuderten sie wie Kinder. Severin Petit sah nur zu. Barbaroux fiel auf, dass er sich ein wenig nach rechts beugte, wenn er den breiten Weg auf und ab ging, immer nach rechts. Vielleicht lag es an seinem Schielen, und zum Ausgleich für die Tendenz, sich nach rechts zu beugen, schien er den Körper unbewusst nach links zu drehen, was seinen Gang irgendwie verschlungen aussehen ließ. Es lenkte Barbaroux so sehr ab, dass er ein paarmal sein Ziel verfehlte. Das und die fehlende Herausforderung durch die Mitspieler bewirkte, dass er sich nicht in Form fühlte. Nach einer Stunde gab er auf.

»Also, ich fahre dann mal besser«, sagte er, »sonst macht meine Frau mir die Hölle heiß.«

Das Teufelsfest in Clos-de-Provence

Ich habe mich entschieden, wo ich gerne Urlaub machen möchte«, sagte Kaja. »Aber es wird nicht billig.«

»Ich habe dir doch gesagt, du brauchst nicht ans Geld zu denken«, meinte Klaus. Aber jetzt kamen ihm doch Bedenken. Hatte sie sich ein Urlaubsparadies für Millionäre ausgesucht?

»An die Riviera! Nach Cannes!«

Klaus starrte sie ungläubig an. Machte sie Witze? »Cannes«, wiederholte er. »Wieso suchst du dir einen Ort aus, der nur eine Dreiviertelstunde von hier entfernt ist? Das kannst du nicht ernst meinen.«

»Warum denn nicht?« Kaja rührte in einem Topf. Sie war dabei, eine Soße vorzubereiten. Sie hatte Klaus gebeten, einige Eier in eine Schüssel zu schlagen, die Zwiebeln zu hacken und frischen Thymian und Rosmarin zu putzen. »Wir sind erst einmal in Cannes gewesen und kennen die Riviera so gut wie gar nicht. In all den Jahren, seit wir das Lokal betreiben, haben wir sie nie ausgekundschaftet. Wir kennen nur Clos-de-Provence. Ich möchte die Riviera wirklich gerne kennen lernen. In einem Grandhotel wohnen und das Leben genießen. Deshalb wird es nicht billig. Obwohl die Fahrt fast nichts kosten wird.«

Klaus war erleichtert. Einen Urlaub an der Riviera

konnte er sich leisten, ohne sich finanziell zu ruinieren. Das Wichtigste war, dass er Kajas Urlaubswunsch erfüllen konnte. Diese Geste würde sie ihm nie vergessen. Das was das Mindeste, was er für sie tun konnte, nach so vielen Jahren harter Arbeit, sagte er sich zum wiederholten Mal. Und wenn sie zurückkamen und sie erholt war und von all ihren Erlebnissen frische Kräfte getankt hatte, wäre es nicht mehr so furchtbar, über eine Scheidung zu sprechen. Sie würde ihn verstehen und ihn trotz allem für einen Gentleman halten. Nicht jeder Ehemann würde seiner Frau unmittelbar vor der Scheidung einen wunderbaren, kostspieligen Urlaub schenken.

»Du siehst aus, als wärst du tief in Gedanken«, meinte Kaja. »Tut es dir schon Leid?«

»Absolut nicht«, sagte er schnell, um sie zu beruhigen. »Deine Wahl hat mich nur so überrascht. Ich dachte, du würdest weiter weg wollen. Aber du hast völlig Recht. Warum weit fahren, wenn wir ein Urlaubsparadies um die Ecke haben, das wir so gut wie gar nicht kennen.«

»Dann können wir uns ein Luxushotel leisten«, sagte sie.

»Ja, sicher ... und ein paar neue Kleider für den Strand und eine elegante Abendgarderobe.«

Kaja legte die Schöpfkelle aus der Hand, drehte die Flamme klein und schlang die Arme um Klaus' Hals. »Ich muss zugeben, jetzt, da es beschlossene Sache ist, freue ich mich wirklich auf diesen Urlaub. Es war schon hart, dass wir uns keine Freizeit gönnen konnten. Aber jetzt ist es so weit.«

»Ja, bestimmt«, sagte er.

Kajas Müdigkeit war verflogen, als sie wieder an den Herd zurückkehrte.

In ein paar Stunden würden die ersten Gäste hungrig und voller Erwartungen eintrudeln.

Nachmittags ging Klaus zu Magali in den Laden.

»Ich habe den ersten Schritt getan«, sagte er und erzählte ihr von dem Traumurlaub, den er seiner Frau spendieren wollte. Drei Wochen in einem Luxushotel an der Riviera. Drei Wochen, die sie für den Rest ihres Lebens nicht vergessen sollte.

»Wie nett von dir«, meinte Magali bissig. »Ich dachte, du wolltest dich scheiden lassen.«

»Stimmt. Will ich auch. Aber erst hinterher. Es wird für sie kein so großer Schock, wenn ich ihr vorher meine Dankbarkeit gezeigt habe.«

»Bist du sicher, dass es für sie ein Schock wird?«

Klaus dachte ein Weilchen nach. »Nein, nicht unbedingt«, antwortete er dann. »Aber das wäre nur gut. Ich will ihr nicht wehtun.«

»Du bist ein toller Kerl«, war Magalis Kommentar.

Klaus war sich nicht sicher, wie sie es meinte. Manchmal hatte sie wirklich eine scharfe Zunge, aber das machte nichts. Er liebte sie und nahm es ihr nicht übel, wenn sie ihn ab und zu verspottete.

»Je mehr ich darüber nachdenke, umso besser gefällt mir der Gedanke, Wirtin zu sein«, sagte Magali plötzlich.

»Kannst du kochen?«

»Nicht besonders, aber das könnte ich lernen. Sonst stellen wir einen Koch ein.«

»Ich weiß nicht, ob Kaja dass Lokal aufgeben würde«, sagte er. »Aber ich hoffe, dass sie es tut. Manchmal ist sie es leid.«

»Wir können ja tauschen«, schlug Magali vor. »Sie kann mein Modegeschäft übernehmen.«

Klaus nickte. »Das wäre eine Möglichkeit. Aber diese praktischen Dinge müssen warten. Zuerst müssen wir in Urlaub fahren.«

»Ich wünschte, ich könnte mitfahren«, sagte sie. »Ich könnte eine Abwechslung brauchen. Vielleicht schließe ich das Geschäft für ein paar Tage.«

Die Türglocke bimmelte, und eine dicke Frau trat in den Laden. Klaus und Magali setzten ihre Unterhaltung im Flüsterton fort, während die Frau einige Schachteln mit Unterwäsche durchstöberte, die auf einem Regal standen. Dann bedachte sie Klaus mit einem wütenden Blick und räusperte sich ungeduldig.

»Kann ich Ihnen helfen?«, fragte Magali.

»Ich warte«, sagte die Frau mit geschürzten Lippen.

Klaus verabschiedete sich schnell, damit die Kundin die Unterwäsche anprobieren konnte.

Auf dem Heimweg ging er noch in die »Alte Bäckerei«, um Brot zu kaufen. Kaja würde sicher fragen, wo er gewesen sei. In letzter Zeit zeigte sie Anwandlungen von Eifersucht. Sie mochte es nicht, wie er mit den Frauen flirtete, die ins Lokal kamen. Sein großes, blondes, nordisches Aussehen machte ihn überaus beliebt. Er versicherte ihr, sein Flirten sei völlig harmlos – er wolle lediglich die Gäste bei Laune halten.

Eben wurde Monsieur le Curé, der Pfarrer, bedient. Er scherzte mit dem jungen Mädchen hinter der Theke, das lächelte und schlagfertig antwortete. In seinem gepflegten grauen Anzug wirkte der Priester wie ein Versicherungsvertreter. Aber das goldene Kreuz im Knopfloch verriet ihn. Er klemmte sein Baguette unter den Arm und wünschte dem Mädchen einen guten Tag.

»Ihnen ebenfalls, Monsieur le Curé.«

Als Klaus wieder ins Lokal kam, fragte Kaja, warum

um alles in der Welt er Brot gekauft habe, da sie doch mehr als genug hätten.

»Weiß ich nicht«, sagte er.

Gewöhnlich hätte sie gesagt: »Bestimmt bist du hingegangen, um mit dem Mädchen in der Bäckerei zu flirten.« Aber sie schob den Gedanken beiseite und rief sich in Erinnerung, dass Klaus im Grunde ein guter Kerl und sehr zuverlässig war. Also zankte sie nicht mit ihm. »Gut«, sagte sie, »lass uns über den Urlaub sprechen. Morgen haben wir geschlossen, aber statt wie sonst zu Hause zu sitzen und die Buchführung zu machen, sollten wir nach Marseille fahren und einkaufen.«

Am nächsten Abend türmten sich in ihrem Wohnzimmer Schachteln, Seidenpapier und bunte Plastiktüten. Ihr Schlafzimmer verwandelte sich in einen Modesalon. Kaja wollte alles anprobieren. Sie rief Klaus.

Als er ins Zimmer kam, stand sie vor einem bodentiefen Spiegel; sie trug ein durchsichtiges langes Kleid mit fast nichts obenherum, das von fast unsichtbaren Trägern gehalten wurde.

Klaus schnappte nach Luft. »Du hast doch wohl nicht vor, in so einem Kleid auszugehen?«

»Dummchen! Das ist ein Nachthemd. Ich weiß, du hast mich noch nie in so raffinierter Nachtwäsche gesehen, aber das gehört eben zum Leben in einem Luxushotel. Ich habe nicht vor, in meinem alten Schlafanzug im Bett zu liegen, wenn der Zimmerservice mit unserem Frühstück kommt.«

Kaja fuhr fort, ihm ihre neuen Kleider vorzuführen. Ein blassgelbes, trägerloses Kleid mit plissiertem Rock und einem tiefroten Satinjackett verwandelte die Wirtin in eine elegante Dame. Auch in einem seidenen

Hemdblusenkleid und einem schwarzen, rückenfreien Abendkleid mit Spagettiträgern sah sie wunderschön aus.

Klaus war verblüfft. »Es scheint dir ja wohl nichts auszumachen, halb nackt herumzulaufen!«

»Warte nur, bis ich braun bin«, sagte Kaja und drehte sich vor ihm.

Sie hatte ihm noch mehr vorzuführen – enge Satinhosen, Seidenblusen, einen weißen Anzug, verschiedene T-Shirts und Shorts, einen Bikini und ein Nichts von Badeanzug und schließlich ein Seidenhemd mit passendem Slip.

»Na, wie findest du es?«

»Ich bin sprachlos!«

»Ich hatte schon ein bisschen mehr erwartet«, meinte Kaja. »Ich bin zwar kein Modepüppchen, aber wenn ich eine Chance bekomme, ein paar schicke Sachen anzuziehen, spüre ich doch die Frau in mir wach werden.« Plötzlich zögerte sie. »Ich hoffe, ich bin nicht zu weit gegangen.«

»Aber nein. Du kannst ja immer noch einen Schal umlegen, wenn du das schwarze Abendkleid trägst.«

»Ich meine, mit allem, was ich gekauft habe. Es war nicht gerade billig, weißt du.«

»Mach dir darüber keine Gedanken. Du hast dir seit Jahren nichts gekauft. Ich muss mich nur daran gewöhnen, dich so … verändert zu sehen.«

Clos-de-Provence zeigte sich im traditionellen Festschmuck aus Girlanden mit rot-gelben Papierblumen. Die offiziellen Farben der Provence leuchteten von Akazien, Zypressen und Platanen. Die Schaufenster aller Geschäfte waren mit Trachtenpuppen und Sträußen aus getrockneten Kräutern und Ähren dekoriert worden. Und der beliebte Bäcker der Stadt, André Piroux, hatte sein Fenster mit Tonfiguren aus Aubagne bestückt, die eine über Nacht gebackene provenzalische Stadt aus Teig bevölkerten. Auch sein alter Esel, Muffy, der dreimal täglich den Weg von der Bäckerei zum Laden in der Rue du Marché zurücklegte, gehörte zum malerischen Straßenbild. Er trug einen brandneuen Strohhut mit passenden Löchern für seine langen Ohren.

Von allen heidnischen Festen der Provence war dieses vielleicht das merkwürdigste. Es war das Teufelsfest.

Der Legende nach hatten die Einwohner der Stadt den Teufel einmal auf äußerst schlaue Weise gefangen: Sie hatten ihm den Schwanz abgeschnitten, nachdem sie ihn als Priester verkleidet dabei erwischt hatten, wie er eine Jungfrau verführte. Der Schwanz hatte ihn verraten. Ohne seinen Schwanz, in dem seine dämonische Kraft steckte, hatte der Teufel keine Macht mehr. Erst nachdem er feierlich versprochen hatte, nie wieder in die Stadt zu kommen, ließ man ihn frei und gab ihm seinen Schwanz zurück. Seitdem hatte er sein Versprechen gehalten. Obwohl manche der ältesten Einwohner der Stadt behaupten, der Teufel sei am Werk gewesen, als der frühere Pfarrer, Jean-Marius Fournel, sein Keuschheitsgelübde brach und Lucienne, die hübsche Lehrerin, heiratete.

Alljährlich feierte die Stadt den Tag, an dem der Teufel seinen Schwanz verloren hatte und gefangen worden war. Vor langer Zeit hatte man zum Andenken an dieses Ereignis eine kleine Teufelsfigur aus massivem Gold hergestellt. Sie wurde in einer Schatulle aufbewahrt, die über und über mit Diamanten, Rubinen und Smaragden besetzt war. Fast hundert Jahre lang

bewahrte man diesen Schatz in einer Höhle auf, deren Eingang mit einem großen Felsblock verschlossen war, in den ein Kreuz gemeißelt war. Sie wurde nur am Tag des Festes geöffnet. Seit jedoch viele Fremde, vor allem Pariser, in die Provence gezogen waren und die Zeiten sich insgesamt geändert hatten, konnte man diese kostbare heidnische Reliquie nicht mehr an einem Ort aufbewahren, an dem sie so leicht gestohlen werden konnte. Anfangs vertraute man sie dem Bürgermeister an. Doch nach einer Weile wollten nicht einmal die Bürgermeister mehr diese Verantwortung auf sich nehmen. Daher bewahrte man den Teufel nun in einem Schließfach bei der Crédit Agricole auf, absolut einbruchsicher, sodass niemand sich mit ihm aus dem Staub machen konnte.

Am Morgen des Festes holte das Festkomitee den Goldteufel ab. Acht wachsame Sicherheitsposten von der *Camarguen* bildeten einen Schutzring um die Schatulle, die ein junges, hübsches Mädchen mit lose wallendem Haar durch die Stadt trug. Die Tradition verlangte, dass die Schatulle von einer Jungfrau getragen wurde, doch in den letzten Jahren war es zunehmend schwieriger geworden, ein Mädchen aufzutreiben, das die nötigen Voraussetzungen erfüllte. Deshalb hatte man die traditionellen Anforderungen abgewandelt. Das Mädchen sollte unschuldig aussehen und keinen allzu zweifelhaften Ruf haben. In diesem Jahr hatte man die Tochter des Finanzbeamten Vincent Tivoli, die schöne Hyacinthe, ausgewählt, die Schatulle zu tragen. Sie sah sehr unschuldig aus und zwinkerte mit wallendem Haar bescheiden den Zuschauern zu.

Baptiste Papot kannte die Legende. Und seit er an dem »Jahrhundertbankraub« in Nizza mitgewirkt hatte, träumte er von einem weiteren Coup. Das Geld aus der Societé Génerale in Nizza war größtenteils aufgebraucht. Zumindest sein Anteil, der nicht sonderlich hoch gewesen war, da er nur Schmiere gestanden hatte, um die Bande zu warnen, sobald die Polizei auftauchte. Das musste schließlich auch jemand machen, und so war Papot zu diesem Job gekommen. Mit dem Rest seines Anteils und einem Bankdarlehen von der Crédit Agricole hatte er das Haus mit dem Waschsalon in der Rue du Marché gekauft.

Papot befand sich unter den Zuschauern, die an der historischen Route standen. An diesem Tag hatte er ausnahmsweise keinen Blick für schöne Frauen. Ihn interessierte allein die Schatulle, die die Jungfrau mit den leicht rosigen Wangen trug. Die Schatulle lag auf einem roten Seidensamtkissen, das das Mädchen mit ausgestreckten Armen vor sich hielt. Während die anderen die Blicke nicht von dem Mädchen wenden konnten, hatte er nur Augen für die Schatulle. Zum ersten Mal sah er diese berühmte Kostbarkeit mit eigenen Augen. Er wünschte, er hätte näher heran gekonnt, um die wertvollen Juwelen zu zählen und den Wert der Diamanten, Rubine und Smaragde abschätzen zu können. Aber er wagte nicht, mehr als ein beiläufiges Interesse zu zeigen. Es reichte, sich überzeugt zu haben, dass die Schatulle mit dem Goldteufel die zwei Millionen wert war, für die sie versichert war.

Papot hatte sorgfältig geplant, wie er die kostbare Schatulle und die wertvolle Goldfigur stehlen konnte. Die Erfahrung aus dem Coup in Nizza war sehr hilfreich, und so wusste er genau, was zu tun war. Er würde einen Tunnel bis unter den Tresorraum mit den Bankschließfächern in der Crédit Agricole graben. Der Tunnel war nötig, weil es kein Kanalsystem gab, das sich nutzen ließ wie in Nizza.

Und genau gegenüber der Bank gab es dieses Haus mit dem Waschsalon. Es stand schon lange zum Verkauf. Das war die Lösung. Viel besser als sein erster Plan … Von Barbaroux' Kühlraum aus einzubrechen, der eine gemeinsame Wand mit der Bank besaß. Normalerweise wäre es das Einfachste gewesen, in Barbaroux' Laden einzubrechen und dann die Wand zu dem Raum mit den Schließfächern zu durchbrechen. Sie lag unmittelbar auf der anderen Seite von Barbaroux' Wand, wie Papot festgestellt hatte, als er die Bank anfangs unter die Lupe nahm.

Er war jedoch zur Stadtverwaltung gegangen und hatte sich die alten und neuen Baupläne des Hauses auf der anderen Straßenseite angesehen und bei dieser Gelegenheit auch die Mauer zwischen Barbaroux' La den und der Bank überprüft. Es war eine Feuerschutzwand aus schwerem, eisenbewehrtem Beton. Der Versuch, sie zu durchbrechen, reizte ihn wirklich nicht. Er konnte sich noch zu gut an die fast übermenschlichen Anstrengungen erinnern, die es die »Kanalratten« in Nizza gekostet hatte, durch die fünfunddreißig Zentimeter dicke Stahlbetonwand an die Schließfächer in der Société Générale zu gelangen. Trotz moderner Hilfsmittel war es so schwierig und anstrengend, dass sie nach zwei Wochen fast aufgegeben hätten.

Daher war es besser, das Haus auf der anderen Straßenseite zu kaufen und unter dem Vorwand, es in ein Hotel mit einer Küche im Keller umzubauen, einen Tunnel unter der schmalen Rue du Marché und durch den Boden der Bank zu graben.

Die Vorbereitungen waren schon angelaufen. Die Dokumente über den Kauf des Hauses, die Pläne des Architekten für den Umbau und die Baugenehmigungen hatte er bereits in der Tasche. Auch einen Arbeits-

chris

trupp hatte er beisammen, der ausschließlich aus ehemaligen Mitgliedern der »Kanalratten« bestand, wie Albert Spaggiaris Bande nach ihrem Erfolg in Nizza allgemein genannt wurde.

Papot heuerte vier Bandenmitglieder an. Er wusste, wo Hubert zu finden war, und Hubert stand in Verbindung mit Honoré und Armand, der wiederum Severin Petit ausfindig machen konnte, den Experten am Presslufthammer. Alle vier hatten ihren Anteil am Bankraub in Nizza bereits verschleudert. Was nicht fürs Spielen und Trinken draufgegangen war, hatten sie mit Mädchen durchgebracht. Sie waren also durchaus an einem neuen Raubzug interessiert, obwohl sie wussten, dass er keine sechzig Millionen einbringen würde wie der Coup in Nizza. Aber die Beute würde trotzdem ganz ansehnlich ausfallen. Neben der Schatulle mit dem Goldteufel gab es in diesen hundertzwanzig Schließfächern sicher noch eine Menge Bargeld und den ganzen Schmuck, den die Leute in diesen unsicheren Zeiten dort aufbewahrten.

Papot schloss sich dem Festzug an. Er ging unmittelbar hinter den bewaffneten Wachen und konnte die Augen kaum von den Juwelen auf der Schatulle wenden, die so prachtvoll in der Sonne funkelten, dass sie für Leute, die solche Klunker zu schätzen wussten, wie er es nun gewiss tat, noch verlockender wurden.

Der Engländer, Forbes Taylor, hatte dagegen nur Augen für Hyacinthe, die fiktive Jungfrau mit den »errötenden« Wangen. Forbes war wahnsinnig in sie verliebt. Als Krimiautor, der seit vielen Jahren in der Provence lebte und schrieb, verarbeitete er seinen Hass gegen Franzosen, indem er die halbe Bevölkerung von Clos-de-Provence in seinen blutrünstigen Romanen umbrachte. Doch Hyacinthe hatte sein rigides, britisches

Public-School-Herz schmelzen lassen. Wie hatte er sie kennen und lieben gelernt? Nun ja, er hatte sie oft auf der Straße gesehen und widerstrebend ihr blendendes Äußeres bewundert, aber ansonsten hatte er sie für ein Kind gehalten, bis es ihn eines Tages wie ein Blitz traf und er sein Herz verlor. Es geschah an einem heißen Sommerabend, als er zufällig bei einem Freiluftkonzert auf einer harten Holzbank neben ihr saß. Das war im vergangenen Sommer gewesen, und seitdem waren sie unzertrennlich.

Ihr Vater, der Finanzbeamte, war strikt gegen diese Verbindung, da er die Engländer verachtete. Er konnte ihre affektierte Sprache, die er zum Glück nicht verstand, ebenso wenig ausstehen wie ihre Art, sich zu kleiden, und ihr Benehmen. Und nicht nur das, jeder wusste schließlich, dass Engländer kein Gefühl hatten, kein richtiges Liebesleben führten, wie man es auf dem Kontinent kannte. Stattdessen gingen sie Vernunftehen ein und befriedigten ihre sexuellen Bedürfnisse in außerehelichen Affären. All das erfüllte Vincent Tivoli mit Abscheu. Er war indes Realist genug zu wissen, dass er in diesen modernen Zeiten nichts zu sagen hatte, wenn es um die Wahl des zukünftigen Ehemanns seiner Tochter ging. Offenbar hatte er resigniert und duldete Forbes in seinem Haus, aber er hatte die Hoffnung noch nicht aufgegeben, dass Hyacinthe wieder zur Vernunft kommen würde.

Der Spagetti-Playboy Marcello Mariuccini

Klaus war leicht verwirrt, als er die Augen aufschlug. Wegen der Hitze hatte er tief und fest geschlafen. Fast von einem Tag auf den anderen hatte der Sommer den Frühling abgelöst und hielt sofort mit einer Hitzewelle Einzug. An der Küste war es schwül und weniger angenehm als im trockeneren Klima des Binnenlandes.

Er lag in einem breiten Bett mit gepolstertem Kopfteil in einem großen, hellen Zimmer, auf dessen rot gefliestem Boden kleine Läufer verteilt waren. Die französischen Fenster, die auf den Balkon führten, standen offen, und von seinem Bett aus sah Klaus die Wipfel der Palmen unten im Park und dahinter das sonnenbeschienene Mittelmeer.

Der Platz neben ihm war leer. Aber das leise Summen, das aus dem Bad drang, zeigte, dass Kaja nicht weit war. Klaus konnte sich nicht erinnern, wann er Kaja das letzte Mal morgens hatte summen hören, aber wer hätte es sonst sein sollen.

Als sie einen Augenblick später aus dem Bad kam, hielt er sie fast für eine Fremde. Sie trug eins ihrer neuen Seidenhemden und hatte sich geschminkt, wie er es an ihr noch nie gesehen hatte. Nicht einmal, als sie frisch verheiratet gewesen waren. Auch ihr Haar war anders frisiert.

»Guten Morgen, Schatz«, sagte sie, als sie mit schwingenden Hüften an ihm vorbei zum Schrank ging, um sich ihre Garderobe anzusehen. »Ich wollte dich nicht wecken. Du hast so schön geschlafen. Ich habe Frühstück bestellt. Ich dachte, wir könnten auf dem Balkon frühstücken.«

Klaus starrte sie an. Er betrachtete sie eingehend. Sie hatte sich sehr verändert. Er sah zu, als sie eine Satinhose mit passendem Top anzog. Das war nicht seine Kaja. Das war auch nicht die Wirtin des *Vilain Petit Canard*. Sie war eine dieser modernen, schicken Frauen, die Klaus immer ein bisschen Angst einjagten.

»Na, was meinst du«, fragte Kaja. »Findest du nicht, dass ich gut aussehe?«

»Ja, aber ich glaube, das ganze Make-up, das du dir ins Gesicht geschmiert hast, gefällt mir nicht.«

»Daran gewöhnst du dich schon. Wenn ich schön braun geworden bin, kann ich weniger nehmen. Und ich habe es mir nicht ins Gesicht geschmiert. Es ist wirklich ganz dezent, und ich habe eine Stunde dafür gebraucht.«

Es klopfte an der Tür, und ein Kellner in weißem Jackett mit goldenen Tressen trat mit einem Frühstückswagen ein, den er auf den Balkon schob. Sobald er das Zimmer wieder verlassen hatte, zog Klaus seinen Morgenmantel über und ging ins Bad. Er wusch sich das Gesicht, putzte sich die Zähne und kämmte sich die Haare. Aber sein Spiegelbild gefiel ihm ganz und gar nicht. Er bekam allmählich Tränensäcke unter den Augen und einen verhärmten Zug um den Mund. Das Licht im Badezimmer war allerdings sehr hell. Zu hell. Er zog die Vorhänge vor. Das half. Jetzt erkannte er sich schon eher wieder.

VIA VENEZIA.
chris

Als er auf den Balkon kam, sah er Kaja jemandem zuwinken.

»Wer ist das?«, erkundigte er sich.

»Der Italiener, den ich gestern Abend kennen gelernt habe. Der gut aussehende Mann, mit dem ich getanzt habe, während du an der Bar gesessen und Martinis getrunken hast! Du hast gesagt, du willst nicht tanzen. Und dass du Lambada nicht ausstehen kannst! Du wolltest feiern, dass wir Urlaub haben. Und das hast du mit Martinis getan.«

»Na ja. Vielleicht hatte ich einen zu viel.« Er sah auf die Terrassen hinunter. Es waren hübsch gestaltete Anlagen mit Palmen, gepflegten Blumenbeeten und Orangenbäumen. Auf einem der Wege ging der Italiener. Er trug eine Badehose und eine weite, gestreifte Jacke, er war wohl auf dem Weg zum Swimmingpool. Er sah zu ihnen hinauf, bemerkte Klaus und winkte ihm zu.

»Schon kapiert«, fuhr Klaus auf. »Einer von diesen Typen, die du hier in jedem Luxushotel triffst. Spagetti-Playboy!« In seiner Stimme lag mehr als eine Spur Verachtung.

»Juwelier und Kunsthändler«, sagte Kaja. »Und er heißt Marcello Mariuccini.«

Sie sprach seinen Namen ohne Zögern mit der richtigen italienischen Aussprach aus. Das musste sie geübt haben.

»Du hast den Burschen also schon kennen gelernt.« Klaus schenkte Kaffee ein.

»Ach, nur ein kleines Urlaubsvergnügen. Wir wollen uns doch erholen, oder?«

»Ja. Du musst mich ihm vorstellen. Du hast also nichts dagegen, wenn ich auch ein kleines Urlaubsvergnügen habe?« Er wartete auf ihre Reaktion. Gewöhnlich war sie so eifersüchtig.

Sie sah zu ihm hinüber. »Wenn du Eindruck bei den Mädchen schinden willst, solltest du dich besser gerade halten und den Kopf hoch nehmen.« Kaja lachte laut auf, brach sich ein Stück Brot ab und bestrich es mit Butter.

Schon jetzt herrschte drückende Hitze, aber vielleicht hatte er sich nur noch nicht daran gewöhnt. Es war mehr wie im Juli. Die Luft war windstill, und mittags wirkten die Sonnenstrahlen wie ein Angriff auf seinen Kopf.

Mit schweißtriefender Stirn kam Baptiste Papot aus der Crédit Agricole, vom Bankdirektor zur Tür geleitet. Er hatte die letzten Formalitäten für das Baudarlehen geregelt. Jetzt konnte die Arbeit losgehen.

Er hatte alles sorgfältig vorbereitet. Beim »Jahrhundertbankraub« in Nizza hatte er zwar nur eine untergeordnete Rolle gespielt, aber er wusste, wie sie die Tunnelarbeiten dort organisiert und ausgeführt hatten. Sein Trupp wusste es ebenfalls. Das nötige Werkzeug hatten sie an vielen verschiedenen Stellen weitab von Clos-de-Provence gekauft. Zu den vielen Dingen, die sie brauchten, gehörte ein Schweißbrenner mit Gasflaschen, zwei schwere Bohrhämmer, Spaten, Schaufeln, Hacken und alle möglichen Materialien, um die Wände abzustützen. Die Stadt würde einen Laster zur Verfügung stellen, um den Betonboden, den Erdaushub und den Stein darunter abzufahren, damit der Umbau den Bauvorschriften entsprach. Fernand Bremond, der Bürgermeister, war hellauf begeistert von dem Projekt und überaus hilfsbereit. Ein neues Hotel würde den Tourismus und die Wirtschaft der Stadt ankurbeln.

Papot hatte sogar daran gedacht, eine ziemlich teure Absauganlage für den Staub zu kaufen. Er erinnerte sich noch, dass es in Nizza unmöglich gewesen wäre, den Tunnel zu graben, wenn man den Staub nicht im Griff gehabt hätte. Diese schweren Bohrhämmer wirbelten eine Masse Staub auf. Und auch wenn sie im Vergleich zu Nizza einen Minitunnel gruben, war es wichtig, die Arbeit so leicht und sicher wie möglich zu gestalten. Er sorgte auch für reichliche Vorräte an guten Lebensmittelkonserven. Den Rest konnte er im Laufe der Arbeiten bei Barbaroux kaufen. Es war ungemein wichtig, dass die schwer arbeitenden Tunnelgräber keine unnötigen Entbehrungen auf sich nehmen mussten. Gut zu essen und zu trinken gab ihnen neue Kraft und hielt sie bei Laune, wenn die Arbeit allzu mühsam wurde.

Er hatte auch daran gedacht, Champagner zu kaufen. Die Korken sollten knallen, sobald das letzte Schließfach geleert sein würde. Das mit dem Champagner hatte er ebenfalls von den »Kanalratten« in Nizza gelernt.

Am frühen Nachmittag begann die Arbeit. Severin war der Bohrexperte. Er besaß die größte Erfahrung mit schweren Bohrmaschinen. Papot und er hatten die Tunnelführung genauestens so berechnet, dass er und die anderen Maulwürfe die Köpfe aus einem Loch im Betonboden stecken würden, das exakt in der Mitte des Raumes mit den Schließfächern der Crédit Agricole münden sollte.

Sie mussten nicht nur einen Tunnel graben, sondern auch den Boden des Kellers aufbrechen, um den Eindruck zu erwecken, dass sie ihn in eine Küche umbauten, falls jemand herunterkommen sollte, um den Fortschritt der Arbeiten zu begutachten.

Aber zuerst mussten sie die Kellermauer zur Straßenseite in einem Umkreis von 130 Zentimetern durchbrechen, den Papot mit roter Kreide aufgezeichnet hatte. Severin setzte den schweren Bohrhammer an der Betonwand an und bohrte drauflos. Papot ging auf die Straße, um zu hören, wie es klang. Es war ein ohrenbetäubender Lärm!

Aber herrlich!

Anakondas fressen eben nicht alles

Es war einer der wärmsten Maiabende seit Jahren. Draußen zirpten die Zikaden, als glaubten sie, es sei Hochsommer.

Allmählich kamen die Leute abends aus den Häusern. Sie saßen auf alten Korbstühlen oder Küchenschemeln und klatschten und tratschten mit ihren Nachbarn.

»Dieses Wetter ist nicht gut für die Jahreszeit«, meinte die alte Madame Gouffier.

»Ach, vielleicht erinnern Sie sich nicht daran«, erwiderte ihre Nachbarin, Madame Bonvalot. »Aber Sie sind auch nicht so alt wie ich. Ich erinnere mich an viele Sommer, die schon im April oder im Mai angefangen haben.«

Madame Gouffier war achtundachtzig, und Madame Bonvalot war gerade neunzig geworden und erstaunlicherweise die Gesündere von beiden. Sie trug die Stühle und Kissen auf den Bürgersteig und sorgte dafür, dass Madame Gouffier es bequem hatte, legte ihr einen Wollschal um die Schultern und achtete darauf, dass sie hineinging, bevor es allzu kühl wurde.

Auf dem Bürgersteig gegenüber saßen vier Frauen im Kreis, strickten und unterhielten sich in angemessen gedämpftem Ton über die neue Haushälterin des Pfarrers. Offenbar gefiel ihr ihre neue Stellung ungemein, alle waren sich einig, dass sie seit ihrem Witwenstand aufgeblüht war. Nichts ist so schlimm, dass es nicht für irgendetwas gut ist.

»Pfarrer Pasquet hat einen sehr guten Einfluss auf sie gehabt«, erklärte Madame Bremond mit bedeutungsschwangerem Blick über ihren Brillenrand. Sie war mit einem Bruder des Bürgermeisters verheiratet und über städtische Neuigkeiten schon im Bilde, lange bevor sie im Lokalteil des *Nice-Matin* standen.

»Da sehen Sie, wie viel die Religion einem einsamen Menschen bedeuten kann«, meinte die Frau des Postvorstehers, Madame Faure, mit nachdrücklichem Kopfnicken und blinzelte, um ein paar Maschen aufzunehmen, die sie fallen gelassen hatte.

Aber die Frau des Schuhmachers, Madame Carletti, wusste etwas, von dem die anderen Damen noch keine Ahnung hatten. Sie konnte in ihrem Korbstuhl kaum stillsitzen und wartete nur auf den richtigen Moment, ihr Wissen anzubringen.

»Ich selbst habe es ja nicht gesehen«, setzte sie mit einem Blick in die Runde an, um sich zu vergewissern, dass sie auch aller Aufmerksamkeit hatte, »aber manche sagen, sie sei jeden Abend später aus dem Pfarrhaus gekommen. Ich würde fast sagen, spät in der Nacht, aber lassen wir es bei abends. Und ich kenne jemanden … Ich sollte wirklich nicht sagen, wen, aber es ist Madame Lauvaux … die sie in bester Laune hat nach Hause gehen sehen … in allerbester Laune … als hätte sie etwas mit dem Pfarrer getrunken.«

Für einen Augenblick herrschte Stille in der Runde, während ihre Worte einsickerten.

Dann meinte Madame Touchaleaume, die bei den Wirten des *Vilain Petit Canard* putzte: »Wissen Sie, was ich finde? Ich finde, es würde ihnen beiden gut tun. Es ist für keinen von beiden gesund, zu viel allein zu sein.«

Aber Madame Touchaleaume war auch die Jüngste von ihnen. Und jeder wusste, dass sie neuerdings jeden Sonntag in die Kirche ging und Monsieur Le Curé sie positiv beeinflusste.

Das *Boulodrome* quoll über von Spielern und Zuschauern. Alle Bänke unter den Platanen waren besetzt, und auf nicht weniger als sechs Bahnen wurde Petanque gespielt.

Gustave Barbaroux und sein Partner, Victor Buchon, der einarmige Veteran des Indochinakrieges, hatten zusammen viele Meisterschaften gewonnen. Barbaroux stand in völliger Konzentration da, die Kugel in der rechten Hand. Er schätzte die Entfernung zum *cochonnet* ab, der kleinen Holzkugel, die von großen Metallkugeln umgeben war, von denen zwei nur ein paar Zentimeter von der Zielkugel entfernt lagen. Der Metzger ging in die Knie. Unter atemlosem Schweigen berechnete er nochmals seinen Wurf. Dann schwang er in den Knien auf und ab, um sein Gleichgewicht auszutarieren, zögerte einen Moment, spannte den Kiefer an, richtete sich halb auf, ließ den Arm exakt wie ein Pendel hin- und herschwingen, und dann war es so weit. Er lief ein paar Schritte vor, der Ball flog aus seiner Hand, traf einen Meter vor dem Zielball auf dem Boden auf, rollte noch ein Stück und blieb so dicht beim *cochonnet* liegen, dass nicht einmal ein dünnes Zigarettenpapier mehr Platz dazwischen gehabt hätte. Barbaroux hatte fünfzehn Punkte für sich und seinen Partner geholt.

Die Zuschauer applaudierten, und Buchon rief: »Bravo!«, da er aus gutem Grund nicht klatschen konnte.

Später schlenderte Barbaroux zu einer Gruppe hinüber, die aufmerksam dem Fischhändler Raboulet lauschte. Barbaroux hörte ihn gerade sagen: »Meiner Meinung nach ist der Mann ein bisschen verrückt. Er hält Riesenschlangen wie andere Leute Kanarienvögel oder Goldfische! Wenn er wirklich ein Hotel auf der Rue du Marché aufmacht, wer wagt sich denn zum Essen dahin? Stellt euch vor, eine von diesen Riesenschlangen windet sich um euer Bein …«

Raboulet blickte Barbaroux an. »Wir sprechen gerade von Baptiste Papot, dem Hotelier und Schlangenbeschwörer oder wie man ihn sonst nennen will. Ich habe gehört, du lieferst ihm das Schlangenfutter. Habt ihr gewusst, dass die Anakondas da oben in La Motte Stammkunden bei unserem lieben Metzger geworden sind!« Der Fischhändler lachte und sah in die Runde. Doch offenbar fand niemand lustig, was er gesagt hatte.

»Du bist nur neidisch«, sagte Barbaroux. »Ich bin sicher, du würdest liebend gern eine Bestellung für ein oder zwei Kisten Hering von ihm bekommen. Aber so einfach ist das nicht. Anakondas fressen eben nicht alles. Nur Delikatessen. Durchweg Qualität. Eine Anakonda kriegst du nicht dazu, sich wegen totem Kabeljau die Lippen zu lecken.«

Barbaroux schaute dem Moskaukommunisten unverwandt in die Augen. Schlagfertig, wie er war, war ihm eine letzte Erwiderung eingefallen, bevor er zu Florianne nach Hause ging.

»Raboulet«, sagte er, »weißt du, was das kommunistische System und Anakondas gemeinsam haben?«

Raboulet bahnte sich einen Weg aus der Gruppe. Zuweilen war er einfach nicht in Stimmung, mit einem Erzreaktionär wie Barbaroux über Politik zu diskutieren.

»Beide nehmen Leute in den Würgegriff«, schrie der Metzger ihm nach und wurde mit einem Applaus belohnt.

An einer anderen Stelle des Bouleplatzes drehte sich das Gespräch um die dänischen Wirte, Kaja und Klaus Schou, die zu aller Überraschung zum ersten Mal das Lokal geschlossen hatten und in Urlaub gefahren waren.

»Das ist ein Zeichen für Erfolg«, piepste ein kleiner, schmalschultriger Mann. »Die beiden sind Ausländer, die wissen, wie man sich wichtig macht. Und jetzt sind sie so groß geworden, dass sie es sich leisten können, zu schließen.«

»Na und«, meinte Fillippi, der Gemüsehändler. Er richtete sich auf und atmete tief ein, um die Brust schwellen zu lassen – oder er lehnte sich so weit zurück, dass es zumindest so aussah. »Die Leute haben ein Recht, ab und zu ein bisschen Urlaub zu machen. Arbeit laugt aus. Ich mache selbst jedes Jahr vierzehn Tage den Laden zu.«

»Ach wirklich? Stell dir vor, das habe ich noch nie gemerkt«, sagte der kleine Mann. Er wich einen Schritt zurück, um seiner witzigen Bemerkung Raum zu verschaffen.

»Also, beruft euch nicht auf mich«, sagte Paul Vidale, der die Lokalnachrichten für den *Nice-Matin* schrieb und es genoss, wenn die Leute ihn »den Journalisten« nannten, »aber ich habe gewisse Dinge über den Wirt gehört.«

»Spuck's schon aus«, sagte Fillippi. »Oder müssen wir erst warten, bis wir es in der Zeitung lesen?«

Vidale winkte ab, als sei es nur eine Bagatelle. »Ich weiß nur, was ich gehört habe, mehr kann ich euch auch nicht sagen. Seid ihr bereit? Die hübsche Magali … ist die Geliebte des Wirts! Und nicht nur das, er ist so in sie vernarrt, dass er sich nicht beherrschen kann! Er will sie heiraten. Aber erst muss er sich scheiden lassen.«

Ein überraschtes Murmeln ging durch die Gruppe. Konnte das wahr sein? Dieses nette, schwer arbeitende Paar? Eine Geliebte … das konnten sie ja noch verstehen. Aber sie heiraten zu wollen! Und was war mit dem Lokal? Fillippi kratzte sich am Nacken und dachte nach. »Irgendwas stimmt da nicht«, meinte er. »Man fährt doch nicht mit seiner Frau in Urlaub, wenn man vorhat, sich scheiden zu lassen. Das Geld würde man sich doch sparen.«

Weiteres Gemurmel.

Paul Vidale zuckte die Achseln. »Ich habe ja gesagt, ich hab's auch nur gehört.«

Der Gemüsenhändler bekam einen verträumten Blick. »Also wirklich, wenn man die Chance dazu bekäme, könnte man schon so einiges mit einer Frau wie Magali anfangen.«

»Zum Beispiel?«, wollte der kleine, schmalschultrige Mann wissen.

Forbes Taylor bekam nicht eine Zeile seines neuen Kriminalromans geschrieben. Er beschäftigte sich mit einem ausgiebigen Hausputz. Da er nun seit acht Jahren als Junggeselle lebte, bedurfte das Haus einer gründlichen Säuberung, bevor seine zukünftige Frau einziehen konnte. Das Aufgebot für die Hochzeit hatten sie schon auf dem Standesamt aufgegeben. Seine Eltern in London hatten die Einladung zur Hochzeit widerstrebend angenommen. Sie waren offenbar schockiert, dass er eine Französin heiraten wollte. Für sie war das die schlechteste Wahl, die er treffen konnte. Schließlich wusste ja jeder, wie Französinnen sind – leichtlebige Kokette, die Can-Can tanzten und die Beine zeigten!

Forbes hatte den Bäcker, André Piroux, gefragt, ob er ihm seinen beliebten Esel Muffy leihen könne. Er hatte nämlich eine originelle Idee: Hyacinthe und er sollten in einem zweirädrigen Wagen, gezogen von Muffy, vor dem Standesamt vorfahren. Muffy und der Wagen sollten mit Blumen geschmückt sein. Es sollte eine wahrhaft romantische Hochzeit werden, und Hyacinthe war von der Idee begeistert. Piroux hatte nicht nur sofort zugesagt, sondern auch erklärt, er wolle ihnen Muffy umsonst leihen. Das Einzige, was er verlangte, war, dass Forbes zwischen Muffys Blumengirlanden Raum für das Schild ließ, das der Esel tagtäglich trug:

BOULANGERIE PIROUX – DIE BESTE BÄCKEREI DER STADT.

»Sie haben eine wunderbare Frau!«

Sie lagen am Strand. Kaja trug ihren, wie Klaus fand, überaus tief ausgeschnittenen Badeanzug. Aber das war hier offenkundig nichts Besonderes, da alle Mädchen nach der neuesten Mode elegant spärlich bekleidet waren.

Klaus hatte gelesen, dass die schönsten Frauen Europas am Strand von Cannes zu finden seien. Um das zu bestätigen, brauchte man sich nur umzusehen, und da er das sehr oft tat, war es schon fast ein Wunder, dass er sich nicht den Hals verrenkte. Er musste zugeben, dass Kaja gut ins Bild passte. Das Einzige, was ihr fehlte, war eine goldene Sonnenbräune.

Plötzlich beschloss Kaja, sie wolle windsurfen. Das hatte sie zwar noch nie versucht, erklärte aber, sie wolle in ihrem Urlaub alles ausprobieren. Surfbretter und Tretboote konnte man ganz in der Nähe mieten. »Willst du nicht mitkommen?«, fragte sie.

»Na gut. Aber ich nehme lieber ein Tretboot. Das entspricht mehr meinem Tempo.«

Es ging eine leichte Brise, und die erfahrenen Windsurfer glitten anmutig über die Wellen. Anfänger wie Kaja fielen ständig ins Wasser. Es war mehr Schwimmen als Surfen.

Klaus hielt sich mit seinem Tretboot in der Nähe, während Kaja zum zigsten Mal auf ihr Surfbrett kletterte und versuchte das Segel aufzurichten. Er rief ihr zu: »Du hättest es machen sollen wie ich. Hier im Boot ist es herrlich.«

In diesem Augenblick tauchte ein wunderbar gebräunter Bursche wie ein Meeresgott aus dem Wasser auf. Er schwang sich auf Kajas schmales Surfbrett, schnappte das Segel und hielt Kaja fest, damit sie nicht wieder ins Wasser fiel. Den Arm um ihre Taille gelegt, steuerte er das schmale Brett vom Strand aufs offene Meer. Als sie dicht an Klaus vorbeijagten, erkannte er den Kerl. Es war der Spagetti-Playboy, Marcello Mariuccini.

Klaus starrte den beiden verblüfft nach. Das war das Gewagteste, was er je erlebt hatte. Diese Italiener kannten keinerlei Hemmungen. Und wenn er sich nicht schwer irrte, quietschte Kaja nicht vor Angst, sondern vor Vergnügen.

Wütend trat er in die Pedale, sprudelndes Kielwasser hinter sich zurücklassend. Doch als er es nach einer Weile langsamer angehen und sich ausruhen musste, dämmerte ihm allmählich, dass hier vielleicht etwas geschah, worüber er froh sein sollte. Wenn Kaja sich in diesen romanischen Surfakrobaten verguckte, würde ihm das die Sache nach dem Urlaub zweifellos einfacher machen. Nur weiter so! Lauf mit diesem Spagetti-Charmeur davon! *Ciao!* An mich musst du nicht denken. Ich habe meine Magali!

Der Gedanke gefiel ihm immer besser. Als seine Mietzeit ablief, steuerte er das Ufer an. Weit draußen sah er die beiden Gestalten, die sich auf dem Surfbrett umklammerten, mit vollem Segel über die Wellen reiten.

»Ich muss mich nur daran gewöhnen«, murmelte er vor sich hin, als er das Tretboot an den Strand schob.

Kaja und Klaus hatten beschlossen, nachmittags an der Küste entlang nach Menton zu fahren und sich auf dem Rückweg Monaco anzuschauen, wo sie beide noch nie gewesen waren.

»Ich habe das Gefühl, wir sind unheimlich weit weg«, meinte Kaja, »obwohl wir nur eine Stunde Fahrt von zu Hause entfernt sind.«

Sie trug eine Satinhose und ein Top, das tiefere Einblicke gewährte, als es Klaus lieb war. Er wusste nicht, warum sie sich so anziehen musste. Er dagegen zeigte sich adrett mit einer weißen Leinenhose und einem kurzärmeligen Sommerhemd.

Als sie in die Nähe von Antibes kamen, sah er im Rückspiegel einen weißen Sportwagen mit schwarzem Innenraum, den er vom Hotelparkplatz kannte.

»Sieht so aus, als würde dein Italiener uns verfolgen«, meinte er schmollend.

»Wer, Marcello?« Kaja drehte sich um. »Ja, das ist er!« Als sie aus dem Fenster winkte, erwiderte er den Gruß mit einem Hupen. »Er hat mir gesagt, dass er heut Nachmittag nach Monaco fährt, um ins Casino zu gehen. Er spielt viel und gewinnt meistens.«

»Playboy«, knurrte Klaus verächtlich.

»Es macht Spaß, solche Leute zu treffen«, sagte Kaja.

An einer der wenigen Stellen, an denen es im dichten Verkehr möglich war, zu überholen, rauschte Marcello an ihnen vorbei, winkte und ließ seine Zweitonhupe ertönen.

»Leute, die Sportwagen fahren, benehmen sich immer wie Idioten«, stellte Klaus fest.

Sie schlenderten durch Menton, sahen sich die Stadt an und fanden ein kleines Restaurant, in dem sie zu Mittag aßen. Kaja sprach viel über Marcello – seinen italienischen Charme, seine Galanterie, seine Spontaneität und sein Temperament. Und Klaus hätte gern von Magali erzählt, hielt es aber für besser, damit noch zu warten.

Später fuhren sie nach Monaco und fanden nach langem Suchen einen Parkplatz. Sie gingen zum Schloss hinauf, sahen sich den Wachwechsel an, der etwas Operettenhaftes hatte, schlenderten gemächlich durch die Altstadt und landeten schließlich vor dem prächtigen Spielcasino.

»Ich würde gern einen Blick hineinwerfen«, meinte Kaja, »vielleicht könnten wir auch unser Glück versuchen.«

Als sie hineingingen, hielt der Portier, der eine Art Admiralsuniform trug, Klaus auf. Höflich teilte er ihm mit, dass man ohne Krawatte und Jackett keinen Zutritt erhalte. Ausnahmen gäbe es nicht.

»Na ja, ich fürchte, wir können nicht hinein«, meinte Klaus achselzuckend. Eigentlich tat es ihm gar nicht Leid. Er hatte keine Lust, sich dazu verleiten zu lassen, Geld zu verspielen.

»Ich mache dir einen Vorschlag«, sagte Kaja. »Geh du doch drüben in das Café und trink etwas, während ich auf einen Sprung hineingehe und mich umschaue. Aber ich brauche ein bisschen Geld zum Spielen, sonst hat es ja gar keinen Sinn, hineinzugehen.«

Klaus gab ihr hundert Francs, aber die Aussicht zu spielen erregte sie bereits so sehr, dass sie mehr wollte. Wohl wissend, dass er das Geld nicht wieder sehen würde, gab Klaus ihr weitere hundert Francs.

Er setzte sich im Freien an einen Tisch des *Café de Paris*, das gleich neben dem Casino lag. Er beobachtete die vorbeischlendernden Leute, trank ein paar Tassen Kaffee und drei Scotch, ehe Kaja einige Stunden später mit Marcello Mariuccini auftauchte. Klaus winkte, als sie sich seinem Tisch näherten.

Kaja machte die beiden Männer miteinander bekannt, und Marcello ergriff mit beiden Händen Klaus' Hand und schüttelte sie so heftig, dass dieser den Schmerz bis in die Schulter hinauf spürte. Marcello zwang Klaus mit einem Sturmangriff an Charme in die Knie und überhäufte ihn mit Komplimenten über seine unwiderstehliche Frau. Ohne Atem zu holen, rief er gleichzeitig den Kellner, bestellte Getränke, holte einen dritten Stuhl heran und sorgte dafür, dass Kaja bequem mit dem Rücken zur Sonne saß.

Begeistert schwenkte Kaja ein Bündel Banknoten. Mit Marcellos Hilfe hatte sie dreitausend Francs gewonnen, eigentlich sogar viertausend. Wie sie erklärte, war sie so tollkühn gewesen, sich von Marcello tausend Francs zu borgen, die sie ihm natürlich zurückzahlen musste. Als sie näher auf die Einzelheiten einging, hieß es Marcello hier, Marcello da.

Während sie erzählte, verschlang Marcello sie mit Blicken, zog sie aus und wieder an, streichelte ihren Arm und entwaffnete gleichzeitig ihren Mann mit einem Lächeln, das Eisberge zum Schmelzen gebracht hätte.

Auch er hatte beim Spiel gewonnen. Um die zwölftausend Francs. Er wollte das Glück der Stunde »mit den nettesten Menschen der Welt«, wie er sagte, feiern und sie abends im Hotel Carlton in Cannes zum Essen einladen.

Noch ehe Kaja ein Wort sagen konnte, nahm Klaus die Einladung an, und sie fuhren alle zurück ins Hotel, um sich umzuziehen.

Kaja entspannte sich bei einem Schaumbad und brauchte fast eine Stunde, um sich fertig zu machen. Als sie sich schließlich angezogen hatte, strahlte sie vor Glück und Selbstvertrauen in dem blassgelben, trägerlosen Kleid und bat Klaus, ihr in das dunkelrote Jackett zu helfen.

»Ich vermisse ein Kompliment von meinem Ehemann«, meinte sie.

»Du ... du siehst schön aus«, sagte er, aber es klang unbeholfen, weil er völlig aus der Übung war, ihr Komplimente zu machen.

Das Abendessen war erstklassig, die Weine teuer, die Bedienung königlich, die Umgebung elegant, und die Gästeschar bestand aus den üblichen blasierten, modisch aufgeputzten »schönen Menschen«, die man in solchen »In-Lokalen« immer findet. Marcello aß, trank und erzählte mit der gleichen Begeisterung, und wenn er Anekdoten zum Besten gab, von denen er einen schier unendlichen Vorrat zu besitzen schien, ließ er sogar die Nachbartische an ihrer Heiterkeit teilhaben. Sein Lachen brachte die Kristalle der Kronleuchter zum Klingen. Keinen Augenblick blieben seine Hände ruhig, außer wenn er sie kurz Kaja auf Schenkel oder Schulter legte. Doch das wirkte irgendwie nicht anstößig, weil es mehr aussah, als suche er völlig harmlos einen Landeplatz für eine seiner ständig gestikulierenden Hände.

Später gingen sie noch in einen Nachtclub, tranken Champagner und tanzten. Allerdings tanzten nur Kaja und Marcello. Klaus bekam keine Gelegenheit. Er bemühte sich eigentlich auch nicht sonderlich darum, da ihm die überfüllte Tanzfläche nicht gefiel, die kaum größer als ein Esstisch war. Der unermüdliche Marcello tanzte so intensiv mit Kaja, dass ihr bloßer Rücken vor Schweiß glänzte. Aber sie hatte keine Mühe, mit ihm Schritt zu halten.

Es war schon spät, als sie mit einem Taxi ins Hotel zurückfuhren. Die Bar war noch geöffnet, und Marcello schlug noch einen Schlummertrunk vor. Kaja lehnte ab. Sie war zu müde und wollte sofort ins Bett gehen. Klaus meinte, ihm sei auch nicht danach, aber Marcello wollte nichts von einem so abrupten Ende des Abends hören. Er hakte Klaus unter und schleppte ihn in die Bar.

»Sie haben eine wunderbare Frau«, sagte er, als sie bei einem Scotch on the rocks saßen. »Wenn ich Sie wäre, würde ich besser auf sie aufpassen.«

»Warum sollte ich«, sagte Klaus und wippte auf seinem Barhocker. »Wir lassen uns ohnehin scheiden.«

Marcello stellte mit einem Ruck sein Glas ab und riss die Augen auf. »Scheiden? Aber warum denn?«

»Das ist eine lange Geschichte. Aber sie weiß es noch nicht.«

Marcello schüttelte den Kopf. Er ließ die Schultern hängen. »Das klingt sehr seltsam.«

Mehr wollte Klaus nicht sagen. Er war zu müde.

Zum ersten Mal an diesem Abend hatte es Marcello offenbar die Sprache verschlagen. Er saß still da und nippte an seinem Drink. Plötzlich setzte er sich kerzengerade auf und sah Klaus aus großen dunklen Augen an.

»Sie wollen sich wirklich scheiden lassen?«

»Ja.«

»Dann haben Sie wohl nichts dagegen, wenn ich mich ihrer armen Frau annehme, schätze ich?«

»Warum sollte ich«, antwortete Klaus rasch.

Marcello wurde sofort nüchtern. Er lachte laut und schlug Klaus so kräftig auf den Rücken, dass dessen Glas einen Satz machte und der Whisky über die ganze Bar spritzte.

»Abgemacht«, rief er. »Sie sehen diskret weg und tun so, als ob nichts wäre … Trinken Sie noch einen?«

Klaus entschuldigte sich. Er war so müde, dass er fast vom Barhocker fiel. Marcello brachte ihn auch zum Aufzug und sorgte dafür, dass sein neu gewonnener Freund das richtige Zimmer fand.

»Ich könnte ein paar Stangen Dynamit gebrauchen!«

Der Keller unter dem Waschsalon in der Rue du Marché war ein Inferno aus Hitze und Staub. Die Temperatur war auf über vierzig Grad gestiegen. Papot und sein Trupp mussten sich abwechselnd auf die Straße flüchten, um sich abzukühlen. Sie gingen an den nächsten Brunnen und steckten den Kopf unter den Wasserstrahl.

»Denkt dran, leicht verdientes Geld erfordert Schwerstarbeit«, stellte Papot fest. Und er war nicht einmal derjenige, der die schwerste Arbeit leistete. Schon bei dem Raubzug in Nizza war es verdammt heiß genug gewesen, doch nun war es noch viel schlimmer, auch weil sie weniger Platz hatten. Er bereute schon, dass er keinen Ventilator installiert hatte, aber dazu war es jetzt zu spät.

Beim Tunnelbau in Nizza hatte er gelernt, dass es unerlässlich war, eine strikte Arbeitsdisziplin einzuhalten. Er sorgte dafür, dass sie in zwei Schichten arbeiteten, jeweils zwanzig Minuten Arbeit, gefolgt von zwanzig Minuten Pause. Er erließ ein striktes Alkoholverbot, abgesehen von ein oder zwei Pastis am Ende eines Arbeitstages. Er gab ihnen Tabletten, um sie ruhig zu halten, und Spritzen, die den Kreislauf anregten, eine Kombination, die für Kraft und gute Laune sorgte. Das hatten sie auch in Nizza so gehalten. Sonst hätten sie diese schwierige, fast unmenschliche Arbeit nie bewältigen können. Die Erfahrung hatte sie gelehrt, dass die Nerven bei einem großen Raubzug immer aufs Äußerste angespannt waren, es war also nötig, alle ruhig und bei klarem Kopf zu halten.

Die Männer ließen sich jedoch nicht so leicht überzeugen, obwohl sie das alles in Nizza mitgemacht hatten. Der Vorarbeiter, Severin Petit, hatte sich strikt geweigert, als Papot zum ersten Mal mit der Spritze kam.

»Ich glaube nicht, dass wir diese Spritzen brauchen«, schnaubte er. Und Papot musste langwierige Erklärungen abgeben, ehe Petit sich die Spritze setzen ließ. Auch die anderen murrten, aber als Papot sie an das Ergebnis in Nizza erinnerte, gaben sie nach. Papot verlangte auch, dass sie nachts mindestens zehn Stunden schliefen, damit sie gut erholt und ausgeruht wieder an die Arbeit gehen konnten.

»Das ist verrückt«, beschwerte sich Hubert. »Du tust so, als wäre das wirklich eine große Sache. Das sind doch nur ein paar lumpige Kröten im Vergleich zu dem Coup bei der Société Générale. Lass uns die Angelegenheit schnell hinter uns bringen!«

Aber Papot bestand darauf, genau nach dem Plan von Nizza vorzugehen. »Die Jungs in Nizza haben gewusst, was sie tun. Wenn ihr wollt, dass die Sache ein Erfolg wird, macht es einfach genauso wie sie! Und noch ehe ihr euch verseht, seid ihr reich. Denkt doch nur daran, was uns erwartet, wenn wir durchkommen. Keine sechzig Millionen wie in Nizza, aber wir sind auch nur fünf, die sich die Beute teilen müssen. Mindestens eine Million oder mehr für jeden … Also haltet den Mund und tut, was ich euch sage!«

Papot kochte für alle das Essen. In einem der kleinen Kellerräume hatte er einen Campingtisch und zwei tragbare Gaskocher aufgestellt, die mit Gasflaschen betrieben wurden. Vorräte hatten sie zur Genüge. Es gab Dosen mit Bambussprossen, Artischocken, Krabben, Hummersuppe, Ravioli, chinesischen Salat, neapolitanische Bohnen, Pimiento und mexikanisches Chili con carne. Barbaroux lieferte das zarte, gut abgehangene Rindfleisch, Lammkoteletts, Putenschenkel und anderes Fleisch wie auch seine berühmten Würste.

Wenn Papot kochte, stiegen die köstlichen Düfte aus dem Keller nach oben und verbreiteten sich auf der ganzen Straße. Leute, die zum Einkaufen unterwegs waren, blieben stehen und schnupperten. Das war ein gutes Zeichen für das neue Hotel-Restaurant. Der Duft versprach ein neues Lokal, das dem *Vilain Petit Canard* durchaus Konkurrenz machen konnte.

Zum Essen servierte Papot immer eine halbe Flasche guten Weins pro Mann. Es machte nichts, dass sie von dem hervorragenden Essen und dem Wein immer ein bisschen schläfrig wurden, denn anschließend hielten die Männer auf Anordnung immer eine Stunde Mittagsruhe. Bereitwillig legten sie sich auf die Bänke unter den Platanen in den Schatten. Sobald die Stunde vorüber war, ging Papot sie holen,

»Fleißige Burschen«, stellten die Leute auf der Rue du Marché fest. »Die hängen nicht rum und vertrödeln die Zeit. Von der Sorte könnten wir durchaus noch ein paar gebrauchen …«

Nach einiger Zeit hatten sie den Tunnel ein paar Meter weit ausgegraben. Bisher mussten sie sich größtenteils durch hartes Gestein kämpfen, durch das schwer durchzukommen war.

»Ich könnte ein paar Stangen Dynamit gebrauchen«, meinte Severin. »Das würde uns eine Menge Arbeit sparen.«

»Bist du verrückt?«, erwiderte Papot. »Wir riskieren, das ganze Haus in die Luft zu jagen, und die Bank noch dazu. Nein, wir lassen uns Zeit, genauso wie …«

»… sie es in Nizza gemacht haben!«, beendete Hubert den Satz. Er kannte den Spruch von den »Kanalratten« schon auswendig. »Keine Sorge. Wir kommen auch so durch den Fels. Das steht fest.«

Er hatte leicht reden. Bislang hatte er noch nicht zu bohren versucht, während ihm der Schweiß aus allen Poren triefte. Seine Aufgabe war es, den Kellerboden aufzubrechen, damit es aussah, als wären sie mit dem Umbau beschäftigt.

Als der Tunnel Fortschritte machte, wurde es nötig, die Öffnung rasch abdecken zu können. Sie hatten sich eine dicke Eisenplatte besorgt, wie man sie benutzt, um Löcher in der Straße bei Reparaturen an unterirdischen Stromkabeln oder Gasleitungen abzudecken. Aber es dauerte zu lang, sie vor die Tunnelöffnung zu stellen. Papot fand eine bessere Lösung. Er installierte eine große aufgerollte Leinwand an der Decke über der Öffnung, die sich innerhalb von Sekunden herunterlassen ließ. Auf der Leinwand war eine Zeichnung mit den Plänen der verschiedenen Kellerräume. Zum ersten Mal brauchten sie sie, als Papot den Fischhändler Raboulet die Treppe herunterkommen sah. Er schaltete den Strom ab, um Severins Bohrhammer zum Schweigen zu bringen. Hubert zog rasch die Leinwand herunter, und alle machten sich daran, Schutt auf dem Kellerboden hin und her zu räumen.

»Eine Sicherung ist durchgebrannt«, erklärte Papot Raboulet. »Lassen Sie uns nach oben ans Licht gehen.«

»Ich wollte nur sehen, wie Sie vorankommen«, meinte Raboulet.

»Planmäßig. Genau nach Plan.«

Dann rückte Raboulet mit dem eigentlichen Grund seines Besuches heraus. »Ich habe gehört, dass der Metzger … Barbaroux … das Fleisch für das Restaurant liefert … wenn Sie es eröffnen.«

»Ja. Das stimmt.«

»Na ja, als ich heute Morgen mit dem fangfrischen Fisch vom Großmarkt kam, dachte ich, ein erstklassiges Restaurant, wie Sie es aufmachen wollen, wird wohl auch ein gewisses Angebot an vorzüglichem Frischfisch erster Güte für die Gäste brauchen …«

Papot wollte sich nicht auf ein langes Gespräch mit dem Fischhändler einlassen. Also unterbrach er ihn: »Wissen Sie was? Sie hätten sich gar nicht die Mühe machen müssen, herzukommen und zu fragen, ob Sie den Fisch liefern können, den ich brauche. Ich habe Sie schon auf meiner Lieferantenliste.«

»Ach, vielen Dank!« Raboulet schüttelte ihm herzlich die Hand. »Und wenn Sie jetzt schon Fisch für sich brauchen, kostet er Sie natürlich nichts. Kommen Sie einfach rüber in den Laden.«

»Ich weiß ja, wo er ist.« Papot lächelte. Er verkniff sich zu sagen: »Wenn nicht, folge ich einfach meiner Nase.« Aus Fisch hatte er sich nie viel gemacht.

Eines Tages klopfte Vincent Rodriguez an die Kellertür. Da unten war es so laut, dass er lange an die Tür hämmern musste, ehe Papot öffnete. Unmittelbar danach verstummte das infernalische Dröhnen des Bohrhammers plötzlich.

»Ach, Sie sind es, Monsieur Rodriguez!« Schnell breitete sich ein freundliches Lächeln auf Papots verschwitztem Gesicht aus. »Kommen Sie doch herein. Uns ist eine Sicherung durchgebrannt, und wir stehen hier sozusagen im Dunkeln.«

»Ich war in meinem Büro und schaute herüber, und da dachte ich, wie heiß es hier unten sein muss … die Schwerstarbeit, die Sie leisten, macht es sicher noch schlimmer … also dachte ich, Sie hätten vielleicht gern einen Schluck für Ihre trockenen Kehlen! Hier …« Er reichte Papot eine Kiste mit sechs Flaschen Wein. »Es ist nur ein Côtes de Provence … aus Peyrolles. Nichts Besonderes, aber durchaus trinkbar. Darauf gebe ich Ihnen mein Wort.«

»Wir könnten ihn ja mal probieren, obwohl wir nur Plastikbecher haben.«

Papot bot dem Bankdirektor in einem der weniger ausgeschachteten Kellerräume einen Platz an, und sie tranken ein Glas, während Rodriguez sich nach dem Fortschritt der Arbeiten erkundigte.

»Plangemäß. Alles nach Plan, wie man sagt. Aber Sie wissen ja, Rom ist auch nicht an einem Tag erbaut worden. Ich möchte, dass es ordentlich gemacht wird. Damit wir keine Schwierigkeiten mit der Bauaufsicht bekommen, wenn wir fertig sind.«

Rodriguez rutschte nervös auf dem staubigen Küchenstuhl herum, den Papot ihm angeboten hatte. Dabei war er sicher bequemer als die Holzkiste, auf der Papot saß. Dann rückte der Bankdirektor mit dem Anliegen heraus, das ihn eigentlich hergeführt hatte. »Wenn Sie mit dem Umbau fertig sind und das Hotel den Betrieb aufgenommen hat … die Zimmer … ich meine, könnte ein Nachbar … gegen Bezahlung natürlich … ein Doppelzimmer bekommen … tagsüber … nur für ein paar Stunden während der Mittagszeit … oder für ein paar Stunden nach Geschäftsschluss der Bank. Nicht über Nacht. Es ist nur, mein Beruf nimmt mich sehr in Anspruch … körperlich … es wäre mir eine große Hilfe … wenn ich ein Doppelzimmer für ein paar Stunden bekommen könnte, falls es nötig würde ...«

Papot leerte sein Glas und schenkte nach. »Kein schlechtes Bouquet«, meinte er. »Er könnte überdurchschnittlich sein, wenn man ihn noch ein paar Jahre lagern würde. Ein Doppelzimmer tagsüber ... im Bedarfsfall. Ja, sicher, Monsieur Rodriguez. Selbstverständlich. Nur zu gern. Und äußerste Diskretion versteht sich.«

Rodriguez lächelte befangen, war aber auch erleichtert. »Vielen Dank, Monsieur Papot. Und ich bin Ihnen besonders dankbar für die Zusicherung der Diskretion.«

Papot beugte sich vertraulich vor. »Ich bin Ihnen und der Bank sehr dankbar für das Vertrauen, das Sie in mich gesetzt haben ... das Baudarlehen und der Kredit. Es versteht sich also von selbst. Sie sind mir im Hotel Clos-de-Provence jederzeit willkommen ... allein und in Begleitung. In unserem Alter macht die Liebe auf dem Rücksitz nicht mehr so viel Spaß wie mit siebzehn!«

Die beiden Männer standen auf und klopften sich gegenseitig auf die Schulter.

»Wir verstehen uns«, meinte Rodriguez überaus erleichtert. »Und Sie sind mir jederzeit in der Bank willkommen, Monsieur Papot.«

»Ich nehme Sie beim Wort! Zum Glück ist es ja nicht weit.«

Papot geleitete Rodriguez zur Tür. »Danke für Ihren Besuch«, sagte er, als er ihm herzlich die Hand schüttelte. »Und jetzt, wenn Sie erlauben, möchte ich meinen Leuten auch etwas von dem Wein abgeben.«

»Tun Sie das! Unbedingt!«

Als der Bankdirektor die Treppe hinaufging, schloss Papot die Tür ab. Severin gesellte sich zu ihm, und Papot sagte: »Ihr könnt euch ein paar Flaschen nehmen und dann den Strom wieder einschalten und weiterbohren.«

Severin richtete seinen Blick auf eine Stelle links von den Flaschen. So war das immer. Der arme Severin konnte einfach nicht geradeaus schauen.

»Die Anakondas werden allmählich wieder hungrig!«

Meinst du das ernst?«, fragte Kaja.

»Natürlich meine ich das ernst«, erklärte Klaus. »Unser gemeinsamer Freund Marcello hat uns eingeladen, mit ihm nach Korsika zu segeln, und weil ich so leicht seekrank werde, habe ich abgelehnt. Aber es gibt keinen Grund, dass du dir das Vergnügen entgehen lässt.«

Sie saßen in einem der Strandrestaurants unmittelbar vor La Croisette, aßen Hähnchen und tranken dazu einen guten Rosé. In lässiger Kleidung. Jedermann trug hier Strandkleidung. Man konnte sich den Kaffee auf einem kleinen Tablett zu Luftmatratze und Sonnenschirm bringen lassen.

»Ich habe gar nicht gewusst, dass du seekrank wirst«, sagte Kaja.

»Werde ich aber. Wenn ich nur einen Burschen mit Wellen im Haar sehe, dreht sich mir schon der Magen um. Aber für dich kann das ein tolles Erlebnis werden. Ich würde liebend gern eine Tour auf so einer Luxusyacht machen, wenn nur nicht das ganze Wasser wäre.«

Kaja betrachtete ihn skeptisch. Sie wurde einfach nicht schlau aus ihm. »Und du weißt, dass wir an Bord übernachten müssen, wenn wir vor Korsika angelegt haben.«

Klaus nahm ihre Hand und lächelte sie an. »Sei nicht

so nervös. Ich habe dafür gesorgt, dass du eine eigene Kabine bekommst, das ist kein Problem. Und du bist auch nicht allein mit Marcello. Der Eigner der Yacht und seine Freundin sind ja auch dabei. Es gibt keinen Grund, sich Sorgen zu machen.«

»Ich würde dir niemals erlauben, mit einer anderen Frau eine solche Fahrt zu unternehmen, auch wenn eine ganze Reisegruppe mit an Bord wäre.«

Klaus lachte schallend. »Das ist eben der Unterschied zwischen dir und mir. Ich gehöre nicht zu der eifersüchtigen Sorte.«

»Vielleicht ist es dir einfach nur egal«, meinte Kaja scharf.

»Komm schon. Wir wollen uns doch nicht streiten. Wir haben Urlaub. Und wir wollen uns amüsieren … Wenn du mit deinem Hähnchen fertig bist, würde ich gern Eis bestellen.«

Am nächsten Morgen lief die SABINA II aus. Klaus winkte und hatte ein komisches Gefühl. Es war eine sehr große Yacht, achtundzwanzig Meter lang mit Besatzung und wunderschön eingerichteten Salons. Der Skipper, ein überaus wohlhabender Italiener namens Giovanni Deluna, war groß und dickbauchig, hatte aber sehr dünne Beine. Er übernahm das Ruder. Seine Freundin, Lulu Blanca, war ziemlich gewöhnlich und nur hinter Geld her. An jedem ihrer Finger steckte ein Brillantring, ansonsten trug sie nicht viel. Die Ringe waren Andenken an all ihre Männerbekanntschaften. Sie war so klein, dass Giovanni immer eine tiefe Kniebeuge machen musste, wenn er sie küssen wollte. Doch obwohl sie ungewöhnlich klein war, hatte sie eine formvollendete Figur.

Kaja hatte immer noch ein ungutes Gefühl, als sie

an Bord ging, aber Klaus versicherte ihr ständig, dass alles in Ordnung sei. Er führte ihr auch vor Augen, dass sie nicht oft Gelegenheit bekam, eine Fahrt auf einer solchen Luxusyacht zu machen. Dies war sogar die erste Gelegenheit …

Klaus schlenderte durch Cannes und konnte sich nicht entschließen, was er unternehmen sollte. Sich einen Film ansehen? Eine Spritztour mit dem Wagen? Am Strand liegen und Mädchen anschauen? Er war rastlos und konnte nur daran denken, wie großartig Kaja in ihren neuen Kleidern aussah. Verführerisch, elegant, selbstsicher. Vielleicht war doch etwas an dem Spruch: »Kleider machen Leute«. Bei ihr hatte die neue Garderobe jedenfalls wahre Wunder bewirkt.

Und es lag nicht nur an den Kleidern und der Sonnenbräune, die sie mittlerweile hatte. Es war etwas, das von innen kam. Sie strahlte und war prickelnd wie ein Glas Champagner. Wenn er nicht seit zehn Jahren mit ihr verheiratet wäre, hätte er sie ohne Zögern um ein Rendezvous gebeten.

Er erinnerte sich noch gut, wie sie war, als er sich in sie verliebt hatte und mit zwei Rivalen wetteifern musste. Sie war spontan und unbekümmert – etwa so wie jetzt. Leicht verwirrt schüttelte er den Kopf. Er musste sich auf Magali konzentrieren, sonst würde er bald nicht mehr wissen, wo vorn und hinten war.

Ja, Magali. Warum rief er sie nicht einfach an? Er setzte seinen Plan sofort in die Tat um, und sein Anruf machte sie überglücklich. Ein wenig atemlos erzählte Klaus ihr, was passiert war, vor allem, dass Kaja ein Auge auf einen italienischen Playboy geworfen hatte und ihm das nur recht war Sie war mit ihm auf einem Segeltörn. Auf einer Yacht. Nach Korsika. Für zwei

Tage. Kaja würde sich bestimmt nicht langweilen, und Klaus hatte mit ihrem neuen Freund einen Handel abgeschlossen. Es war also alles in bester Ordnung.

»Du klingst aber gar nicht so«, meinte Magali.

»Nicht? Na ja, ich langweile mich. Mach doch den Laden ein paar Tage zu und komm her, dann können wir zusammen sein. Ich reserviere dir ein Zimmer. Natürlich nicht in unserem Hotel.«

»Ich kann mir wirklich kein Luxushotel leisten, such mir ein billiges, dann komme ich«, sagte sie. »Ich könnte auch ein bisschen Urlaub vertragen. Weißt du, was ich mache? Ich schließe den Laden auf der Stelle, hänge ein Schild ins Fenster, fahre nach Hause und packe. Ich bin in ein paar Stunden bei dir.«

Als Klaus auflegte, dachte er, jetzt kommt die Sache allmählich in Gang. Zwei Tage allein mit Magali. Herrlich! Aber was Kaja wohl gerade macht? Er konnte sich nicht vorstellen, dass Marcello viel Zeit verschwenden würde.

Hätte Magali ihn in diesem Augenblick gesehen, sie hätte ihn gefragt, wieso er plötzlich die Stirn derartig in Falten legte. Und er hätte sich über ihre Frage gewundert.

Wieder beschloss er, nicht an Kaja zu denken, sondern sich darauf zu konzentrieren, ein Zimmer für Magali zu finden. Da die Hauptsaison noch nicht angefangen hatte, war es nicht schwierig. Er reservierte ein Zimmer in einem kleinen Hotel mit einer Terrasse davor, auf der die Gäste an Tischen unter Palmen und Oleander frühstücken konnten. Es lag fast am Rand von Cannes. Er rief Magali an und lud sie in sein Hotel ein, wo sie zusammen zu Abend essen konnten.

Am Spätnachmittag fuhr Magali in ihrem Renault vor. Er war verbeult und zerkratzt, aber der Portier öffnete ihr rasch die Tür und bot ihr an, den Wagen zu parken. Er war es gewöhnt, dass Mitglieder des Jetsets Schrottkarren fuhren, nur weil es »in« war. Magali gab ihm die Schlüssel, als sei sie die Königin von Saba, und betrat das Hotel.

Klaus fielen fast die Augen aus dem Kopf, als er sie in sein Zimmer kommen sah. Er hatte sie noch nie in einem so tief ausgeschnittenen Sommerkleid gesehen, das ihren ganzen Rücken, ihre Arme und den größten Teil ihres Busens entblößte. Das hätte sie in Clos-de-Provence nicht zu tragen gewagt. Ihre Körper fanden sich in einer heißen Umarmung, und es dauerte lange, bis sie zum Abendessen nach unten gingen.

Im Pfarrhaus hinter der Kirche braute sich etwas zusammen. Eine Frau, die gegenüber wohnte und immer am Fenster oder auf einem Stuhl vor dem Haus saß, versicherte, eines Abends habe sie Madame Zanetti *nicht* nach Hause gehen sehen, und das erregte nun wirklich einiges Aufsehen. Obwohl sich das Gerücht in keiner Weise bestätigte ... Schließlich konnte es ja sein, dass die Haushälterin des Pfarrers gegangen war, als der »Wachposten« vorübergehend abgelenkt war. Allein schon der Gedanke war jedoch so spannend, dass die Nachricht sich unter den jüngeren Frauen der Stadt wie ein Lauffeuer verbreitete. Die meisten traten wie die Frau des Glasers für den Pfarrer ein.

»Meine Güte«, sagte Madame Touchaleaume, »lasst den Mann doch in Ruhe. Glaubt denn wirklich noch irgendein Mensch, dass Pfarrer enthaltsam leben? Denkt doch nur an die Mönche früher. Sie waren wilde Tiere. Ich finde, ein Priester sollte ein normales Leben führen, auch wenn er nicht heiraten kann.«

»Aber ein Priester legt einen Eid ab, den Sünden des

Fleisches zu entsagen«, erklärte Madame Carletti mit zitternder Stimme.

»Ja, sicher. Aber irren ist menschlich«, schimpfte Madame Touchaleaume.

»Sie sind keine gute Katholikin«, erwiderte Madame Carletti.

»Ich habe nie gesagt, dass ich eine bin. Aber ich gehe fast jeden Sonntag in die Kirche und auch sonst oft, ich gehe nur rein und sitze ein paar Minuten still da, und dann sagt mein Mann, dass ich eine gute Köchin bin. Wir haben alle unsere guten und schlechten Seiten. Ich finde überhaupt, wir sollten aufhören, über den Pfarrer zu tratschen. Sonst erfährt der Bischof noch davon, und das wäre schrecklich für Monsieur Le Curé.«

Der Klatsch und Tratsch ging weiter, allerdings hinter Madame Touchaleaumes Rücken.

Aus dem Tunnel drang ein begeisterter Schrei, als die Bohrhämmer ein hartes Stück Fels durchbrachen, an dem sie schwer hatten arbeiten müssen, und nun an weicheren, poröseren Stein kamen.

Trotz des Alkoholverbots während der Arbeitszeit holte Papot eine Flasche Pastis hervor. An diesem Abend wurde nicht mehr gearbeitet. Die erschöpften Männer brauchten eine Stärkung. Severin war kurz vor dem Zusammenbruch. Die Arbeit war eine einzige Quälerei gewesen, aber jetzt war das Schlimmste offenbar geschafft, obwohl sie noch einiges vor sich hatten.

Die Hitze ähnelte in dieser Nacht der im tropischen Regenwald. Sie trieften vor Schweiß. Die Nachtarbeit war schlimmer als die am Tag. Nachts ging kein Lüftchen, und es kam kaum frische Luft in den Keller. Und obwohl sie immer bei Lampenlicht arbeiten mussten, vermittelte die Dunkelheit, wenn sie zur Pause nach oben kamen, ihnen das Gefühl, wirklich in einem Backofen zu sitzen.

Papot verwöhnte sie mit besonders gutem Essen. Er kaufte bei Barbaroux Fleisch der besten Qualität, die zartesten Stücke Rind-, Kalb- und Lammfleisch, und bereitete es wie ein Meisterkoch zu. Er machte die köstlichsten Vorspeisen und servierte zum Nachtisch drei Sorten Käse oder Kuchen, Eiscreme oder Gebäck, das er fertig kaufte. Einen Großteil seiner Zeit verwandte er auf die Zubereitung des Essens, da die kulinarischen Freuden viel zur Stärkung der Moral beitrugen. Und während sie aßen und mäßig Wein tranken, unterhielten sie sich gern darüber, was jeder mit dem Geld tun wollte, nachdem es aufgeteilt war.

Honoré wollte eine Bar kaufen und einen Angestellten engagieren, dem er den Laden anvertrauen konnte, wenn er ab und an Gelegenheit hatte, etwas schnelles Geld nebenher zu verdienen.

Severin wollte sich ein hübsches Mädchen suchen, das verrückt nach ihm war, sich von seinem Geld beeindrucken ließ und bereit war, mit ihm nach Brasilien zu gehen, um das Leben zu genießen, solange das Geld reichte. Und wenn es aufgebraucht war? Na ja, dann gäbe es eben einen neuen Bankraub.

Armand wollte etwas Sichereres. Eine Spielhalle, in der die Jugendlichen ihr gesamtes Geld für Flipper und elektronische Spiele ausgeben konnten.

Hubert hatte vor, Schlosser zu werden. Er hatte gehört, dass sie Unmengen für nur drei Minuten Arbeit verdienten, wenn Leute sich aus ihren Häusern aussperrten. Und dann gab es ja immer noch die Möglichkeit, sich anzusehen, wie sie wohnten …

Auch Papot wusste genau, was er wollte. Er wollte ein Restaurant eröffnen.

»Das Haus dafür hast du ja schon gekauft«, meinte Severin und sah an ihm vorbei.

»Ich denke, es sollte wohl besser an einem anderen Ort sein, weit weg von hier«, brummte Papot.

Sein Blick schweifte in die Ferne. Am liebsten wollte er das, was Cigalon in Pagnols Geschichte von einem Koch getan hatte, der davon träumte, dass es in seinem Restaurant keine anderen Gäste gäbe als ihn. Und jeden Tag säße er am besten Tisch und ließe sich Essen servieren, das speziell für ihn zubereitet war. »Ja, deshalb möchte ich ein Restaurant. Um wirklich gut zu essen!«

Severin sah ihn schockiert an. »Du bist verrückt! Ein Restaurant eröffnet man, um Geld zu verdienen.«

»Ich verstehe ihn. Ich könnte mir durchaus vorstellen, meine Bar eines Tages zu schließen und selbst alle guten Tropfen zu trinken. Ich kenne jemanden, der das gemacht hat. Ein Schwede aus der Fremdenlegion. Als er rauskam, ließ er sich in Montpellier nieder und eröffnete eine Bar. Und einen Monat später hängte er ein Schild in die Tür, dass die Bar geschlossen hätte. Dann saß er allein hinter den Vorhängen und trank eine Flasche nach der anderen, bis nichts mehr da war.«

»Das ist vulgär«, meinte Papot. »Der Gedanke an ein eigenes Privatrestaurant gefällt mir besser.«

»Was ist das schon für ein Unterschied, ob du dich zu Tode frisst oder säufst«, brummte Honoré.

»Wo wir doch gerade so nett beisammensitzen und uns unterhalten, könnten wir vielleicht ausnahmsweise einen *Marc de Provence* zum Kaffee trinken«, schlug Armand behutsam vor. Er hatte genug vom Gerede der anderen.

Aber Papot blieb bei seinen Grundsätzen. Kein Alkohol während der Arbeitszeit.

»Das Leben ist ungerecht«, seufzte Hubert. »Manche Leute können einfach in die Bank spazieren und Geld von ihren dicken Konten abheben, während andere arme Teufel wie wir sich einen Weg durch Fels, Lehm und Sand hacken müssen.«

Am nächsten Morgen sollte die erste Ladung Schutt abgefahren werden. Wie vereinbart stellte die Stadt Papot einen ihrer Laster zur Verfügung. Außerdem half der Polizist Gaston Giron, den Lastwagen durch die engen Gassen zu dirigieren, die normalerweise für den Verkehr gesperrt waren. Er fuhr mit dem Fahrrad vorweg und sorgte dafür, dass der Weg frei war.

»Wie geht die Arbeit voran?«, erkundigte sich der Bankdirektor, der an die Tür gekommen war.

»Gut«, antwortete Papot. »Wir machen Fortschritte. Aber da unten ist es so heiß, besonders nachts, das kostet uns Zeit.«

»Sie können sich ein paar Ventilatoren von mir leihen«, bot Rodriguez an. »Ich hatte gedacht, wir könnten sie hier brauchen, aber sie wirbelten nur die Geldscheine durcheinander.« Er sagte ihm, er solle kurz warten, und kam nach ein paar Minuten mit den Ventilatoren zurück. Papot dankte ihm für seine Hilfe.

Bei Barbaroux bestellte Papot noch ein paar Ziegen, die er so bald wie möglich liefern sollte. »Die Anakondas werden allmählich wieder hungrig«, sagte er. »Wenigstens eine von ihnen hat ihr Fressen schneller verdaut als sonst. Wahrscheinlich war das erste Zicklein besonders zart und köstlich.«

»Ich verkaufe nur bestes Fleisch«, erklärte Barbaroux.

»Das weiß ich, und es steht für mich fest, dass Sie mein Lieferant werden, wenn das Restaurant eröffnet. Vielleicht könnte ich auf dieser Basis einen besseren Preis für die Zicklein bekommen. Sie sind ziemlich teuer.«

»Sicher«, willigte Barbaroux ein. »Und ich kann bestimmt mit meinem Lieferanten etwas arrangieren, besonders wenn wir weiterhin die Schlangen füttern sollen.«

Das konnte Papot zusagen. Die beiden Schlangen in dem Terrarium sollten zwar verkauft werden, aber er würde weiterhin Schlangen halten, solange der Preis so hoch war. Vielleicht wäre es auch eine Idee, für die Hotelgäste eine Besichtigung des Terrariums anzubieten. Das wäre eine zusätzliche Attraktion.

Papot gab Barbaroux einen Schlüssel zur Vorratskammer mit dem Kühlschrank. »Ich bin vielleicht nicht zu Hause, wenn Sie die Zicklein liefern. Wir arbeiten Tag und Nacht. Gehen Sie einfach hinein und legen Sie das Fleisch in den Kühlschrank. Passen Sie auf, dass Sie keinen Fehler machen. Der Schlüssel passt auch auf das Schloss am Schlangenkäfig. Sie werden wirklich böse, wenn jemand sie stört.«

Barbaroux erschauderte und legte den Schlüssel in eine Schublade. Er wünschte, Florianne würde mit der nächsten Bestellung hinauffahren, Sie hatte vor nichts Angst, während ihm vor Reptilien graute. Nach seinem ersten Besuch im Terrarium hatte er zweimal Albträume gehabt. Er konnte den Anblick dieser abscheulichen Anakondas einfach nicht vergessen, wie sie mit weit aufgerissenen Schlünden die Zicklein verschlangen.

Aber er wusste, dass er sie nie dazu würde überreden können. Sie hatte ihm auch zu verstehen gegeben, dass sie Papot wegen seines bizarren Interesses an Riesenschlangen nicht leiden konnte. »Möchtest du nicht sehen, wie sie gefüttert werden«, versuchte er es dennoch, als sie an der Kasse saß und den *Nice-Matin* las.

Ungerührt sah sie ihn an. »Ich lasse mich von dir nicht ködern. Erinnerst du dich an den Film, den wir im Fernsehen gesehen haben … also, ich habe ihn jedenfalls gesehen, du hast geschlafen … in dem der Mann seine Frau loswerden wollte und eine Riesenschlange unter ihr Bett gelegt hat, bevor er auf Geschäftsreise gegangen ist?«

Barbaroux war schockiert. »Florianne!«, fuhr er auf. »Wie kannst du glauben …«

»Man weiß ja nie«, meinte sie hintersinnig. »Gerade habe ich hier noch was gelesen.« Sie tippte auf die Zeitung. »Über einen Mann, der seiner kranken Frau erst in die Badewanne geholfen und dann eine schwere Bronzestatue aus dem Wohnzimmer geholt und ihr den Schädel eingeschlagen hat. Männer können ja so brutal sein. Frauen waren in Frankreich schon immer menschlicher. Wir benutzen nur Gift.«

Barbaroux kehrte ihr den Rücken. Wenn sie in dieser Laune war, ließ sich mit ihr nicht vernünftig reden. Vielleicht meinte sie es ja nicht so, aber sie hatte eine spitze Zunge.

»Diese Geschichte mit der Anakonda … das klingt gerissen«, murmelte er.

»Ob es eine Anakonda war, weiß ich nicht.« Sie raschelte mit der Zeitung. »Hier steht nur, dass es eine Riesenschlange war.«

Später traf Barbaroux den Polizeichef Raymond Grely bei *Chez Charles*. Nachmittags überließ Barbaroux den Laden immer Francis, während er Petanque spielte oder mit Freunden ein, zwei Pastis trank. Grely und er hatten im Laufe der vielen Jahre, die sie sich kannten, schon manchen Pastis miteinander getrunken. Und sie hatten sich auch so manchen Gefallen getan.

Heute war Grely nicht so guter Laune wie sonst. Er ließ den Kopf hängen und lächelte gezwungen, als Barbaroux ihm saftige Geschichten erzählte.

»Stimmt was nicht?«, erkundigte sich Barbaroux. »Hast du wieder Probleme mit Solange?«

»Nein. Im Augenblick benimmt sie sich. Eigentlich hat sie mich schon lange nicht mehr betrogen. Entweder das, oder sie ist gerissener geworden. Jedenfalls ist es nicht das, was mich bedrückt. Ich brauche eine Veränderung.«

»Einen Ausflug in die Berge?«

Grely lächelte und spielte mit seinem Glas. »So meine ich das nicht. Ich will mich beruflich verbessern. Wichtigere Fälle. Versteh mich nicht falsch, aber für einen Polizisten kann eine Kleinstadt wie Clos-de-Provence einfach zu klein werden. Hier ist es zu friedlich. Verstehst du, was ich meine?«

Barbaroux nickte. »Ich könnte ja Raboulet umbringen und dich das Verbrechen schnell aufklären lassen, wenn es dir hilft«, bot er an.

»Etwas in der Art«, nickte Grely und tat, als nähme er Barbaroux ernst. »Das wird auch nötig sein, wenn ich je Anerkennung finden soll. Falls nicht, wird man mich immer übersehen, und ich kriege nie eine Chance auf eine bessere Stellung. Solange würde auch gern in einer größeren Stadt wohnen, die mehr Attraktionen zu bieten hat. Sie sagt, sie kennt hier jeden in- und auswendig. Was die Männer angeht, kann ich das bestätigen. Aber vielleicht treibt sie sich auch nur herum, weil sie sich so langweilt.«

»Lass uns noch einen Pastis trinken«, meinte Barbaroux. »Lass den Kopf nicht hängen. Eines Tages pas-

siert eine große Sache, und der Polizeichef von Grely wird sie aufklären und auf allen Titelseiten stehen!«

»Du weißt doch, wie das ist«, sagte Grely. »Wenn hier was richtig Großes passieren sollte, kommt die Kripo aus Marseilles, um es aufzuklären. Auch wenn es einen Mord gäbe, also kannst du mir da nicht helfen.«

»Ich verstehe deinen Ehrgeiz nicht ganz, ich weiß, dass ich ein hervorragender Metzger bin und in Paris sehr erfolgreich sein könnte. Aber der Preis wäre mir zu hoch. Ich bin lieber der beste Metzger von Clos-de-Provence und Umgebung.«

»Vielleicht hast du damit gar nicht mal so Unrecht.«

Grely fühlte sich schon ein bisschen besser, als er und Barbaroux das Bistro verließen. Barbaroux' Gesicht hatte die Wirkung eines Sonnenaufgangs in den Bergen.

»Küss mich«, sagte Magali. Es klang wie ein Befehl.

Anfangs ging auf der Fahrt nach Korsika alles gut. Während sie auf dem Achterdeck saßen und Austern aßen, glitt die Yacht geschmeidig durch die Wellen. Der Tisch war ebenso wie der im Salon mit Blumen, geschliffenen Kristallgläsern und handbemaltem Porzellan gedeckt. Die Crew bestand aus einem Obermaat, einem Koch und einem Steward, der auch als Maat fungierte. Als Steward trug er eine weiße Uniform. Es war wie in einem ganz feinen Restaurant, nur dass die Gäste hier Bikinis und Badehosen trugen.

Kaja hatte noch nie einen Fuß auf die geschrubbten Decks einer so großen Yacht gesetzt. Aber es gefiel ihr, und Marcello erhöhte ihren Genuss, indem er ihr kalte Getränke brachte, während sie auf einer Luftmatratze in der Sonne lag, und ihr schmachtende Komplimente ins Ohr raunte, wie es mit so wilden Übertreibungen nur ein Italiener verstand; er rieb ihr den Rücken mit Sonnenöl ein und achtete sorgsam darauf, es oft und gründlich zu tun, damit ihre helle nordische Haut nicht verbrannte.

»Es ist so schade, dass Klaus nicht hier ist«, meinte sie.

»Wirklich schade«, pflichtete Marcello ihr bei und legte sich dicht neben sie.

»Ich weiß, es hätte ihm gefallen. Ich begreife seine Angst vor der Seekrankheit einfach nicht. Wir sind früher auch gesegelt, sogar auf kleineren Booten, ohne dass er seekrank geworden ist. Ich glaube, eigentlich wollte er gar nicht mitkommen. Vielleicht wollte er mich einfach nur für ein Weilchen loswerden.«

»Vielleicht«, meinte Marcello und legte den Arm um sie.

Sie wandte den Kopf und sah ihn mit ihren grau-grünen Augen an. Er erwiderte ihren Blick, seine Augen waren fast wie schwarze Seen. Noch bevor sie ihr Spiegelbild in ihnen entdecken konnte, küsste er sie, anfangs sanft, dann tief und leidenschaftlich.

Als die Yacht sich abends der *Île de Beauté* näherte, tanzten sie an Deck zu Musik von der Stereoanlage. Das einzige Licht drang aus den Fenstern des Salons. Es ging eine sanfte Brise, und wenn die Platten gewechselt wurden, hörten sie das leise Brummen aus dem Maschinenraum und das leichte Plätschern der Wellen an der Bordwand. Alles wäre äußerst romantisch gewesen, wenn die beiden Männer nicht so viel getrunken hätten. Sie wurden albern, und die Freundin des Skippers kreischte jedes Mal durchdringend, wenn Giovanni sie anfasste.

Der Obermaat blickte in den dunklen Himmel hinauf, schnupperte in die Luft, stellte die Windrichtung fest und verkündete, es ziehe ein Unwetter auf. Allerdings schenkte niemand seiner Warnung Gehör.

»Also, ich gehe schlafen«, sagte Kaja, als sie plötzlich müde wurde. Sie war die viele Seeluft nicht gewohnt.

»Ich komme mit«, erklärte Marcello und stellte sein Glas ab.

»Das ist nicht nötig, ich kenne den Weg.« Schnell wünschte sie allen eine gute Nacht und verschwand.

Aber kaum lag sie im Bett, da hörte sie schon eine schmeichelnde, verführerische Stimme vor ihrer Tür.

»Ich bin's, Marcello«, sagte er und klopfte leise an die Tür.

Kaja war froh, dass sie abgeschlossen hatte. »Ich liege schon im Bett.«

»Ich weiß. Ich weiß. Lass mich rein.« Seine Stimme wurde ungeduldiger und drängender. Als das nicht wirkte, verlegte er sich aufs Betteln. *»Ti amo«*, flötete er. *»Ti amo, bella mia.«*

»Geh in deine Kabine. Wir sehen uns morgen. Schlaf gut. *Ciao.*«

Marcello versuchte noch eine Weile, durch die Tür mit ihr zu verhandeln, aber als er keine Antwort bekam, ging er schließlich und brummte erbittert: *»Porca miseria!«*

Am nächsten Morgen steckten sie mitten in einem Unwetter. Blitz und Donner gingen mit sintflutartigem Regen einher, der so dicht war, dass sie Himmel und Meer nicht mehr unterscheiden konnten. Das machte den verbreiteten Glauben nachhaltig zunichte, im Süden herrsche immer Sonnenschein und milde Witterung.

»Das wäscht den Staub aus der Luft«, meinte Giovanni. »Ein bisschen Regen haben wir dringend gebraucht.«

Der Wind peitschte die See vor der befestigten Hafeneinfahrt auf, und die SABINA II tanzte wild an ihrer Vertäuung. Kaja lag halb bewusstlos vor Seekrankheit da, nachdem sie sich zehnmal übergeben hatte. Marcello flehte mit froschgrünem Gesicht abwechselnd zur Madonna und zu seiner Mutter. Giovanni saß mit der Mannschaft zusammen und trank. Seine Freundin war nach Saint Florence gegangen, in dessen Hafen sie angelegt hatten.

Im Laufe des Tages legte sich der Sturm, aber der Sonne gelang es nicht, durch die dicke Wolkendecke zu brechen, und der Wetterbericht war keineswegs viel versprechend.

»Wir fahren besser nach Hause«, meinte Giovanni, nachdem er mit seinem Obermaat gesprochen hatte.

»Aber wir wollten uns doch Korsika anschauen«, protestierte Lulu. »Du hast es mir versprochen.«

Sie hatten sie in einer der Bars aufgestöbert, in Begleitung von drei Burschen, die aussahen, als steckten sie hinter sämtlichen Bombenanschlägen und Attentaten, die in den letzten zehn Jahren auf Korsika verübt worden waren.

»Ich denke, du hast genug von Korsika gesehen«, erklärte Giovanni müde. »Was die Naturschönheiten angeht, so müssen sie bis zum nächsten Mal warten.«

Sie machten die Leinen los, und die SABINA II lief Richtung Festland aus. Es fing wieder an zu regnen, und der Seegang war zwar nicht bedrohlich, aber doch unbehaglich hoch.

Kaja brauchte ihre Tür nicht abzuschließen. Marcello ging es zu schlecht, als dass er sich für sie hätte interessieren können. Giovanni und Lulu stritten sich endlos auf Italienisch. Er schrie, sie kreischte. Der Steward deckte den Tisch im Salon mit geschliffenem Kristall und handbemaltem Porzellan, als ob nichts passiert wäre. Doch als die Schiffsglocke zum Abendessen rief, hing Marcello über der Reling, Kaja lag im Bett, und Lulu hatte sich nach einem hysterischen Anfall in ihrer Kabine eingeschlossen. Giovanni lud den Obermaat ein, mit ihm zu essen. Er hasste es, allein zu essen. Er war schlechter Laune, nicht wegen des Wetters, das ihn eigentlich wenig störte. Lulu war eine solche Enttäuschung. Albernes Ding. Jetzt musste er sich eine andere suchen. Mit seinem Geld war das meist kein Problem. Diese Dänin war genau nach seinem Geschmack. Eine Schande, dass sie seekrank wurde.

Der Koch hatte eine köstliche *Lasagne bolognese* gemacht, und die beiden Männer aßen trotz des Seegangs mit gutem Appetit.

»Che bella«, rief Giovanni, als er Kaja neben Marcello an die Reling treten sah.

Kein Zweifel, wen er meinte, und die Crew gab ihm hundertprozentig Recht.

Weder Klaus noch Magali waren je zuvor in St. Tropez gewesen. Im Sommer hatte es sie nicht gereizt wegen der Hitze und der Touristen. Im Winter war das Nest ausgestorben.

Aber jetzt, kurz bevor die Horden von Touristen kamen, herrschte bereits Leben in der Stadt. Wie es hieß, traf man in St. Tropez die schönsten Frauen und bestaussehenden Männer Europas in der Hafengegend oder in den Straßencafés, in denen Berühmtheiten der Filmwelt und der Popmusikszene verkehrten. Magali und Klaus freuten sich auf den Ausflug. Sie hatten vor, in einem der Hafenrestaurants zu Mittag zu essen und an der Plage de Tahiti zu baden.

Gerade hatten sie einen Parkplatz in St. Tropez gefunden, als das Wetter umschlug. Sie konnten sich gerade noch die Maler anschauen, die an der lang gestreckten Hafenpromenade ihre Stände aufgebaut hatten, darunter auch einen bärtigen Exzentriker, der nackten Mädchen Badeanzüge aufmalte, bevor die Künstler ihre Sachen einpacken mussten, weil Wind und Regen einsetzten.

Da es für das Mittagessen zu früh war, kauerten sie sich in eine Ecke eines Straßencafés und hofften, dass das Wetter schnell wieder besser werden würde. Das alles verdarb Magali jedoch nicht die Laune. »Küss mich«, sagte sie.

Klaus sah sich um. Fast alle Tische waren besetzt. »Hier?«

»Ja. Warum nicht?« Wie alle Französinnen hatte auch Magali nichts dagegen, in der Öffentlichkeit zu küssen. Klaus dagegen schon. Er und Kaja hatten sich nie an Orten geküsst, an denen sie nicht für sich gewesen waren. Er zögerte schüchtern.

»Ich habe gesagt, küss mich!« Es klang wie ein Befehl.

Klaus gehorchte. Sie schlang die Arme um ihn und zog ihn an sich. Es war ein langer, leidenschaftlicher Kuss, den auch der Kellner nicht störte, als er die Aperitifs brachte, die sie bestellt hatten. Als sie ihn schließlich losließ, stöhnte Klaus.

»Daran gewöhnst du dich schon noch, wenn wir erst einmal verheiratet sind.«

Er sah sie überrascht an.

»Das hatten wir doch vor, oder?«, fragte sie ihn mit durchdringendem Blick. Ihre Augen konnten die Farbe so schnell wechseln wie das Mittelmeer.

»Sicher, aber du warst es doch, die sich das erst noch überlegen wollte.«

Sie lachte und zog ihn so rasch an sich, dass er fast sein Glas umstieß. »Es gehört zur Natur einer Frau, sich erobern zu lassen. Und da du es jetzt weißt, kannst du deine Scheidungspläne vorantreiben. Du hast gesagt, deine Frau hat ein Auge auf einen Italiener geworfen, dann ist es ja leicht für dich.«

Klaus nickte. Der Gedanke, dass die SABINA II vielleicht draußen auf offener See war, machte ihm Sorgen. Das sanfte Mittelmeer konnte bei diesen plötzlichen Unwettern zur wilden Bestie werden.

»Bist du nicht glücklich?«, fragte Magali und schmiegte sich an ihn.

»Doch. Unheimlich glücklich«, antwortete er und legte den Arm um sie. »Jetzt lass uns ein gutes Lokal für das Mittagessen suchen, und dazu trinken wir Champagner. Das muss gefeiert werden.«

Nach dem Mittagessen fuhren sie in stürmischem Wind und Regen zurück nach Cannes. Klaus war abgelenkt, aber Magali bekam die Küsse, die sie haben wollte.

Wo waren die anderen Djam-Djam-Schlangen?

Es war einer der stärksten Regenfälle, die die Provence je erlebt hatte. Die Durance trat über die Ufer und spülte einen ganzen Campingplatz fort. Die ersten Touristen des Jahres segelten plötzlich in ihren Wohnmobilen auf einem reißenden Strom. Steingartenarrangements sackten in sich zusammen; in den hoch gelegenen Bergdörfern war es gefährlich, vor die Tür zu gehen, weil Wassermassen aus höheren Lagen herabstürzten, die Straßen überfluteten und Blumentöpfe, lockere Steinstufen und kleine Bäume mitrissen.

Severin wäre fast in seinem Tunnel ertrunken, als das Wasser einbrach. Sie hatten den Tunnel schon halb fertig und fingen gerade an, Decke und Wände abzustützen. Doch plötzlich stürzte über Severin die Decke ein, und die anderen mussten ihn an den Füßen hinausziehen. Er keuchte, spuckte und fluchte, er habe die Nase voll. Durch das Loch strömte Wasser herein, und langsam aber sicher stieg das Grundwasser. Es passierte mitten in der Nacht, und sie mussten alle mit Taschenlampen durch das Wasser stapfen. Papot rettete in aller Eile sein Küchengeschirr und die Vorräte, während die anderen sich abmühten, Elektrokabel und Werkzeug ins Trockene zu bringen. Alles, was nicht niet- und nagelfest war, schleppten sie in

den Waschsalon im Erdgeschoss. Draußen goss es unaufhörlich in Strömen.

Hubert warf wütend eine Hacke hin. »Das hat uns gerade noch gefehlt! *Merde!*«

»Was mich betrifft, mich kümmert das nicht mehr«, knurrte Severin, während er seine Platzwunden und Prellungen untersuchte.

»Es sollte dich aber kümmern, weil wir gutes Geld damit machen wollen«, erklärte Armand. Dann wandte er sich an Papot. »Was machen wir jetzt, Chef?«

»Wir warten bis morgen, dann holen wir die Feuerwehr, damit sie das Wasser aus dem Keller pumpt. Dafür ist sie schließlich da.«

Die anderen sahen sich an.

»Aber, Boss«, wandte Honoré ein, »meinst du nicht, dass sie den Tunnel finden?«

»Es gibt keinen Tunnel«, erklärte Papot rasch. »Das ist ein Kanal von der Küche zur Kanalisation! Wir decken die Öffnung mit ein paar Eisenplatten ab, dann denkt sich keiner was dabei. Überlasst das nur mir. Wir müssen das Wasser aus dem Keller schaffen, ganz gleich wie. Sonst fragen uns der Bankdirektor, der Metzger und der Fischhändler alle, warum wir nicht die Feuerwehr gerufen haben.«

Sie nickten beifällig. Sie waren froh, einen Anführer zu haben, der wusste, was zu tun war.

»Und um uns Neugierige vom Hals zu halten, bringen wir ein großes Schild an der Tür an: Zutritt verboten! Einsturzgefahr! … Und das ist nicht mal gelogen.«

Papot warf einen Blick zur Decke hinauf, die um die Stützpfeiler des Hauses schon Risse bekam. »Wir müssen diese Pfeiler abstützen, damit uns nicht das ganze Haus über dem Kopf zusammenbricht, bevor wir fertig sind. Und wenn wir die Arbeit wieder aufnehmen, müssen wir Schutzhelme tragen. Ich besorge sie.«

Drei Tage mussten sie warten, bis der Keller endlich ausgepumpt wurde. Überschwemmte Keller, Wasserschäden an Häusern und undichten Dächern nahmen die vereinten Kräfte der Rettungsmannschaften und der Feuerwehr erheblich in Anspruch. Papot und seine Mannschaft schlenderten ziellos umher, während sie warteten, ohne sich an der erzwungenen Arbeitspause erfreuen zu können. Anfangs versuchten sie das Wasser selbst mit Eimern herauszuschöpfen, aber sobald sie es in den Rinnstein gossen, lief es wieder zurück.

Am dritten Tag pumpte die Feuerwehr das ganze Wasser innerhalb von Stunden ab. Und nun sickerte es nur noch langsam in den Tunnel. Der Regen hatte aufgehört, die Sonne kam heraus, und der Himmel strahlte azurblau; die Provence war wieder ganz die alte.

Mit voller Kraft nahmen sie die Arbeit am Tunnel wieder auf. Bei einem morgendlichen Besuch in der Bank entschuldigte Papot sich bei Rodriguez, dass sie fast rund um die Uhr arbeiten mussten, um die verlorene Zeit wieder aufzuholen.

»Ich kann es nicht leugnen. Wir sind alle froh, wenn die Arbeiten abgeschlossen sind«, sagte er. »Der Lärm von Ihrem Bohrhammer klingt, als käme er aus unserem Keller. Wenn die Kassierer Geldscheine zählen, müssen sie jedes Bündel mehrmals nachzählen, nicht nur wegen des Lärms, auch wegen der Vibrationen.«

»Wir freuen uns auch schon auf den Augenblick, in dem wir den Bohrhammer endgültig abstellen können«, versicherte Papot ihm.

Gustave Barbaroux fuhr mit zwei geschlachteten Zicklein im Laderaum in die Berge hinauf nach Beau Soleil, Papots Haus in La Motte. Er hatte versucht Papot zu überreden, sie selbst mit nach Hause zu nehmen. Papot hatte jedoch alle möglichen Ausflüchte vorgebracht – er sei zu beschäftigt, und sein kleiner Citroën sei kaum groß genug für das Werkzeug, das er hin- und zurücktransportieren müsse, von zwei Zicklein gar nicht zu reden.

Unwillkürlich sah Barbaroux sich vorsichtig um, als er aus dem Wagen stieg. Nur für den Fall, dass zufällig eine der Anakondas ausgebrochen war.

Der Metzger schloss den Schuppen, in dem das Terrarium stand, auf und brachte die beiden Zicklein in den Kühlschrank.

Als er sich umdrehte, erstarrte er mitten im Schritt. Eine Adrenalinwelle durchströmte ihn, und seine Nackenhaare sträubten sich. An der Außentür lag zusammengerollt eine Giftschlange.

Es war keine Anakonda, sondern eine von den kleineren, den Djam-Djams. Obwohl ihr Gift nicht direkt tödlich war, sondern nur eine Lähmung verursachte, hatte Barbaroux keine Lust, sich fünf bis sechs Stunden in Tiefschlaf versetzen zu lassen. Er war auch zu Tode erschrocken, weil er solche Angst vor Schlangen hatte, dass er kaum den Anblick der lebendigen, glitschigen Aale Raboulets ertragen konnte. Mehr als einmal hatte Raboulet diese Abneigung ausgenutzt und Barbaroux einen zappelnden Aal hinterhergeworfen, wenn sie sich auf der Straße vor seinem Laden gestritten hatten.

Jetzt lag eine lebendige Giftschlange direkt vor ihm. Er hätte vor Angst tot umfallen können, wenn ihm nicht in einer Nische eine weitere Tür ins Auge gefallen wäre, die in einen Nebenraum führte. Er sprang hinüber und griff nach der Klinke, musste aber feststellen, dass die Tür verschlossen war. Ohne nachzudenken, warf er seinen muskulösen Metzgerkörper gegen die Tür, die jedoch nicht einen Zentimeter nachgab. In Filmen sah das immer so einfach aus, wenn Leute Türen aufbrachen. Seine Schulter fühlte sich an, als habe er sie sich ausgekugelt, trotzdem versuchte er es noch einmal. Erst beim dritten schmerzhaften Versuch gab das Schloss nach, und er taumelte in einen recht dunklen Raum. Rasch schloss er die Tür und stopfte ein paar Säcke in den unteren Türspalt, damit die Schlange nicht auf diesem Weg hereinkommen konnte.

Als seine Augen sich an das Dämmerlicht gewöhnt hatten, bemerkte er einen Tisch, auf dem ein Zicklein mit aufgeschlitztem Bauch lag. Die Bauchhöhle war mit Nägeln, Schrauben, Bolzen, Metallteilen und kleinen Steinen gefüllt. Neben dem Tisch stand eine Badezimmerwaage.

Das war alles sehr merkwürdig. Was hatte ein Zicklein, dessen Bauchhöhle mit Dingen voll gestopft war, die eine Schlange wohl kaum verdauen konnte, mit einer Badezimmerwaage zu tun? Einfach absurd.

Es sei denn ... Es sei denn, jemand wollte herausfinden, welches Gewicht die ausgeschlachtete Bauchhöhle eines Zickleins fassen konnte.

Barbaroux gab den Versuch, eine logische Erklärung für diesen seltsamen Anblick zu finden, bald auf. Im Augenblick lag ihm mehr daran, so schnell wie möglich von diesem grauenhaften Ort fortzukommen, vor allem, als ihm plötzlich einfiel, dass es bestimmt noch weitere Djam-Djams hier gab. Wo waren die anderen? In ihrem Korb oder in den Ecken? Oder krochen sie über die Dielenbretter auf der Suche nach Beute? Wieder rauschte das Adrenalin durch sein Blut und ließ ihm die Haare zu Berge stehen. Voller Panik sah er sich um und entdeckte ein kleines Fenster. Er öffnete es, so weit es ging, und schaffte es, seinen massigen Körper hindurchzuzwängen. Erleichtert stieg er in den Wagen, um nach Hause zu fahren. So erleichtert, wie es nur möglich war mit seinen Beinen, die so sehr zitterten, dass er kaum das Gaspedal treten konnte.

Sobald er wieder in seinem Laden war und eine dramatische Schilderung der Ereignisse gegeben hatte, die zwar keinen Eindruck auf Florianne machte, dafür aber die gewünschte Wirkung auf zwei ältere Damen, die letzten Kundinnen des Tages, hatte, ging Barbaroux auf die Baustelle, um Papot zu suchen.

Er ignorierte das Schild an der Kellertür, auf dem stand: KEIN ZUTRITT: EINSTURZGEFAHR! Er hämmerte gegen die Tür. Da sie nicht verschlossen war, ging er hinein und folgte dem Lärm des Bohrhammers. Als er an den Tunnel kam, sah er zwei Männer im Scheinwerferlicht arbeiten. Aber Papot war nicht da, und die beiden Männer hörten sein Rufen nicht.

Als er sich umdrehte, kamen Papot und zwei seiner Leute die Kellertreppe herunter; sie hatten draußen den Laster mit Schutt und Steinen beladen. Sie blieben so abrupt stehen, dass es wirkte, als sei ein Film gerissen.

»Sie suche ich!«, rief Barbaroux. »Ich komme gerade von La Motte. Fast hätte mich eine Ihrer verfluchten Djam-Djam-Schlangen angegriffen. Sie muss aus dem Korb ausgebrochen sein. Wie unverantwortlich … die Tiere frei herumlaufen zu lassen. Auf eins können Sie sich verlassen … nie wieder fahre ich da rauf!«

Papot wurde bleich. Zum einen, weil ein Fremder zum Eingang des Tunnels vorgedrungen war. Und dann auch wegen der Nachricht von der ausgebrochenen Djam-Djam. Wenn sie entwischte, konnte es erheblichen Ärger mit der Bevölkerung geben. Das musste er um jeden Preis vermeiden. Und wenn eine Djam-Djam aus dem Korb entkommen war, was war dann mit den anderen beiden?

Er musste unglaublich erschrocken ausgesehen haben, denn Barbaroux ließ sich besänftigen und versuchte nun seinerseits Papot zu beruhigen. »Na ja, wie gesagt, es war ja keine Anakonda, nur eine von den kleinen Teufeln. Schlimmer wäre es schon, wenn es eine von den großen gewesen wäre. Aber eigentlich auch nicht. Es ist nur, dass ich Schlangen einfach nicht ausstehen kann, egal in welcher Größe. Wenn die, die ich gesehen habe, sich nicht von der Stelle gerührt hat, liegt sie genau hinter der Tür zum Terrarium. Passen Sie also auf und seien Sie von jetzt ab vorsichtiger.«

Dann sagte er, er müsse sein Geschäft schließen, und ging rasch die Kellertreppe hinauf.

»Vielleicht hat die alte Dame uns ja in ihrem Testament bedacht?«

Madame Lambin starb friedlich im Alter von achtundachtzig Jahren, und fast ganz Hameau-des-Lambin und ebenso viele der älteren Einwohner der Stadt nahmen an der Beerdigung teil. Die Prozession von der Kirche zum Friedhof war so lang, dass man den Verkehr aus und zu den angrenzenden Straßen und Gassen über eine Stunde anhalten musste.

Sie war die Präsidentin eines Dörfchens für alte Menschen, eines Weilers, der auf den Ruinen von Hameau-des-Lambin erbaut war, das der Familie Lambin seit einigen hundert Jahren gehörte. Im Laufe der Zeit war die Familie so gut wie ausgestorben. Die leeren Häuser des Weilers verfielen. Der letzte Lambin, der in dieser Geisterstadt lebte, war ein exzentrischer Einsiedler, der ums Leben kam, als ihm ein Dachbalken auf den Kopf fiel. Seine Frau hatte ihn schon lange vorher verlassen und war in die Stadt gezogen. Da sie sich nie hatten scheiden lassen, wurde sie eine reiche Witwe, als sie die Ruinen durchstöberte und das Vermögen fand, das der zurückgezogene Lambin versteckt hatte. Madame Lambin beschloss, Hameau-des-Lambin wieder aufzubauen, allerdings als Ruhesitz für Pensionäre. Der Grundgedanke war, dass die Bewohner mit einem Minimum an Hilfe von außen auskommen sollten. Sie sollten sich gegenseitig unterstützen und anregen, damit die Alten und Gebrechlichen sich nicht abhängig und nutzlos vorkamen. Es war ein soziales Experiment, dessen Erfolg alle Erwartungen übertraf. Wer Geld hatte, zahlte freiwillige Beiträge in einen Wirtschaftsfonds, damit es auch den Ärmeren an nichts fehlte, und das alles im Geist gegenseitiger Solidarität. Den größten Teil des Projekts finanzierte Madame Lambin mit einem Großteil ihres Vermögens. Bis zu ihrem Tod lebte sie mit ihrer verwöhnten Angorakatze, Schneewittchen, im Weiler.

Ein paar Tage nach der Beerdigung wurde Barbaroux zu Maître Plumier, dem Notar, bestellt. Es war noch früh am Tag, aber Barbaroux ließ Florianne und Francis wissen, dass er nicht so bald wiederkommen würde. »Maître Plumier ist der größte Umstandskrämer, den ich kenne«, erklärte er und zog seine Schürze aus. »Es kann Stunden dauern.«

»Vielleicht hat die alte Dame uns ja in ihrem Testament bedacht«, meinte Florianne. »Du hast ihr so oft Fleisch gegeben, wenn du etwas hattest, das nicht länger hängen bleiben konnte.«

»Mach dir keine Hoffnungen. Ich glaube kaum, dass sie auch nur einen Sou besessen hat. Das ist alles in den Weiler geflossen. Sie war nicht der Typ, etwas für sich beiseite zu legen. Soviel ich weiß jedenfalls.«

»Man kann nie wissen.«

Barbaroux zuckte die Achseln und ging.

Maître Plumier hatte seine Kanzlei in einem heruntergekommenen Haus mit Gitterfenstern, die schief in den Angeln hingen. Das Messingschild mit seinem Namen war auf Hochglanz poliert, aber es war auch das Einzige, was glänzte. Barbaroux trat in ein pechschwarzes Treppenhaus. Das Licht funktionierte nicht. Andererseits verhüllte die Dunkelheit die Spinnweben, die wie Draperien von der Decke hingen. Das Wartezimmer war ebenso unprätentiös. Die Farbe blätterte von Wänden und Decke, an der eine matte Glühlampe in einem schmuddeligen Glasschirm hing. Hinter einem altersschwachen, verkratzten Schreibtisch saß eine Sekretärin in einem hohen Korbsessel. Sie tippte munter auf einer elektrischen Schreibmaschine neuester Bauart und ließ sich von dem siebenmonatigen Baby auf ihrem Schoß nicht stören.

»*Salut*«, grüßte der Bürgermeister, Fernand Bremond, Barbaroux. Er saß mit dem Gärtner, Flomentin, der im Weiler wohnte, auf einem Museumsstück von Plüschsofa. Wie immer, wenn Provenzalen sich treffen, begrüßten sie sich mit einem herzlichen Händedruck. Barbaroux tat so, als wisse er nicht, dass Flomentin früher einmal Florianne getröstet und ihr den Hof gemacht hatte, als sie ein bisschen Wärme und Verständnis brauchte. Der Rosengärtner hatte in ihr gesehen, was ihrem Mann entgangen war. Jetzt begrüßten sie sich wie alte Freunde.

Auf dem Sofa war noch ein Platz frei – an dem Ende mit den losen Sprungfedern, die durch den Bezug zu brechen drohten. Vorsichtig setzte sich Barbaroux und machte es sich so bequem wie möglich, da er sich auf eine lange Wartezeit einrichtete.

»Wir sind alle aus demselben Grund hier«, meinte der Bürgermeister. »Das Testament der *pauvre* Madame Lambin.« *Pauvre* bedeutete in diesem Fall weniger verarmt, als die »arme Verstorbene«.

»Ich glaube nicht, dass sie Erben hatte«, meinte Barbaroux.

»Soviel ich weiß, nicht. Aber sie wollte, dass du, Flomentin und ich die Verwaltung der Stiftung übernehmen.«

Der Rosengärtner nickte. »*La pauvre*, immer hatte sie das Wohl des Weilers im Sinn. Als ihr klar wurde, dass ihr Ende nahte, rief sie mich zu sich und diktierte mir ihr Testament. Sie wollte die Verwaltung der Stiftung in guten Händen wissen, damit der Weiler bestehen bleibt. Es war ihr sehr wichtig, die Stadt und die Behörden herauszuhalten.«

»Ich fühle mich geehrt, dass sie mich trotzdem im Vorstand haben wollte.«

»Als Privatperson, nicht als Bürgermeister«, sagte Flomentin. »Als Privatperson hat sie Sie fast angebetet. Sie fand Sie wunderbar. Und Sie ebenfalls«, fügte er mit einem Blick auf Barbaroux hinzu.

Der Bürgermeister rang verlegen die Hände und brummelte etwas in seinen nicht vorhandenen Bart. Und Barbaroux straffte Rücken und Schultern. Zwischen den beiden kräftigen Männern konnte der Gärtner sich durchaus sehen lassen. Er war groß, recht korpulent und hatte rote Wangen. Seit kurzem trug er eine Halbbrille, die ihn weniger bäurisch wirken ließ.

Barbaroux rutschte hin und her. Die Sprungfeder piekte ihn in den Hintern.

»Wir könnten den Platz tauschen«, bot Flomentin an.

»Nein, danke. Das ist nicht nötig.«

»Dann können wir uns wenigstens abwechseln. Wir müssen bestimmt lange warten.«

»Madame Biron hat mir versichert, dass wir nur ein paar Minuten warten brauchen«, erklärte der Bürgermeister mit einem Blick auf die Sekretärin.

»Das hat Maître Plumier gesagt«, kam es scharf hinter der Schreibmaschine hervor. Mit ihrer modischen Frisur und ihrem kurzen Rock wirkte Madame Biron in der, abgesehen von der Schreibmaschine, museumshaften Umgebung fehl am Platz. Der *notaire* scheute keinerlei Ausgaben, wenn es um moderne Büromaschinen ging. Für einen neuen Anstrich und neue Möbel wollte er aber offensichtlich kein Geld verschwenden.

Es vergingen zwanzig Minuten, ehe Maître Plumier einen Klienten hinausbegleitete und die drei Herren unter tausend Entschuldigungen in sein Büro bat. Sein riesiger Schreibtisch quoll über von großen Stapeln verstaubter Ordner, und nur unmittelbar vor seinem Sitzplatz war genügend freie Fläche zum Arbeiten. An der Wand hinter ihm hingen imposante Ölgemälde seiner Vorfahren, die wahrscheinlich überaus glücklich gewesen wären, wenn sie erfahren hätten, dass ihr Nachfolger mit einem gewissen Sinn für Pietät nichts verändert hatte. Abgesehen von Computer, Telefax und einigen anderen modernen Büromaschinen.

Maître Plumier bat die Herren, auf den Stühlen Platz zu nehmen, die vor seinem überladenen Schreibtisch aufgereiht standen. Barbaroux zog es jedoch vor, zu stehen. Ihm war aufgefallen, dass der Stuhl, auf dem er sitzen sollte, zwei lose Sprungfedern hatte.

»Dann werde ich jetzt Madame Lambins Testament und letztwillige Verfügung verlesen«, erklärte er feierlich.

Laut Testament sollte der Weiler in die bestehende Stiftung eingehen; die Verstorbene wünschte, dass der Bürgermeister, der Metzger und der Rosengärtner den Vorstand bildeten, dessen Vorsitz der Letztgenannte übernehmen sollte. Schon lange vor ihrem Tod hatte Madame Lambin Maître Plumier gebeten, eine Satzung auszuarbeiten, die den Fortbestand des Weilers im bis-

herigen Sinne gewährleistete; der Vorstand sollte über die Verwendung und Verteilung überschüssiger Gelder entscheiden.

»Madame Lambin betont hier, dass nicht jeder Mittellose, der sich bewirbt, einen freien Platz bekommen kann«, erklärte der Notar. »Die Umstände der Armut sind ausschlaggebend. Wenn sie durch Trinken, Spielen oder sonstigen verantwortungslosen Lebenswandel bedingt ist, hat die Person ihre Armut selbst verschuldet und keinen Anspruch auf freie Unterkunft.«

Die drei Männer nickten. Das war durchaus einzusehen.

Der Notar brachte ihre Einwilligung in die gehörige Form, und keiner von ihnen zögerte, die Verantwortung zu übernehmen.

»Hervorragend«, sagte Maître Plumier und machte sich einige Notizen. »Außerdem sind, wie Sie wissen, die vielen großen und kleinen Spenden an die Stiftung – wie zu Madame Lambins Zeit – nach Bedürftigkeit unter den Bewohnern aufzuteilen. Und jetzt ist da noch eine Kleinigkeit, die nur Monsieur Barbaroux betrifft …«

Die beiden anderen wollten aufstehen, aber der Notar bedeutete ihnen mit einer Geste zu bleiben. »So privat ist es auch wieder nicht«, meinte er. »Es geht nicht um Geld oder sonstige Wertsachen. Die Verstorbene hat darum gebeten, dass Gustave Barbaroux sich um Schneewittchen kümmert, die jetzt allein in der Welt steht.« Er nickte in Richtung eines Körbchens und eines Tragekäfigs, die in einer Ecke des Büros auf dem Boden zwischen einem Safe und einem Bücherschrank standen, der aussah, als würde er unter der Last der Bücher und Akten zusammenbrechen, mit denen er voll gestopft war. »Ich habe sie seit Madame Lambins Tod jeden Tag mit ins Büro gebracht.«

»Es war sehr rücksichtsvoll von Madame Lambin, mir die Sorge für Schneewittchen zu übertragen«, meinte Barbaroux mit gerührter Stimme. »Sie war ein wunderbarer Mensch«, fügte er hinzu.

Der Notar, der Bürgermeister und der Rosengärtner nickten automatisch.

»Nur noch eins«, sagte Maître Plumier mit recht müder Stimme. »Diese kleine Schatulle.«

Die beiden Sitzenden beugten sich vor wie ein Mann. Jetzt wurde es interessant. Kleine Schatullen waren bei Erbschaften immer interessant. Auch Barbaroux war neugierig. Der Notar stellte eine kleine Eichentruhe mit gewölbtem Deckel und Metallband auf den Schreibtisch.

»Madame Lambin hat Ihnen auch diese kleine Schatulle hinterlassen, Monsieur Barbaroux. Der Schlüssel zum Vorhängeschloss ist nicht zu finden, daher haben wir den Inhalt nicht gesichtet. Allerdings dürften die Schildchen, die außen aufgeklebt sind, Ihnen schon eine Vorstellung vermitteln, was sie enthält.« Er rückte seine Brille zurecht und beugte sich vor, um die Schildchen zu lesen. Es waren Etiketten, wie man sie gewöhnlich benutzt, um Eingemachtes zu kennzeichnen. Sie waren sorgfältig dicht nebeneinander um den Deckel geklebt.

Barbaroux stand gelassen da, und die beiden anderen lehnten sich auf ihren Stühlen zurück, während Maître Plumier laut und feierlich vorlas: »Schneewittchens Halsband … Schneewittchens Sonntagshalsband … Schneewittchens Extrateller … Schneewittchens Ohrreiniger … Verschiedenes von Schneewittchen. Das ist alles. Mehr gibt es nicht. Bitte, Monsieur Barbaroux. Es gehört alles Ihnen!«

»Vielen Dank. Ich verspreche, dass ich mich um alles kümmern werde.«

Kurz danach verabschiedeten sich die drei Männer herzlich voneinander, Barbaroux setzte die Katze in den Tragekorb, stellte das Körbchen und die Schatulle obenauf und nahm alles mit in den Laden. Als er an Raboulets Fischgeschäft vorbeikam, ging er kurz hinein, um etwas Fisch für Schneewittchen zu kaufen.

»Den da«, sagte er zu dem verblüfften Raboulet und deutete auf eine große Forelle. »Ist er absolut frisch? Er ist für meine Katze.«

»Einer Katze brauchst du keine Forelle zu geben. Etwas weniger Teures reicht auch.«

»Meine Katze muss sich nicht mit irgendwas begnügen!« Also kaufte er die Forelle. Raboulet sah ihm verdutzt nach.

»Das muss ja eine feine Katze sein«, sagte er zur nächsten Kundin. »Ich frage mich, ob sie wohl mit Messer und Gabel frisst.«

Abends, nachdem sie gegessen hatten und das Geschirr gespült war, stellte Barbaroux Madame Lambins Schatulle auf den Küchentisch. Nach einiger Mühe gelang es ihm schließlich, das Vorhängeschloss mit Hammer, Meißel und Feile zu öffnen; er hob den Deckel an.

»Bon Dieu!«, entfuhr es ihm. Er griff mit seinen großen Händen in die Schatulle und holte Gold- und Brillantschmuck heraus. Sie enthielt viele wertvolle Halsbänder in Rot- und Weißgold, Ringe mit Saphiren und Diamanten, Broschen mit Smaragden und Rubinen, eine Diamantbrosche in Form einer Schleife mit pas-

senden Ohrringen, Kameen, goldene Siegelringe, eine dreireihige Perlenkette, eine goldene Puderdose, eine Abendtasche aus geflochtenen Goldbändern und vieles mehr.

»So was habe ich noch nie gesehen. Noch nie. Mein ganzes Leben nicht. Und ich habe schon manches gesehen«, murmelte Barbaroux mehr zu sich als zu der verblüfften Florianne. »Was die Frau ihrer Katze nicht alles gegeben hat! Natürlich hat sie fast ihren ganzen Besitz dem Weiler und seinen Bewohnern gestiftet, mit Ausnahme dieser paar Kleinigkeiten, die sie ihrer Katze gegeben hat! Süßes Tierchen!«

Florianne war sprachlos. Sie starrte nur auf all die unglaublichen Juwelen. Doch schnell fand sie ihre Worte wieder. »Meine Güte!«, sagte sie, die Hände auf der Brust. »Ich glaub, mich trifft der Schlag! Es ist unglaublich, Gustave, einfach fantastisch! Und wir haben das alles geerbt. Stell dir doch nur vor, Gustave … ich, eine arme Frau … mit all diesen Juwelen. Bestimmt steht mir jedes einzelne Stück …«

Sie vergaß ihren Schock und untersuchte den Schatz. Mit eifrigen Händen legte sie sich die dreireihige Perlenkette mit dem Diamantverschluss um. »Das möchte ich zu Hause behalten und die paar Ringe und das Goldhalsband. Den Rest müssen wir in unser Schließfach bei der Crédit Agricole bringen, sobald sie morgen aufmacht. So wertvolle Sachen dürfen wir nicht im Haus behalten, Gustave … nicht bei den Zeiten heutzutage.«

Gustave holte drei massive Silberteller mit Zierrand aus der Schatulle. Er betrachtete Schneewittchen, die in ihrem Körbchen lag. Dann stellte er die Teller auf den Tisch. »Die musst du spülen und polieren«, sagte er gut gelaunt. »Solange Schneewittchen in diesem

Haus wohnt, soll sie nicht aus einem Blechnapf fressen … Ich sorge gleich morgen Früh dafür, dass der Rest in unser Schließfach kommt. Dann wissen wir, dass es sicher ist.«

»Meine Juwelen, Gustave, meine Juwelen!«

Um Kaja brauchte Klaus sich keine Sorgen zu machen. Das erledigte Marcello die meiste Zeit. Um den Schein zu wahren, fragte Kaja ihn zwar jedes Mal, ob er nichts dagegen habe, dass sie allein mit Marcello ginge, wenn er die Einladungen unter verschiedenen Vorwänden ablehnte: Er sei nicht gerade verrückt danach, am Strand herumzuliegen; er habe Kopfschmerzen; er sei nicht in Stimmung für eine lange Fahrt an der Küste entlang, nur um kleine, abgelegene Restaurants zu suchen, in denen sie zu Mittag essen könnten. Aber es sei völlig in Ordnung, wenn Kaja mitginge.

»Es ist ziemlich enttäuschend für mich, dass du dich nicht auch amüsieren willst«, meinte Kaja. »Wirst du ein alter Miesepeter?«

»Keineswegs«, erwiderte Klaus ein bisschen eingeschnappt. »Ich finde nur, dass im Urlaub jeder das Recht, hat, sich so zu erholen, wie es ihm beliebt. Ich gehe zum Beispiel gern herum und schau mir die ganzen Antiquitätenläden und Teppichgeschäfte an.«

Kaja machte große Augen. »Seit wann interessierst du dich denn für so was?«

»Ach, schon lange, ich hatte nur noch nie die Zeit, dem nachzugehen. Und da wir schon dabei sind, ich gehe auch gern in Kunstgalerien.«

»Na ja, dann amüsier dich auf deine Weise. Und du

bist völlig sicher; dass du nichts dagegen hast, wenn ich mit Marcello nach Nizza fahre, um mir den Blumencorso anzusehen?«

Klaus hatte keine Einwände, obwohl er instinktiv spürte, dass es seltsam und eigentlich falsch war, zuzusehen, wie seine Frau mit einem anderen Mann herumzog. Aber diese Gedanken gehörten alten Gewohnheiten an, und er musste sich ständig daran erinnern, dass es völlig in Ordnung war.

Es fiel ihm zunehmend leichter, es in Ordnung zu finden, da er seine Zeit mit Magali verbringen konnte. Sie gingen in Antibes schwimmen, wo sie kaum riskierten, von anderen gesehen zu werden; sie mieteten ein Tretboot und fuhren auf dem Wasser herum; sie unternahmen kurze Spritztouren mit dem Wagen und erholten sich unter den bunten Markisen der Straßencafés und dachten über das Leben nach.

Als sie wieder einmal in einem Café in Villefranche Händchen haltend entspannten, tauchte Klaus plötzlich unter den Tisch.

»Heh! Wohin gehst du?«, fragte Magali und beugte sich hinunter.

»Um Himmels willen! Lass ja nicht erkennen, dass ich hier bin! Meine Frau ist da drüben.«

Magali sah sich um. »Tatsächlich. Sie steht am Eingang mit ihrem italienischen Freund und sucht nach einem freien Tisch. Na und?«

»Das ist furchtbar!«, seufzte Klaus unter dem Tisch.

»Daran ist doch nichts Furchtbares. Komm, wir laden sie an unseren Tisch ein. Wenn wir zusammenrücken, ist genug Platz für vier.«

»Du bist verrückt! Ich habe dir doch gesagt, sie soll nichts von uns wissen, bis der Urlaub vorbei ist. Darum ging es doch bei der ganzen Idee. Kein Drama jetzt.«

»Das ist doch lächerlich. Jetzt bietet sich uns die Chance, es hinter uns zu bringen.«

»Nicht jetzt! Nicht jetzt und nicht so«, stöhnte Klaus und versuchte sich unter dem Tisch kleiner zu machen. Er hatte eine gute Aussicht auf viele hübsche Beine und einen Hund mit aufgestellten Ohren, der ihn aufmerksam beobachtete.

»Sie sind weg. Du kannst wieder hochkommen.«

Klaus kämpfte sich unter dem Tisch vor und setzte sich auf seinen Stuhl. Rundherum starrten ihn alle an. Er warf etwas Geld auf den Tisch und sagte: »Lass uns bloß von hier verschwinden!«

Als sie ins Hotel zurückfuhren, war Magali erstaunlich still. Klaus fühlte sich unbehaglich.

»*Ça va, Chérie*«, sagte er unvermittelt und lächelte sie an.

Sie zuckte die Achseln. »Mir gefällt das nicht, was eben passiert ist.«

»Mir auch nicht. Ich hoffe, du verstehst meine Lage.«

»Ehrlich gesagt, nein. Ich will dir nur sagen, dass ich so weit gegangen bin, wie ich konnte. Ich weigere mich, die Geliebte eines verheirateten Mannes zu sein!«

»Aber das bist du doch nicht, *Chérie*. Bitte denk dran, ich bin dabei, mich aus meiner Ehe zu lösen, um dich heiraten zu können!«

»Bist du dir da sicher?«, meinte sie kühl.

»Völlig sicher«, erklärte er, aber irgendwo im Hinterkopf fragte eine innere Stimme: »Bist du sicher, dass du dir sicher bist?«

An diesem Abend saß Klaus in der Hotelbar und trank Gin-Tonic. Von seinem Platz aus konnte er die Drehtür des Hoteleingangs im Auge behalten. Es war Mitternacht, als er sie hereinkommen und zum Aufzug gehen sah. Er gab ihnen eine halbe Stunde, sich gute Nacht zu sagen, dann nahm er den Aufzug in den dritten Stock und klopfte an Marcellos Tür.

Obwohl Marcello die Tür nur einen Spalt öffnete, erhaschte Klaus einen Blick auf Kaja, die in einem Sessel saß – völlig angezogen, einen Drink in der Hand.

»Idiot«, zischte Marcello. »Was soll das, um diese Zeit herzukommen! Verschwinden Sie!« Dann fügte er mit lauter Stimme hinzu: »Sie haben sich in der Zimmernummer geirrt. Das ist Nummer 340!« Klaus blieb sprachlos vor der zugeschlagenen Tür stehen.

Er wusste nicht, warum er solche unbändige Lust verspürte, die Tür einzutreten und den Burschen zusammenzuschlagen. In diesem Moment kamen Leute den Flur entlang, das ernüchterte ihn.

Er ging wieder in die Bar hinunter und bestellte einen Whisky. »Was für ein Schlamassel«, knurrte er halblaut.

Fast eine Stunde später fuhr er mit dem Aufzug in den vierten Stock und schloss ihr Zimmer auf.

Kaja lag im Bett und las eine Zeitschrift. »Da bist du ja.«

»Gleichfalls. Ich habe die ganze Zeit in der Bar gesessen und auf dich gewartet.«

»Und ich habe in Marcellos Zimmer gesessen und auf dich gewartet, weil du den Zimmerschlüssel mitgenommen hast. Schließlich haben wir den Portier gerufen, und er hat mir aufgeschlossen. Wo warst du?«

»Du zuerst.«

»Wir haben einen Ausflug gemacht.«

»Ich auch. An der Küste entlang. All die Lichter. Das ist schon was anderes als Clos-de-Provence.«

»Ja, aber leben möchte ich hier nicht. Genug geplaudert. Wann gehen wir zusammen essen? Und tanzen?«

Klaus fing an, sich auszuziehen. »Sobald du mal einen Abend ohne deinen aufmerksamen Begleiter auskommst.«

Kaja ließ die Zeitschrift auf den Boden gleiten und setzte sich im Bett auf. Sie sah in ihrem Seidennachthemd bezaubernd aus. »Klingst du eifersüchtig?«

»Kein bisschen.« Er zog seine Hose aus und hängte sie auf.

»Ich hatte gehofft, du wärst es. Wenn du mich lieben würdest …«

Darauf wollte Klaus sich nicht einlassen. Es war nicht der richtige Moment. »Ich habe keinen Grund, eifersüchtig zu sein.«

»Nein, hast du auch nicht. Lieber wäre ich mit dir zusammen«, sagte sie. »Aber es ist schwer für eine Frau, der Bewunderung anderer Männer zu widerstehen. Angehimmelt zu werden, ist nämlich überaus anregend.«

Klaus ging ins Badezimmer, um sich die Zähne zu putzen. Als er zurückkam, hatte sie das hauchdünne Nachthemd ausgezogen.

Barbaroux hatte sich keine Gedanken über den Tunnel gemacht, nachdem er hinuntergegangen war, um Papot wegen der Djam-Djam-Schlange zu warnen. Er hatte lediglich registriert, dass da ein Tunnel war, weiter nichts. Im Geschäft gab es viel zu tun. Da es in Nordfrankreich und in Paris regnete, kamen alle, die keine Kinder in der Schule hatten, in den Süden, um die Sonne zu genießen. Und da es in dieser Zeit viele Feiertage gab, kamen sogar noch mehr Leute in die Provence. Sie standen Schlange vor der Metzgerei, um seine berühmten Würste zu kaufen.

Auch sein Rindfleisch war sehr gefragt, allerdings vorwiegend von Stammkunden. Die Urlauber wollten sich erholen, so waren die Würste bald ausverkauft. Barbaroux und Francis mussten während der Mittagszeit und auch abends arbeiten, um die Nachfrage nach Wurst zu befriedigen.

Raboulet nannte ihn verächtlich »Wurstmetzger« und scheute sich auch nicht, ihm das ins Gesicht zu sagen, als sie sich auf dem Bouleplatz trafen. »Na, wenn das nicht der Wurstmetzger ist«, rief er, wenn er Barbaroux sah.

Doch Barbaroux bekam seine Rache; er streute das Gerücht, alle streunenden Katzen der Stadt träfen sich abends vor Raboulets Laden, um den Fisch zu fressen, den er nicht habe verkaufen können – Fisch, der so oft in den Kühlschrank und wieder heraus gewandert sei, dass er den Weg schon allein kenne. Es war etwas dran an diesem Gerücht. Nach Ladenschluss erklang vor seinem Laden immer ein lautes Miauen. Die Leute aßen immer weniger Fisch, da er teuer war. Für zwei saftige, zarte Steaks bezahlte man weniger als für eine Seezunge. Und bei Rindfleisch gab es mehr Essen fürs Geld.

Raboulet hatte nicht viele Kunden, und meist kauften sie Seelachs und trockenen, billigen Stockfisch. Selbst freitags, wenn Barbaroux gewöhnlich den ganzen Tag mit verschränkten Armen hinter der Theke stand, lief das Geschäft beim Fischhändler nicht gerade überwältigend.

Barbaroux hatte nun sicher alle Hände voll zu tun … und den Kopf voll mit der reizenden Joëlle Varnier, die jeden Tag mit ihrem Einkaufskorb kam und immer zum Flirten aufgelegt war. Dafür bekam sie auch eine kleine Zugabe, was Florianne unendlich ärgerte.

»Sie hat es, was?«, sagte Florianne zu Barbaroux. »Die mit ihrer Jugend und Unverschämtheit. Das hatte ich auch alles, als ich in ihrem Alter war.«

Das hatte Barbaroux vergessen, aber es musste wohl stimmen, denn sonst hätte er sich nicht für sie entschieden.

Wie üblich genoss er das Leben, indem er sich damit begnügte, an ein hübsches Mädchen zu denken. Und an Joëlle, die seine lebhafte Fantasie beflügelte, dachte er sehr viel. Daher hatte er den Tunnel völlig vergessen, bis er zwei Nächte später plötzlich aus dem Schlaf fuhr und anfing, über das nachzudenken, was er gesehen hatte.

Eine halbe Stunde später schüttelte er Florianne und weckte sie mit einiger Mühe. »Da stimmt was nicht«, sagte er und setzte sich mit einem solchen Ruck im Bett auf, dass die Matratze hüpfte und Florianne auf ihre Seite rollte.

»Was stimmt nicht?«, fragte sie verschlafen.

»Sie bauen gar keine Küche. Da unten ist keine Spur von einer Küche. Das ist der reinste Betrug!«

»Was machen sie denn dann?«, fragte Florianne, der es eigentlich egal war und die nur weiterschlafen wollte.

»Es ist ein TUNNEL! Ich habe ihn selbst gesehen. Und wenn ich so drüber nachdenke, weiß ich auch, wofür sie ihn brauchen. Wenn ich mich nicht irre, führt der Tunnel auf die Bank zu. Ja. Das ist die einzige Erklärung. Diese Gauner wollen die Bank ausrauben!«

Florianne öffnete erst ein Auge, dann das zweite. »Meinst du wirklich?« Plötzlich war sie hellwach und sah den Ernst der Lage völlig klar.

»Meine Juwelen, Gustave«, schrie sie hysterisch. »Klar, sie sind hinter all den Wertsachen in den Schließfächern her. Sobald die Bank morgen Früh aufmacht, gehst du hin und machst unser Fach leer!«

Barbaroux warf die Bettdecke zurück und schwang die Beine hinaus. »Ich gehe sofort hin und sehe nach, wie weit sie sind. Der Coup könnte ja heute Nacht schon stattfinden. Das Risiko möchte ich nicht eingehen.«

»Sei vorsichtig, Gustave. Diese Verbrecher könnten bewaffnet sein.«

»Ich stelle mich ihnen nicht in den Weg. Ich schnüffele nur ein bisschen herum. Wenn ich etwas Verdächtiges finde, gehe ich in den Laden und rufe Grely an. Ich würde ihm gern zu einem guten Fang verhelfen.«

Barbaroux ging, nochmals von Florianne zur Vorsicht ermahnt.

Noch schien der Mond, doch schon bald würde die Sonne aufgehen. Irgendwo bellte ein Hund, und in den Weihern begannen die Frösche zu quaken.

Auf der Baustelle war alles still. Barbaroux schlich sich an der Mauer entlang, und als er unmittelbar vor dem Kellereingang stand, legte er sich auf den Boden und presste das Ohr auf den Asphalt. Wenn sie da unten bei der Arbeit waren, musste er es hören. Kein Mucks. Zwischen den Lamellenvorhängen der Bank drang auch kein Licht hervor. Auf der Rue du Marché war alles ruhig und still. Er ging die Kellertreppe hinunter. Die Tür war verschlossen, aber sie war alt, und als er die Schulter dagegenstemmte, gab sie ohne weiteres nach. Er ging hinein und schaltete seine Taschenlampe ein. Als er den Lichtstrahl durch den Keller wandern ließ, fand er, was er gesucht hatte. Da war der Tunnel, eine schwarze Höhle im Fels.

Er richtete den Lichtstrahl in den Tunnel und sah, dass er mehrere Meter lang war. Seitenwände und Decke waren abgestützt, und die Öffnung darunter war breit genug für zwei Mann nebeneinander. Auf dem Boden waren Kokosmatten ausgelegt. Professionelle Arbeit von professionellen Bankräubern.

Barbaroux ließ den Strahl seiner Taschenlampe durch den Keller wandern und sah die ganzen Werkzeuge, Küchengeräte und ein paar Matratzen, die die Männer wahrscheinlich benutzten, wenn sie die Nacht durcharbeiteten. Wirklich! Diese Burschen verstanden ihr Handwerk – und in ein paar Tagen, würden sie im Stande sein, die Schließfächer der Bank auszuräumen.

»Aber meins nicht«, sagte Barbaroux laut. Er ging schnell in seinen Laden hinüber und rief Florianne an, um sie zu beruhigen, dass der Bankraub noch nicht stattgefunden hatte. Sie klang ungemein erleichtert.

»Ich habe den Kaffee für dich fertig«, sagte sie. »Es ist zu spät, wieder ins Bett zu gehen.«

»Gut. Ich bin gleich da.«

Kurz vor acht öffnete Barbaroux die Eisengitter an seinem Laden. Er grüßte den Straßenkehrer Tomazzo, der auf dem Heimweg mit seinem Wagen durch die Straße kam.

»Herrlicher Morgen«, sagte Tomazzo. Er zog ein Päckchen Zigaretten aus seiner Brusttasche und nahm eine heraus. Da es die letzte war, zerknüllte er das Päckchen und warf es in den Rinnstein. Das war nicht sein Bezirk.

Sobald Francis kam, erklärte Barbaroux ihm, dass er sich mit Florianne ums Geschäft kümmern müsse, da er wichtige Dinge zu erledigen habe.

Barbaroux nahm eine seiner Plastiktaschen und ging zu seinem Schließfach bei der Bank. Eine Bankangestellte begleitete ihn und steckte ihren Schlüssel in das entsprechende Schlüsselloch, drehte ihn um und zog sich diskret zurück. Dann öffnete Barbaroux das Fach mit seinem Schlüssel. Er leerte es bis auf den letzten diamantenbesetzten Goldschmuck. Eilig trug er die volle Plastiktüte nach Hause, verstaute alles in der Eichentruhe, legte ein Vorhängeschloss vor und stellte sie auf den Boden ganz hinten im Kühlraum. Francis würde er sagen, dass sie persönliche Unterlagen enthalte, Geburtsurkunden, Versicherungspolicen und andere wichtige Papiere, von denen er nicht wollte, dass sie bei einem Einbruch in seinem Haus gestohlen wurden. So unsicher wie die Zeiten heutzutage waren.

»Hast du den Bankdirektor gewarnt?« erkundigte sich Florianne, als sie sich vergewissert hatte, dass niemand sie hören konnte.

»Nein. Dann hätte ich unser Schließfach nicht leeren müssen. Ich habe etwas anderes vor. Im Augenblick kann ich dir noch nichts darüber sagen. Aber die Bankräuber sollen in Ruhe weiterarbeiten … bis auf weiteres! Und du sagst kein Wort. Ich erkläre dir später alles. Das Wichtigste ist jetzt, dass unsere Wertsachen in Sicherheit sind.«

Barbaroux hatte viel zu tun. Er begrüßte die ersten Kundinnen dieses Morgens und eilte dann aus dem Laden …

»Ich gehe sofort hin und schau mir den Tunnel an!«

Als sie auf ihrem Balkon bei Frühstückskaffee und Croissants saßen, entdeckten Kaja und Klaus Marcello auf dem Weg zum Swimmingpool. Er war schwer zu übersehen: groß, breitschultrig, tiefbraun und nur mit einer kleinen roten Badehose mit hellblauem Rand bekleidet. Heute trug er seine Strandjacke über dem Arm, sodass sie seinen großartigen Körper nicht verdeckte. Sechs kichernde Mädchen stippten den Hintern in die Höhe.

Er drehte sich um und winkte Kaja zu, die zurückwinkte.

Klaus legte seine Serviette hin und stand auf. »Entschuldige mich. Ich muss ihm nur kurz was sagen.«

Kaja sah ihn an. »Du bist also doch ein bisschen eifersüchtig.«

Klaus bestritt ihren Verdacht, während er sich Shorts und Hemd überzog.

»Schlag nicht zu fest zu«, rief Kaja ihm hinterher, als er aus der Tür ging.

Marcello schwamm zwischen den Mädchen im Pool herum, die sich einen Spaß daraus machten, ihn mit Wasser zu bespritzen. Ab und zu tauchte er unter und kam mit einem kreischenden, zappelnden Mädchen auf dem Arm wieder hoch, das er dann zurück ins Wasser warf. Sie fanden es himmlisch!

Klaus wartete, bis er aus dem Pool stieg.

»Hören Sie zu«, sagte Marcello, während er sich mit einem Handtuch das Haar trocknete, »ich habe Ihnen etwas Wichtiges zu sagen. Kommen Sie nie wieder so in mein Zimmer. Fast hatte ich Ihre Frau so weit, mit mir ins Bett zu gehen, und Sie haben alles vermasselt.«

»Sie gehen zu stürmisch vor. So ist Kaja nicht. Außerdem ist sie immer noch mit mir verheiratet, deshalb würde sie gar nicht daran denken, mit einem anderen Mann ins Bett zu gehen.«

»Wann wollen Sie es ihr sagen?«

»Was?«

»Dass Sie sich scheiden lassen wollen.«

»Erst nach dem Urlaub. Bis dahin müssen wir es vorsichtig angehen. Die Dame, in die ich mich verliebt habe, ist im Augenblick in Cannes. Aber ich muss vorsichtig sein. Neulich saßen wir in einem Café in Villefranche, und Sie beide hätten uns fast entdeckt. Aber weshalb ich eigentlich gekommen bin: Ich wollte Ihnen sagen, dass ich heute den ganzen Tag mit meiner Frau verbringen möchte – allein.«

Marcello hörte auf, sein Haar zu trocknen, und warf das Handtuch beiseite. »Ich dachte, wir hätten eine Abmachung.«

»Haben wir auch. Aber es macht einen komischen Eindruck, wenn ich nicht auch mal etwas Zeit mit ihr allein verbringe.«

»Soll es doch einen komischen Eindruck machen, soll sie sich aufregen und Ihnen was an den Kopf werfen, dann können Sie ihr sagen: ›Wenn's dir nicht passt, lassen wir uns eben scheiden‹.«

Klaus schüttelte den Kopf. »So läuft das nicht. Und ich verbringe heute den Tag mit meiner Frau.«

Marcello zog ein kleines Etui aus der Jackentasche.

Er öffnete es und holte einen Kamm und einen Spiegel heraus, den er Klaus reichte.

»Halten Sie mal, ich möchte mich kämmen … Und was haben Sie mit Ihrer Frau vor?«

»Nach St. Tropez fahren, schwimmen, Mittag essen, an der Küste entlangfahren und vielleicht heute Abend in Monte Carlo zu einem Open-Air-Konzert gehen.«

»Ein bisschen tiefer den Spiegel … Gut … Das klingt nicht sonderlich aufregend.« Marcello nahm sich viel Zeit, sein Haar »einfach so« wirken zu lassen mit ein paar Löckchen über den Ohren. »Aber nur heute. Und lassen Sie sich nicht hinreißen. Denken Sie dran, sie gehört jetzt mir. Auch wenn sie es noch nicht weiß.«

»Vielleicht will sie Sie gar nicht.«

Marcello nahm lachend den Spiegel und steckte ihn in das Etui. »Sie ist verrückt nach mir!«

Einen Augenblick lang standen die beiden Männer einander gegenüber und maßen sich gegenseitig. Einer groß, blond und skandinavisch, der andere einen halben Kopf kleiner, dunkel, römisches Profil, funkelnde Augen und das charmanteste Lächeln der Welt.

Als Klaus wieder in ihr Hotelzimmer kam, nahm Kaja gerade ein Schaumbad. »Na, hast du ihm Bescheid gesagt?«

»Ja.«

»War er beleidigt?«

»Nein.«

»Wir hätten ihn einladen können, mitzukommen.«

»Auf keinen Fall. Wir möchten ihn doch nicht im Schlepptau haben.«

Sie stand auf und bat ihn, ihr ein Handtuch zu geben. Er zögerte und sah sie an. Dann reichte er ihr das Handtuch und sagte: »Für die Venus aus dem Schaumbad!«

»Ein Bankraub?« Polizeichef Grely starrte Barbaroux ungläubig an. »Bist du sicher, dass deine Fantasie dir keinen üblen Streich spielt?«

»Ich bin sicher, dass ich einen Tunnel gesehen habe, der in Richtung der Bank führt. Und ich weiß, dass ich einen Schneidbrenner gesehen habe, wie man ihn benutzt, um Schließfächer so leicht zu öffnen wie eine Sardinenbüchse mit einem Dosenöffner.«

»Hmmm!« Raymond Grely fand immer noch, dass es einfach unglaublich klang. Schließlich kannte er die Leute. Sie hatten nicht versucht irgendetwas zu verbergen. Er hatte sogar einen Gendarmen beauftragt, ihnen beim Aufladen des Schutts auf den Laster zu helfen und sie dann sicher durch die engen Gassen zur Deponie zu eskortieren. Sie arbeiteten mit der Stadtverwaltung zusammen. Der Laster gehörte der Stadt. Und sie arbeiteten nicht nur nachts. Alles ging bei vollem Tageslicht vor sich. Niemand hegte auch nur den geringsten Zweifel, dass Papot das Haus in ein Hotel-Restaurant umbaute. »Es ist unglaublich. Und ziemlich unverschämt für Bankräuber. Aber ich werde dem natürlich nachgehen. Ich gehe sofort hin und schau mir den Tunnel an.« Er war schon aufgestanden und hatte seine Kappe aufgesetzt.

Barbaroux bedeutete ihm, sich wieder zu setzen. »Ich habe eine viel bessere Idee. Lass sie den Bankraub so weit ausführen, bis sie das letzte Schließfach geleert haben.«

Grely setzte sich wieder und sah aus wie die personifizierte Kreuzung aus einem Fragezeichen und zwei Ausrufungszeichen!

»Sieh mal«, fuhr Barbaroux fort, »das ist deine große Chance, auf dich aufmerksam zu machen, damit du befördert wirst. Aber du darfst nicht zu früh eingreifen.

Wenn du den Bankraub verhinderst, schreibt der *Nice-Matin* nur ein paar Zeilen darüber. Aber wenn du eine ganze Bankräuberbande auf frischer Tat ertappst, ist das eine viel bessere Geschichte. Dann ist es ein echter Coup – der Coup der Polizei! Verstehst du, was ich meine?«

Nach einer Weile nickte Grely. »Gewöhnlich handelt die Polizei bei so einem Tipp sofort. Aber ich verstehe, was du meinst. In Drogenfällen schlägt die Polizei gewöhnlich erst zu, wenn sie sicher ist, dass sie einen lohnenden Fang macht.«

»Genau.«

Grely stand auf und ging auf und ab. »Wunderbar! Wenn die Bande das letzte Schließfach leert, stürmen wir, das ganze Aufgebot, Gewehr im Anschlag. Und das war's dann! Aber es wird sich lohnen.«

»Ich möchte auch dabei sein«, meinte Barbaroux voller Eifer. »Das ist das Einzige, was ich als Gegenleistung möchte. Ich will Papots Gesicht sehen, wenn er auf frischer Tat ertappt wird. Der Mann hat mich zum Narren gemacht. Aber ich weiß immer noch nicht, wie die Anakondas und die Djam-Djams, von denen ich dir erzählt habe, ins Bild passen. Was haben sie mit dem Bankraub zu tun?«

»Nichts«, sagte Grely. »Solche Burschen haben immer Hintergedanken und noch andere Interessen. Spaggieri von dem großen Raub in Nizza hatte eine Hühnerfarm. Ich wünschte, dieser Bankraub wäre so groß wie der in Nizza. Dann würde ich wahrscheinlich Polizeichef von Marseille!«

Barbaroux tröstete ihn mit der Versicherung, ein Bankraub sei ein Bankraub, und wenn die Umstände dramatisch genug seien, werde Grely schon die Anerkennung finden, die er sich wünsche. Die beiden Män-

ner beschlossen, Barbaroux solle die Vorgänge scharf im Auge behalten und die weiteren Fortschritte melden.

»Was wir auch tun, wir dürfen nicht zu spät kommen«, sagte Grely.

»Verlass dich auf mich. Papot ahnt nicht, dass ich was weiß, ich kann leicht beobachten, was passiert. Solange er weiterhin kommt und bei mir Fleisch kauft, besteht keine Gefahr. Ich habe gesehen, dass der Tunnel noch nicht bis unter die Bank reicht. Und wenn sie anfangen, den Stahlbeton unter der Bank aufzubrechen, muss ich das in meinem Kühlraum hören.«

»Aber Gustave, den endgültigen Durchbruch machen sie sicher nachts.«

»Sicher. Aber dann, oder besser schon ein paar Nächte vorher, schlafe ich im Laden auf dem Boden. Wenn ich sicher bin, dass die Bande durch den Boden in die Bank eingebrochen ist, was ich bestimmt hören kann, gebe ich Alarm. Dann kannst du mit deinen Leuten die Bande auf frischer Tat erwischen.«

Der Polizeichef war nicht so ganz überzeugt. Er hatte Bedenken. Die gesamte Polizeiaktion hing davon ab, wie schnell Barbaroux reagierte. Er hörte auf, hin und her zu laufen, und kaute nervös auf seinem Daumennagel.

»Hör zu. Sei mir bitte nicht böse«, sagte er, »aber es steht so viel auf dem Spiel. Ich hätte gern, dass einer meiner Männer in den letzten Nächten bei dir ist. Ihr könnt ja abwechselnd schlafen und Wache halten.«

»Wie du meinst«, sagte Barbaroux ein bisschen verletzt.

Grely beschwichtigte ihn jedoch: »Du weißt, wie dankbar ich dir für alles bin, was du zu tun bereit bist. Und alles hängt von dir ab.«

Offensichtlich besänftigt schüttelte Barbaroux Grely die Hand und kehrte wieder in seinen Laden zurück. Er war froh, dass er Grely nichts von seinem eigenen Schließfach erzählt hatte, das er geleert hatte … Er hätte den Eindruck gewinnen können, Barbaroux wolle das Risiko nicht eingehen. Was er tatsächlich ja nicht wollte.

Die Nachbarn wurden Zeugen eines heftigen Streits im Hause des Engländers, Forbes Taylor. Er schrie in einem Gemisch aus Englisch und Französisch, und Hyacinthe antwortete ihm, wie aus der Pistole geschossen. Hin und wieder klang es, als flögen Dinge mit viel Getöse durch die Luft. Schließlich kam Hyacinthe mit langem, wehendem Haar aus dem Haus gelaufen. Forbes folgte ihr auf den Fersen, und sie liefen in ziemlichem Galopp ums Haus, was ein wenig wie ein Ritual aussah. Die Nachbarn beobachteten die Vorgänge aufmerksam, aber niemand dachte auch nur im Traum daran, einzugreifen. Nicht einmal als Hyacinthe auf einen Olivenbaum kletterte und nach Forbes trat, der ihr zu folgen versuchte. Er bekam ein Stück von ihrem Kleid zu fassen und riss es ab, bevor er von einem niedrigeren Ast fiel. Sie kletterte noch etwas höher, um sich in Sicherheit zu bringen.

»Du Teufelin«, schrie er sie an.

»Und du bist der Teufel in Person«, antwortete sie aus dem Baumwipfel.

Es folgte ein viertelstündiger Austausch kräftiger, aber durchaus herkömmlicher Beschimpfungen.

Plötzlich schlug Forbes einen anderen Ton an. »Komm runter, Dummchen, lass uns versuchen über die Einrichtung des Hauses zu sprechen, ohne wütend zu werden …«

»Mach, was du willst! Es gibt keine Hochzeit«, verkündete Hyacinthe. »Ich komme jedenfalls nicht eher runter, bis du dich entschuldigt hast!«

»Niemals! Du hast doch damit angefangen«, brüllte er.

Wie einer der Nachbarn feststellte, ähnelte Forbes einem Hund, der eine Katze auf den Baum gejagt hatte.

Schließlich endeten die Verhandlungen damit, dass Hyacinthe jammernd gestand, sie habe zu viel Angst, herunterzuklettern.

Forbes sah sich um und bemerkte den pensionierten Briefträger, Pierre Simone, der im offenen Fenster lag. Forbes rief ihm zu: »Haben Sie eine Leiter, die Sie mir leihen können?«

Madame Simone trat ans Fenster und zerrte ihren Mann am Arm. »Steck die Nase nicht in anderer Leute Angelegenheiten.«

Wütend machte er seinen Arm los. »Ich misch mich ja gar nicht ein! Der Mann hat um Hilfe gebeten!«

»Er will sie bestimmt nur vom Baum runterlocken, damit er sie verprügeln kann«, beharrte seine Frau.

Aber Monsieur Simone verließ seinen Fensterplatz und stellte nach einer Weile eine Leiter an den Baum. Forbes kletterte zur obersten Sprosse hinauf und stützte Hyacinthe, während sie ein paar Äste tiefer kletterte, bis sie den Fuß auf die Leiter stellen konnte. Monsieur Simone beobachtete die gesamte Operation aufmerksam, was ihm zudem Gelegenheit bot, sich Hyacinthes wohl geformte Beine anzusehen. Als sie den Boden erreicht hatte, nahm Forbes sie auf den Arm und trug sie ins Haus. Später waren eine Menge Geräusche zu hören, die alles bedeuten konnten.

Madame Zanetti holte Quellwasser aus dem Brunnen. Das tat sie mehrmals täglich. Sie wässerte damit die

Blumen im Gärtchen des Pfarrers hinter dem Pfarrhaus, die Rosen im Blumentopf vor der Haustür und die Geranien in den Blumenkästen an den Fenstern. Damit hatte sie begonnen, weil sie den Eindruck hatte, dass die Blumen bei dem kalkhaltigen Leitungswasser nicht recht gediehen. Außerdem hatte sie Monsieur Le Curé beigebracht, aus Gesundheitsgründen nur noch Quellwasser zu trinken.

Alles in allem kümmerte sie sich um den Pfarrer, wie niemand zuvor es je getan hatte. Sie sorgte dafür, dass er gutes Essen bekam, und stopfte seine Socken. Nachdem sie anfangs jahrelang eingetretenen Schmutz hatte wegschrubben müssen, da die alte Haushälterin zu schwach gewesen war, um ordentlich zu putzen, hielt sie das Haus makellos sauber.

Der Pfarrer sah adrett und ordentlich aus, wenn er die Pfarrkinder besuchte. Seine Schuhe waren immer frisch geputzt, wenn er die Messe las, auch wenn man nur die Schuhspitzen sah.

Madame Zanetti verließ das Pfarrhaus abends nun immer später. Wenn jemand versuchte sie auszuhorchen, lächelte sie nur geheimnisvoll.

»Es ist etwas, das der Pfarrer und ich gemeinsam haben«, sagte sie eines Tages zu einer Nachbarin. »Etwas, das eine richtige Leidenschaft geworden ist.«

Eine Leidenschaft! Dieses Geständnis verbreitete sich in der Stadt wie ein Lauffeuer. Das Raunen der Entrüstung wuchs sich zu einem Sturm aus, und selbst die eifrigen Verfechter des Pfarrers gerieten in ihren liberalen Ansichten ins Wanken. Nur nicht die schlagfertige Gemeindeschwester, Mademoiselle Guinard, die abgesehen von Krankenbesuchen dem Bett eines Mannes nie auch nur in die Nähe gekommen war. Ebenso wenig war ein Mann ihrem Bett nahe gekommen. Vielleicht hörte sie deshalb so gern von wunderbaren Affären, wenn die Leute darüber tratschten, wer mit wem ins Bett ging.

»Wenn das wahr ist«, sagte sie zu einer Patientin, die ihr die Geschichte zutrug, »dann möchte ich gern mehr von Monsieur Le Curé sehen. Ich habe in ihm immer die Erleuchtung gesehen. Vielleicht bekomme ich jetzt ja auch den Mann zu sehen!«

»Ich habe festgestellt, dass ich meine Frau liebe!«

Sie schwammen, lagen am Strand, ließen sich kalte Getränke an ihren Luftmatratzen servieren, aßen gut zu Mittag, fuhren an der Küste entlang, schlenderten durch die Altstadt von Antibes und kamen sich näher.

In Anbetracht der Umstände vielleicht ein bisschen zu nah. Klaus kam es so vor, als sei dies der erste Tag des Urlaubs, den er wirklich genoss. Plötzlich begann er, Kaja mit anderen Augen zu sehen. Sie erschien ihm beinahe wieder wie das junge Mädchen, in das er sich verliebt hatte. Er musste darüber nachdenken, worauf er sich da einließ. Er musste auf der Hut sein.

Zum Glück schien Kaja die Veränderung, die gerade in ihm vorging, nicht zu bemerken. Sie war viel zu sehr mit ihrem Lokal beschäftigt. Die ganze Zeit sprach sie über nichts anderes: Es gab manches zu verbessern; sie mussten alles anders organisieren, um sich die Arbeit zu erleichtern: Und wenn sie sich einen neuen Koch suchen würden, könnte ihr das viel Arbeit abnehmen; es wäre sicher auch eine gute Idee, in ausländischen Zeitschriften zu annoncieren. Sie hatte viele Pläne und Ideen.

»Es ist kaum zu glauben, aber ich vermisse unser kleines Lokal und Clos-de-Provence«, sagte sie. »Versteh mich nicht falsch, ich genieße den Urlaub wirklich. Es ist ja schließlich der erste, den wir machen, seit wir in die Provence gezogen sind. Und er hat jetzt schon Wunder gewirkt. Ich habe wirklich Kraft getankt und freue mich wieder auf die Arbeit, Außerdem mag ich unser *Hässliches Entlein* wirklich und möchte nicht allzu lang wegbleiben. Denk doch nur, wir beide haben es in harter Arbeit aufgebaut, und es ist ein Erfolg. Das ist doch was.«

»Na ja, schon, aber wie würde es dir gefallen, die endlose Plackerei los zu sein?«

»Um gar keinen Preis ... Aber wenn ich mehr Hilfe bekommen könnte, dann hätten wir mehr Zeit, das Leben zu genießen.«

All das gab Klaus zu denken, weil nun klar war, dass Kaja das Lokal ganz sicher nicht aufgeben würde. Da kündigten sich ernsthafte Probleme an. Und wenn er sich bereit erklärte, seinen Anteil am Lokal aufzugeben, was sollte er machen, wenn er mit Magali verheiratet war. Sie war sehr wütend geworden, weil er den Tag mit seiner Frau verbringen wollte. Sie fand das sinnlos, zumal Klaus ihr erzählt hatte, dass Kaja sich schamlos einem Italiener in die Arme geworfen hatte.

»Ich möchte alles richtig machen«, hatte Klaus ihr erklärt und seinen Heiligenschein poliert. »Denk dran, genau das steckt doch hinter meinem Plan, die Scheidung durchzusetzen. Niemand soll mir sagen, ich hätte meine Frau behandelt wie ein Schuft.« Unwillkürlich wurde Klaus ein Stückchen größer.

Magali zuckte die Achseln, aber es war ihr schwer gefallen, ihre Enttäuschung zu verbergen.

Und jetzt war Klaus mit Kaja zusammen, und sie unterhielten sich ernsthaft und konnten gleichzeitig miteinander lachen. Es gab Momente, die Klaus an ihre ersten sorgenfreien Jahre erinnerten, als nichts die Gefühle trüben konnte, die sie miteinander verbanden.

Klaus war verwirrt und beunruhigt.

Gegen Abend gingen sie zurück in ihr Hotel, um zu baden und sich zum Abendessen umzuziehen. Sie hatten sich für ein Nobelrestaurant mit Nachtclub entschieden, das am späteren Abend angeblich aufregende Unterhaltung bot. Kaja zog ein sensationelles Abendkleid an. Kaum jemand in der Provence hätte sie wiedererkannt. Selbst Klaus hatte Schwierigkeiten damit. Sie drehte sich ein paarmal vor ihm. Obwohl sie es ihm vorgeführt hatte, als sie es gekauft hatte, wirkte es jetzt, wo sie braun gebrannt war, völlig anders.

»Es ist schön«, sagte er zweimal. Er war nie sonderlich einfallsreich bei Komplimenten gewesen, aber sie begriff, dass er es ernst meinte. Von ihrem Balkon konnten sie bis zur Ile Sainte Marguerit schauen. Plötzlich deutete Kaja in diese Richtung und sagte: »Übrigens, Marcello hat mich zu einem Ausflug auf die Insel eingeladen. Um diese Zeit ist da jeden Abend etwas Besonderes los. Eine Art Freilichttheater mit spannenden Licht- und Ton-Effekten. Er sagt, das darf ich mir auf keinen Fall entgehen lassen.«

»Ich würde gern mitgehen«, sagte Klaus.

»Aber wirst du denn nicht seekrank? Die Fahrt mit dem Schiff dauert zwanzig Minuten.«

»Wenn es nur zwanzig Minuten sind, schaffe ich es schon.« Er zögerte einen Augenblick, ehe er hinzufügte: »Das habe ich ja ganz vergessen, dir zu erzählen, Ich bin Magali vom Modegeschäft begegnet. Sie macht auch Urlaub in Cannes.«

»Das ist aber ein Zufall«, meinte Kaja. »Ich nehme an, sie hat auch keine Zeit gefunden, die Riviera kennen zu lernen.«

»Das weiß ich nicht, aber ich glaube, sie langweilt sich ein bisschen. Soll ich sie nicht fragen, ob sie mitkommen möchte? Vielleicht könnte Marcello sich ein bisschen um sie kümmern. Was hältst du davon, die beiden zusammenzubringen?«

Klaus beobachtete sie aufmerksam, aber es war durch nichts zu erkennen, was sie dazu dachte oder fühlte. Sie sagte lediglich völlig gelassen: »Sicher, warum nicht?«

Sie aßen im Ragtime, und Kaja studierte eingehend die Speisekarte, um sich eine Vorstellung zu verschaffen, was ein wirklich feines Restaurant zu bieten hatte. Und sie probierten gegenseitig die verschiedenen Gerichte, die sie bestellt hatten, wie professionelle Kritiker.

»Also, wir brauchen uns für nichts zu schämen«, meinte sie. »Ich finde, unser Essen ist genauso gut. Vielleicht servieren wir es nicht so vornehm, wie man es in den Meisterschulen lernt. Und natürlich haben sie eine größere Speisekarte, aber ansonsten kann meine Küche es mit dieser hier eindeutig aufnehmen.«

Klaus stimmte ihr zu. Kaja war nicht nur eine gute Köchin, sie war auch erfinderisch. Sie war mit der Zeit wirklich professionell geworden und hatte manche Raffinesse gelernt, obwohl sie nur selten zum Essen ausgingen.

Die Unterhaltung am späteren Abend war erstklassig, und Kaja beobachtete weiter alles aufmerksam.

»Das bringt mich auf eine Idee. Warum machen wir nicht samstagsabends auch Live-Musik. Natürlich könnten wir keine Unterhaltung bieten, wie sie sie hier haben, aber eine gute Sängerin mit einem Trio wäre genau das Richtige. Wir müssten wohl samstags höhere Preise nehmen, aber ich bin sicher, die Leute würden aus der ganzen Umgebung kommen. Es gibt doch sonst keine Lokale, wo die Leute sich amüsieren können. Und der Preis würde sich in vernünftigen Grenzen halten. Das möchte ich wirklich gern machen.«

Klaus nahm ihre Hand. »Warum schaltest du nicht ab?«

»Das ist unmöglich, wenn man ein Lokal hat. Man muss die Augen und Ohren offen halten, wenn man schon mal ausgeht.«

»Aber wir sind im Urlaub.«

»Ja. Und ich komme mit neuen Ideen nach Hause. So soll es doch sein.«

Es war zwar schon recht spät, als sie wieder ins Hotel kamen, aber sie gingen noch auf einen Schlummertrunk in die Bar. Dort stießen sie auf Marcello, der allein am Tresen saß und sich offensichtlich langweilte. Doch sobald er sie sah, wurde er munter und winkte ihnen zu, sie sollten sich zu ihm gesellen.

Als Kaja eine halbe Stunde später zur Toilette ging, verschwand Marcellos Lächeln, und er sah Klaus wütend an: »Gut, Sie haben Ihre Pflicht getan. Aber von jetzt ab möchte ich, dass Sie sich von Ihrer Frau fern halten!«

»Tut mir Leid«, sagte Klaus, »aber wir müssen unsere Abmachung rückgängig machen.«

Marcello sah schockiert aus. »Was meinen Sie?«

»Ich habe festgestellt, dass ich meine Frau liebe, nicht die andere!«

Marcello brach in Gelächter aus und klopfte Klaus auf den Rücken. »Es ist Zeit, dass Sie ins Bett gehen. Sie sind müde, deshalb sehen Sie die Dinge offenbar nicht mehr klar. Lassen Sie sich von mir gesagt sein, Ihre Lage ist gar nicht so merkwürdig, wie Sie meinen. Der Mann an sich ist sehr seltsam. Er verliebt sich in

eine wunderbare Frau. Sie wird seine Geliebte, dann seine Frau und schließlich seine Sklavin. Die Alltagspflichten rauben ihr die Kraft und die Sexualität. Die Batterien sind leer. Plötzlich entdeckt er eines Tages, dass er seine Geliebte vermisst – und sucht sich eine andere. Genau das haben Sie gemacht. Aber jetzt fangen Sie an, diese ganzen Rollen durcheinander zu bringen, und sehen in Ihrer Frau eine Geliebte. Das ist wirklich verrückt oder krank … Also gehen Sie jetzt besser ins Bett. Und ich nehme Ihre Frau mit in mein Zimmer.«

Noch ehe sie klären konnten, wer in wessen Bett gehen sollte, kam Kaja wieder. Marcello zeigte sich wieder von seiner charmantesten Seite und amüsierte Kaja, während sie an ihrem Drink nippte. Mehrmals bedeutete er Klaus unauffällig, er solle verschwinden.

Aber Klaus rührte sich nicht. Schließlich nahm er Kajas Arm und meinte, es sei Zeit, gute Nacht zu sagen.

Marcello warf ihm einen hasserfüllten Blick zu und küsste Kajas Hand.

»Ciao«, sagte Klaus und führte Kaja rasch aus der Bar.

Die Lösung für das Geheimnis der Riesenschlangen

Wie üblich saßen Gustave und Florianne am Freitagabend vor dem Fernseher und sahen sich die wöchentliche Folge von Dallas an, während vor dem offenen Fenster unbemerkt Zikaden zirpten.
Und wie üblich nickte Barbaroux ein, aber sein Unterbewusstsein musste wohl weitergearbeitet haben, denn plötzlich fuhr er in seinem Sessel auf, worauf Florianne fast ihren Kaffee verschüttete.

»Ich hab's!«, brüllte er und fuchtelte mit den Armen.

»Wirst du krank oder bist du verrückt geworden?«, fragte Florianne und stellte ihre Tasse auf den Tisch.

»Ich hab's«, wiederholte et »Die Lösung für das Geheimnis der Riesenschlangen!« Er tippte sich mit zwei Fingern an die Schläfe. »Dieses Köpfchen funktioniert noch, darauf kannst du wetten. Das lass dir gesagt sein!«

»Hat das nicht Zeit, bis Dallas vorbei ist«, schimpfte Florianne.

Barbaroux stand auf. »Zum Teufel mit Dallas. Was ich ausbaldowert habe, ist viel spannender!«

Florianne beugte sich vor und drehte den Fernseher lauter.

»Ich gehe zu Grely rüber«, rief er und war wie der Blitz zur Tür hinaus.

Abendliche Stille hatte sich über die Stadt gesenkt, als Barbaroux sie mit dem Wagen durchquerte. Die Kirchturmuhr schlug neun. Einige Leute saßen auf Klappstühlen oder Küchenschemeln vor ihren Häusern und genossen den ruhigen, kühlen Abend, andere waren im Haus geblieben und sahen fern. Als Barbaroux eine Abkürzung nahm und durch eine Gasse raste, wäre er fast in eine Familie hineingefahren, die mit ein paar Nachbarn in einem Kreis saß, der sich bis zur Straßenmitte erstreckte. Die Leute protestierten lautstark, gaben aber sofort Ruhe, als sie Barbaroux erkannten, der sich entschuldigte und erklärte, er habe es sehr eilig. Alle, die den Weg versperrten, rückten beiseite, er bedankte sich und fuhr weiter.

Ein paar Minuten später schellte er an Grelys Tür. Mehrmals musste er auf die Klingel drücken, ehe das Läuten den Fernseher übertönte, der bis auf die Straße zu hören war.

Der Polizeichef öffnete die Tür und wirkte überrascht, Barbaroux zu sehen.

»Ich muss dir was Wichtiges, sagen!«

»Komm rein.« Grely hielt ihm die Tür auf. »Hat das nicht noch Zeit? Wir gucken gerade Dallas.«

»Nein, es ist dringend«, erklärte Barbaroux gereizt. Langsam wurde er ungehalten.

Der Polizeichef seufzte und führte Barbaroux in ein kleines Zimmer, das er seine Höhle nannte. Es war mit einem Schreibtisch, einem Schaukelstuhl und einem Sessel möbliert. An den Wänden hingen Familienfotos, die ein scheußliches Ölgemälde einrahmten. Und schließlich gab es noch einen alten Bücherschrank mit allen möglichen Büchern und einem Videorecorder. Barbaroux setzte sich in den Sessel und überließ den Schaukelstuhl Grely, der auf die Uhr sah. Er schaltete den Videorecorder ein, um Dallas aufzunehmen. »Vielleicht kriege ich wenigstens das Ende mit«, grummelte er.

»Ich habe herausgefunden, wofür er die Boas braucht«, verkündete Barbaroux triumphierend.

Auf der Stelle war Grely hellwach und hörte aufmerksam zu, während Barbaroux ihm erzählte, was er in Papots Haus gesehen harte, als er eine verschlossene Seitentür aufbrechen musste, um hinauszukommen, weil eine dieser grässlichen Djam-Djam-Schlangen ihm den Hauptausgang versperrte. Der Polizeichef musste zugeben, dass das ausgenommene Zicklein mit all dem Zeug im Leib schon arg rätselhaft war.

Wie ein echter Detektiv, der einen Fall erfolgreich abgeschlossen hatte, präsentierte Barbaroux seine Schlussfolgerung mit Aplomb. »Er hat der Ziege den Bauch mit allen möglichen Dingen gefüllt und sie dann gewogen, weil er sie mit Diamantringen, Goldarmbändern, Goldmünzen, Perlenketten und anderen wertvollen Juwelen und höchstwahrscheinlich auch mit dem Bargeld füllen will, das er bei dem Raub erbeutet. Aber er muss wissen, wie schwer die Ziege sein darf, damit eine Anakonda sie noch schlucken kann. Er hat schon eine gewisse Vorstellung davon, aber es geht auch darum, wie dick die Ziege wird. Nach dem Bankraub, wenn die Ziegen mit der Beute gefüllt und an die beiden Riesenschlangen verfüttert sind, die das Metall und die Juwelen nicht wieder ausspucken können, sind sie so präpariert, dass sie sie durch den Zoll schmuggeln können.«

Grely begriff, worum es ging. »Das ist der raffinierteste Trick, von dem ich seit langem gehört habe.«

»Genau. Auf der ganzen Welt kennen die Zöllner mittlerweile die verschiedenen Wege, auf denen die

Leute zu schmuggeln versucht haben. Die Zeiten der Koffer mit doppeltem Boden, der hohlen Absätze, der versteckten Gürtel, falschen Büstenhalter und so weiter sind vorbei. Heute muss man schon wirklich originelle Verstecke haben, um einen Zollbeamten hereinzulegen. Zum Beispiel ein paar Riesenschlangen, für die kein Zöllner der Welt sich gern interessieren möchte. Nicht mal, wenn sie so unförmig sind und er hört, dass sie gerade ein paar ganze Zicklein verschlungen haben, damit sie während des Transports nicht unruhig werden und vielleicht den Zöllner strangulieren wollen. Na, was sagst du dazu?«

Grely sagte gar nichts. Er war sprachlos und Dallas hatte er völlig vergessen. Schließlich meinte er: »Ich glaube, du hast da eine wichtige Entdeckung gemacht.«

»Darauf kannst du wetten«, antwortete Barbaroux und hoffte, dass der Polizeichef ihm zur Belohnung eine Tasse Kaffee und einen Cognac spendieren würde.

Offenbar hatte Grely seine Gedanken gelesen, denn er stand auf und fragte Barbaroux, ob er eine Tasse Kaffee wolle. Als er damit zurückkam, sah Barbaroux zu dem Schränkchen hinüber, in dem Grely, wie er wusste, seinen Cognac versteckte. Und selbstverständlich holte Grely eine Flasche und zwei Gläser und schenkte einen ordentlichen Schluck ein, den Barbaroux sich verdient hatte.

Grely machte keinen Hehl aus seiner Dankbarkeit, und die beiden malten sich die Sensation aus, die die Polizei erregen würde, wenn sie die Bankräuber auf frischer Tat ertappte. Die Medien würden die Sache wegen der Riesenschlangen hochspielen, wahrscheinlich würde es als »der Schlangen-Coup« bekannt werden, und Raymond Grely würde mit der Geschichte ins Fernsehen kommen. Grely bestand jedoch darauf, dass auch Barbaroux seinen Teil am Ruhm bekommen müsse, und meinte, das würde seiner Beförderung in keiner Weise im Wege stehen. Wahrscheinlich würde es sie sogar beschleunigen.

Barbaroux und Grely spornten sich gegenseitig an. Als sie ihre Gläser geleert und noch ein paarmal nachgeschenkt hatten, beschlossen sie, dass Barbaroux so bald wie möglich nach Beau Soleil fahren solle, am besten gleich am nächsten Tag, während die Bande am Tunnel arbeitete. Er sollte in die Kammer einbrechen und nachsehen, was dort jetzt vorging. Das Wichtigste war jedoch, dass Barbaroux herausfand, wann der Tunnel fertig wurde.

»Sie sind noch nicht unter dem Raum mit den Schließfächern«, erklärte Barbaroux. »Aber wenn sie so weit kommen, müssen sie durch den Stahlbetonboden. Das macht einen so ohrenbetäubenden Lärm, dass genügend Zeit bleibt, dir Bescheid zu sagen.«

»Was für ein Schloss ist an der Tür zur Kammer in Papots Schuppen?«

»Das war ein ganz normales altmodisches Schloss, aber ich habe es kaputtgemacht. Ich denke, sie haben ein Vorhängeschloss angebracht. Das wäre das Einfachste.«

»Dann hängt es an zwei Metallösen, einer, die an die Tür geschraubt ist, und einer, die am Rahmen befestigt ist. Normalerweise rechnet man an so einer Stelle nicht mit einem Einbruch. Sie wollen bestimmt nur sichergehen, dass niemand aus reiner Neugier nachsieht, was in dem Kabuff ist, dich eingeschlossen, wenn du da bist, um die Schlangen zu füttern. Du musst die Metallösen vorsichtig von der Tür schrauben, damit niemand merkt, dass du da eingebrochen bist, was illegal ist.«

HA
HAHA
HAHA
500
C-

»Ich könnte einen Schlosser mitnehmen«, meinte Barbaroux.

»Nein. Bitte nicht. Ich möchte nicht mehr Leute hineinziehen als nötig. Einem Schlosser müsste ich eine Genehmigung geben, und das kann ich nicht ohne richterlichen Beschluss. Du schaffst das leicht alleine.«

»Na gut. Verlass dich auf mich. Nicht mehr lange, dann haben du und ich den großen Bankraub vereitelt, und jeder kennt unsere Namen, nicht nur in der Provence, sondern in ganz Frankreich. Der Ruhm kann deiner zukünftigen Karriere nur nützlich sein …«

»Dem Verkauf deiner Knoblauchwurst und deines gut abgehangenen Rindfleischs aber auch!«

Es war gerade dunkel geworden; der Mond war aufgegangen, und an Land lag Cannes hell erleuchtet da wie ein Märchenschloss. Den ganzen Strand entlang erstreckten sich Lichter, die berühmte Perlenkette, die sich aneinander reihen wird, bis ein neuer Begriff gefunden ist, der die »Perlenkette« ersetzt.

Die See war ruhig und der Abend mild. Die Fähre fuhr zur Île Sainte Marguerite, auf der von 1687 bis 1698 der Mann mit der eisernen Maske in der Festung eingekerkert war. Doch nur wenige Passagiere dachten an diese Gruselgeschichte. Außerdem lag sie schon lange zurück.

Klaus, Kaja, Marcello und Magali saßen dicht gedrängt auf einer der Bänke. Klaus hatte den Arm um Kajas Taille gelegt, und Marcello seinen um ihre Schultern. Und immer wenn sich eine unauffällige Gelegenheit bot, schnippte er fest mit zwei Fingern gegen Klaus' Ohr. Magali fühlte sich recht ausgeschlossen, was sie auch war.

Am Tag vorher war ihr der Verdacht gekommen,

dass etwas nicht in Ordnung war. Klaus war geistesabwesend, zerstreut und versuchte ihr aus dem Weg zu gehen.

»Gibt es eine andere?«, fragte sie ihn rundheraus.

»Ja, meine Frau!«

»Soll das ein Witz sein?«

»Nein. Ich meine es todernst. Es tut mir wirklich Leid, aber ich habe mich in sie verliebt. So was passiert im Urlaub schon mal.«

»Wie jeder weiß, sind Urlaubsromanzen nicht von Dauer.«

Doch Klaus hatte den Eindruck, die große Liebe seines Lebens zu erleben. Magali, die eine hübsche Frau war und mit beiden Beinen fest auf dem Boden stand, nahm es leicht und meinte, die Romanze sei zum Glück ja erst in der Anfangsphase, das habe also nicht viel zu bedeuten.

»Aber du musst mit uns nach Sainte Marguerite kommen. Meine Frau erwartet das.«

»Willst du mir sagen, dass deine Frau alles weiß?« Magali war verblüfft.

»Nein. Sie weiß nichts. Ich habe ihr gesagt, dass wir uns zufällig in Cannes begegnet sind.«

Alle Passagiere strömten von Bord auf die kleine Insel. Kaja meinte, es sei gut, dass Klaus nicht seekrank geworden sei.

»Ich«, sagte Klaus, »ich werde nie seekrank!«

Kaja schüttelte nur den Kopf. Sie und Magali gingen gemeinsam vor den Männern her. Sie unterhielten sich, lachten und hakten sich sogar ein.

Marcello sorgte dafür, dass er und Klaus ein gutes Stück zurückblieben, weil er ein ernstes Wort mit Klaus zu reden hatte. »Ich finde es unmöglich, dass Sie

Ihre Geliebte einladen mitzukommen. Aber da Sie es jetzt getan haben, bleiben Sie auch bei ihr und denken Sie dran, Ihre Frau gehört mir. Sie besitzen schließlich keinen Harem, sodass sie über beide verfügen könnten.«

Klaus hatte jedoch schon einen Vorschlag parat. »Die, die Sie meine Geliebte nennen, hat mir im Vertrauen gesagt, dass sie in ihrem ganzen Leben noch keinen so gut aussehenden Burschen wie Sie gesehen hat. Sie findet, Sie sehen besser aus als alle Filmstars, die sie kennt.«

Marcello straffte den Rücken und warf sich in die Brust. »Das höre ich nicht zum ersten Mal.«

»Na ja, vielleicht könnten Sie mal darüber nachdenken, Ihr Interesse auf sie zu lenken. Sie haben sie noch gar nicht richtig angeschaut. Sie ist umwerfend. Und sie hat blondes Haar, auch wenn es nicht echt ist.«

Marcello blieb abrupt stehen und sah Klaus an. »Mamma mia«, rief er. »Das ist ja der reinste Mädchenhandel. Zuerst bieten Sie mir Ihre Frau an und jetzt Ihre Geliebte. Haben Sie noch mehr Pferdchen im Stall? Vielleicht ein paar Schwestern oder Cousinen? Nicht, dass mir daran gelegen wäre. Mir liegt einzig und allein an Ihrer Frau. Wir sind verrückt nacheinander. Und machen Sie sich eins klar: Heute Abend ist es so weit!« Marcello breitete die Arme aus und verbeugte sich ironisch vor seinem Rivalen; dann ging er schnell weiter, während Klaus versuchte mit ihm Schritt zu halten. Kurze Zeit später holten sie die Damen ein, und von diesem Augenblick an wich Klaus nicht mehr von Kajas Seite, obwohl Marcello sich nach Kräften bemühte, ihn beiseite zu schieben, indem er ihm immer wieder den Ellbogen in die Seite stieß oder ihm auf die Zehen trat.

Die *Son-et-Lumière*-Vorstellung, die in einem Freilichttheater gezeigt wurde, hatte viele der Leute angelockt, die mit der Fähre von Cannes auf die Insel gekommen waren. Die Nacht war nicht nur voller Licht und Klänge, sondern verströmte auch würzigen Duft und strahlte Zauber aus. Junge Pärchen, die nach der Hälfte genug von der Vorstellung hatten, zogen in Scharen zu dem dichten Pinienwald, der den größten Teil der Insel bedeckte. Im Hafen und vor der Küste lagen Motorboote, Segelboote und hell erleuchtete, sanft schaukelnde Yachten. Auf einigen der größeren Boote wurden Partys mit exquisitem Essen, Musik und Tanz gefeiert.

Klaus war so vertieft in die Vorführung, dass er gar nicht gemerkt hatte, wie Kaja und Marcello verschwunden waren. Als es ihm auffiel, sah er sich überall um, aber sie waren fort.

»Meine Frau ist verschwunden«, sagte er zu Magali.

»Ja. Und der Italiener komischerweise auch!«

»Komm, hilf mir, sie zu suchen«, bat Klaus, oder bettelte er vielmehr.

»Bist du sicher, dass es nicht sehr peinlich für dich wird, wenn du sie findest?«

»Ich habe Angst, dass sie entführt worden ist!«

»Unfreiwillig oder freiwillig«, gab Magali schnippisch zurück.

»Es ist alles fertig für den Bankraub!«

Die ganze Stadt freute sich schon auf die Hochzeit von Hyacinthe Tivoli und Forbes Taylor, die mit einem Fest auf dem Rathausplatz gefeiert werden sollte. Hyacinthes Vater hatte sich damit abgefunden, dass er sein einziges Kind nicht daran hindern konnte, einen Ausländer zu heiraten, der seinen Lebensunterhalt mit dem Schreiben von blutrünstigen Kriminalromanen verdiente. Aber er konnte zumindest dafür sorgen, dass sie eine richtige Hochzeit bekam und niemand verächtlich mit dem Finger auf ihn zeigen konnte.

Wie bei den Aïoli-Festen sollten lange Tische – Bretter auf Holzböcken – rund um den Platz unter den schattigen Platanen aufgestellt werden. Und die ersten zweihundert Gäste, die zusagten, würden Bouillabaisse serviert bekommen. Für mehr Leute war kein Platz.

Die Feier würde eine schöne Stange Geld kosten, und Vincent Tivoli, der bescheidene Finanzbeamte, war kein reicher Mann. Aber er hatte ein Stück Land zu einem guten Preis verkauft, und in einem Schließfach bei der Crédit Agricole hatte er noch ein hübsches Sümmchen Schwarzgeld liegen, das er speziell für Hyacinthes Hochzeit aufgehoben hatte.

Tivoli hatte die Erlaubnis, die Rathausküche zu benutzen; dort konnte der Lieferant das Essen zubereiten, das Mitglieder des städtischen Jugendclubs ser-

vieren würden, wie sie es bei den Aïoli-Festen auch unentgeltlich taten.

Ein paar Tage vor der Hochzeit sah es so aus, als würde sie abgesagt. Die Leute schlossen schon Wetten darauf ab. Doch die dunklen Wolken, die sich plötzlich über dem Olivenbaum zusammengebraut hatten, zerstreuten sich ebenso rasch, und bald schien wieder die Provence-Sonne über dem glücklichen Paar.

Papot kniete sich auf den Boden, formte mit den Händen einen Trichter vor dem Mund und rief in den Tunnel zu Severin, der am anderen Ende mit dem Bohrhammer arbeitete: »Du musst doch fast da sein, oder?«

»Ja«, rief Severin zurück. »Nur noch ein paar Meter. Morgen oder übermorgen Abend können wir durch den Boden brechen.«

»Das ist gut«, rief Papot. »Haltet euch nur ran!«

Papot hatte eine kleine Lore gebaut, in der sie Steine und Erde mithilfe eines ausgeklügelten Flaschenzugs, der kinderleicht zu bedienen war, aus dem Tunnel holen konnten. Damit versorgte er die schweißtriefenden Männer auch mit frischen Handtüchern, kaltem Mineralwasser und scharfen Bonbons für ihre staubigen Kehlen.

Severin hatte gerade etwas zu trinken bekommen. Er schob sich die Schutzbrille auf die Stirn. Seit ihm einmal ein Splitter ins Auge geschossen war, vergaß er nie, sie auf zuziehen. Er nahm den Verschluss von der Flasche und spritzte sich etwas Wasser ins Gesicht, ehe er den Rest trank. Plötzlich rief er, alle sollten still sein. Er legte das Ohr an die Tunneldecke und lauschte.

Papot und Hubert steckten die Köpfe in den Tunnel und spähten angespannt ins Dämmerlicht.

»Hörst du was?«, fragte Papot schließlich.

»Ein leises Brummen, aber ich weiß nicht, was es ist. Könnte aus der Bank kommen. Vielleicht ein Telex.«

Papot kroch auf allen vieren in den Tunnel. Er legte den Kopf neben Severins und lauschte ebenfalls. Auch er hörte das leise Brummen. »Weißt du, wir sind offenbar schon weiter, als wir gedacht haben.«

Severin zog ein Bandmaß aus der Tasche, kroch langsam rückwärts und maß den Tunnel aus. Als er in den Keller kam, verglich er die Länge mit der Vorgabe im Plan, den er sorgsam aufgestellt hatte, um die Entfernung zwischen Keller und Bank zu berechnen. Er ärgerte sich, weil er in seinen Berechnungen wohl einen kleinen Fehler gemacht hatte, vielleicht hatte er aber auch beim letzten Mal, als er den Tunnel ausgemessen hatte, falsch gemessen. Er ging zum Tunneleingang und sagte: »Hey, Chef, für heute können wir aufhören, dann arbeiten wir heute Nacht weiter und versuchen senkrecht nach oben zu gehen.«

»Willst du damit sagen, dass wir direkt unter dem Raum mit den Schließfächern sind?«

»Nach meinen Berechnungen, ja.«

Sie packten ihre Sachen zusammen und deckten den Tunneleingang ab, als plötzlich jemand vor den Brettern auftauchte, mit denen sie den Kellereingang verbarrikadiert hatten.

Metzger Barbaroux steckte den Kopf zwischen zwei Brettern durch und rief: »Ist da jemand?«

Papot eilte zur Treppe, nachdem er den anderen ein Zeichen gegeben hatte, die Taschenlampen auszuschalten.

»Guten Tag, Barbaroux. Ja, wir sind noch hier, aber wir wollten für heute gerade Schluss machen. Ich kann Sie nicht hereinlassen, weil die Gefahr besteht, dass die Decke einstürzt.«

»Sind Sie noch nicht fertig da unten?« Er versuchte durch den Eingang zu schauen. »Sieht nicht so aus, als wären Sie sonderlich weit gekommen.«

»Nein. Die Arbeit geht langsam voran. Wenn man es ordentlich macht, Sie verstehen. Wir schätzen, dass wir noch eine Woche brauchen.«

»Eine Woche?«

»Ja. Mindestens eine Woche, aber dann sind wir so weit, dass wir die Anschlüsse für die Küche legen können, Gas und Strom.«

»Ich freue mich schon drauf, Ihre Küche zu sehen.«

»Wir auch.«

Barbaroux steckte seinen Kopf noch weiter zwischen den Brettern durch; im Dämmerlicht erkannte er gerade noch den Tunneleingang, oder vielmehr die Metallplatten, die ihn abdeckten.

»Hören Sie, Sie können alle eine kleine Pause vertragen«, sagte er. »Sie schuften ja wie Sklaven. Ich lade Sie alle auf ein oder zwei Pastis zu *Chez Charles* ein! Ich rufe an und sage Bescheid, dass Sie kommen!«

Papot bedankte sich überschwänglich, lehnte aber ab. Barbaroux erklärte jedoch, das sei im Interesse der guten Nachbarschaft, und wollte von einer Ablehnung nichts hören.

Kurze Zeit später war Barbaroux auf dem Weg nach Beau Soleil. Ihm war nicht wohl bei dem Gedanken, in ein Haus einzubrechen, in dem es Schlangen gab. Beinahe schlotterten ihm die Knie vor Angst. Wenn nun wieder eine der Schlangen ausgebrochen war? Eine von den Riesenschlangen. Diese Vorstellung gab ihm den Rest. Er wurde so zittrig, dass er am Straßenrand anhalten und warten musste, bis er sich beruhigt hatte. Er redete laut mit sich selbst: »Gustave, reiß dich zusammen. Du hast wichtige Detektivarbeit zu leisten, und Detektive haben vor nichts Angst!« Relativ schnell hatte er sich so weit beruhigt, dass er weiterfahren konnte.

Der kleine Schuppen war wie üblich nicht abgeschlossen, doch wie Grely vorhergesehen hatte, war die Tür zur Kammer mit einem Vorhängeschloss versehen. Die Metallösen waren allerdings nicht so leicht zu entfernen. Sie waren mit schweren Krampen befestigt. Der Schraubenzieher, den er mitgebracht hatte, würde ihm wohl nicht helfen, sie herauszuhebeln, aber im Wagen hatte er noch anderes Werkzeug. Er musste sehr vorsichtig sein, damit das Holz nicht zersplitterte und es keine Einbruchsspuren gab. Er brauchte über eine Viertelstunde, die Krampen zu lösen, und geriet schon fast außer sich vor Sorge, dass die Zeit knapp würde.

Als er dann endlich in der Kammer stand, machte er einige interessante Entdeckungen. Auf dem Boden befand sich jetzt ein großer Transportbehälter für Tiere. Auf dem Tisch fand er die erforderlichen Zollerklärungen über den Verkauf von zwei Anakondas an ein Tiergeschäft in Mailand. In den Papieren hieß es, die Tiere würden vom Halter begleitet, Papot.

Barbaroux hatte genug gesehen. Rasch schloss er die Tür und schlug mit einem Hammer die Krampen für die Ösen wieder ein. Nur ein Superspürhund hätte den Einbruch entdecken können. Er lief zu seinem Wagen und fuhr über Nebenstraßen zurück, damit er Papot und seiner Bande nicht begegnete.

Wie sich herausstellte, hätte er sich darüber keine Sorgen zu machen brauchen. Am nächsten Tag erfuhr er nämlich, dass seine Gäste zwei Stunden bei *Chez Charles* gesessen und insgesamt zweiundzwanzig Pastis getrunken hatten.

Barbaroux fuhr geradewegs zur Polizeistation und erstattete Bericht. Grely verhehlte seine Begeisterung nicht. Das war der Beweis für die Theorie, dass Papot die Schlangen zum Schmuggeln benutzen wollte.

»Es ist alles fertig für den Bankraub«, sagte Barbaroux. »Papot hat gesagt, in etwa einer Woche ist es so weit.«

Grely sah überrascht auf. »Hast du ganz offen mit ihm über den Tunnel gesprochen?«

»Nein, natürlich nicht. Wir haben über den Keller geredet, aber er hat an den Tunnel gedacht. In ein paar Tagen fange ich mit der Nachtwache an.«

»Sehr gut. Und ab heute Abend postiere ich zwei Männer an strategischen Stellen in der Nähe der Bank.«

Barbaroux konnte seine Enttäuschung nicht verbergen. »Hast du kein Vertrauen in mich?«

»Lieber Freund, deine Hilfe ist unverzichtbar, aber ich gehe nicht das Risiko ein, mich nur auf eine Person zu verlassen. Da kann zu viel passieren. Meine Zukunft hängt davon ab, das hier richtig zu machen. Stell dir doch nur vor, der Bankraub fände schon heute Nacht statt. Das würde ich mir nie verzeihen.«

»Möchtest du, dass ich schon heute Abend anfange, Wache zu halten?«

»Nein. Ich glaube, das ist nicht nötig. Höchstwahrscheinlich passiert jetzt noch gar nichts. Ich will mich nur rundum absichern.«

Der alte Schmied, Touchebeauf, stieg vom Fahrrad und lehnte es gegen die Mauer der Bank. Er nahm eine halb gefüllte Tasche vom Gepäckträger, ging in die Bank und grüßte alle. Dann verkündete er mit lauter Stimme, er müsse an sein Schließfach. Nachdem die

Bankangestellte ihn hinuntergeführt, es für ihn aufgeschlossen und ihn allein gelassen hatte, öffnete er die Tasche und packte 75 000 Francs in zerknitterten Scheinen in seine Kassette.

Er kam vom *notaire,* in dessen Büro er ein Geschäft mit einem Pariser abgeschlossen hatte, der ihm einen Hektar Wald abgekauft hatte, der in etwa fünf Jahren zu Bauland werden sollte. Der Pariser hatte 400 000 in bar für das Land gezahlt, davon 75 000 unter der Hand. Ein bisschen mehr, als nach den ungeschriebenen Regeln üblich war. Touchebeauf war jedoch überzeugt, dass er in seinem langen Leben mehr als genug Steuern gezahlt hatte, und wollte deshalb so viel wie möglich von dem Verkauf haben.

Überaus zufrieden radelte er wieder nach Hause. Es war gut und schön, ein hübsches Sümmchen auf dem Bankkonto zu haben, noch schöner war es allerdings, 75 000 Francs steuerfrei zusätzlich zu seinem anderen Schwarzgeld in einem Bankschließfach zu haben. Im Laufe der Jahre hatte er nicht immer daran gedacht, die Einnahmen einiger Aufträge beim Finanzamt anzugeben, zum Beispiel die Reparaturen einer ganzen Reihe landwirtschaftlicher Maschinen und die vielen Pferde, die er beschlagen hatte. Und wie jeder weiß, wird das Gedächtnis im Alter nicht besser.

»Ist es normal, dass ein Mensch vier Pässe hat?«

Magali bemühte sich, mit Klaus Schritt zu halten, der einen kleinen Waldweg fast hinunterrannte und Kajas Namen rief. Anfangs begegneten sie anderen Paaren, die ihnen erstaunt nachsahen. Doch kurze Zeit später schienen sie plötzlich mutterseelenallein zu sein, und obwohl der Mond hell schien, war es schwer, sich im dunklen Wald zurechtzufinden.

»Wenn du nicht langsamer gehst, komme ich nicht weiter mit«, sagte Magali atemlos. »Es ist ja, als würdest du vor mir davonlaufen. Deshalb haben uns die Leute auch so angestarrt.«

Seit einer halben Stunde streiften sie über verschiedene Wege, einer verlassener als der andere. Es war heiß, und beide schwitzten. Schließlich hatte Magali genug.

»Das ist völlig sinnlos«, sagte sie und blieb abrupt stehen. »Wenn du glaubst, dass du sie hinter einem Baum findest, hast du noch ewig zu tun. Hier gibt es eine Menge Bäume – eine ganze Insel voll. Warum siehst du nicht im Hafen nach?«

»Im Hafen? Wieso im Hafen?« Sein blondes Haar klebte ihm schweißnass an der Stirn.

»Es würde eher zu ihnen passen, einen Spaziergang um den Hafen zu machen, als in einem dunklen Wald herumzulaufen.«

Klaus stimmte ihr zu. Das lag auf der Hand. Der Hafen war durchaus eine Möglichkeit. Liebespärchen finden einen Hafen ja so romantisch. Klaus wurde übel bei dem Gedanken. Wahrscheinlich hatten sie die erste Fähre zurück nach Cannes genommen, damit sie wirklich allein sein konnten, während er auf der Insel herumirrte. Seine Übelkeit wurde noch stärker.

Sie schlugen einen Weg ein, der sie nach allen Berechnungen zum Hafen führen musste. Klaus lief fast, aber Magali weigerte sich, mit ihm Schritt zu halten. Er musste immer wieder stehen bleiben, damit sie ihn einholen konnte.

»Würdest du dich bitte beeilen«, fuhr er sie an. »Es geht praktisch um Leben und Tod.«

»Das ist nicht mein Problem. Du solltest mir dankbar sein, dass ich dir Gesellschaft leiste.«

Schweigend gingen sie weiter, in Magalis Tempo. In Anbetracht der Umstände fand sie es völlig grotesk, dass sie Klaus half, seine Frau zu finden, aber der Mann war ja drauf und dran, durchzudrehen.

Plötzlich standen sie am Waldesrand, und von einer Anhöhe aus sahen sie auf den Hafen hinunter. Klaus ging wieder schneller und hatte bald einen der Kais erreicht, an dem viele private Motorboote und Yachten lagen. Aus einem Impuls heraus las er den Namen der größten Yacht und war wie vor den Kopf geschlagen. Es war die SABINA II.

Schließlich holte Magali ihn ein. »Hast du was gefunden oder bist du nur einfach sprachlos über ein schönes Boot?«

»Erinnerst du dich, ich habe dir doch erzählt, dass meine Frau und Marcello auf einer Yacht, die einem seiner Freunde gehört, einen Törn nach Korsika gemacht haben. Das ist sie. Die SABINA II. Im Salon brennt Licht. Es würde mich nicht wundern ...«

Klaus war auf das schmale Fallreep getreten, aber Magali packte ihn am Arm und hielt ihn zurück. »Wenn ich du wäre, würde ich nicht an Bord gehen. Es könnte ziemlich peinlich werden. Du wartest besser hier.«

In diesem Augenblick ging die Tür des Salons auf, und Kaja kam an Deck, gefolgt von Marcello und einem Mann mit kräftigem Oberkörper und unpassend dünnen Beinen. Als Letzte erschien ein junges Mädchen, das ein gespenstisches Kleid aus weißem, fließendem, durchsichtigem Stoff trug.

Kaja bemerkte Klaus sofort und lief zu ihm. »Hier bin ich«, sagte sie beiläufig. »Ich hoffe, du hast dir keine Sorgen gemacht. Marcello und ich dachten, wir trinken lieber hier unten etwas, statt uns die Vorstellung noch länger anzusehen. Er wusste, dass die SABINA II hier angelegt hatte. Kommt, ihr beiden. Ich bin sicher, Giovanni würde euch gern die Yacht zeigen.«

»Ich habe euch wie ein Verrückter überall gesucht«, tobte Klaus.

»Zu dumm. Wir wollten gerade zurückkommen. Ist die Vorstellung vorbei? Marcello hat gesagt, sie dauert ein paar Stunden, es wäre genug Zeit, etwas zu trinken und dann noch das Finale zu sehen.«

Später konnte Klaus sich nicht mehr genau erinnern, was eigentlich passiert war, noch konnte er erklären, warum er in die Offensive ging, vielleicht war es nur das Wikingerblut, das in seinen Adern floss. Vielleicht hatte er auch das Gefühl, dass man ihn zum Narren hielt, und das, zusammen mit der Hitze und der hinter ihm liegenden Anstrengung, hatte seine Toleranzschwelle irgendwie gesenkt. Jedenfalls sahen Kaja, Magali und die anderen zu, wie Klaus an Bord stürzte, mit gesenktem Kopf auf den völlig unvorbereiteten Marcello losging und einen rechten Haken auf seinem Kinn landete, der ihn in die Luft hob und dann mit einem dumpfen Schlag auf Deck landen ließ, wie man es aus Zeichentrickfilmen kennt.

Marcello gab keinen Laut von sich. Ganz im Gegensatz zu Klaus. Er heulte auf vor Schmerz und rieb sich die rechte Hand.

Giovanni, Lulu, Kaja und Magali standen starr vor Schreck da. Als Erste kam Kaja wieder zur Besinnung. Voller Empörung wandte sie sich zu Klaus. »Du bist ein Tier«, schrie sie. »Ein bösartiges Tier. Der arme Kerl hat dir doch gar nichts getan.«

Dann kniete sie sich neben den niedergestreckten Italiener mit dem schönen, nun jedoch leicht lädierten Gesicht. Sie streichelte ihm über den Kopf und bat Giovanni, sich um ihn zu kümmern.

Das kurze dramatische Zwischenspiel endete damit, dass Klaus Kajas Hand mit seiner Linken ergriff, da die rechte Hand unbrauchbar an seiner Seite baumelte, und sagte: »Lass uns hier verschwinden. Die letzte Fähre legt bald ab.«

Kaja warf einen flüchtigen Blick zurück, als sie an Land gingen. »War es unbedingt nötig, ihn fast umzubringen? Er hat mich doch nur auf einen Drink eingeladen.«

»Nur gut, dass ich gekommen bin, bevor mehr daraus wurde«, stieß Klaus zwischen zusammengebissenen Zähnen hervor, doch das mochte auch an dem Schmerz in seiner Hand liegen.

In den letzten Tagen ihres Urlaubs benahmen Kaja und Klaus sich wie zwei frisch Verliebte. Sie schwammen, machten Ausflüge, aßen in kleinen abgelegenen Restaurants in idyllischen Bergdörfern, liebten sich häufig und spielten auf dem hoteleigenen Platz Tennis, obwohl keiner von ihnen in Form war, den Ball zu treffen. Es fand sich auch Zeit, dass Kaja über das Lokal und all ihre Pläne zur Verbesserung des Geschäfts sprechen konnte. Sie hatten einen Termin mit dem Leiter des größten Reiseunternehmens in Cannes, das Sightseeing-Touren und Ausflüge organisierte. Er war sehr daran interessiert, *Le Vilain Petit Canard* zum Ziel eines neuen Ausflugsangebots zu machen.

»Müssen wir wirklich im Urlaub arbeiten?«, protestierte Klaus. »Wir amüsieren uns doch so gut. Und von uns aus ist es doch nur eine Stunde Fahrt bis Cannes.«

»Das ist der schönste Urlaub, den ich je hatte«, meinte Kaja. »Und es soll *mein* Urlaub sein, oder?«

Hin und wieder ließ es sich nicht vermeiden, dass sie Magali und Marcello über den Weg liefen, die inzwischen recht unzertrennlich waren. Sie taten, als sei nichts passiert, bis auf Marcello, der sich mitfühlend nach Klaus' Hand erkundigte, die er wegen drei gebrochener Knöchel in einem Gipsverband trug. Klaus erkundigte sich im Gegenzug nach Marcellos Kinn, das bestens gerichtet und verpflastert war.

Als sie sich einmal allein begegneten, vertraute Marcello Klaus an, dass er mit dem Tausch sehr zufrieden sei. Magali sei das Beste, was ihm in seinem Urlaub begegnet sei.

»Santo cielo«, sagte er. *»E che bella!* Und sie ist unverheiratet«, fügte er mit einem Griff an sein Kinn hinzu.

In der ersten Nacht, die Kaja und Klaus wieder zu Hause in ihrem kleinen Lokal verbrachten, waren sie verliebter denn je. Sie waren so verliebt, dass keiner von beiden schlief, weil sie die Hände nicht voneinander lassen konnten. Schließlich meinte Klaus: »Wir ver-

suchen jetzt besser ein bisschen zu schlafen, bevor wir aufstehen müssen.«

Er schob sein Kissen zurecht und nickte gerade ein, als Kaja ihn schüttelte. »Klaus, wach auf! Ich muss dir was Wichtiges sagen!«

»Hat das nicht bis morgen Zeit?«

»Nein. Jetzt. Wir haben zwar abgemacht, dass Marcellos Name in diesem Haus nie wieder erwähnt wird, aber …«

Klaus setzte sich hellwach auf. »… aber du kannst ihn nicht vergessen?«

»Natürlich kann ich das. Er war nur ein Urlaubsflirt, der viel Spaß gemacht hat. Aber ich *habe* ihn vergessen. Von jetzt an gibt es nur noch einen Mann in meinem Leben … dich, Liebling … und das kannst du schriftlich haben, in drei Ausfertigungen, wenn du willst. Aber um Marcello völlig zu vergessen, musst du mir was sagen. Ist es normal, dass ein Mensch mehr als einen Pass hat?«

»Normalerweise nicht. Was ist passiert?«

»Eines Abends habe ich in Marcellos Hotelzimmer vier Pässe auf seinem Tisch liegen sehen. Mit vier verschiedenen Namen, aber alle mit einem Bild von ihm. Was hältst du davon?«

Ein Ausdruck von Triumph breitete sich auf Klaus' Gesicht aus. »Du solltest mir und all deinen Glückssternen dankbar sein, dass du dich mit diesem Kerl nicht eingelassen hast. Vier Pässe, das sagt alles über ihn. Vier falsche Pässe! Er ist nichts als ein Gangster, der zur Mafia gehört. Höchstwahrscheinlich hat er mit Drogenhandel zu tun, Schmuggel, Diebstahl, Mord, Entführung, und obendrein ist er auch noch ein Frauenheld, ein Don Juan!«

Kaja zog Klaus aufs Bett herunter und warf sich auf

ihn. »Also, was den Don Juan angeht, solltest du ihn nicht kritisieren.«

»Wie meinst du das?«

»Meinst du, ich merke nicht, dass du drauf und dran bist, mich schon wieder zu schänden? Also lass es uns machen, bevor wir aufstehen müssen … und dann ist es Zeit, dass wir aufstehen!«

»Ich habe einen wichtigen Polizeiauftrag!«

Bei seinen nächtlichen Beobachtungen hatte Papot herausgefunden, dass die Bank sich nicht allein auf das elektronische Alarmsystem verließ, sondern nachts noch einen Wachdienst beschäftigt hatte, der alle zwei oder drei Stunden einen Wachmann zur Bank schickte.

Seit sie mit der Arbeit am Tunnel begonnen hatten, hatte Papot diesen Wachmann mehrmals gesehen, und sie hatten sich bei einer Tasse Kaffee einmal nett unterhalten. Er war ein gutmütiger Bursche, Vater von vier Kindern, mit leicht runden Schultern, schweren Tränensäcken unter den Augen und einem buschigen, grau melierten Schnurrbart, der traurig herunterhing, auf einer Seite mehr als auf der anderen. Papot war froh, dass er ihm nicht wirklich etwas antun musste, nicht einmal einen Kinnhaken würde er ihm verpassen müssen, um ihn k.o. zu schlagen. Das sollte die Djam-Djam-Schlange erledigen.

Der Wachmann, war kein Problem. Papot musste nur dafür sorgen, dass die Viecher zwischen seinen Kontrollrunden durch den Boden brachen. Einer der Männer musste ein Loch in die Wand zwischen Tresorraum und Vorraum bohren, wo die Stechuhr neben der Panzertür hing, die zu den Schließfächern führte. Durch dieses Loch würden sie die Schlangen stecken. Sobald der Wachmann seine nächste Runde machte und seine Karte abstempelte, musste er zwangsläufig von einer der zudringlichen kleinen Schlangen gebissen werden; das würde ihn für fünf oder sechs Stunden außer Gefecht setzen und der Bande genügend Zeit geben, die Schließfächer zu leeren.

Papot beschloss, den Bankraub auf Samstagnacht anzusetzen, damit sie auch am Sonntagmorgen weiterarbeiten könnten, falls unerwartete Probleme auftreten sollten, die den Zeitplan verzögerten.

»Ich hoffe, es ist nicht nötig, Sonntagmorgen zu arbeiten«, sagte Severin.

Papot wusste, dass Severin ein guter Katholik war und die Zehn-Uhr-Messe nicht versäumen wollte. Papot beruhigte ihn. Sie würden spätestens um acht Uhr mit dem Leeren der Schließfächer fertig, wahrscheinlich aber schon mitten in der Nacht.

Am Samstagabend traf sich die Mannschaft nach ihren Berechnungen zum letzten Teil der Arbeit. Der letzte Tunnelabschnitt erwies sich als nicht so schwierig, wie sie erwartet hatten. Und nachdem sie sich durch die relativ dünne Betonschicht unter der Bank gebohrt hatten, konnten sie den Boden der Bank leicht aufbrechen.

Den ganzen Nachmittag hatten sie sich ausgeruht, um in Höchstform zu sein. Die vier Männer wollten sich am Bohrhammer abwechseln. Severin bestand jedoch darauf, dass er den letzten Zentimeter durchbrach, um als Erster durch das Loch zu kriechen. Das fanden alle nur gerecht. Schließlich hatte er bis jetzt die schwerste Arbeit geleistet, während die anderen nur Erde und Steine weggeschafft hatten. Alle hatten geholfen, die Decke abzustützen und mit Hammer und Meißel ein paar Wände niederzureißen, damit es so aussah, als würden sie das Haus umbauen.

Severin kroch in den Tunnel, zündete eine Zigarette an und setzte den Bohrhammer über Kopf an der Decke an. Draußen im Keller stand Papot mit dem Schlangenkorb bereit.

Metzger Barbaroux konnte nicht einschlafen. Zum einen hatte er schon bei dem fast zwei Stunden langen Kriegsfilm im Fernsehen ein ausgiebiges Nickerchen gehalten, zum anderen war er merkwürdig unruhig.

Auf ihm lastete die schwere Verantwortung, dass bei dem bevorstehenden Polizeieinsatz alles glatt lief. Barbaroux war sich seiner Bedeutung bewusst. Er musste das Signal geben. Die beiden Männer, die Grely in der Nähe der Bank postiert hatte, reichten nicht aus. Sie könnten die Bankräuber überhören, nicht aber der Mann, der mit dem Ohr an der Wand zum Raum mit den Bankschließfächern auf dem Boden des Kühlraums lag.

Mit einem Satz setzte Barbaroux sich auf, sodass die Matratze schwankte.

»Würdest du dich bitte vorsichtiger umdrehen«, schimpfte Florianne. »Es ist furchtbar, von diesem Geschaukel geweckt zu werden!«

»Ich habe mich nicht umgedreht. Ich habe mich aufgesetzt, um nachzudenken. Ich habe einen wichtigen Polizeiauftrag. Da darf nichts schief gehen!«

»Darüber sprechen wir morgen.« Sie versuchte sofort wieder einzuschlafen.

Barbaroux schwang die Beine aus dem Bett und schob die Füße in die Pantoffeln. »Ich habe gesagt, vor nächster Woche würde nichts passieren. Das hat Papot durchblicken lassen. Aber was für eine Garantie habe ich? Was ist, wenn sie den Tunnel früher fertig haben, als sie dachten? Außerdem ist Samstagnacht, die traditionelle Zeit für einen Bankraub. Ich muss in den Laden und Wache halten!«

Er bekam keine Antwort. Florianne war bereits wieder eingeschlafen.

Er zog sich rasch an und nahm zwei dicke Decken vom Wohnzimmersofa. Etwas strich zärtlich und forschend an seinen Beinen entlang.

Dann war ein Miauen zu hören. Barbaroux kannte Schneewittchens Gewohnheiten bereits gut genug, um zu wissen, dass sie hinaus wollte.

»Na, willst du mit Papa in die Stadt kommen?« Da er die Antwort kannte, nahm er sie mit ihrem Korb hoch und trug sie zum Wagen. Es war bestimmt nett, ein bisschen Gesellschaft zu haben, während er Wache hielt.

Severin fiel die letzte Schicht Estrich und Fliesen auf den Kopf. Seine Nase bekam den Großteil ab, und das warf ihn um. Er fluchte, wie man es von einem guten Katholiken, der jeden Sonntag in die Kirche ging, nicht erwartet hätte.

Die anderen Männer konnten es kaum abwarten. Hubert, der am ungeduldigsten war, stieg über Severin hinweg und hievte sich als Erster durch das Loch.

Papot kroch gerade auf allen vieren zum Loch, als er ein lautes, erbittertes, markerschütterndes »MERDE!« hörte, das Hubert ausstieß.

Versehentlich trat Papot auf Severins Bauch, als er sich durch das Loch hochzog. Severin jaulte auf und schlug mit der Faust auf den Boden.

Papot sah sich rasch um, und der Anblick, der sich ihm im Schein von Huberts Taschenlampe bot, machte ihn schier krank.

Sie befanden sich etwa in der Mitte von Gustave Barbaroux' Kühlraum.

»Merde«, brummte Papot.

Eine Weile standen die Männer reglos da. Dann kam Armand durch das Loch nach oben. »Stimmt was nicht?«, fragte er.

»Das kannst du wohl sagen«, antwortete Papot. Er hätte weinen mögen. Stattdessen kniete er sich an das Loch und rief nach Severin. »Komm rauf!«

Severin kam nur mit Mühe durch das Loch. Seine Nase blutete, sein Gesicht war schmutzig, und sein Haar war voller Kalkputz. »Was um alles in der Welt ist das?«, fragte er und starrte verwundert auf die zwei langen Wurstreihen, die vor ihm hingen.

»Das sind Würste«, erklärte Papot schmallippig. »Und da drüben siehst du Schweinehälften und beste Stücke Rindfleisch, damit sie gut abgehangen sind. Findet man so was gewöhnlich im Tresorraum einer Bank?«

»Ich begreife das nicht«, murmelte Severin und rieb sich die Augen. »Du hast so einen guten Plan für den Tunnel gemacht, und ich habe mich genau daran gehalten.«

»Ja, du schielender Idiot! *Espèce de crétin, nom de Dieu!* Du bist nach links abgedriftet. Und jetzt sieh, wo wir gelandet sind! Du Idiot!«

Er ließ seine Wut an seinen Gefährten aus. »Ihr seid der mieseste Haufen verfluchter, unfähiger Bankräuber, den ich je gesehen habe! *Morons!* Das seid ihr. Rechnet nicht damit, das ihr von mir noch mal Arbeit bekommt. Jetzt nehmt so viele Würste mit, wie ihr tragen könnt. Das ist ein Befehl. Die werdet ihr als Alibi brauchen. Ein paar Würste zu stehlen kostet keine sechzehn Jahre im Kittchen. Und jetzt verschwindet hier, zum Teufel noch mal. Ich kann euren Anblick nicht mehr ertragen, also geht mir aus den Augen!«

Papot schimpfte weiter, während die Männer sich Würste über die Schulter hängten und einer nach dem anderen durch das Loch und aus dem Keller verschwanden.

Auch Papot nahm für sich ein Bündel großer Würste. Er sah sich noch einmal verärgert im Kühlraum um. Der Schein seiner Taschenlampe streifte Fleisch, Fleisch und noch mal Fleisch. Plötzlich traf der Lichtstrahl eine kleine Eichentruhe in der Ecke. Papot hob sie auf und brach sie mit einem Fleischerhaken auf.

Als er hineinschaute, stieß er einen lang gezogenen, leisen Pfiff aus. Die Truhe war voller Juwelen. Na gut, dachte er, der Metzger hat also sein eigenes Schließfach im Kühlraum. Das war wenigstens ein kleiner Trost, obwohl das die Kosten für die Vorbereitung des fehlgeschlagenen Bankraubs nicht decken würde.

Erst als im Tunnel völlige Stille herrschte, verließ Papot den Kühlraum. Er wollte nicht, dass die anderen die Truhe sahen und Fragen stellten.

Er kroch zurück in den Keller und schickte sich an, mit den Würsten, der Truhe und dem Weidenkorb mit den Djam-Djam-Schlangen zu verduften. Zurücklassen wollte er sie nicht, weil die Polizei sich dann vielleicht zusammengereimt hätte, was er ursprünglich mit ihnen geplant hatte. Er musste nur noch ungesehen aus dem Keller entwischen, bevor der Coup entdeckt wurde. Am sichersten war es durch die Hintertür.

Er grinste bitter vor sich hin.

Wurst-Coup!

Ob er das wohl je verwinden würde!

Barbaroux parkte auf dem kleinen Platz am Ende der Rue du Marché. Tagsüber wimmelte es hier von Menschen, und auf den Bänken unter der großen Kastanie saßen alte Frauen, deren Stricknadeln mit ihren Zungen um die Wette klapperten. Jetzt lag der Platz verlassen da, und die Kastanie ragte dräuend auf.

Aus der schmalen Gasse, in der die Geschäfte lagen, hörte Barbaroux Stimmen; auf Zehenspitzen schlich er dicht an den Mauern entlang. Vor dem leer stehenden Haus sah er verschwommen drei Gestalten stehen. Unmittelbar darauf erkannte er die Stimme des Polizeichefs.

»Heh«, rief er und trat in den fahlen Mondschein.

Grely war überrascht, ihn zu sehen. Barbaroux schüttelte seinen beiden Leuten, Boniface und Giron, die Hand.

»Was machst du hier mitten in der Nacht?«, fragte Grely.

»Ich habe beschlossen, heute mit der Nachtwache anzufangen, weil ich so ein ungutes Gefühl hatte, der Bankraub könnte früher als geplant stattfinden.«

Grely nickte. »Ich hatte das gleiche Gefühl. Ich gehe jetzt runter und schau nach, wie weit sie sind. Die Luft ist rein. Boniface und Giron haben gesagt, dass sie eben gegangen sind. Und es sah so aus, als ob sie die restlichen Essensvorräte mitgenommen hätten. Das war eine wichtige Beobachtung, die Boniface von seinem Versteck aus gemacht hat.«

Der Sergeant straffte den Rücken. »Ja«, bestätigte er, »es sieht so aus, als hätten sie nicht vor, noch mal im Keller zu essen, also müssen sie fast fertig sein.«

»Vielleicht haben sie auch nur zu viele Vorräte gekauft und wollen zu Hause einfrieren, was sie nicht gegessen haben«, meinte Giron. »Sie hatten ziemlich viele Würste bei sich.«

»Das ist nicht so wichtig«, erklärte Grely. »Aber jetzt möchte ich in den Tunnel runtergehen. Wir müssen die Tür aufbrechen, ohne Spuren zu hinterlassen. Sie dürfen nicht merken, dass wir da waren.«

Der Polizeichef hatte Werkzeug mitgebracht, dem kein normales Schloss widerstehen konnte und um das ihn jeder Einbrecher beneidet hätte. Sergeant Boniface, der der Geschickteste war, arbeitete fast zwanzig Minuten am Schloss. Er ging so professionell zu Werke, dass es die reinste Freude war, ihm zuzusehen. Es war, als beobachte man einen guten Chirurgen bei einer Operation.

Aber das Schloss gab nicht nach. Nichts passierte, bis Grely ungeduldig auf die Türklinke drückte, und die Tür sich öffnete. Sie war gar nicht verschlossen.

Die vier Männer stürmten die Treppe hinunter, und Grely kroch als Erster in den Tunnel, gefolgt von Barbaroux, der Mühe hatte, sich mit seinem Bauch durch die Öffnung zu zwängen. Grely war flink und geschmeidig und hatte keinerlei Schwierigkeiten, durch das Loch zu schlüpfen. Dann herrschte Stille.

»Hilf mir«, rief Barbaroux. »Kannst du was sehen?«

»Ja, allerdings«, sagte Grely.

Mit großer Mühe zog er den Metzger durch das Loch hoch und leuchtete mit seiner Taschenlampe im Kühlraum umher.

»Es sieht so aus, als hätten sie bei dir eingebrochen«, sagte er mit einem Anflug von Ironie in der Stimme.

Barbaroux sah sich ungläubig um. »Das ist mein Kühlraum. *Les Salopards!* Diese Schweine! Sie haben meine Würste geklaut!«

Der Polizeichef konnte seine Demütigung und Frustration nur mit Mühe verbergen. »Und ich mache mich zum Gespött der Leute«, schrie er. »Alles war vorbereitet, damit ich den großen Bankraub auffliegen lassen kann, und dann ist es ein Wurst-Coup. Sie hatten es gar nicht auf die Bank abgesehen. Sie waren hinter deinen verdammten Würsten her!«

Barbaroux war zutiefst verletzt. »Sprich nicht so von meinen Würsten. Kannst du dir das vorstellen? Die Leute haben einen Tunnel gegraben – ein paar Wochen Schwerstarbeit geleistet –, nur um meine Würste zu stehlen. Das werde ich den Zeitungen sagen.«

»Du hältst die Presse da raus, sonst sind wir Feinde fürs Leben«, sagte Grely barsch.

»Es wäre bestimmt eine gute Werbung«, murmelte Barbaroux.

»Nicht für mich«, schnaubte Grely.

Mittlerweile waren Boniface und Giron hereingekommen und schauten ziemlich verdutzt drein. Giron sagte: »Ich dachte, sie brechen in die Bank ein. Wir sollten doch ein Auge auf …«

Grely schnitt ihm das Wort ab. »Stimmt. Wie Sie sehen, hat es eine kleine Fehlkalkulation gegeben.«

Plötzlich erstarrte Barbaroux. Er nahm Grely hastig die Taschenlampe aus der Hand und leuchtete in die Ecke. »Die Eichentruhe ist weg«, rief er.

Grely war die Ruhe selbst. »Na und? War was Besonderes damit?«

»Was Besonderes? Unsere gesamte Erbschaft befand sich darin. Goldschmuck, Diamantringe. Alles bestimmt 100 000 Francs wert. Ich hatte mein Bankschließfach geleert, alles in die Truhe verfrachtet und sie in die Ecke gestellt. Jetzt ist sie weg.«

Barbaroux schaltete das Licht ein und suchte überall nach der Truhe, aber sie war verschwunden.

Der Polizeichef sah sichtlich fröhlicher aus. »Aha! Also ist doch was an der Sache dran. Jetzt sieht es allmählich nach einem echten Verbrechen aus. Du weißt, wo Papots Haus ist. Wir müssen sofort hin. Vielleicht

können wir die Einbrecher erwischen, bevor sie verschwinden.«

Barbaroux zögerte. »Na gut. Aber ich möchte nicht, dass die Presse von dem ganzen Schmuck erfährt. Es war zwar eine legale Erbschaft, aber das ist eine Sache zwischen Florianne und mir. Wir möchten, dass man unser Privatleben respektiert.«

Grely nickte. »Ich bin ebenfalls der Meinung, dass wir alle ein gemeinsames Interesse haben, in dieser Sache diskret vorzugehen. Aber jetzt müssen wir gehen. Wir haben immer noch eine Chance, die Bande mit deiner Truhe zu schnappen … und mit den Würsten … in unversehrtem Zustand.«

Kurz darauf rasten zwei Fahrzeuge durch die Nacht nach Beau Soleil. Grelys zuverlässigste Männer fuhren den Streifenwagen. Barbaroux nahm Grely in seinem Lieferwagen mit. Grely hatte den Katzenkorb mit Schneewittchen auf dem Schoß. Barbaroux fuhr, angespannt über das Lenkrad gebeugt.

Allerdings trat der Anflug eines Lächelns in seine gehetzte Miene. »Ich kann immer noch nicht glauben, dass Leute einen Tunnel quer unter der Straße graben, nur um in meinen Kühlraum einzubrechen und meine Würste zu stehlen …«

»Hör auf zu denken und gib Gas!«

Barbaroux trat das Gaspedal bis zum Bodenblech durch.

»Das Spiel ist aus, Baptiste Papot!«

Im Terrarium von Beau Soleil brannte Licht. Die Leute unten in La Motte, die es zufällig bemerkten, dachten, dass dieser seltsame Kauz, der in Clos-de-Provence das Hotel baute, wohl wieder einmal seine grässlichen Boas fütterte.

Es war zwar tatsächlich ein Mann im Zimmer, aber es war nicht Papot.

Es war der italienische Juwelier Marcello Mariuccini. Er hatte schon früher mit Papot Geschäfte gemacht, und jetzt planten sie wieder eine gemeinsame Sache. Wenn alles gut ging, würde Papot in ein paar Stunden mit einer Menge Juwelen auftauchen, Gold, Diamanten, Edelsteinen, Schmuck aller Art, manches sehr wertvoll, anderes nicht … eine bunte Mischung. Zuerst musste er die Beute so schnell wie möglich sortieren. Die wirklich wertvollen Dinge sollten in die Ziegenkadaver gestopft werden, die er aus dem Kühlschrank geholt und auf den Tisch mit der Badezimmerwaage gelegt hatte. Mehr als fünfzehn Kilo konnten sie nicht in die Kadaver nähen, wenn die Anakondas sie noch verschlingen sollten. Marcello tastete in seiner Tasche nach Juwelierlupe und Schieblehre. Er musste bereit sein, rasch zu arbeiten, sobald Papot mit der Beute auftauchte.

Marcello war ziemlich gespannt, was aus einer klei-

nen Bank wie der Crédit Agricole herauszuholen war. Natürlich ließ sich dieser Überfall nicht mit dem »Kanalratten-Coup« in Nizza vergleichen, aber eine kleinere Beute würde es auch tun. Ihm ging allmählich das Geld aus. Wenn schon nur ein paar wirklich gute, große Steine dabei waren, wäre er zufrieden. Er musste unbedingt seine Kassen auffüllen.

An der Riviera herumzuhängen verschlang immer eine ganze Stange Geld, aber mit den letzten beiden Mädchen hatte er viel Spaß gehabt. Diese kleine dänische Wirtin vom Lande, die sich nicht rumkriegen lassen wollte, und die unersättliche Magali, die auf Dauer anstrengend wurde, weil sie so anspruchsvoll war. Na ja, mit beiden Damen war er fertig. Sobald er die gefüllten Riesenschlangen durch den Zoll und nach Mailand gebracht hatte, konnte er das Leben wieder genießen.

Papot war leicht ein bisschen übers Ohr zu hauen, wenn er die Beute taxierte. Er konnte einen synthetischen Diamanten, der auf der Straße für 100 Francs verkauft wurde, nicht von einem echten im Wert von 100 000 Francs unterscheiden. Er war in jeder Beziehung ein blutiger Laie.

Marcello summte leise vor sich hin, als er zum Haupthaus ging. Im Wohnzimmer schenkte er sich einen Whisky ein und versank in einem zu dick gepolsterten Ledersofa. Plötzlich hörte er einen Wagen kommen, dessen Scheinwerferlicht ins Zimmer leuchtete. Marcello sprang auf und sah auf die Uhr. Das konnte noch nicht Papot sein.

Aber er war es doch. Die Tür flog auf, und da stand er, die kleine Holztruhe in der einen Hand, den Weidenkorb mit den Djam-Djam-Schlangen in der anderen. Er stellte beides ab und schleuderte ein paar große Würste, die er unter einen Arm geklemmt hatte, weit von sich auf den Marmorboden.

»Alles ist schief gegangen«, sagte er.

»Erst, wenn man euch erwischt hat. Also verschwinden wir hier.«

»Es gibt nichts zu erwischen«, erklärte Papot ruhig. »Wir sind hier in Sicherheit ... zumindest noch für ein paar Stunden. Bis der Metzger seinen Laden aufmacht.«

»Der Metzger?«

»Barbaroux, der Metzger in der Rue du Marché. Der die Ziegen für die Anakondas geliefert hat.«

»Hat er was gesehen?«

»Noch nicht. Aber sobald er morgen Früh den Laden öffnet und in seinen Kühlraum geht, sieht er eine ganze Menge. Es ist eine Katastrophe. Aber mir können Sie nicht die Schuld geben. Ich dachte, dieser schieläugige Idiot, Severin, weiß, was er tut. Aber ...« Papot verstummte und begann, auf dem ungebohnerten Boden auf und ab zu gehen. »Ich kann es mir einfach nicht erklären.« Er ließ die Schultern hängen. »Das ergibt alles keinen Sinn.«

Er bemerkte die Whiskyflasche auf dem Tisch, schenkte sich einen guten Schluck ein und trank ihn in einem Zug. Auf Drängen des immer entsetzteren Marcello erklärte er schließlich, was passiert war.

»Es war nicht meine Schuld. Severin war für den Tunnel verantwortlich«, winselte er fast. »Ich habe den Schock meines Lebens gekriegt, als ich im Kühlraum des Metzgers rauskam.«

Weiß vor Wut starrte Marcello Papot an. »Ihr seid die größten Schwachköpfe, von denen ich je gehört habe«, zischte er und leerte sein Whiskyglas. »Wenn ihr in Zukunft wieder was plant, ganz egal was, zählt nicht auf mich. Wir sind fertig miteinander. Ich habe Sie auf die Idee gebracht, die Anakondas zum Schmuggeln zu benutzen, der beste Trick aller Zeiten, und jetzt ist alles ruiniert. Ich kann ihn nie mehr einsetzen.«

»Aber nicht doch, Marcello«, sagte Papot flehentlich. »Wir können alle Spuren des Terrariums beseitigen. Die ausgenommenen Ziegen wegschaffen und die Anakondas im Wald aussetzen. Wenn die Polizei mit einem Durchsuchungsbefehl aufkreuzt, können sie überhaupt keine Verbindung zwischen den Ziegen und den Anakondas herstellen. Wir können die Idee also ein anderes Mal benutzen …«

»Wir«, schnaubte Marcello. »*Wir* sind fertig miteinander. Ich verschwinde!«

»Nein, warten Sie. Ich habe hier was …«

Papot holte die Truhe und stellte sie auf den Tisch. Er öffnete sie und zeigte Marcello Floriannes Schmuck, den sie von Madame Lambin geerbt hatte. Marcello angelte das Vergrößerungsglas aus seiner Tasche, um den Inhalt zu prüfen.

»Halsbänder mit Rubinen und Saphiren. Künstliche Rubine und künstliche Saphire. Einen Dreck wert! … Und ein Goldarmband mit mattierten Gliedern und vielen Amuletten. Alle vergoldet. Ein Trostpreis an der Jahrmarktslosbude!« Er warf sie wieder in die Truhe.

»Eine Perlenkette aus chinesischen Frischwasserperlen! Nachgemacht! Wenn es einen Perlentaucher gegeben hat, der dieses Zeug aus dem Wasser geholt hat, dann hat er sich auf dem Weg nach oben einen Plastiküberzug geholt!« Er lachte verächtlich und prüfte den Rest.

»Ein Armband aus Weißgold mit orange facettierten Achaten. Reinster Modeschmuck. Nicht mal wert, eine kleine Chortänzerin in den Folies Bergère zu schmücken … Diesen ganzen billigen Flitterkram können Sie sich an den Christbaum hängen, wenn Sie wollen … Fröhliche Weihnachten!«

Damit verschwand Marcello. Kurz darauf raste er mit heulendem Motor und quietschenden Reifen den Berg hinunter und verschwand aus Papots Leben.

Für einen Moment geriet Papot in Panik. Automatisch sammelte er den Schmuck ein und legte ihn wieder in die Truhe. Dann lief er ins Terrarium. Die Polizei sollte nicht hinter Marcellos geniale Idee kommen. Vielleicht ließ sie sich bei anderer Gelegenheit einsetzen, besonders wenn er etwas in die Finger bekam, das sich zu schmuggeln lohnte. Er warf die ausgenommenen Ziegen in den trocken gelegten Brunnen. Die Badezimmerwaage verschwand in einem dichten Gebüsch, und die Anakondas jagte er hinaus. Sie glitten über den Kies in Richtung Wald.

Papot ging wieder ins Wohnzimmer. Auch die Djam-Djam-Schlangen waren eine Art Indiz. Wenn die Polizei Severin oder einen der anderen Idioten zu fassen bekam, könnten sie auspacken. Es würde Papot kaum helfen, wenn die Polizei herausfand, welche Rolle die Schlangen spielen sollten. Er beugte sich über den Korb und öffnete den Verschluss, doch noch bevor er den Deckel anheben konnte, um die Djam-Djam-Schlangen hinauszulassen, schienen Autoscheinwerfer ins Zimmer. Zwei Wagen fuhren auf den Hof.

Wie der Blitz schob Papot die Truhe des Metzgers unter das Ledersofa. Das konnte wohl kaum Marcello sein, der zurückkam. Und bestimmt nicht mit zwei Autos. Einen Augenblick lang dachte Papot daran, durch die Küchentür zu fliehen, um irgendwie unbemerkt zu seinem Wagen zu kommen. Aber da wurde auch

schon die Haustür aufgestoßen, und Polizeichef Grely stürmte herein. Hinter ihm kamen zwei Gendarme und Gustave Barbaroux.

»Das Spiel ist aus, Baptiste Papot«, erklärte Grely dramatisch.

Papot nahm das nicht ernst. »Welches Spiel, Hauptwachtmeister Grely? Was ist passiert? Bin ich nach Einbruch der Dunkelheit ohne Licht gefahren?«

»Bankraub. Sie haben einen Tunnel zur Crédit Agricole gegraben. Wir wissen alles.«

»Bankraub! Wirklich! Was ist denn gestohlen worden? Wenn Sie von der kleinen Bank in der Rue du Marché sprechen, dann kann ich mir nur vorstellen, dass man einer der niedlichen Kassiererinnen die Jungfräulichkeit geraubt hat. Und falls das passiert sein sollte, bin ich nicht der Schuldige. Überprüfen Sie lieber diesen lüsternen Filialleiter!«

»Sie haben versucht sich von unten einen Zugang zum Schließfachraum der Bank zu graben, ohne Erfolg, aber ...«

»Ich habe versucht, mir von unten einen Zugang zum Kühlraum des Metzgers zu graben. Und das mit großem Erfolg! Sehen Sie selbst!« Papot zeigte auf die Würste, die er auf den Boden geworfen hatte.

»Ganz gewöhnlicher Diebstahl«, fuhr Papot mit unverschämtem Grinsen fort. »Dafür können Sie mich nicht auf die Teufelsinsel schicken!«

»Wir können Sie wegen versuchten Bankraubs vor Gericht bringen.«

»Unsinn. Die Richtung des Tunnels zeigt zweifelsfrei, dass ich nicht auf Geld aus war, sondern auf diese tollen, großen, saftigen, köstlichen Würste. Ich bin ein Wurst-Narr! Meine erste Wurst habe ich bei einem Metzger gestohlen, als ich gerade mal fünf Jahre alt war.

Und das war erst der Anfang. Wenn ich in eine Metzgerei mit besonders guten Würsten komme, muss ich sie haben, ganz gleich, um welchen Preis.«

»Halten Sie den Mund.«

»Okay. Sie können mich für den Diebstahl der Wurst drankriegen, aber für nichts anderes.«

Grely war weiter ins Zimmer gekommen, gefolgt von Giron, Boniface und Barbaroux.

»Wir wissen auch alles über Ihre Riesenschlangen. Wir wissen genau, wofür Sie sie benutzen wollten. Und wir wissen auch, womit Sie die ausgenommenen Ziegen füllen wollten. Wir haben unsere Quellen.«

Papot blickte Grely dreist in die Augen.

»Sie sollten mit Würsten gefüllt werden. Knoblauchwürsten vom besten Fleischer und Wurstmacher der Provence. Die Schlangen, diese lieben Tierchen, sollten ihr Lieblingsgericht bekommen – gut abgehangene Ziege, gefüllt mit Knoblauchwurst. Eine unvergleichliche Delikatesse für hungrige Anakondas. Die letzte gute Mahlzeit vor ihrer langen Reise. Ich habe sie gerade an ein Zoogeschäft in Amsterdam verkauft, sie wurden eben erst abgeholt.«

Grely wandte sich an Boniface und schnippte mit den Fingern in Richtung des Terrariums, in dem Licht brannte. »Gehen Sie und sehen Sie nach, ob die Tiere noch da sind.«

Boniface kam sofort zurück. »Da drüben sind keine Schlangen. Das Terrarium ist leer.«

»Er hat sie freigelassen«, platzte Barbaroux heraus und zog sich nervös Richtung Tür zurück. »Sie können überall auftauchen. Und wenn sie nicht gefüttert worden sind, was ziemlich wahrscheinlich ist, weil der Coup schief gegangen ist, dann sind sie sehr gefährlich. Sie können einen erwachsenen Mann innerhalb von Sekunden zu Tode quetschen. Papot hat mir selbst gesagt, dass sie …«

Grely brachte ihn mit einer abfälligen Handbewegung zum Schweigen. Ganz offensichtlich hatte er die Lage nicht voll im Griff. Und wenn es etwas gab, vor was er Respekt hatte, dann war es eine Situation, die er nicht im Griff hatte.

»Das ist ein verflixtes Durcheinander«, sagte er mit einem zögernden Blick zur Tür. »Aber eins steht fest. Monsieur Papot, Sie sind vorläufig festgenommen wegen versuchten Bankraubs.«

»Durcheinander«, knurrte Papot. »Das ist noch gar nichts! Es kommt noch viel schlimmer!«

Mit einem kräftigen Fußtritt beförderte er den Weidenkorb bis zur Decke. Der Deckel sprang auf, und drei meterlange Schlangen flogen aus dem Korb, in dem sie geschlafen hatten, und fielen benommen und verwirrt auf den kalten Marmorboden. Papot flüchtete durch die Tür, die er hinter sich ins Schloss warf.

»Djam-Djam-Schlangen!« Barbaroux kreischte fast. »Die übelste Sorte Schlangen überhaupt! Keine Bewegung! Rührt euch bloß nicht! Dann schnappen sie zu! Sie beißen alles, was sich bewegt, und sei es auch nur einen Millimeter. Lähmendes Gift …«

Die drei Polizisten standen wie versteinert mitten im Zimmer. Keiner wagte auch nur mit der Wimper zu zucken. Selbst Barbaroux stand wie erstarrt da, die Arme halb erhoben, damit die Biester ihn nicht in die Hände beißen konnten. Anfangs lagen die Schlangen mitten auf dem Fußboden zusammengerollt, die Köpfe hochgereckt, bereit, den Ersten zu beißen, der sich rührte. Eine Weile blieben die Männer völlig reglos, was die Schlangen offenbar beruhigte. Zwei krochen aus dem Fenster. Die dritte glitt zum Ledersofa hinüber, so dicht an der Schuhspitze des Polizeichefs vorbei, dass ihm der Schweiß ausbrach wie einem Erntearbeiter.

»Beweg dich nicht«, raunte Barbaroux, fast ohne den Mund zu bewegen.

Grely regte sich nicht. Niemand rührte sich. Fünf Minuten lang glichen sie Salzsäulen. Doch dann wurde es Grely schwindelig, und er fing an, hin und her zu schwanken wie ein Betrunkener. »Verdammt«, flüsterte er. »Wir können nicht ewig hier stehen bleiben.«

Das war zum Glück auch nicht nötig. Schneewittchen, die friedlich in ihrem Korb auf dem Beifahrersitz in Barbaroux' Lieferwagen geschlafen hatte, wurde plötzlich wach. Sie setzte sich auf, reckte sich und sprang aus dem offenen Seitenfenster. Sie lief zum Haus, um ihr Herrchen zu suchen. Nach Art der Katzen fand sie die Küchentür und damit auch ein offenes Fenster, durch das sie hineinkonnte. Durch eine offene Tür sah sie ihren geliebten Metzgermeister. Den Schwanz hoch in die Luft gereckt, um zu zeigen, wie glücklich sie war, schritt sie elegant über den kühlen Marmorboden, um sich an Barbaroux' Bein zu reiben. So weit kam sie jedoch leider nicht. Die Djam-Djam-Schlange biss sie, und dann bekam sie nichts mehr mit. Gleichzeitig drängten sich die vier Männer zur Tür hinaus und warfen sie hinter sich zu.

Das Djam-Djam-Drama war vorüber – mehr oder weniger.

»Das war das Schlimmste, was ich in den ganzen vierundzwanzig Jahren als Polizist erlebt habe«, sagte Grely und meinte es ernst.

»Ich will nur sagen, dass ich hier und jetzt aus dem Polizeidienst ausscheide«, flötete Boniface.

Barbaroux hatte nur eins im Sinn. »Lasst uns hier verschwinden!«

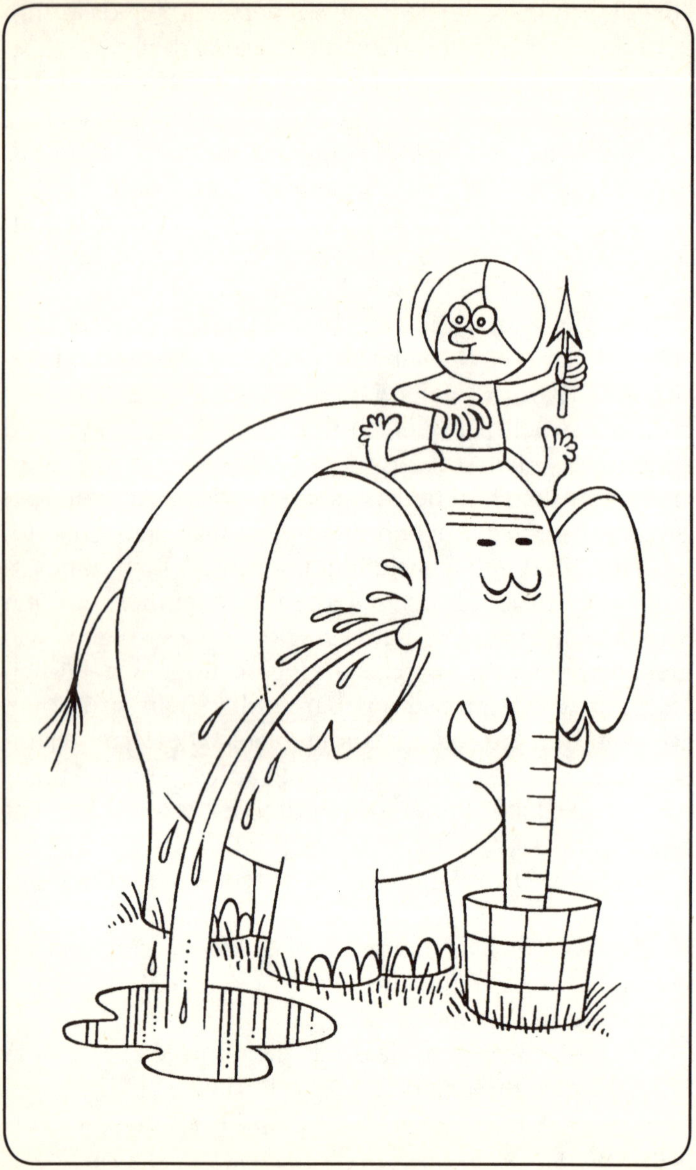

Giron zitterte so sehr, dass sie ihn praktisch zum Wagen schleifen mussten. Ein paar Sekunden später fuhren die beiden Wagen die schmale Gebirgsstraße hinunter.

»Du bist so blass, Gustave! Was ist denn los?«

Der Wecker auf Floriannes Nachttisch zeigte Viertel nach zwei, als Gustave ins Schlafzimmer kam. Er schaltete das Licht ein und ließ sich auf die Bank vor Floriannes Marie-Antoinette-Frisiertisch mit den klein geblümten Vorhängen sinken. In der einen Hand hielt er eine Flasche Pastis, in der anderen ein Glas.

»Bist du's?«, fragte Florianne gleichgültig aus dem Doppelbett. Gustave schenkte ein Glas ein und trank in großen Schlucken.

»Das ist einfach das Schlimmste, was mir je passiert ist«, sagte er eher zu sich selbst.

»Einfach das *Schlimmste*«, wiederholte er langsam.

Florianne setzte sich halb im Bett auf und stützte sich auf einen Arm. Sie wirkte etwas interessierter. »Sind sie mit allem Geld aus der Bank abgehauen? Und ihr habt sie nicht erwischt. Wenn du mich fragst, Grely war nie ein Genie … als Polizist.«

Barbaroux hörte ihr kaum zu. Er trank noch ein paar Schlucke. »Ich muss noch mal rauffahren. Aber jetzt nicht. Ich warte, bis es sechs Uhr ist.«

Florianne setzte sich ganz auf. »Du bist so blass Gustave. Was ist denn los? Hast du Schmerzen? Ist es die Leber …«

Gustave trank noch einen Schluck. »Wenn du mich nicht immer unterbrichst und ich mich zusammenrei-

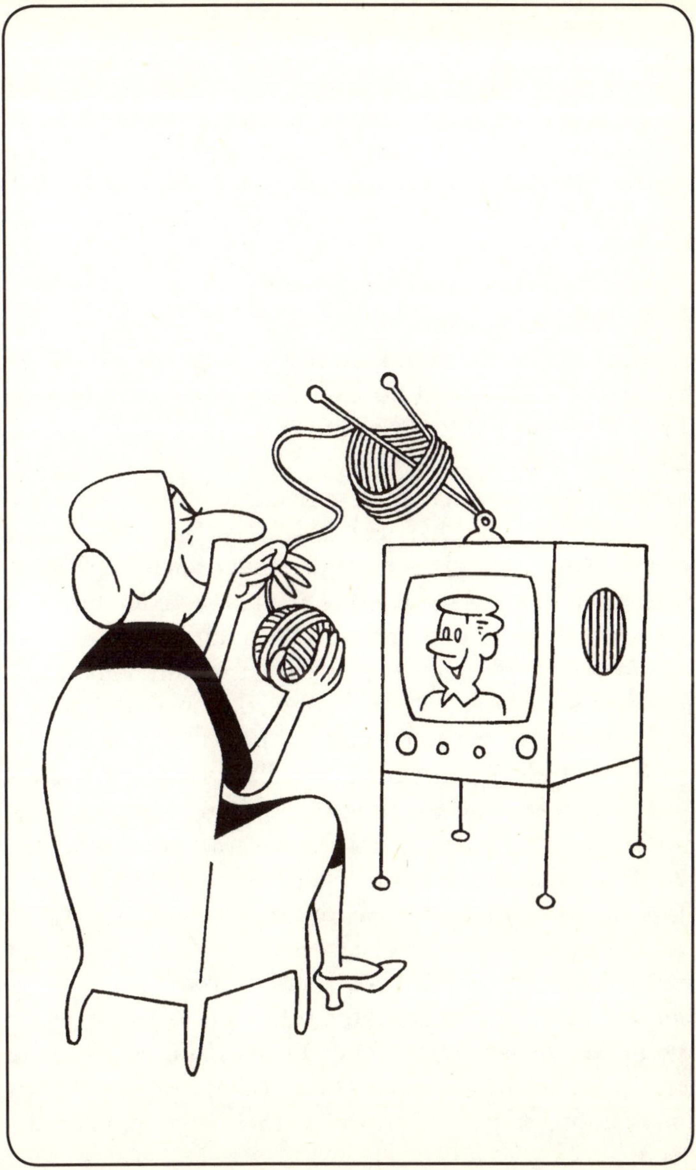

ßen kann, versuche ich, dir zu erklären, was passiert ist.«

Er beschloss, nichts von der Eichentruhe zu erwähnen. Florianne würde den Schock nicht überstehen.

»Baptiste Papot und seine Bande sind durch den Boden in den Kühlraum eingebrochen … und haben all meine Würste gestohlen. Die Salbeiwürste, die Knoblauchwürste, meine Schlehdornwürste, die Rotweinwürste und meine Lammwürste. All meine besten.«

»Willst du damit sagen …«

Gustave hob die Hand. Er wollte nicht unterbrochen werden. Florianne erhob sich aus dem Bett und zog ihren bunt geblümten Kimono über. Sie war jetzt hellwach.

»Und Schneewittchen liegt jetzt da oben auf dem Marmorboden. Sie hat uns das Leben gerettet. Grely, seinen Leuten und mir. Aber eine der Djam-Djam-Schlangen hat sie gebissen. Ich muss wieder hin, um das arme Tierchen zu holen, sobald ich …«

»Wovon sprichst du? Du redest ganz durcheinander.« Florianne war entsetzt, nicht über das, was Barbaroux sagte, sondern wie er es sagte. »Trink noch einen Pastis, beruhig dich und erzähl mir alles der Reihe nach.«

Gustave erzählte alles, und Florianne war so schockiert, dass sie ihn nicht ein einziges Mal unterbrach.

»Armes Schneewittchen«, sagte sie. »Bist du sicher, dass sie wieder lebendig wird?«

»Ja. Gegen sechs oder sieben Uhr. Ich muss wieder hin, um sie zu holen. Aber zuerst muss ich herausfinden, wie ich verhindern kann, dass ich selbst gebissen werde. Wenn sie wieder bei Bewusstsein ist, könnte ich sie vielleicht mit einer Harke durch ein Fenster zu mir ziehen, ohne selbst zu der Schlange reinzumüssen.«

Gustave verstummte, und Florianne wagte nicht, auch nur ein Wort zu sagen. Ihr war klar, dass er nachdachte. Er dachte an die Eichentruhe. Vielleicht hatte Papot sie mit ins Haus genommen. Und sie war da irgendwo. Er hatte sie nicht bei sich, als er flüchtete. Wenn die Truhe noch in Beau Soleil war, musste er sie um jeden Preis holen, bevor Grely und seine Leute das Haus auf den Kopf stellten. Selbst auf die Gefahr hin, von einer Djam-Djam-Schlange gebissen zu werden, musste er gehen. Aber vielleicht gab es ja eine Möglichkeit, zu verhindern, dass er gebissen wurde …

Plötzlich fiel es ihm ein. Er erinnerte sich an etwas, das Papot über den Angriff der Djam-Djam-Schlange gesagt hatte. »Haben wir Safari-Stiefel oder auch Gummistiefel im Haus?«, fragte er und begann, auf und ab zu gehen.

»Nein, das weißt du doch, Gustave. Das Einzige, was wir haben, sind deine Holzschuhe … aus dem Laden.«

»Sie sind nicht hoch genug. Die Djam-Djam-Schlangen beißen in Waden- oder Kniehöhe. Wenn ich Schneewittchen heil aus dem Haus holen will, müssen meine Beine besser geschützt sein.« Er sagte Schneewittchen, dachte aber in Wahrheit an die Eichentruhe.

Plötzlich kam Florianne ein Gedanke. Sie klammerte sich an Gustaves Arm und hielt ihn fest. »Meine Erbschaft«, sagte sie mit bebender Stimme. »Mein Schmuck. Mein schöner, herrlicher Schmuck. Haben sie den auch gestohlen?«

Gustave befreite sich aus ihrem Griff. »Ich weiß es nicht«, murmelte er. »Ich habe wirklich nicht nachgesehen. Vielleicht steht die Truhe noch im Kühlraum. Vielleicht hatten sie es so eilig, dass keine Zeit blieb …«

»GUSTAVE«, schrie Florianne. »Sie haben sie gestohlen! Ich sehe es an deinem Gesicht! Sie haben alles gestohlen!«

Gustave nickte traurig, ohne sie anzusehen. Sie sackte zu Boden. Er trug sie zum Bett. Sie war kaum bei Bewusstsein. Er zwang sie, einen Pastis zu trinken. »Nimm's leicht«, er tätschelte ihr die Hand. »Ich hole sie zurück ... so oder so. Irgendwie. Ich bin sicher, die Truhe ist irgendwo im Haus. Papot konnte nichts mitnehmen, als er weglief und in seinem Wagen davonfuhr. Da bin ich mir hundertprozentig sicher. Wenn ich nur einen Weg finde, mich vor dem Biss der Djam-Djam-Schlange zu schützen ...«

Wieder lief er hin und her und dachte angestrengt nach.

Plötzlich sprang Florianne auf und rief: »Raboulet!«

»Was, Raboulet?«, fragte Gustave eifrig.

»Hat er nicht ein Paar Fischerstiefel aus der Zeit, als er als Fischer gearbeitet hat? Fischerstiefel, die bis zur Taille reichen. Wenn du sie dir leihen könntest, dann könnten die Schlangen dich nicht ...«

Gustave geriet völlig aus dem Häuschen. »Ich gehe gleich rüber und leihe sie mir aus!«

Gustave stürmte zur Tür hinaus und klopfte kurz darauf an der Tür zu Raboulets kleiner Wohnung. Es war gegen halb vier Uhr morgens. Er hörte schlurfende Schritte, und schließlich öffnete ein höchst erstaunter, aber hellwacher Raboulet die Tür.

»Guten Morgen«, sagte Barbaroux atemlos. »Hast du ein Paar Fischerstiefel?«

»Ja«, antwortete Raboulet. Fest überzeugt, dass Barbaroux ihn nur wieder beleidigen wollte, obwohl er das noch nie mitten in der Nacht versucht hatte, wollte er die Tür schließen und wieder schlafen gehen. Doch da

Barbaroux den Fuß in die Tür geschoben hatte, gelang ihm das nicht.

»Ich muss sie mir ausleihen! Es geht um Leben und Tod.«

»Ist jemand ertrunken?«, fragte Raboulet in dem Bemühen, sich einen Reim auf Barbaroux' merkwürdigen Auftritt zu machen.

»Ich brauche sie. Es ist jetzt zu kompliziert, alles zu erklären, aber später sage ich dir alles. Du borgst sie mir doch, ja, Raboulet? Es geht um Leben und Tod. UM LEBEN UND TOD!«

Raboulet legte dem Metzger die Hand auf die Schulter. »Sicher kann ich sie dir leihen, Gustave«, sagte er freundlich. »Sicher kann ich das. Aber sie sind unten im Keller. Wir müssen runtergehen und sie holen. Du kannst sie behalten, wenn du willst, Gustave. Ich trage sie nie …«

Es ist schon etwas dran an dem alten Sprichwort, dass in Zeiten der Not der schlimmste Feind oft zum besten Freund wird. Zumindest so lange die Not währt …

»Und es tut mir Leid, dass ich dich wecken musste, Raboulet«, sagte Barbaroux auf dem Weg in den Keller.

»Das macht doch nichts. Ich muss ohnehin in drei Stunden aufstehen.«

H
D

»Er kann nicht reden! Eine Djam-Djam hat ihn gebissen!«

La Motte erwachte gerade zum Leben, als Barbaroux durch das kleine Bergdorf fuhr. Marcel Charette, der Bauer, der ihm damals den Weg nach Beau Soleil gezeigt hatte, schob eine Schubkarre Mist aus seinem Schweinestall. Es war erst sechs Uhr, aber die Bergbauern waren einen langen Arbeitstag gewohnt.

Barbaroux kroch die schmale, steile Schotterstraße nach Beau Soleil im ersten Gang hinauf. Vor dem Haus stand ein Wagen, er war also nicht allein hier. In Raboulets hohen, schwarzen, schweren Fischerstiefeln schlurfte er zur Haustür und sah sich vorsichtig um. Es waren keine Djam-Djam-Schlangen, Anakondas oder sonstige Reptilien zu sehen. Alles war ganz ruhig. Er griff nach dem Türknauf und öffnete ganz langsam die Tür. In Beau Soleil war alles friedlich. Und keine Schlangen. Schneewittchen lag immer noch bewusstlos mitten im Zimmer auf dem Boden. Gewappnet mit den Fischerstiefeln, trat Barbaroux jetzt fast schon kühn in den Raum. Er wollte nach Schneewittchen sehen. Doch nach zwei Schritten blieb er abrupt stehen.

In der Nähe des Ledersofas lag ein Mann reglos auf dem Bauch, Kopf, Arme und Schultern unter dem Sofa. Djam-Djams waren keine zu sehen. Er packte den Mann bei den Knöcheln, zog ihn unter dem Möbelstück hervor und drehte ihn um. Es war Baptiste Papot. Barbaroux fühlte seinen Puls. Er schlug sehr langsam, war aber vorhanden. Er war lediglich bewusstlos. Ohne Zweifel war er seinen eigenen Listen und Tücken zum Opfer gefallen.

Aber was hatte er unter dem Sofa gemacht, bevor er gebissen wurde? Mit Mühe beugte Barbaroux sich vor, da die Fischerstiefel sperrig waren, und schob sich mit den Ellbogen unter das Sofa; unverkennbar stand da die Eichentruhe. Er packte sie und zog sie zu sich, als er an einem seiner Beine eine reibende Bewegung spürte.

Sein Herz setzte für mindestens sechs oder sieben Schläge aus. Eine der Djam-Djam-Schlangen, dachte er. Sobald sie über meine Stiefel gekrochen ist, wird sie mich beißen, und ich bin hinüber. Papot wird vor mir wieder zu Bewusstsein kommen, und damit ist die Eichentruhe endgültig weg. Ich werde sie nie wiedersehen. Aber der Biss kam nicht. Stattdessen spürte er wieder eine windende Bewegung an seinem Bein, begleitet von einem »Miau«.

Barbaroux hätte vor Freude schreien können. Sein Herz schlug wieder ganz regelmäßig. Nachdem er die Truhe hervorgezogen hatte, nahm er Schneewittchen auf den Arm. »Ach Schneewittchen, du Schöne, du wunderbares Mädchen. Ich bin ja so froh, dich zu sehen!« Noch froher machte es ihn allerdings, die Truhe zu sehen. Er öffnete sie, um nachzuschauen, ob noch alles drin war. Das war es. »Bei Gott, Schneewittchen, ich kaufe Raboulet sein Fischgeschäft ab, damit du dich bis an dein Lebensende in frisch geräuchertem Lachs wälzen kannst. Das ist der glücklichste Augenblick meines Lebens. Meine Katze und der Schmuck. Gold und Diamanten. Alles unversehrt!«

Barbaroux konnte nicht aufhören, mit sich, Schneewittchen und der Eichentruhe zu reden. Er ging zur Tür, doch dann fiel ihm etwas ein. Er nahm den Telefonhörer und rief Grely an, der noch geschlafen hatte.

»Grely. Ich bin's, Gustave. Du kannst kommen und dir deinen Mann abholen!«

»Barbaroux? Was machst du? Was für einen Mann?«

»Du kannst kommen und Baptiste Papot holen. Aber beeil dich. Ich habe ihn hier in Beau Soleil.«

Das weckte Grely auf. »Hast du ihn festgenagelt? Das ist toll, Gustave. Du bist wirklich fantastisch. Ich komme sofort. Lass ihn reden, bis ich da bin.«

»Er kann nicht reden, Raymond. Eine Djam-Djam hat ihn gebissen. Er ist außer Gefecht gesetzt, völlig ruhig gestellt. Bis er wieder zu sich kommt. Und wenn du ihn nicht wegen versuchten Bankraubs drankriegst, kannst du ihn wegen Juwelendiebstahls belangen. Floriannes Erbschaft. Aber darüber reden wir später. Jetzt beeil dich und komm mit ein Paar Handschellen her, damit er dir nicht wieder entwischt ... Ich möchte keine Minute länger hier bleiben. Ich warte in La Motte auf dich, dann kannst du dir meine Fischerstiefel leihen ...«

»Fischerstiefel?« Das begriff Grely nicht, aber Barbaroux hatte schon aufgelegt.

Er fuhr mit Schneewittchen und der Eichentruhe nach La Motte, um in der Nähe von Marcel Charettes Hof auf Grely zu warten.

Grely kam wenig später. Unterwegs hatte er Giron aufgelesen. Nachdem Barbaroux ihm erklärt hatte, wofür die Fischerstiefel gut waren, zog Grely sie rasch an.

Der Bauer kam mit einer weiteren Schubkarre voll Mist heraus. Er beobachtete, was da vor sich ging, und kam zu ihnen herüber.

»Guten Morgen«, grüßte er und rückte seine Kappe zurecht. »Gehen Sie angeln?«

In der ganzen Umgebung gab es keinen See oder Bach.

»Ja, und es hat auch schon ein dicker Fisch angebissen«, gab Grely bissig zur Antwort. Die beiden Polizisten fuhren nach Beau Soleil, während Barbaroux sich mit Schneewittchen auf den Heimweg machte.

Marcel Charette schüttelte den Kopf und ging wieder zu seiner Schubkarre. Er hatte den Eindruck, dass in letzter Zeit seltsame Dinge in La Motte geschahen. Bis jetzt hatte ihn das nicht unmittelbar betroffen. Das sollte erst noch kommen – und zwar als nervenzerreißender Schock.

Der Lokalteil des *Nice-Matin* brachte einen kurzen, leicht ironischen Bericht über den sorgfältig vorbereiteten Anakonda-Coup, der gegen die Crédit Agricole geplant war, durch einen Irrtum aber zu einem Wurst-Coup wurde, dem der bekannte, beliebte Metzger Gustave Barbaroux zum Opfer fiel. Der Lokalredakteur, Paul Vidale, der mehr auf sein Vergnügen als auf Nachrichten aus war, hatte die Geschichte ausnahmsweise selbst aufgespürt:

»Niemand weiß, wie es kam«, schrieb Vidale, »aber irgendwie wich der Tunnel, der anfangs in Richtung Bank führte, so stark ab, dass er neben ihr rauskam, genau im Kühlraum des Metzgers Barbaroux! Jeder in Clos-de-Provence weiß, dass Barbaroux' Würste etwas ganz Besonderes sind. Baptiste Papot und seine glücklose Bande müssen dann wohl gemerkt haben, welcher wahre Schatz hier zu finden war. Jedenfalls beschlossen sie, dem schnöden Mammon zu entsagen und sich stattdessen auf Kosten unseres Metzgers zu bereichern!

Vier der fünf Räuber entkamen mit der Beute. Der Kopf der Bande, Baptiste Papot, wurde verhaftet und wegen versuchten Bankraubs angeklagt. Er weist die Beschuldigungen zurück und erklärt, er sei lediglich hinter Barbaroux' überaus köstlichen Würsten her gewesen!«

Die Titelseite des *Nice-Matin* berichtete ausführlich über die Schlangen, die aus dem Terrarium in La Motte verschwunden waren. Obwohl die Gendarmen und die Feuerwehrleute aus sechs Ortschaften der Umgebung die Wälder durchkämmt und in allen Kellern, Schuppen und Nebengebäuden gesucht hatten, war keine Spur von ihnen zu finden.

In den ersten paar Tagen herrschte regelrechte Panik. Die Leute hatten Angst, aus dem Haus zu gehen; Kinder wurden zur Schule gefahren und abgeholt; das *Boulodrome* blieb drei Abende leer, und selbst bei Chez Charles sahen sich die Männer, die im Straßencafé saßen, ständig nervös in der Erwartung um, dass eine Boa auf der Hauptstraße auftauchen würde.

Überraschend schnell gewöhnten sich die Einwohner jedoch an die Gefahr. Außerdem beruhigten sie sich mit dem Gedanken, dass die Schlangen die Freiheit der Wälder genießen würden, die ihnen viel eher entsprach als Straßen in der Stadt, Keller und Schuppen.

Barbaroux gefiel die Schlagzeile sehr: »Wurst-Coup«. Das war eine gute Werbung. Aus der ganzen Provence kamen Leute, um seine Wurst zu kaufen. Francis und er mussten einige Tage bis in die Nacht hinein arbeiten, um einen neuen Vorrat aller Wurstsorten als Ersatz für die gestohlene Ware und für die Nachfrage der neuen Kunden anzulegen. Er konnte es sich nicht verkneifen, den Fischhändler damit zu ärgern. »Kein Mensch würde je einen Tunnel graben, um deinen toten Fisch zu klauen!«

Polizeichef Grely war zufrieden, dass sein Beitrag im Bericht des *Nice-Matin* nicht erwähnt war. Um das zu gewährleisten, hatte er allerdings Vidale gedroht, alle Polizeiberichte über etwaige Verbrechen zurückzuhalten, falls er sich über die Polizei lustig machen sollte.

Der Gedanke an die Anakondas und die Djam-Djams, die irgendwo in der Umgebung waren, plagte ihn jedoch Tag und Nacht. Er hatte einige seiner eigenen Leute auf die Suche nach ihnen geschickt und sich selbst die Zeit genommen, zu unterschiedlichen Tageszeiten durch die Straßen zu fahren, in der Hoffnung, sie zu Gesicht zu bekommen. Es wäre schon ein gewisser Triumph, wenn er die Stadt und ihre Umgebung von dieser grauenvollen Gefahr befreien könnte. Das würde ihm einen Teil der Ehre und des Verdienstes bringen, um den der Wurst-Coup ihn betrogen hatte. So suchte er also unermüdlich nach den Schlangen.

Er wusste noch nicht, dass er sich diese Mühe hätte sparen können. Ruhm und Ehre sollten ihm ganz von allein zuteil werden.

Vier Frauen lauschten schockiert und atemlos, als Paulette Zanetti, die Haushälterin des Pastors, sich eines Abends zu ihnen auf den Bürgersteig setzte und ihnen unverblümt erzählte, nun sei es endlich geschafft, obwohl es viele Abende und manchmal halbe Nächte gebraucht habe.

»Ich wusste gar nicht, dass ich von einer solchen Leidenschaft besessen bin«, erklärte sie mit glänzenden Augen.

Eine der Frauen stand auf. Sie hatte genug gehört. Sie war eine anständige Frau, ging also ins Haus und warf demonstrativ die Tür hinter sich zu.

Die anderen drei waren erschüttert, wollten aber die Einzelheiten hören. Und die erfuhren sie auch. Paulette erzählte sie ihnen mehr als bereitwillig.

»Ich hätte es ja nie geglaubt … nicht in meinem Alter. Aber ein Puzzle mit 2000 Teilen wird zur Besessenheit, wenn man erst einmal angefangen hat. Wir haben es als Preis für die Verlosung bekommen, die in zwei Wochen stattfinden soll. Es fing an, als Monsieur Le Curé alle Teile auf den Esszimmertisch schüttete. Und dann begann er, die Ränder zusammenzulegen. Und ich brauchte nur noch mitzumachen und war genauso gebannt wie der Herr Pfarrer. Jeden Abend saßen wir da, manchmal bis spät in die Nacht, und versuchten es zusammenzulegen. Es war so spannend! Ich vermisse es richtig. Aber jetzt muss ich nach Hause und meine Wohnung putzen. Ich habe alles liegen lassen, während der Herr Pfarrer und ich das Puzzle gemacht haben.«

Als Paulette gegangen war, sahen die drei Frauen sich an. Es war schwer zu sagen, ob sie erleichtert oder enttäuscht waren.

Die Nacht senkte sich über Clos-de-Provence. Doch hier und da wachten zwei Anakondas und drei entkräftete Djam-Djam-Schlangen auf, die den größten Teil des heißen Tages verschlafen hatten. Die Djam-Djams kamen mit recht kleinen Tieren aus. Aber die Riesenschlangen brauchten schon wesentlich größere Happen, wenn sie ihren wachsenden Hunger stillen wollten. Was konnten sie finden und wo?

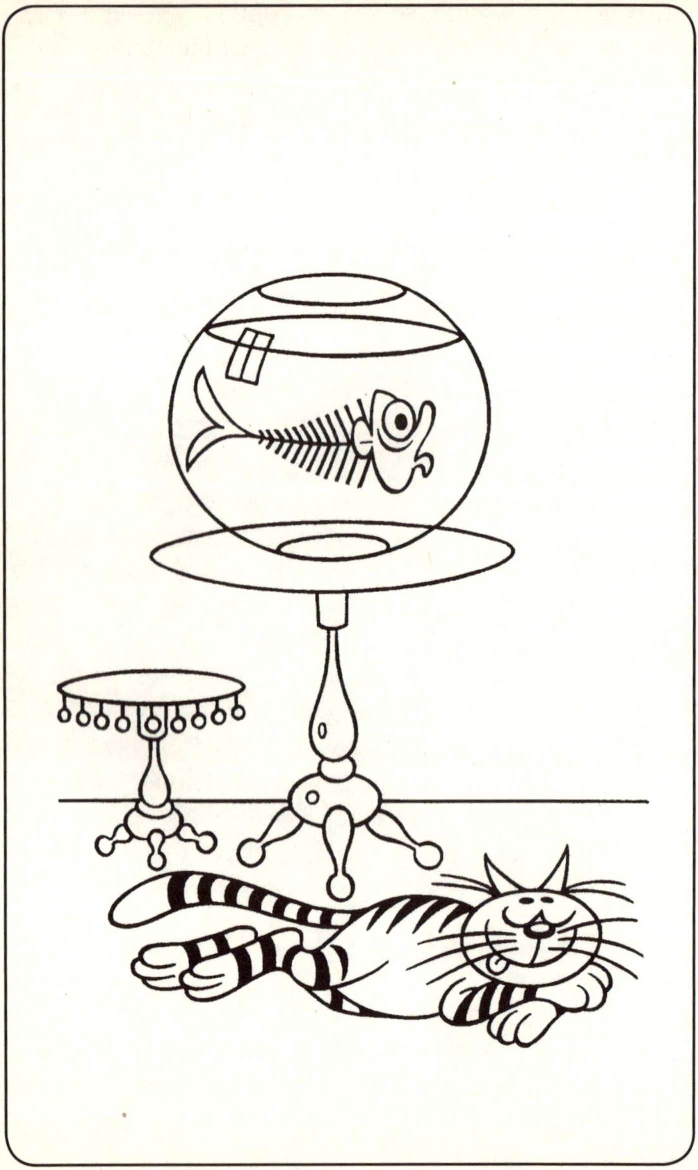

»Ich habe sie gefangen! Eine von den Djam-Djam-Schlangen!«

Marcel Charette aus La Motte saß am Küchentisch, der mit einem Wachstuch bedeckt war, und trank die letzte Tasse Kaffee, bevor er sich an sein Tagewerk machte. Claudine, seine Frau, hatte schon angefangen. Vom Küchenfenster aus konnte er sie sehen. Sie öffnete gerade die Tür des Schweinestalls, um einen Eimer Hühnerfutter für ihre roten Wyandotten zu holen, die besten Legehennen der ganzen Umgebung. Plötzlich hörte er sie schreien, noch tausendmal lauter als ein angestochenes Schwein. Vor Schreck verschluckte er sich, der Kaffee spritzte über den ganzen Tisch, die Tasse flog ihm aus der Hand und landete in der Nähe der Tür auf dem Boden. Er trug nur einen Holzschuh und humpelte, so schnell er konnte, zum Schweinestall. Mittlerweile war Claudine aus dem Stall gekommen und hatte die Tür zugeworfen. Bleich wie der erste Stangensellerie des Jahres lehnte sie an der Tür.

»Die Katzentür«, keuchte sie. »Verbarrikadier die Katzentür! Schnell! Da ist sie reingekommen! Durch die Katzentür!«

Im unteren Teil der Tür war eine gut zwei Hand breite Öffnung, groß genug, dass die Katze hindurchschlüpfen konnte. Marcel zerrte einen schweren Steinguttopf vor das Loch. Claudine hielt den Fallriegel der Tür fest, damit sie von innen nicht zu öffnen war.

»Was ist passiert?«, fragte Marcel.

»Eine Riesenschlange. Eins von diesen Monstren aus dem Terrarium. Sie ist da drin. Ich habe sie mit eigenen Augen gesehen. Sie liegt mitten im Stall und verschlingt eins von den Ferkeln. Von der Sau, die den großen Wurf mit elf Ferkeln hatte. Wir müssen etwas unternehmen, sonst frisst sie alle auf.« Claudine holte tief Luft.

Marcel hatte seine Fassung wiedergewonnen und sah sich nach etwas um, das er als Waffe benutzen konnte. »Ich hole eine Schaufel und ziehe sie ihr über, bis sie das Ferkel loslässt.«

»Das Ferkel war schon fast ganz verschwunden. Geh nicht rein, Marcel. Ich verbiete es dir.« Claudine breitete die Arme aus, damit er nicht an ihr vorbeikam. »Sie erwürgt dich!«

»Ist das denn nicht besser, als dass sie alle Ferkel erwürgt? Wir müssen an den Hof denken. Wir können es uns nicht leisten, die Ferkel zu verlieren. Bauern sind dagegen in der Provence nicht viel wert …«

»Hör auf mit dem Unsinn und ruf die *Sapeurs-Pompiers,* die kommen sie holen.«

Das war vielleicht wirklich eine bessere Idee. Marcel humpelte zurück ins Haus. »Sei vorsichtig und behalt sie im Auge«, rief er, während er der Ausgewogenheit halber den zweiten Holzschuh anzog. Dann rief er die Feuerwehr. Zwanzig Minuten später fuhr der Feuerwehrwagen auf den Hof. Claudine stand immer noch vor der Stalltür, um zu verhindern, dass ihr Mann etwas Unüberlegtes tat.

Nach langen Diskussionen einigten sich die beiden Feuerwehrmänner, Gaston Durand und sein Assistent

Eduard, auf eine Methode, die Riesenschlange zu fangen. Sie wollten Claudines Entenhaus vor die Stalltür ziehen.

»Du kannst jetzt die Arme runternehmen und aus dem Weg gehen«, sagte Marcel. Dann zogen und schoben die drei Männer das Entenhaus so vor die Stalltür, dass die Öffnung vor der Katzentür lag. Nach der Planung sollte die Anakonda den Stall auf demselben Weg verlassen, auf dem sie hineingekommen war, und dann wollten sie sie im Entenhaus wegbringen. Die Anakonda weigerte sich jedoch, das zu begreifen. Mit einer Harke knufften sie sie durch das Stallfenster an und warfen sogar ein paar Steine nach ihr. Nachdem sie sie mit einer Mistgabel gepiekt hatten, kapierte sie es endlich. Es dauerte allerdings seine Zeit, weil sie nach dem köstlichen Mahl sehr träge war. Langsam kroch die Schlange durch die Katzentür in das Entenhaus, bis sie an die Stelle in ihrem Bauch kam, an der das Ferkel saß; dann saß sie fest. Als sie sie noch ein bisschen mit der Mistgabel piekten, wurde es nur noch schlimmer. Marcel kam auf die Idee, die Ränder der Katzentür dick mit Wagenschmiere einzufetten. In jungen Jahren hatte er immer Fett benutzt, um seinen eng sitzenden Ehering abzuziehen, wenn er in die Stadt ging, um seine Frau zu betrügen. Die Wagenschmiere tat auch bei der Anakonda ihre Wirkung. Mit einem plötzlichen Plop schnellte der verdickte Teil der Schlange durch die Katzentür. Der Rest folgte dann mühelos. Sobald die Anakonda im Entenhaus lag, schlossen sie die Luke, und das war's dann. Im Laufe der Zeit wurde die Geschichte jedoch mit jedem Mal, dass sie erzählt wurde, länger und länger.

»Ja, wir haben das Ferkel verloren«, sagte Claudine

immer, »aber es ist tröstlich zu wissen, dass es gar nicht recht gemerkt hat, was passierte. Als es im Schlund der Anakonda verschwand, war sein Schwanz geringelt, und jeder weiß, dass ein Schwein damit Zufriedenheit ausdrückt.«

Es war früh am Morgen. Kaja und Klaus waren mit den Vorbereitungen für die Mittagsgäste beschäftigt. Kaja musste rasch in den Küchengarten gehen, um Thymian, Rosmarin, Salbei, Majoran und andere Kräuter zu holen, die sie brauchte. Klaus packte am langen Küchentisch die Einkaufstaschen aus, als sie den Kopf zum Fenster hereinsteckte.

»Komm raus und sieh dir das an. Ich habe sie gefangen!«

»Wen hast du gefangen?«

»Eine von den Schlangen mit dem lähmenden Gift ... du weißt schon, die aus La Motte.«

Klaus ließ den Blumenkohl fallen, den er in der Hand hielt; er rollte unter den Herd. Gleich darauf war er selbst draußen auf dem Kiesweg. »Wo ist sie?«

Sie deutete auf ein Stück Abflussrohr aus Kunststoff, das auf dem Boden lag. Es war übrig geblieben, als sie das alte erneuert hatten. »Sie ist in das Rohr gekrochen.«

»Dann hast du sie eigentlich gar nicht gefangen. Sie kann jederzeit wieder herauskommen.«

»Das werden wir nicht zulassen.« Kaja lief zum Geräteschuppen und kam mit zwei Spaten zurück. »Wir stecken an jedem Ende einen Spaten in den Boden. Dann haben wir sie!«

Jetzt nahm Klaus die Sache in die Hand. Er schnappte sich einen Spaten. »Wir müssen sie gleichzeitig in den Boden rammen. Bist du so weit? JETZT!«

Die Spaten saßen im Boden, und das Rohr war ein Käfig.

»Guck, wie einfach das ist, Schatz«, strahlte Kaja. »Jetzt können wir unseren Gästen zu Mittag echt indisches Schlangenragout mit Rosmarin, Thymian und lähmendem Gift servieren.«

Klaus nahm die Sache ernster. »Sie zu fangen ist eine Sache, sie wegzubringen eine andere.«

»Kein Problem. Das ist eine Sache für die *Sapeurs-Pompiers*. Ich gehe rein und rufe sie gleich an, während du Wache hältst.«

Zehn Minuten später hielt der Feuerwehrwagen mit quietschenden Bremsen auf dem kleinen Parkplatz des Lokals. Gaston Durand ging in den Garten, gefolgt von seinem Assistenten Eduard, der früher Briefträger war, aber zur Feuerwehr gewechselt hatte, weil die Bezahlung besser war. Kaja erklärte die Lage, und die beiden Männer umkreisten das Kunststoffrohr und dachten nach.

»Hmmm«, brummte Gaston Durand. »Wie wollen wir es machen? Sobald wir die Spaten wegnehmen, haut sie ab.«

Kaja, deren Sinn für Humor ans Groteske grenzen konnte, schlug vor: »Klaus und ich könnten die Spaten wegziehen, und Sie halten beide schnell eine Hand über die Rohrenden … und tragen es zum Wagen.«

»Keine schlechte …« Gaston brach ab. »Sie bringen mich nicht dazu, meine Hand vor die Giftzähne einer Schlange zu halten. Wie ist es mit dir, Eduard? Du kriegst eine Gefahrenzulage.«

»Kommt nicht infrage. Chef. Ich hab keine Lust, für fünf oder sechs Stunden bewusstlos zu sein.«

Wieder kratzte Gaston sich am Kinn, und beide drehten noch eine Runde um das Kunststoffrohr. Rettungseinsatz hieß für diese Männer alles andere als Schlangen zu fangen.

»Mir fällt wirklich nichts ein, was man machen könnte«, gab Gaston zu.

Kaja lief in die Küche und kam mit zwei Plastikflaschen Dijon-Senf wieder. Die Flaschen waren rund und verjüngten sich am Hals. »Wir stecken in jedes Rohrende eine von diesen Flaschen. Sie passen bestimmt genau wie ein Spund, den man in ein Fass hämmert.«

»Großartig, Madame. Großartig. Darauf wären wir nie gekommen.«

Kaja kniete sich an ein Ende des Abflussrohrs. »An diesem Ende ist der Schwanz, ich glaube kaum, dass sie sich umgedreht haben kann. Klaus, wenn ich es sage, ziehst du schnell den Spaten weg, und ich stecke die Flasche in die Öffnung … JETZT!«

Der Spaten wurde weggezogen und … *voilà* … die Plastikflasche saß fest im Loch wie der Korken in einer Weinflasche.

Die Männer sahen Kaja voller Bewunderung an, als sie aufstand. Sie strahlte. »So haben wir früher, als ich noch ein Kind war, immer in Farformistan Schlangen gefangen. Nach allen Regeln der Kunst!«

»Am anderen Ende dürfte es schwieriger werden«, meinte Gaston. »Da sitzt der Kopf mit den Giftzähnen.«

»Dann lässt du mich das besser machen, und du ziehst den Spaten weg«, schlug Klaus vor.

Aber Kaja hörte nicht auf ihn. Sie kniete sich vor das gefährliche Rohrende. »Jetzt ziehst du den Spaten ganz langsam zur Seite, damit ich den Flaschenhals Stück für Stück in das Loch schieben kann. Und dann spritze ich ein bisschen Senf raus, damit die Schlange den Kopf zurückzieht.«

Klaus befolgte ihre Anweisungen. Langsam schob Kaja die Flasche mit der Öffnung in das Loch und drückte ein paarmal auf den Flaschenbauch.

»Ich glaube kaum, dass ihr das gefällt«, meinte Eduard. »Ich hätte bestimmt nicht gern, dass man mir Dijon-Senf zwischen die Augen spritzt. Das ist starker Tobak!«

Rasch schlug Kaja auf den Flaschenboden, und die Flasche saß fest im Loch. Die Djam-Djam-Schlange war hilflos versiegelt. »Das war's!«

Klaus sah sie voller Stolz an. »Du bist wunderbar, Schatz!« Das Kompliment ging ihr runter wie Öl.

»Bringen Sie doch die Falle in Ihren Wagen und kommen Sie noch auf einen Pastis herein.«

»Vielen Dank, Madame. Vielleicht ein anderes Mal. Im Augenblick haben wir zu viel zu tun. Und danke für Ihre Hilfe.«

Beide schüttelten ihr herzlich die Hand. »Wenn sich das rumspricht, strömen die Gäste bestimmt in Scharen in Ihr Lokal, um die mutige Schlangenbändigerin aus *Le Vilain Petit Canard* zu sehen.«

Die Männer verstauten das Kunststoffrohr mit der sicher verwahrten Schlange im Feuerwehrauto. Eduard stellte es senkrecht hin und hielt das obere Ende vorsichtig fest. Dann fuhren sie ab.

Kurz bevor sie zur Feuerwache kamen, sagte Gaston: »Jetzt brauchen wir nur noch ein paar Experten, die die Schlange rausholen!«

Im Lokal nahm Klaus Kaja in den Arm. »Von jetzt an bist du meine Heldin«, sagte er. »Du kannst einfach alles, Liebling! Und ich denke da nicht nur an deine tollen Talente im Bett!«

»Diese Sache mit den Schlangen war wirklich kein Spaß!«

Eines Morgens trieb die alte Schäferin Janine Poncelet ihre Herde auf eine Weide, als sie plötzlich etwas Merkwürdiges sah. Anfangs dachte sie, ihre schwachen Augen spielten ihr einen Streich. Während der Nacht musste das schwarze Schaf der Herde sich wohl allein aufgemacht oder sonst etwas angestellt haben, das es in eine schreckliche Lage gebracht hatte. Sein Hinterteil und die Hinterbeine ragten aus dem riesigen Schlund einer Schlange, die gut neun Meter lang sein musste. Ein solches Ungeheuer hatte Janine noch nie gesehen. Sie hatte natürlich von den Schlangen aus La Motte gehört, die frei herumliefen und den Leuten eine Todesangst einjagten, aber sie hatte nicht gedacht, dass sie so riesig wären. Na ja, riesig oder nicht, dieses Ungeheuer sollte keins ihrer Schafe verschlingen.

Schäumend vor Wut schlug sie mit ihrem Stock auf sie ein. »Lass los«, schrie sie bei jedem Schlag, aber das Tier ließ nicht einen Zentimeter locker. Selbst wenn die Schlange ihr hätte gehorchen wollen, wäre ihr das rein anatomisch unmöglich gewesen. Dann trat sie dem Biest mit dem Holzschuh in den Bauch.

»Lass los!«

Aber die Schlange konnte nicht. Leider hatten die Zeitungen versäumt, dieses Detail zu erwähnen. Wutschnaubend packte Janine das Schaf bei den Hinterbeinen und zog mit aller Kraft. Aber auch das funktionierte nicht. Sie ließ es wieder los und sah sich fuchsteufelswild um. Nach einem weiteren Versuch, bei dem sie die Schlange am Schwanz zog, pfiff sie ihren Wachhund Barry herbei. Er kam mit hängender Zunge aus einem weit entfernten Gebüsch.

»Fass, Barry! Fass«, befahl Janine.

Barry erfasste die Lage mit einem Blick, klemmte den Schwanz zischen die Beine und schlich jaulend zurück ins Gebüsch.

Soweit Janine sehen konnte, blieb ihr nur eine Möglichkeit, und die war, sich bei der Stadt zu beschweren. Das hatte sie früher schon mit großem Erfolg getan.

Am späteren Vormittag tauchte sie bei der Stadtverwaltung auf.

»Ach, guten Morgen, Janine Poncelet«, sagte der Beamte mit gezwungener Höflichkeit. Wenn Janine auftauchte, konnte das nur bedeuten, dass sie sich beschweren wollte. »Hat Ihnen jemand Ihr Weiderecht verweigert? Wenn das der Fall ist, dann wissen Sie ja, dass wir nichts dagegen tun können …«

Janine unterbrach ihn. »Da oben läuft eine Schlange rum, und die hat das Vorderteil von einem meiner Schafe gefressen.«

Der Beamte war sofort hellwach. »Das Vorderteil gefressen? Meinen Sie, sie hat es nicht ganz gefressen?«

»Sie hat das Vorderteil gefressen. Von meinem großen schwarzen Schaf sind nur noch das Hinterteil und die Hinterbeine da. Ich habe versucht sie zu verscheuchen, aber ich bin nur eine alte Frau. Ich verlange eine vollständige Entschädigung für mein Schaf. Ich zahle meine Steuern, und es ist Ihre Pflicht und Schuldigkeit, dafür zu sorgen, dass Ihre großen Schlangen nicht frei

herumlaufen und meine einzige Einnahmequelle fressen … die Schafe, für die ich Steuern zahle.«

»Das ist keine städtische Schlange, Madame Poncelet. Ist sie noch da?«

»Als ich gegangen bin, war sie noch da.« Und dann erklärte Janine genau, wo sie sich befand.

Der Beamte rief die *Sapeurs-Pompiers*, und sie versprachen, sofort einen Feuerwehrwagen zu der Stelle zu schicken.

Nachdem der Beamte seine Pflicht getan hatte, das Einzige, was er für seine Pflicht hielt, bestand er darauf, dass die Stadt keinerlei Veranlassung oder Verpflichtung habe, ihr eine Entschädigung für ihr Schaf zu zahlen.

»Dann gehe ich zum Bürgermeister.«

»Das können Sie gern tun, Madame Poncelet«, sagte der Beamte und nickte ermutigend.

Als Janine bei Fernand Bremond, dem Bürgermeister, erschien, zahlte er ihr rasch die Entschädigung für ihr totes Schaf aus. Aus Sicht des Bürgermeisters war das ein angemessener Preis, um den Gestank loszuwerden, den die nicht allzu saubere alte Schäferin mitbrachte.

Janine schnappte sich das Geld und ging.

Auf der Weide mühten die Feuerwehrleute sich damit ab, die Anakonda in den Wagen zu schaffen. Sie war zu gierig gewesen und hatte den Mund zu voll genommen. Sie war einfach an Janines schwarzem Schaf erstickt.

»Komisch, dass sie sich Ihr einziges schwarzes Schaf ausgesucht hat«, meinte Gaston Durand.

»Vielleicht war es das erste, das sie gesehen hat«, antwortete sie. Die Sache interessierte sie nicht mehr. Obwohl sie schon eine vage Vorstellung hatte, warum sie sich das schwarze Schaf ausgesucht hatte. Am Tag zuvor hatte ein streunender Hund, ein deutscher Schäferhund, das schwarze Schaf gebissen. Janine hatte vorgehabt, es an diesem Morgen von seinen Schmerzen zu erlösen, falls es nicht von selbst in der Nacht gestorben war. Vielleicht hatte die Schlange Blut gerochen, oder das Schaf hatte sich nicht bewegen können und war leichte Beute für die Boa gewesen. Offensichtlich war es aber nicht leicht zu schlucken!

Jean-Marius Fournel hatte in seiner Ziegenkäserei viel zu tun. Er hatte gerade einen großen Auftrag über sechs Kisten zu je einem Dutzend Käse erhalten, ein Drittel einfacher Ziegenkäse, ein Drittel Knoblauchkäse und ein Drittel mit gehackten Nüssen.

Während der Arbeit summte er ein Kirchenlied, ein Überbleibsel aus seiner Zeit als Gemeindepfarrer von Clos-de-Provence. Er musste wohl einen der Käse ungeschickt gepackt haben, als er ihn in die Aluminiumfolie mit dem Goldaufdruck *Fromagerie Fournel, Fromage de Chèvre de première qualité* einwickeln wollte, denn er glitt ihm aus der Hand, rutschte über den Tisch und fiel auf den Boden, auf dem er auf der perfekt gerundeten Kante durch den Raum kollerte. Plötzlich wurde er von einer Schlange aufgehalten, die versteckt hinter ein paar Kartons gelegen hatte. Wie der Blitz schlug die Schlange zu und senkte ihre Fangzähne hinein. Gleich darauf stand Jean-Marius Fournel schon vor seiner Milchküche und bekreuzigte sich, nachdem er die Tür zugeschlagen hatte.

»Jesus Christus«, stöhnte er.

Lucienne, die welke Blätter von ihren gepflegten Geranien gezupft hatte, kam schnell zu ihm gelaufen. »Jean-Marius! Was ist los?«, fragte sie.

Er sah völlig verwirrt aus und versuchte unzusammenhängend zu erklären, was passiert war. »Die Schlange ... eine von diesen gefährlichen Djam-Djam-Schlangen aus La Motte! Sie hat meinen Käse umgebracht.«

»Was hat sie?«

»Sie hat ihre Giftzähne in einen Käse von mir geschlagen und ihn mit lähmendem Gift voll gepumpt. Er hat versucht wegzulaufen, aber ...«

»Was hat er?«

»Der Käse. Er ist über den Boden gerollt, aber dann ... wie der Blitz hat die Schlange zugebissen und den Käse betäubt. Es war einer der Knoblauchkäse, den ich Barbaroux liefern soll. Es ist furchtbar ...«

Lucienne versuchte Jean-Marius zu beruhigen. Sie tätschelte ihm die Schulter und sagte: »Also wirklich, Liebling, es ist doch nur ein Käse. Ein einziger Käse.«

»Aber begreifst du denn nicht?«, jammerte er. »Ist dir nicht klar, welche katastrophalen Ausmaße das hat. Vielleicht läuft die Schlange gerade herum und spritzt in alle meine Käse Gift. Ja, in all meine Käse. Es ist doch bekannt, dass Djam-Djam-Schlangen alles beißen, was sich bewegt.«

»Aber Jean-Marius, deine Ziegenkäse bewegen sich doch gar nicht.«

»Sie könnte eine Kiste auf dem Tisch umgeworfen haben, und als alle herumrollten, ist sie hinter jedem einzelnen hergeschossen und hat alle totgebissen!«

Er hatte wirklich die Nerven verloren. Es war zu viel für ihn. Zu plötzlich, und das mitten in einem Kirchenlied. Er brach in Tränen aus.

»Ach Liebling«, versuchte Lucienne ihn zu beruhigen. »Nimm dich doch zusammen. Natürlich beißt sie nicht all deine Käse tot. Du hast doch gehört, was Bar-

baroux uns gesagt hat. Deine Käse sind nach dem Biss nur vier bis fünf Stunden bewusstlos, und dann erholen sie sich wieder … Was rede ich denn da! Was für ein Unsinn! Sieh zu, dass die Tür verriegelt ist, und dann rufen wir die *Sapeurs-Pompiers*.«

Sie nahm ihren bleichen, schluchzenden Jean-Marius am Arm, und er ließ sich teilnahmslos ins Haus führen.

Eine Viertelstunde später traf der Feuerwehrwagen vor ihrem Haus ein. Die Rettungsmannschaft sprang heraus, und Lucienne wies ihnen den Weg zur Milchküche. »Da drin«, sagte sie. »Es ist eine von den Djam-Djam-Schlangen.«

»Allmählich kriegen wir Übung, sie einzufangen«, meinte Gaston Durand. »Wir werfen einfach ein Netz über sie, und das ist es dann.«

Gaston und Eduard gingen mit einer Taschenlampe und einem großen, feinmaschigen Netz, das am Ende einer langen Stange befestigt war, zu der kleinen Milchküche.

»Mal sehen«, plante Gaston die Strategie. »Wenn ich das Signal gebe, öffnet Madame Fournel schnell die Tür, und dann blende ich die Schlange, indem ich ihr mit der Taschenlampe in die Augen leuchte, und du fängst sie mit dem Netz ein, Eduard. Fertig?«

»Fertig.«

»JETZT!«

Lucienne riss die Tür auf. Der Lichtstrahl traf die Djam-Djam-Schlange mitten auf dem Boden. Der Anblick, der sich ihnen bot, ließ Eduard vergessen, das Netz zu benutzen.

Die Schlange kämpfte wie wild mit Fournels Qualitätskäse. Offensichtlich hatte der Käse die Schlange zum Narren gehalten, deren ganzer Kopf mit Käse verschmiert war. Die Schlange war offenkundig verwirrt: Der Käse roch wie eine Ziege, schmeckte wie eine Ziege, war aber keine Ziege. Es gab kein festes Fleisch. Immer wieder biss die Schlange zu, um es zu finden. Schlimmer war noch, dass sie nicht zubeißen und sich dann zurückziehen konnte, weil der Käse an ihren Fangzähnen klebte. Später erzählten die Feuerwehrleute, dass sie deutlich die Verwirrung in den Augen der Schlange sehen konnten und sie spürbar erleichtert war, als das Netz über sie fiel und der Kampf mit dem Käse vorüber war.

»*Mon Dieu*«, sagte Jean-Marius und bekreuzigte sich, als die Feuerwehrleute das Netz mit der Giftschlange sicher in ihrem Wagen verstauten.

»Diese Sache mit den Schlangen war wirklich kein Spaß«, meinte Gustave Durand. »Soviel ich weiß, läuft jetzt nur noch eine von diesen Djam-Djams aus La Motte frei herum. Wird sicher interessant, wo die gefunden wird und was sie anstellt.«

Die letzte Schlange stellte etwas ganz Einmaliges an, etwas, worauf nicht einmal der fantasievollste Bewohner von Clos-de-Provence gekommen wäre. Nicht, weil sie hinterlistiger gewesen wäre als die anderen beiden, sondern weil sie in einem ganz besonderen Augenblick zubiss, den niemand in der ganzen Gegend je vergessen sollte. Die Geschichte der dritten Djam-Djam-Schlange sollte Generation für Generation immer wieder erzählt werden und mit der Zeit durch die Ausschmückungen immer länger werden.

»Ohne Liebe ist das Leben grausam!«

Ein Hochzeitskorso besteht in der Provence gewöhnlich aus frisch gewaschenen Autos, die mit Tüllstreifen und Blumengirlanden geschmückt sind. Und es geht durchaus nicht leise zu. Die Wagen, die daran teilnehmen, fahren durch die Stadt, und die Fahrer liegen auf ihren Hupen und veranstalten ein unharmonisches Hupkonzert.

Hyacinthe in ihrem voluminösen Brautkleid mit Kranz und Schleier und Forbes in seinem weißen Anzug kamen jedoch leise in einem blumengeschmückten offenen Wagen zum Rathaus. Gezogen wurde er von Muffy, dem Esel, dem man zur Feier des Tages Tüll in die Mähne und den Schwanz geflochten und eine Blumengirlande auf den Rücken gebunden hatte. Muffy nahm diese Dekoration gutmütig hin, war allerdings verwirrt, weil er nicht seine übliche Brotrunde ging. An ein paar Ecken hatte Forbes daher einige Mühe, den Esel zu überreden, zum Rathaus zu gehen statt zur Bäckerei, um frisches Brot zu holen.

Die halbe Stadt war auf den Beinen und drängte sich auf dem Rathausplatz, als das Paar eintraf. Lange waren die einzigen Veranstaltungen, die so viele Menschen zusammengebracht hatten, Beerdigungen gewesen. Aber das war längst nicht das Gleiche wie eine festliche Hochzeit.

Zur Abwechslung sah Forbes einmal aus wie ein englischer Gentleman, als er seiner zukünftigen Frau aus dem Wagen half. Und Hyacinthe war die schönste Braut, die die Stadt seit Jahren gesehen hatte.

Der Bürgermeister empfing sie mit seiner Schärpe in den Farben der Trikolore. Die schlichte Zeremonie fand in seinem Amtszimmer statt, in dem zur Feier des Tages ein Blumenstrauß auf seinem Schreibtisch stand. Fernand Bremond verhaspelte sich ein bisschen bei der feierlichen Trauungsformel, die er laut aus dem *Code civil* vorlas. Anschließend schüttelte er dem Paar die Hand und gratulierte ihnen. Dann unterzeichneten das Brautpaar und die Trauzeugen die Urkunden, und das war alles.

Aber als Braut und Bräutigam auf den Stufen vor dem Rathaus erschienen, wurden sie mit Applaus und Reisschauern empfangen. Paul Vidale stand mit seiner Kamera bereit, um Aufnahmen für die Lokalausgabe des *Nice-Matin* zu machen. Er war gleichzeitig auch Chefredakteur und war daher so umsichtig, ein halbes Dutzend Bilder zu machen, während die 200 Gäste, die sich für das Hochzeitsessen eingetragen hatten, an den langen Tischen unter den Platanen Platz nahmen. Sobald das Brautpaar am Kopfende einer Tischreihe saß, konnte das Fest beginnen.

Vor jedem Gedeck standen je eine Flasche Rotwein, Rosé und Weißwein, damit die Gäste frei wählen konnten, welchen Wein sie trinken wollten. Während die Bouillabaisse in großen Töpfen aus der Rathausküche gebracht wurde, spielte ein Drei-Mann-Orchester die provenzalische Hymne, *Lis Estello* mit dem Refrain: »Ohne Liebe ist das Leben grausam!« Und alle sangen mit, ob richtig oder falsch. Wichtig war der Geist, in dem sie gesungen wurde.

Kein Brautpaar hätte sich für seine Gäste eine bessere Stimmung wünschen können. Die exzellente Bouillabaisse und der reichlich fließende Wein ließen die Stimmung steigen wie ein Thermometer bei einer Hitzewelle. Die Leute unterhielten sich, lachten und sangen. Manchmal wurde an jedem Tisch ein anderes Lied gesungen, während die Kapelle noch etwas anderes spielte.

Eigentlich war es bei provenzalischen Hochzeiten nicht üblich, Reden zu halten. Doch an diesem Tag machte man eine Ausnahme, weil der Bräutigam Engländer war. Die Gäste hatten gehört, dass der Bräutigam nach britischer Tradition eine Dankesrede halten sollte. Sie hatten auch vom Wortlaut der Rede gehört und waren gespannt, ob er sich an alles erinnern würde.

Forbes Eltern, die in einem Vorort von London wohnten, waren anfangs leicht entsetzt über das zügellose Benehmen bei Tisch. Doch schon bald wurden sie von der allgemeinen Heiterkeit angesteckt. Magali saß neben Forbes Taylor senior. Sie küsste ihn auf die Wangen, zog an seinem langen Schnurrbart und sagte ihm, wie gut er aussehe. »So sexy wie kein anderer Schnurrbart auf diesem Fest«, erklärte sie freimütig.

Forbes' Mutter, Mrs. Taylor, lachte herzlich über alles, was der Brautvater, Vincent Tivoli, zu ihr sagte, obwohl sie kein Wort von seinem Französisch verstand. Der Finanzbeamte hatte zur Feier des Tages vier oder fünf Sätze Englisch gelernt, aber es fiel ihm sehr schwer, die Worte auszusprechen. Mrs. Taylor dachte, er spreche einen provenzalischen Dialekt, da es nicht wie das Französisch klang, das sie in ihrem Schulunterricht zwar gehört, aber nie gelernt hatte. Und je öfter er wiederholte, was er zu lernen versucht hatte, umso mehr lachte sie. Er war glücklich, dass er sie beeindruckt hatte.

Das junge Paar sollte die Hochzeitsnacht im besten Zimmer des *Hotel les Deux Chênes* auf der anderen Straßenseite verbringen. Nach dem Dessert, aber noch vor dem Kaffee sollte das Paar sich zurückziehen, während die Gäste noch bis in die Nacht hinein weiterfeierten.

Der glückliche Bräutigam, der sich eifrig mit den Gästen unterhalten hatte, wurde plötzlich still. Alle dachten, jetzt sei der Augenblick für seine Rede gekommen: die Rede, in der er Hyacinthes Eltern würdigen und ihnen danken würde, dass sie ihm erlaubt hatten, ihr Juwel von Tochter zu ehelichen, die glücklich zu machen und vor allen Widrigkeiten des Lebens zu behüten er sein Bestes tun wolle. Und dann würde er den Gästen für all die herrlichen Geschenke danken und allen, die das Fest so schön ausgerichtet hatten, und allen, die bei der Vorbereitung der köstlichen Bouillabaisse und beim Servieren geholfen hatten.

An den Tischen verstummten Gespräche und Gelächter, als die Leute sich gegenseitig zur Ruhe mahnten. Jetzt war der Augenblick für die mit Spannung erwartete Rede des Bräutigams gekommen. Er klopfte mit einem Löffel an sein Glas, und auch das letzte Gelächter und Geplauder erstarb. Er erhob sich, schob seinen Stuhl zurück und richtete sich stolz auf. Doch plötzlich tat er einen Satz in die Luft.

»Ich bin gebissen«, schrie er entsetzt, »... die Schlange!«

Dann fiel er vornüber auf den Tisch, und sein Kopf sank zwischen einige Schalen mit geriebenem Parmesankäse, der in einer Wolke über den Tisch flog. Er war bewusstlos.

Barbaroux erkannte als Erster am Tisch den Ernst der Lage. *»Prenez garde«*, befahl er. »Keiner bewegt sich! Die Djam-Djam-Schlange aus La Motte hat zugebissen. Der Nächste, der sich bewegt, wird gebissen. Ihr habt alle von dem lähmenden Gift gehört, das die Schlange in den Körper spritzt, wenn sie etwas beißt, das sich auch nur im Geringsten rührt. Bewegt euch nicht, bis die Schlange verschwindet.«

Die ganze Gesellschaft erstarrte. Selbst Buchon, der gerade den Arm ausgestreckt hatte, um nach dem Pfefferstreuer zu greifen, verharrte reglos in dieser Position. Viele, die gerade an ihrem Wein hatten trinken wollen, hielten das Glas an ihre Lippen, wagten aber nicht einmal, das Bouquet des Weins zu riechen.

Die ganze Szene ähnelte einem Standbild. Keiner öffnete den Mund, um tiefer durchzuatmen, noch regte sich ein Augapfel, um zu sehen, ob die Schlange verschwunden war.

Das war sie aber.

Plötzlich riefen ein paar Jungen: »Da! Da drüben ist sie!«

Die Djam-Djam-Schlange glitt schnell über ein Mäuerchen und verschwand in einem Blumenbeet.

Polizeichef Grely sprang auf, übernahm das Kommando und erteilte Anweisungen.

»Barbaroux, nimm dir ein paar Leute und trag den Bräutigam hinüber ins *Les Deux Chênes* … Und Sie, Doktor Moreau, gehen bitte mit ihnen und sehen, ob Sie erste Hilfe leisten können oder was sonst nötig ist, bevor er wieder zu Bewusstsein kommt. Ich gehe zur Polizeistation und hole meine Dienstwaffe. Diese Schlange muss gefangen werden, sonst bekommen wir keine Ruhe in der Stadt!« Grely rannte fast zu seinem Wagen und raste davon.

Inzwischen trug man den Bräutigam ins Hotel und legte ihn auf das Doppelbett in der Hochzeitssuite, bestehend aus zwei nicht allzu großen, aber gemütlichen Zimmern, die durch eine Doppeltür verbunden waren. Hyacinthe ließ ihren aschfahlen Forbes keine Sekunde aus den Augen. Mit tränenüberströmten Wangen saß sie neben ihm auf dem Bett und hielt seine Hand. Ihre Mutter tätschelte ihr die Schulter und versuchte sie zu trösten. Ihr Vater hielt schweigend am Fußende des Bettes Wache und rang nervös die Hände. Mr. und Mrs. Forbes Taylor senior standen stoisch mit steifen Oberlippen dabei.

Doktor Moreau schien nicht sonderlich viel über Schlangenbisse zu wissen. Das Einzige, was er anzubieten hatte, war, dem Bräutigam die Fliege abzunehmen und den obersten Kragenknopf zu öffnen … »und ziehen wir ihm die Schuhe aus … keine Einengung … Ich kenne einen indischen Arzt an einem Krankenhaus in Nizza, ich rufe ihn an. Er soll ein Experte für Schlangenbisse sein.«

»In vier oder fünf Stunden kommt der Mann von selbst wieder zu sich«, erklärte Barbaroux. »So war's bei Schneewittchen und auch bei Baptiste Papot, als sie …«

Doktor Moreau fiel ihm ins Wort. »Schneewittchen«, schnaubte er. »Wer ist hier der Arzt, Sie oder ich?«

Zwischen Doktor Moreau und Barbaroux stand es nicht zum Besten, seit er Florianne einmal Tabletten gegen eine Blasenentzündung verschrieben hatte. Die Pillen waren so klein, dass sie unmöglich hätten helfen können, deshalb hatte Florianne sie auch nicht genommen.

Doktor Moreau wollte erst glauben, was Barbaroux gesagt hatte, nachdem der indische Arzt in Nizza ihn über die Wirkungen und die Prognose des Giftes der Djam-Djam-Schlange aufgeklärt hatte.

Inzwischen war Grely von der Polizeiwache zurückgekommen. Mit quietschenden Bremsen kam sein Wagen zum Stehen, und die Hochzeitsgäste verstummten wieder, wagten kaum zu atmen oder mit der Wimper zu zucken, als er rasch zu dem Blumenbeet ging, in dem sich die Djam-Djam-Schlange versteckt hatte. In der rechten Hand hielt er seinen entsicherten Revolver. Und zur Sicherheit hatte er Girons Waffe in der linken Hand. So etwas hatte man in Clos-de-Provence noch nicht erlebt. Schritt für Schritt, völlig konzentriert und beherrscht, näherte er sich dem Blumenbeet.

An den Tischen stockte allen der Atem. Es war so still, dass man weit draußen auf Janines Weide einen Schafsköttel hätte fallen hören können, wenn sich die Tiere nicht schon für die Nacht zur Ruhe gelegt hätten. *Bon Dieu!* Was für eine Hochzeit! Was für ein Drama!

Polizeichef Grely blieb abrupt stehen. Er zielte sorgfältig auf eine bestimmte Stelle im Blumenbeet, und dann drückte er ab. Und noch einmal. Langsam ließ Grely die Waffe sinken. Ein Junge lief zum Blumenbeet hinüber und hielt triumphierend die Djam-Djam-Schlange am Schwanz hoch. Ihr Kopf war weggeschossen.

Als die Leute später immer noch nervös die dramatische Erschießung schilderten, waren sich alle einig, dass ein Schuss genügt hätte. Grely hatte der Schlange mit untrügerischer Sicherheit die erste Kugel genau zwischen die Augen geschossen. Da bestand kein Zweifel. Grely verstand sein Handwerk. Leute seines Schlages und seiner Fähigkeiten sollten bei der Polizei in den höchsten Ämtern sitzen.

Man feierte ihn mit donnerndem Applaus, während er die Waffen wegsteckte. Er winkte bescheiden ab, um die Begeisterung zu dämpfen. Schließlich hatte er ja nur seine Pflicht getan.

Trotzdem setzte man ihn auf den goldenen Ehrenplatz, und der alte Schmied Touchebeauf und der muskulöse Fischhändler Raboulet hoben ihn in die Höhe. Sie trugen ihn von einem Tisch zum anderen, damit alle ihn sehen und feiern konnten. Nachdem er die Runde beendet hatte, schlang Solange die Arme um ihn und überschüttete ihn unter weiterem Beifall mit leidenschaftlichen Küssen. Alle sollten wissen, zu wem der Held gehörte. Es stand außer Zweifel, dass es später eine leidenschaftliche Nacht geben würde. Die hatte er auch verdient.

Der Brautvater kam aus *Les Deux Chênes*, ging über den Platz und hob die Hand, um Ruhe zu erbitten.

»Doktor Moreau hat einen indischen Spezialisten zu Rate gezogen«, sagte er mit lauter Stimme, damit alle ihn hören konnten. »Dem Bräutigam ist nichts Ernstes passiert. Die Wirkung des Gifts wird in drei bis vier Stunden nachlassen. Und dann kann das glückliche Paar die Hochzeitsnacht vollauf genießen. Als wenn nichts geschehen wäre. Wir haben mit Madame Chapellon, der Wirtin, gesprochen, und sie wird dafür sorgen, dass sie morgen länger bleiben können, um nachzuholen, was sie heute versäumen … ohne Aufpreis. Also, feiern wir weiter! Musik und Tanz!«

Barbaroux, der mit Vincent Tivoli aus dem Hotel gekommen war, sang mit voller Stimme die provenzalische Nationalhymne *Coupo santo*. Das tat er immer, wenn die Situation es erforderte oder das Gefühl ihn übermannte.

Alle standen auf und erwiesen dem jungen Paar die

Ehre, indem sie ihre Gläser in Richtung des Hotels erhoben. Dann sangen sie mit Barbaroux mit lauten, klaren Stimmen so volltönend und leidenschaftlich, dass der Klang aufstieg und das Blätterdach der Platanen rascheln ließ …

– Ende –

»Oh, mein Papa ...«

Sein ganzes Leben hatte der berühmte Trompeter Jimmy Starr, der Mann mit der goldenen Trompete, von einer Reise nach Afrika geträumt, davon geträumt, mit eigenen Augen den weißen Berg Afrikas, den Kilimandscharo, zu sehen, Büffel und Nashörner zu jagen, mit einer Safari über die unendliche Savanne mit ihren Herden von grasenden Zebras, Gazellen und Giraffen zu ziehen und abends den wilden Stammestänzen der Eingeborenen mit ihren aufreizenden Rhythmen zuzusehen. Und vielleicht, wenn er in Stimmung war, auch eine Nummer mit seiner goldenen Trompete zum Besten zu geben.

Jetzt hatte er seinen Traum in die Tat umgesetzt. Er hatte alle Engagements abgesagt und war von Nairobi aus mit dem weißen Jäger Patrick O'Malley als Safarileiter zu einer dreißigtägigen Löwenjagd tief ins Innere von Kenia aufgebrochen. Sie hatten sich über die sonnenverbrannte Steppe und durch den heißen, feuchten Regenwald geschleppt und bisher nur ab und zu einen Wasserbüffel oder eine Antilope erlegt, um ihre Fleischtöpfe füllen zu können. Alles lief so, wie der Safarileiter es geplant hatte.

Eines Tages jedoch geschah etwas äußerst Beunruhigendes. An der Spitze des kleinen Trupps bahnte sich O'Malley einen Weg durch das hohe, harte graugelbe

Gras der Uhaiyana-Steppe, als er plötzlich stehen blieb und sich suchend umblickte.

»Dieser Idiot Jimmy Starr«, murmelte er vor sich hin. »Ist er jetzt schon wieder verschwunden?«

Er wandte sich an N'dagara, den Gewehrträger von Jimmy Starr, der an der schweren, doppelläufigen Winchesterbüchse genug zu schleppen hatte.

»Wo ist der weiße Bhwana?«, fragte er.

»M'ne zunga usongwa kodak, Bhwana!«, antwortete der Gewehrträger und gab durch eine Reihe von Gesten zu verstehen, dass Jimmy Starr die Safari verlassen hatte, um zu fotografieren.

»Und natürlich wie immer ohne sein Gewehr!«, fauchte O'Malley. »Irgendwann geht es noch einmal schief für diesen verrückten kleinen Hornbläser. Wenn er sich hier auf der Uhaiyana-Savanne verirrt, ist es aus und vorbei mit ihm.«

O'Malley reckte den Hals, um über das mannshohe Gras blicken zu können, aber Jimmy Starr war nirgends zu sehen. Er war verschwunden. Und je mehr er sich bemühen würde, zur Safari zurückzufinden, umso weiter würde er sich wahrscheinlich von ihr entfernen.

Als die größte Mittagshitze vorüber war, hatte sich Jimmy Starr tatsächlich so weit entfernt, dass er die Suche nach seinen Gefährten aufgab und erschöpft auf einen morschen Baumstumpf weit draußen in der Savanne niedersank. Klein, schmächtig und unansehnlich saß er da in seinem weißen Tropenanzug mit dem viel zu großen Tropenhelm. In einem verwitterten, knorrigen Affenbrotbaum hinter ihm hatten sich schon die Aasgeier niedergelassen, geduldig die weitere Entwicklung abwartend.

Bald würde die Sonne hinter den fernen Abungumabergen verschwinden. Das Heulen eines Schakals und das trockene Yak-Yak einer Hyäne durchbrachen die Stille der Savanne. Ein paar Aasgeier flogen um Jimmy Starrs Tropenhelm und ließen sich dann in einer Entfernung von weniger als einer Schussweite nieder, um ihn mit ihren kalten, gierigen Augen anzustarren. Er war eine sichere Beute für sie. Sie mussten nur noch ein wenig Geduld haben. Jimmy war vor Angst wie gelähmt. Die Schakale schlichen näher, die Hyänen schlichen näher, die Geparden schlichen näher. Er hatte keine Chance. Wenn O'Malley ihn nicht fand, bevor sich die tropische Nacht mit ihrer pechschwarzen Dunkelheit über die Savanne senkte, war es mit ihm vorbei.

Dann hatte er eine Idee! Die Trompete! Seine goldene Trompete, die er während der Safari keine Sekunde aus den Augen gelassen hatte und immer an einem Riemen über der Schulter trug. Er konnte ein Signal blasen, und wenn O'Malley es hörte, würde er die Richtung wissen, in der er ihn suchen musste.

Jimmy Starr setzte die goldene Trompete an die Lippen und begann zu blasen. Dann wartete er ein paar Minuten. Es kam keine Hilfe. Nur grasende Zebras, Wasserbüffel und Antilopen spitzten die Ohren. Jimmy spielte weiter. Ohne dass es ihm bewusst war, spielte er plötzlich seine Paradenummer: *Oh, mein Papa!* Die wehmütigen, einschmeichelnden, reinen und klaren Töne erklangen weit über die Savanne, worauf etwas sehr Merkwürdiges passierte. Die lauschenden Tiere kamen immer näher; Zebras, Gazellen, Schakale, Schimpansen, Löwen, Nashörner und Leoparden versammelten sich in einem andächtigen Kreis um den Trompete spielenden Weltstar.

»Oh, mein Papa, tra-la, la-la, la-la, la-la, oh, mein Papa …«

Tatsächlich! Es klang wunderschön! Ein paar Elefanten trabten herbei und reihten sich ebenfalls in den Kreis lauschender Tiere ein. Jimmy spielte nun: *My Irish Molly O*, worauf selbst in den kalten, gierigen Augen der Aasgeier ein wehmütiges, andächtiges Glitzern erschien. Jimmy merkte, dass er mit seinem Spiel die Herzen der Tiere gewonnen hatte und dass sie ihm nichts Böses antun würden. Er begann die Toselli-Serenade zu spielen, die Tiere bewegten den Kopf im Takt. Da kam plötzlich ein großer, magerer, alter Löwe aus dem Gras gesprungen. Mit einem einzigen Schlag seiner schweren Pranken erledigte er Jimmy Starr und verschlang den kleinen Mann hungrig. Gleich darauf spuckte er den Tropenhelm wieder aus, leckte sich satt und zufrieden über das Maul, fletschte die Zähne und blickte sich im Kreis der versammelten Tiere um.

»Du riesengroßes blödes Löwen-Rindvieh«, rief wütend einer der Leoparden in der Tiersprache. »Hier hören wir tagaus, tagein nichts anderes als die fantasielosen Trompetenstöße der Elefanten, das Yak-Yak der Hyänen und das tödliche Krächzen der Aasgeier; dann kommt endlich ein Kerl, der spielen kann, und du hast nichts Besseres zu tun, als dich auf ihn zu werfen und ihn in aller Ruhe zu verspeisen. Hast du denn überhaupt kein Gefühl für Musik?«

Der alte, jetzt nicht mehr so magere Löwe hielt sich eine Pranke hinter das Ohr, beugte sich etwas vor und sagte mit krächzender Altlöwenstimme: »Wie bitte?«

»Sie werden von uns hören, junger Mann!«

Der junge Harry Holm suchte einen Job, nicht einen x-beliebigen, nein, es sollte eine Vertrauensstellung sein, gut bezahlt und mit schnellen Aufstiegsmöglichkeiten. Er hatte jahrelang Wirtschaftswissenschaften studiert. Das war ein teurer Spaß gewesen, auch mit Studiendarlehen lag man nicht auf Rosen gebettet. Während seiner ganzen Studienzeit hatte er nicht einen Pfennig zur Seite legen können, daher waren seine Taschen und sein Portemonnaie so leer wie ein Opferstock in der Hölle, um es mal drastisch auszudrücken. Folglich sah er auch nicht gerade gut betucht aus, ja, ehrlich gesagt, seine verschossene Jacke hing an ihm wie ein Kartoffelsack an einer Vogelscheuche.

Kein Wunder also, dass die Personalchefs, bei denen er sich vorstellte, ihre Bedenken hatten, so eine schäbige Gestalt einzustellen, denn nicht alle Chefs haben Verständnis dafür, dass man nicht in perfekt geschniegelten Markenanzügen, längs gestreiften Hosen und Seidenzylinder herumlaufen kann, wenn man soeben das Studium als Werkstudent beendet hat und restlos pleite ist. Daher hieß es immer wieder:

»Sie werden von uns hören junger Mann. Warten Sie ab, wir setzen uns dann mit Ihnen in Verbindung.«

Harry hörte nie mehr ein Wort von ihnen.

Nein, so ging es nicht weiter. Irgendetwas musste er tun. Aber was? Plötzlich wurde es ihm sonnenklar, als er an einem Herrenausstattungsgeschäft vorbeikam und einen Blick in den großen Schaufensterspiegel warf. Mein Gott, was läuft denn da für ein Schlamper herum?, dachte er – dann zuckte er zusammen und blieb erschrocken stehen. Der Schlamper war er selbst. Er erschauderte bei seinem eigenen Anblick.

Harry brauchte einen schicken neuen Anzug, das war's. Verzweifelt dachte er an seine leere Brieftasche. Dabei fiel sein Blick auf einen eleganten modischen Anzug im Schaufenster, dezent grau mit diskreten goldenen Kontraststreifen. Sollte er sich hineinwagen und ihn anprobieren? Am folgenden Tag hatte er beim Direktor der »Deutschen Suppengrün-Gesellschaft« einen Vorstellungstermin. Man suchte einen jungen Betriebswirt, »repräsentable Erscheinung, sicheres Auftreten, muss alle Einkäufe und Verhandlungen selbstständig vornehmen, kaufmännisches Geschick daher von Vorteil, Gehalt nach Fähigkeit und Leistung«.

Die Garderobe, die er zurzeit besaß, ließ ihn kaum repräsentabel erscheinen. Kurz entschlossen betrat er das Geschäft, um den dezenten grauen Anzug mit den goldenen Kontraststreifen anzuprobieren.

»Der Anzug dort im Fenster«, wandte er sich an den Verkäufer, »was kostet der?«

»250 Euro, mein Herr. 25 Euro Anzahlung, der Rest in Raten oder bar innerhalb einer Woche, minus 5 Prozent. Möchten Sie ihn anprobieren? Scheint Ihre Größe zu sein.«

Harry zog den Anzug an. Er saß wie angegossen.

»Ausgezeichnet verarbeitet, mein Herr, Strukturgewebe, 55 Prozent Terycolan, 45 Prozent Colantery. Beachten Sie die randgesteppten Kanten und die langen Rückenschlitze. Die Hose hat Gleitfutter aus Kunstseide bis unters Knie. Ein stilgerechter Anzug, erste Qualität, und für den Preis …«

»In Ordnung«, sagte Harry entschlossen, »den nehme ich.«

»Wohin sollen wir ihn schicken?«

Harry nannte seine Adresse.

»Und wie möchten Sie zahlen?«

»Bar innerhalb einer Woche, minus 5 Prozent«, erwiderte Harry schnell. Er setzte alles auf eine Karte. Da 25 Euro Anzahlung seine finanziellen Möglichkeiten bei weitem überstiegen, blieb ihm keine andere Wahl.

Am nächsten Vormittag kam der Anzug, genau zwanzig Minuten bevor Harry beim Direktor der Deutschen Suppengrün-Gesellschaft vorsprechen sollte. Wie der Blitz schlüpfte er hinein und jagte die Treppe hinunter, wobei er noch schnell den Reißverschluss im Hosenschlitz hochzog und den Schlips zurechtrückte. Pünktlich auf die Minute betrat er den Empfangsraum der großen Firma.

»Ich habe einen Termin bei Direktor Kerbel«, erklärte er formgewandt.

Er wurde hineingebeten und wies seine Zeugnisse vor. Offensichtlich machte er einen ausgezeichneten Eindruck auf den Direktor. Kein Zweifel, das lag an dem eleganten Anzug. Er bemerkte, wie der Direktor mehrmals mit anerkennendem Blick seine Kleidung musterte. Nie hatte Harry sich so sicher gefühlt wie heute, selbstbewusst, ohne hochmütig zu sein, kultiviert, ohne affektiert zu wirken, kurz, ein Mann von Welt, in jeder Beziehung. Ja, die Sache lief richtig. Es erstaunte ihn keineswegs, als der Direktor ihm plötzlich die Hand reichte und sagte:

»Gut, Sie bekommen die Stellung, Herr Holm, herzlichen Glückwunsch! Wir heißen Sie willkommen in der Deutschen Suppengrün-Gesellschaft, dem Spitzenunternehmen dieser Branche.«

»Bevor ich Ihnen danke, Herr Direktor«, entgegnete Harry mutig, »will ich die Karten offen auf den Tisch legen. Ich habe fünf Jahre lang studiert, um mein Examen zu machen, und stecke finanziell daher in der Klemme. Ich hoffe, Sie verstehen meine Situation. Deshalb möchte ich Sie fragen, ob Sie mir einen kleinen Vorschuss auf mein erstes Gehalt geben könnten. Ich bin sonst grundsätzlich gegen einen Vorschuss, aber …«

»Wie viel brauchen Sie?«

»Tja, ich denke, es reichen …«

»250 Euro?«, nahm ihm der Direktor das Wort aus dem Mund.

»Ja, genau!«, gab Harry verwundert zu. »Woher wissen Sie das?«

»Sie konnten Ihren neuen Anzug wohl nicht schnell genug ankriegen! Übrigens ein vernünftiger und vorteilhafter Kauf!«

Direktor Kerbel lächelte und zeigte auf einen Zettel, der an Harrys dezentem grauem Anzug mit den goldenen Kontraststreifen hing. Darauf stand: »Sonderangebot! Vorher 400 Euro, jetzt nur noch 250 Euro.«

Der Tankstellenmörder Mushy Boone

Der bekannte New Yorker Staranwalt Mark W. Sloane suchte das Weite. Auf dem Konto eines Klienten fehlte eine Summe, die er auf ungefähr eine Million Dollar schätzte, und das Schlimmste daran war, dass er keinerlei Ahnung hatte, wo das Geld eigentlich geblieben war. Es war wohl in Nachtclubs, Spielcasinos in Las Vegas und in die Taschen schnuckeliger Blondinen geflossen. War einfach so versickert. Alles, was ihm geblieben war, war der Cadillac, der ihn nun mit Höchstgeschwindigkeit der mexikanischen Grenze näher brachte. Er saß seit dem frühen Morgen hinter dem Steuer, war unrasiert, müde, hungrig und schwitzte in der brütenden Hitze, als er unvermittelt den Highway 417 verließ und auf einer schmalen, staubigen Landstraße weiter auf den Seven Peak Mountain zufuhr. An einem Bach hielt er an. Er stieg aus dem Wagen, wusch sich das verschwitzte Gesicht, zündete sich eine Zigarette an und wollte sich gerade auf einen Stein setzen, um für einen Augenblick zu entspannen, als seine Nasenflügel urplötzlich Essensdüfte witterten. War das denn die Möglichkeit? Er bahnte sich einen Weg durch ein paar Sträucher in Richtung des Geruchs … und sah sich einem Tramp gegenüber, einem Tippelbruder, der auf der Erde hockte und über einem kleinen Feuer Fleischstücke brutzelte. Neben ihm lagen Brot und ein paar gebratene Truthahnschenkel auf einem großen blau gepunkteten Tuch.

»Hallo«, sagte Sloane und warf einen hungrigen Blick auf das Grillfleisch.

Der Tippelbruder fuhr zusammen und stand auf.

»Ist es verboten, hier Feuer zu machen?«, fragte er unterwürfig. »Oder befinde ich mich vielleicht auf Ihrem Privatgrundstück?«

Sloane beruhigte ihn.

»Nur keine Panik«, sagte er. »Ich bin nur vorbeigekommen, habe mich gewaschen und meinen Durst gestillt. Das ist alles. Hätten Sie vielleicht ein Stück Brot für mich übrig? Ich bin kurz vor dem Verhungern. Bin schon den ganzen Tag unterwegs, wissen Sie.«

Der Tramp entspannte sich.

»Setzen Sie sich«, sagte er. »Es ist genug für zwei da.«

Sloane ließ sich nieder, und der Tippelbruder warf ihm ein großes Stück saftigen Putenfleisches zu. Gierig machte sich Sloane über das Fleisch her.

»Ich beneide euch Tramps«, stellte er fest, als der ärgste Hunger gestillt war. »Ein freies Leben! Keine Sorgen um den nächsten Tag. Ich würde wirklich ein Vermögen geben, um mit Ihnen tauschen zu können.«

Der Tippelbruder nahm eine von Sloanes Zigaretten entgegen. »Ist das da oben an der Brücke Ihr Cadillac?«, wollte er wissen.

Sloane nickte.

»In diesem Fall bin ich eher davon überzeugt, dass Sie um nichts in der Welt tauschen wollen, Mac!«, meinte der Tramp bitter.

Sloane war ein Einfall gekommen, eine Idee, die fast brillant war. Ordentlich in die Tat umgesetzt, konnte sie ihn problemlos über die Grenze nach Mexiko bringen. Und wenn er erst einmal dort war, sollte es keinerlei Schwierigkeiten bereiten, weiter nach Südamerika, Brasilien, Venezuela oder wohin auch immer zu kommen.

»Sie beneiden mich?«, fragte er. »Nun, dazu besteht wahrlich kein Anlass. Das Leben eines viel beschäftigten, gestressten Geschäftsmannes ist wirklich nicht beneidenswert. Nein, nein – ich habe mehr als genug von großartigen Dinners, Cocktailpartys, Tagungen und hohlköpfigen Blondinen.«

»Ehrlich?«

»Ich schwöre es! Seit Jahren träume ich von einem sorglosen Leben, von einem Leben unter Gottes blauem Himmelszelt. Ich glaube, das wäre das Einzige, was mir helfen könnte, mein Magengeschwür, meine Schlaflosigkeit und meine zerrütteten Nerven loszuwerden. Falls Sie irgendwelche Ausweispapiere bei sich haben, würde ich Ihnen gerne einen Vorschlag machen.«

Der Tramp angelte ein paar zerknitterte Papiere aus der Innentasche seines abgetragenen Jacketts und warf sie Sloane zu. Der blätterte sie flugs durch. Sie waren genau das, was er brauchte. Ein Pass auf den Namen Mushy Boone mit einem Foto, das eindeutig zeigte, dass der Tippelbruder mit dem aufgeführten Mushy identisch war. Flüchtig betrachtet, konnte das Foto als eine geringfügig jüngere Ausgabe von Sloane durchgehen.

»Na, haben Sie Lust, den Lebensstil zu verändern, Kumpel?«, fragte Sloane schnell.

»Ist der Cadillac da oben Bestandteil des Handels?«

»Selbstverständlich! Ich biete Ihnen ein neues und vermutlich ungewohntes Leben als Anwalt Mark W. Sloane. Hier sind meine Papiere … und die Schlüssel für den Wagen nebst einem kleinen Startkapital! Packen Sie die Gelegenheit beim Schopf, Kumpel!«

BANG
BANG
REWARD
SHERIF

Höchstwahrscheinlich hielt der Tramp den Fremden für reichlich verrückt, aber er ließ sich auf das Tauschgeschäft ein. Fünf Minuten später hatte Sloane die Lumpen des Tippelbruders angezogen, ein Bündel aus dem blau gepunkteten Tuch geschnürt und um einen Stock gebunden. In Sloanes gut gebügeltem mausgrauem Fischgrätenanzug startete der Tramp den Cadillac, beschrieb eine Kurve und entschwand in einer Staubwolke Richtung Highway 417. Der Einfaltspinsel.

Sloane ließ sich Zeit Er wartete, bis sich die Staubwolke verzogen hatte. Dann lief auch er auf den Highway zu. Nun brauchte er nur noch eine Mitfahrgelegenheit bis zur Grenze, Er griff nach seinen Zigaretten. Doch da waren keine. Sein Camel-Päckchen befand sich im mausgrauen Anzug. Ob er vielleicht wenigstens eine Kippe im Jackett des Tramps finden konnte? Er durchsuchte alle Taschen, fand aber lediglich einen Zeitungsausschnitt. Er glättete ihn und las:

»Der berüchtigte Verbrecher und Tankstellenmörder Mushy Boone, dem gestern die Flucht aus dem Staatsgefängnis in Spud Rock gelang, nachdem er dort lediglich zwei Jahre einer vierzigjährigen Haftstrafe abgesessen hatte, soll in der Nähe des Highway 417 gesehen worden sein. Die Bundespolizei konzentriert die Suche nach ihm mit Spürhunden im Gebiet südlich von Seven Peak Mountain.«

Sloane erstarrte. Bedrohliches Sirenengeheul kam näher und näher.

»Ich bin an Ihrer Tochter interessiert, Herr Fabrikant!«

Der Fabrikant Georg Axelborg betrachtete den jungen Mann forschend, der auf einem rindsledergepolsterten Sessel vor seinem imposanten Schreibtisch saß. Dann streifte er die Asche von der Amontillado, die er gerade rauchte, in den schweren Kristallaschenbecher, stand auf, drückte auf einen Knopf, und aus der Wand glitt eine eingebaute Bar. Er nahm zwei Gläser und eine Karaffe heraus und goss ihnen beiden einen Whisky ein. Er reichte dem jungen Mann ein Glas und setzte sich wieder hinter den Schreibtisch.

»So«, sagte er, als er sein Glas hob. »Sie wollen also Cecilia heiraten, meine einzige Tochter.«

Der junge Mann nickte, und Axelborg betrachtete ihn wieder prüfend.

»Ja, Cecilia ist meine einzige Tochter, mein einziges Kind, die einzige Erbin der Axelborg-Dampfmaschinen-Fabriken, die 1887 gegründet wurden und das älteste Dampfmaschinen-Unternehmen auf dem Kontinent sind. Sie haben doch sicher von den Axelborg-Millionen gehört, unserem Familienvermögen, das von meinem Großvater verdient und von meinem Vater vervielfacht wurde.«

Der junge Mann nickte.

»Ich bin an Ihrer Tochter Cecilia interessiert, Herr Axelborg«, sagte er, »nicht an den Axelborg-Millionen.

chris-

Ich liebe sie, und sie liebt mich. Ich gebe zu, dass wir uns erst seit kurzer Zeit kennen, aber es war Liebe auf den ersten Blick – und deshalb bin ich hier. Ich hoffe, Sie geben uns Ihre Zustimmung und Ihren Segen.«

Georg Axelborg kaute auf seiner Amontillado.

»Wie, sagten Sie, heißen Sie doch gleich?«

»Felix Birkstam.«

»Sie sind nicht zufällig der Sohn von Jay Birkstam, dem Besitzer der Birkstam-Stahlwerke und der Birkstam-Millionen?«

Der junge Mann beantwortete die Frage mit einem Nicken. Herr Axelborg bemühte sich, dem jungen Mann die Karaffe und die Zigarrenkiste zuzuschieben. Wie gut, dass er sich erst einmal zurückgehalten und den jungen Mann nicht mit einer schroffen Ablehnung verprellt hatte! Selbstverständlich würde er ihm die Hand seiner einzigen Tochter, Cecilia, geben! Er sah sein Rettungsboot vor sich! Das große Schiff, die Axelborg-Dampfmaschinen-Fabrik, sank schnell. Die Millionen waren längst nicht mehr da, übrig waren nur noch Schulden und Forderungen. Die Tage der Dampfmaschinen gehörten längst der Vergangenheit an, und der Versuch, das Unternehmen in eine Produktionsstätte für Teekessel umzuwandeln, war tragisch gescheitert. Die Axelborg-Villa am eleganten Ende des Strand Boulevard war bis über Dach und Schornstein mit Hypotheken belastet. Es war nur eine Frage der Zeit, wann er gezwungen sein würde, seine Kunstsammlung und die Kollektion kostbaren Meißener Porzellans zu verkaufen. Doch nun war er gerettet! Felix Birkstam, der einzige Erbe der Birkstam-Millionen, war zur Tür hereinspaziert und hatte um Cecilias Hand gebeten! Natürlich würde er sie bekommen! Mit seinem ganzen Segen! Cecilia war nie besonders hübsch oder intelligent gewesen, daher hatte es bislang nur wenige Verehrer gegeben – samt und sonders inakzeptabel. Aber nun saß jemand vor ihm, der mehr als nur akzeptabel war und darüber hinaus den Vorzug hatte, der junge und gut aussehende Felix Birkstam zu sein! Das war das Beste, was ihm hatte passieren können!

Georg Axelborg hätte vor Freude jubeln können, doch er riss sich zusammen. Mit großer und ernster Würde erhob er sich und schüttelte dem jungen Mann die Hand.

»Sie haben meine Zustimmung, junger Mann«, sagte er. »Ich bin davon überzeugt, Cecilia bei Ihnen in guten Händen zu wissen. Als Birkstam werden Sie meine Tochter so behandeln, wie sie das gewöhnt ist. Die Einzelheiten der Hochzeitsvorbereitungen überlasse ich Cecilia und Ihnen, aber da Sie sich beide sehr lieben, wie Sie gesagt haben, gebe ich Ihnen meinen Segen, und Sie können so bald wie möglich heiraten. Eine lange Verlobungszeit würde keinen Sinn machen, wenn Sie beide Ihrer Sache so sicher sind. Ich wünsche Ihnen beiden alles Glück dieser Welt.«

Unter gar keinen Umständen durfte Birkstam die Möglichkeit eingeräumt werden, es sich doch noch einmal zu überlegen. Der Fisch war ins Netz gegangen und musste nun sicher an Land gezogen werden.

Der junge Birkstam lächelte dankbar.

»Und ich kann davon ausgehen, dass Ihr Vater weiß, dass Sie Cecilia heiraten wollen?«, fragte Georg Axelborg, um ganz sicherzugehen.

»Oh ja, er weiß es.«

»Und er hat keine Einwände?«

Georg Axelborg konnte sich nicht mehr zurückhalten. Er rieb sich die Hände. Plötzlich sah das Leben der Familie Axelborg wieder lebenswert aus. Egal, wie nahe er auch an den Rand des Bankrotts geriet, die Zukunft seiner Tochter war gesichert. Und wer weiß, vielleicht würde Cecilias künftiger Schwiegervater einer wirtschaftlichen Partnerschaft zwischen beiden Unternehmen nicht abgeneigt sein.

»Also dann«, meinte Georg Axelborg jovial, »sollten Sie jetzt vielleicht gleich zu Ihrem Vater gehen und ihm mitteilen, dass die Angelegenheit geregelt ist!«

Und genau das tat der junge Felix.

»Er ist darauf reingefallen, Vater!«, sagte er. »Das Mädchen ist die Meine, auch wenn sie hässlich wie die Nacht ist. Aber wie du weißt, tue ich alles für dich und das Familienunternehmen. Du kannst mit der Anmeldung des Konkurses noch eine Weile warten – die Axelborg-Millionen gehören fast uns!«

chris

»Sehen Sie nicht, dass ich mitten in einer Operation stecke?«

Eines Morgens sprang der Wagen nicht an. Er zog den Choke ganz heraus. Er zog den Choke halb heraus. Er probierte es ohne Choke. Er versuchte es mit und ohne Gasgeben. Sehr viel Gas und gar kein Gas. Aber das half alles nichts. Der Wagen sprang nicht an. Woran konnte es liegen?

Vielleicht die Zündung? Das war seine erste Diagnose. Er stieg also aus, öffnete den Motordeckel und … zog ein Paar Operationshandschuhe aus der Tasche. Sehr genau überprüfte er den Vergaser, die Zündkerzen, die Zündung, den Verteiler, die Batterieanschlüsse und die hunderte der geheimnisvollen Teile, die zusammen einen Automotor ausmachen.

Seine Frau kam aus dem Haus gelaufen.

»Was ist los, Manfred? Springt er nicht an?«

Der Arzt puderte seine Gummihandschuhe ein, um sie anzuziehen.

»Ein akuter Fall von insuffizienter Zündung«, erklärte er. »Möglicherweise ein gutartiger Tumor in einer Zündkerze. Ich werde jetzt einen harmlosen kleinen chirurgischen Eingriff vornehmen, um ihn zu entfernen.«

Seine Frau rollte die Augen und legte ihm die Hand auf den Arm.

»Um Himmels willen, Manfred! Du hast doch keine

Ahnung von Motoren. Überlass das doch einem Mechaniker!«

»Davon will ich nichts hören. Wenn ich die kompliziertesten Operationen durchführen kann, dann werde ich doch wohl einen leichteren Fall von Zündungsinsuffizienz operieren können.«

Seine Frau schüttelte ungläubig den Kopf.

»Du weißt ganz genau, wie ungeschickt du bist, wenn es sich um Motoren handelt. Was, wenn deine Diagnose völlig falsch ist? Und außerdem: Der Automechaniker muss auch leben. Ich gehe jetzt ins Haus und rufe ihn an.«

Nach einer halben Stunde kam der Mechaniker, um den Wagen in die Werkstatt abzuschleppen.

»Was ist diesmal mit der alten Klapperkiste los, Professor?«, fragte der Mechaniker.

»Ein akuter Fall von insuffizienter Zündungsentzündung, möglicherweise erschwert durch eine kleine, gutartige Wucherung in einer der Zündkerzen.«

Der Mechaniker sagte darauf nur: »Schauen wir uns das mal an. Kommen Sie heute Nachmittag vorbei.« Und fügte sarkastisch hinzu: »Ich hoffe, dann haben wir die Operation erfolgreich abgeschlossen.«

Am späten Nachmittag kam der Professor in die Werkstatt. Sein Wagen stand am alten Platz. Offensichtlich war noch nichts daran getan worden.

Der Mechaniker nahm den Arzt beiseite und sagte mit gedämpfter, vertraulicher Stimme: »Professor, muss leider sagen, scheint ein ernster Fall zu sein.« Nach einem schnellen Seitenblick auf den Wagen: »Wir müssen den Verteiler herausoperieren und eine Transplantation vornehmen.«

»Eine Transplantation?«

»Ich fürchte, ja. Dann müssen wir wohl die Zylinder

neu aufbohren und darauf eine explorierende Operation durchführen. Aber wenn die Operation erfolgreich verläuft, verspreche ich Ihnen, dass der Wagen danach so gut wie neu ist. Also – können wir die Operation in die Wege leiten?«

»Wie lange wird das dauern? Sie wissen doch, wie dringend ich mein Auto brauche.«

»Schauen Sie in ein paar Tagen vorbei. Ich hoffe, dass wir ihn dann ... als gesund entlassen können, mit entsprechendem Attest, in dem alles drinsteht.«

Der Arzt kam ein paar Tage später in die Werkstatt. Der Mechaniker hatte sich tief über den Motor gebeugt; er fluchte und schnauzte seinen Assistenten an, der mit den verschiedenen Schlüsseln, Schraubenziehern, Ölkännchen und all den anderen Instrumenten, die bei einer feinmechanischen Operation gebraucht werden, bereitstand, um ihm das Gewünschte augenblicklich zu reichen.

»Wie geht's vorwärts, Jack? Sind Sie bald fertig?«

»Ich will nicht gestört werden«, sagte Jack, kurz angebunden. »Sehen Sie nicht, dass ich mitten in einer Operation stecke? Anästhetika, Junge!«

Sein Assistent reichte ihm schnell ein Ölkännchen.

»Jetzt den Schraubenschlüssel mit dem Drehgriff! Und dann lass mal hören, ob der Patient noch am Leben ist.«

Die Hupe hupte ganz lebendig, und Dr. Karbunkel wurde auf den morgigen Tag bestellt.

Als er zum abgesprochenen Termin kam, war die Reparatur beendet.

»Ist wieder gesund«, sagte der Mechaniker. »Das hält jetzt wieder zwanzig Jahre. Aber ich sage Ihnen, Professor, es war keine leichte Operation ... Hier das Attest ... eh, die Rechnung.«

Dr. Karbunkel erlitt beinahe einen Herzanfall.

»So viel? Das ist doch nicht möglich. Das ist ja zehnmal so viel wie das, was ich für einen Arm- oder Beinbruch bekomme. Und doppelt so viel wie für eine Blinddarmoperation.«

»Ist ja möglich, Professor, aber bedenken Sie, dass die Arbeit eines Mechanikers viel schwerer ist als die eines Chirurgen.«

Dr. Karbunkel stand da wie ein großes Fragezeichen.

»Schwerer?«

»Na klar«, erwiderte der Mechaniker und wischte sich mit seiner schmutzigen Hand über die Stirn. »Jahr für Jahr müssen wir lernen, uns auf fünfzehn oder zwanzig neue Modelle einzustellen. Aber Ihr Ärzte habt seit Adam und Eva nur immer mit denselben zwei Modellen zu tun.«

Moon Star

Vielleicht interessieren Sie sich nicht gerade brennend für Trabrennen und kennen daher viele der Feinheiten dieser noblen Sportart nicht. Aber auch wenn Sie Traben nicht mögen, können Sie aus der folgenden Geschichte etwas lernen. Sie zeigt nicht nur, dass manche Menschen vor nichts zurückschrecken, um ein harmloses Tier zu Höchstleistungen zu zwingen. Vielmehr provoziert sie auch durch die Darstellung dessen, wie weit manche gehen, um die Folgen des Alterns zu verzögern und bis zum Ende durchzuhalten.

Die Hauptfigur der Geschichte ist der schnelle Traber Moon Star, eine zwölfjährige Stute, die schon bessere Tage gesehen hatte. Moon Star war einst ein Derby Favorit gewesen und hatte ihrem Besitzer viel Geld und zahlreiche Silbertrophäen eingebracht. Obwohl Moon Star viele Championships und Grand Prix in ihrer Klasse gewonnen hatte, konnte sie, wie das bei allen Sportarten der Fall ist, nicht ewig an der Spitze bleiben. Mit zunehmendem Alter schien sie immer seltener unter den Gewinnern auf. Sie fing schon am Start schlecht an, verlor ihre Konzentration und wurde wegen unregelmäßigen Trabs disqualifiziert. Zunehmend häufiger passierte sie auch die Ziellinie mit heraushängender Zunge, lange nachdem all die

anderen Pferde bereits wieder in ihren Boxen standen.

Sie hatte Arthritis bekommen, die an ihren Hinterbeinen nagte und ihre Gelenke steif machte. Verständlicherweise, zumal zwölf Jahre schließlich ein beträchtliches Alter für einen Traber ist. Ihr Besitzer erkannte, dass Moon Star schon vor langer Zeit ihre letzte Silbertrophäe in der Trabrennbahn gewonnen hatte. Jetzt wollte er nur einen Dummen finden, der einen halbwegs guten Preis für den ausgedienten Traber zahlen würde.

»Hättest du Interesse, Mortensen?«, fragte der Besitzer einen der erfolgreichsten Fleischhauer der Stadt, der immer wieder einmal zur Rennbahn kam.

Der Fleischhauer sah sich die letzte Laufzeit von Moon Star an. »Ha!«, schnaubte er verächtlich. »1.57,2. Meine alte arthritische Großmutter konnte schneller laufen, als sie achtzig war und zu einem Nachbarn mit dem neuesten Klatsch rannte!«

»Du bekommst sie billig«, sagte der Besitzer. »Ich weiß wohl, dass Moon Star ihre Karriere als schneller Traber beendet hat, aber mit ein bisschen Pflege wirst du an ihr ein gutes, sanftes, nicht zu lebhaftes Reitpferd für die Kinder haben!«

Mortensen kaufte Moon Star also. Aber er hatte andere Pläne mit ihr, und auf jeden Fall wollte er sie nicht als Reitpferd verwenden. Er war überzeugt, dass es nur auf die richtige Behandlung ankam, um Moon Star noch einige Preise holen zu lassen. Das Problem musste nur richtig angepackt und die alte Mähre dazu gebracht werden, wieder ihr Bestes in der Rennbahn zu geben. Was sind schließlich schon zwölf Jahre für einen ehemaligen Derby-Favoriten?

Kurze Zeit später nominierte er Moon Star für ein Omniumrennen über dreitausend Meter.

»Das kann doch nicht Ihr Ernst sein«, erhob der Trainer Einspruch. »Sie hat keine Chance!«

»Warten wir ab«, sagte Mortensen.

Also warteten sie. Am Tag des Rennens fuhr Mortensen mit dem Transporter vor die Stalltür, verlud Moon Star und brauste mit ihr davon. Eine halbe Stunde später kehrte er zurück. Die Stallburschen spannten die Stute vor den Sulky, der Jockey nahm seinen Platz ein und fuhr an die Startlinie.

»Sie sind gestartet!«, tönte es über die Lautsprecher. Moon Star kam gut weg. Obwohl sie stark angetrieben wurde, hielt sie sich in der dritten Bahn, kam schnell, voran und schloss immer enger zu dem Favoriten auf, der in Führung lag ... Und schließlich überquerte Moon Star die Ziellinie ein Eselshaar vor Master Molly, dem Favoriten.

Moon Star wirkte erschöpft, aber sie hielt sich tapfer bei der Siegerehrung, und die Menge jubelte. Die Bestzeit war 1.21,5, eine unglaubliche Leistung für eine alte, ausgediente, arthritische Stute. Das Geld und die Silbertrophäe gingen an den neuen Besitzer, den erfolgreichen Fleischhauer.

Der ehemalige Besitzer wunderte sich. »Was zum Teufel hat er mit ihr gemacht?«

»Doping!«, wurde in den Stallen geflüstert, in denen Moon Star das Gesprächsthema des Tages war.

Moon Star wurde für das nächste Rennen genannt, und wieder geschah das gleiche Wunder. Ein paar Stunden vor dem Rennen kam Mortensen, um Moon Star in seinen Transporter zu verladen und eine halbstündige Fahrt durch die Stadt mit ihr zu machen. Als er zurückkam, wartete der Tierarzt mit ein paar Männern auf ihn.

»Wir können das alles einfach nicht verstehen«, sagte

der Manager der Rennbahn. »Wir wollen Sie ja nicht beschuldigen, irgendetwas Unrechtes zu tun, Mortensen, aber das Gerede ist so groß, dass wir besser einen Doping-Test vornehmen.«

Moon Star wurde also getestet, aber es konnten keine Anzeichen von Steroiden oder anderen Aufputschmitteln entdeckt werden. Moon Star bestand die Untersuchung mit fliegenden Fahnen.

Sie wurde erneut für ein Rennen nominiert, hatte aber wegen ihrer steifen Beine einen schlechten Start. Der Jockey jedoch brachte sie in Fahrt, und obwohl sie in die dritte Bahn abgedrängt wurden, konnte sich Moon Star auf der Zielgeraden vorarbeiten und überholte langsam, aber sicher Patsy Girl, den Favoriten, deren Jockey nicht mit der Peitsche gespart hatte. Und Moon Star gewann. Ihre Zeit war 1.21,2 … eine großartige Leistung. Wieder einmal gab es Geld und eine Trophäe für den Besitzer.

So ging das von nun an weiter, Rennen um Rennen. Vor jedem Start fuhr Mortensen mit Moon Star eine Runde im Pferdetransporter, und wenn sie zurückkamen, konnte Moon Star es kaum erwarten, ihr Bestes zu geben, um all die anderen Traber zu schlagen und zu beweisen, dass noch sehr viel Leben in ihr steckte.

Eines Tages entschlossen sich der ehemalige Besitzer und ein paar andere von den Bediensteten und Richtern, Mortensen unauffällig zu folgen, wenn er seine Runde mit Moon Star drehte. Sie waren von der Gerissenheit des Fleischhauers entsetzt, als sie sahen, was er während der kurzen Fahrt veranstaltete.

Er fuhr einfach am städtischen Schlachthaus mit Moon Star vorbei, sehr nahe heran fuhr er … sodass

Moon Star einen kurzen, erschreckenden Blick darauf werfen konnte und sah, was sie an dem Tag erwartete, da sie nicht länger ihr Bestes geben konnte …

»Können Sie Sicherheitsgurte verkaufen?«

Crashbent, der Inhaber und Leiter von Crashbent Sicherheitsgurte AG, starrte benommen auf die Inventurliste des Lagers, die sein Geschäftsführer ihm gebracht hatte. Dann schlug er so heftig mit der Faust auf den Schreibtisch, dass die Telefone und das Bürosprechgerät auf den Boden fielen.

»Das ist ja ungeheuerlich, Petersen!«, donnerte er. »Über eine Million Sicherheitsgurte auf Lager! Was zum Teufel sollen wir mit all diesen verflixten Gurten anfangen?«

»Ich bin nicht für den Verkauf zuständig«, entgegnete Petersen abwehrend. »Mein Job ist es, für maximale Produktion zu sorgen, und unter meiner Leitung geben die Arbeiter ihr Bestes.«

»Schon gut, aber für eine Weile müssen wir die Herstellung drosseln«, knirschte Crashbent. »Schicken Sie mir den Verkaufsleiter.«

Als Madsen, der Verkaufsleiter, eintrat, schlug Crashbent wieder heftig auf den Tisch. Diesmal flog seine halb gerauchte Zigarre, die in einem schweren Keramikaschenbecher gelegen hatte, einen halben Meter in die Luft.

»Sehen Sie sich diese Zahlen an, Madsen!«, tobte er. »Über eine Million Sicherheitsgurte warten im Lagerhaus auf Abnehmer, aber Sie und Ihre Leute haben im vergangenen Monat nicht einen einzigen verkauft!«

»Der Markt für Sicherheitsgurte ist gesättigt, Herr Crashbent. Ein großer Teil der Autofahrer schnallt sich einfach immer noch nicht an. Diese Leute ziehen es offenbar vor, sich bei einem Unfall wie gehabt umzubringen, mit dem Kopf durch die Windschutzscheibe zu fliegen oder gegen das Lenkrad zu prallen. Deshalb nutzen sich ihre Sicherheitsgurte nicht ab. Ganz offensichtlich hat die Sicherheitskampagne keinen großen Eindruck hinterlassen. Außerdem gibt es noch viel zu wenige Länder, in denen Sicherheitsgurte als Standardausrüstung obligatorisch sind. Und als wären das nicht schon genug Probleme, können wir nicht so billig produzieren wie die Japaner …«

Das reichte Crashbent.

»Sie sind gefeuert!«, schrie er wutentbrannt. »Ihr Gehalt zahle ich Ihnen noch drei Monate, aber ich will Sie hier nicht mehr sehen!«

Am nächsten Tag schon stand ein großes Stellenangebot von Crashbent Sicherheitsgurte AG in den Tageszeitungen. »Verkaufsleiter gesucht« sprang es den Lesern in fetten Lettern entgegen. »Es kommen nur Spitzenkräfte infrage.« Die Reaktion war, gelinde gesagt, gering. Es meldete sich nur ein einziger Bewerber – ein kleiner, drahtiger, selbstsicherer Bursche namens Schmart.

»Können Sie Sicherheitsgurte verkaufen?«, fragte Crashbent ihn zweifelnd.

»Ich kann alles verkaufen, mein Herr.«

»Glauben Sie das wirklich? Wir haben eine Million Sicherheitsgurte auf Lager, die wir nicht loswerden. Der Markt ist gesättigt und die Konkurrenz erdrückend. Wir können die Preise nicht unter die der Japaner senken. Auf dem heimischen Markt ist nichts mehr zu machen und …«

»Also exportieren wir sie«, unterbrach ihn Schmart, offenbar unbeeindruckt von Crashbents Worten. »Wir finden einen ausländischen Markt, der Bedarf an Sicherheitsgurten hat. Das ist kein Problem.«

»Und wo wollen Sie den finden? Nennen Sie mir bloß ein europäisches Land ohne Sicherheitsgurtfabrik. Sogar Luxemburg hat zwei.«

Schmart warf einen raschen Blick auf die Tür, um sich zu vergewissern, dass sie geschlossen war, dann beugte er sich über den Schreibtisch, zog Crashbent an dessen Revers näher zu sich heran und flüsterte:

»Ich hab da einen fantastischen Dreh. Afrika! Zentralafrika!«

Crashbent stieß ihn zurück.

»Sie sind ja verrückt! Zentralafrika! Dort gibt es kaum Autos. Die Leute gehen zu Fuß, wenn sie irgendwohin wollen. Es gibt keine Wagen! Also wie, zum Teufel, wollen Sie dort Sicherheitsgurte verkaufen? Verstehen Sie mich nicht falsch, ich habe nichts gegen Afrikaner oder einen afrikanischen Absatzmarkt. Aber wir haben schließlich keinen Überschuss an Magermilchpulver, das wir an den Mann bringen wollen, sondern Sicherheitsgurte, und …«

Wieder unterbrach Schmart ihn.

»Geben Sie mir eine Chance. Lassen Sie mich morgen hinfliegen, und innerhalb einer Woche schicke ich Ihnen ein Telegramm mit der ersten Bestellung.«

»Kommt überhaupt nicht infrage!«, empörte sich Crashbent. Dann dachte er an all die Sicherheitsgurte im Lagerhaus. Also gab er doch seine Zustimmung, und Schmart buchte sofort einen Flug nach Zentralafrika.

Drei Tage später erhielt Crashbent die erste Bestellung.

»Ich werd ver...«, murmelte er, während er das Telegramm verblüfft noch einmal las.

In den folgenden Tagen hagelte es Bestellungen aus Afrika. Beachtliche Bestellungen. Nach einem Monat war bereits eine halbe Million Sicherheitsgurte verkauft, und die Produktion wurde wieder angekurbelt.

Crashbent kratzte sich am Nacken und paffte eine Zigarre.

Ich verstehe es einfach nicht, dachte er. Wie schafft dieser Mann es bloß, so viele Sicherheitsgurte zu verkaufen? Nach all meinen Erfahrungen ist das einfach unmöglich. Ich weiß, was ich tue. Ich fliege hin und sehe mir an, was Schmart da eigentlich macht.

Crashbent buchte einen Flug, und als er in Afrika ankam, fand er Schmart in einem großen modernen Büro mit Klimaanlage. Er hatte einen gewaltigen Vertreterstab von einheimischen Afrikanern, die bis in die hintersten Winkel dieses Erdteils kamen.

»Verraten Sie mir, wer unsere Sicherheitsgurte kauft. Abgesehen von ein paar Jeeps, gibt es hier doch kaum Wagen. Also rücken Sie schon damit heraus, Mann!«

Schmart nahm einen Schluck Whisky und bot seinem Chef eine Zigarre an. Dann erklärte er: »Vor ein paar Jahren war ich hier auf Safari – im ganzen Tanganjikagebiet. Mir fiel auf, dass fast alle Frauen ihre Babys in Tüchern auf dem Rücken tragen. Sie binden sich das Tuch so um, dass es einen Beutel bildet, in dem das Kleinkind sitzen kann. Und wenn die Frauen zum Fluss gingen, um Wasser zu holen oder Wäsche zu waschen, kam es vor, dass Babys, wenn sie sich zu weit vorbeugten, aus dem Tuch rutschten und in

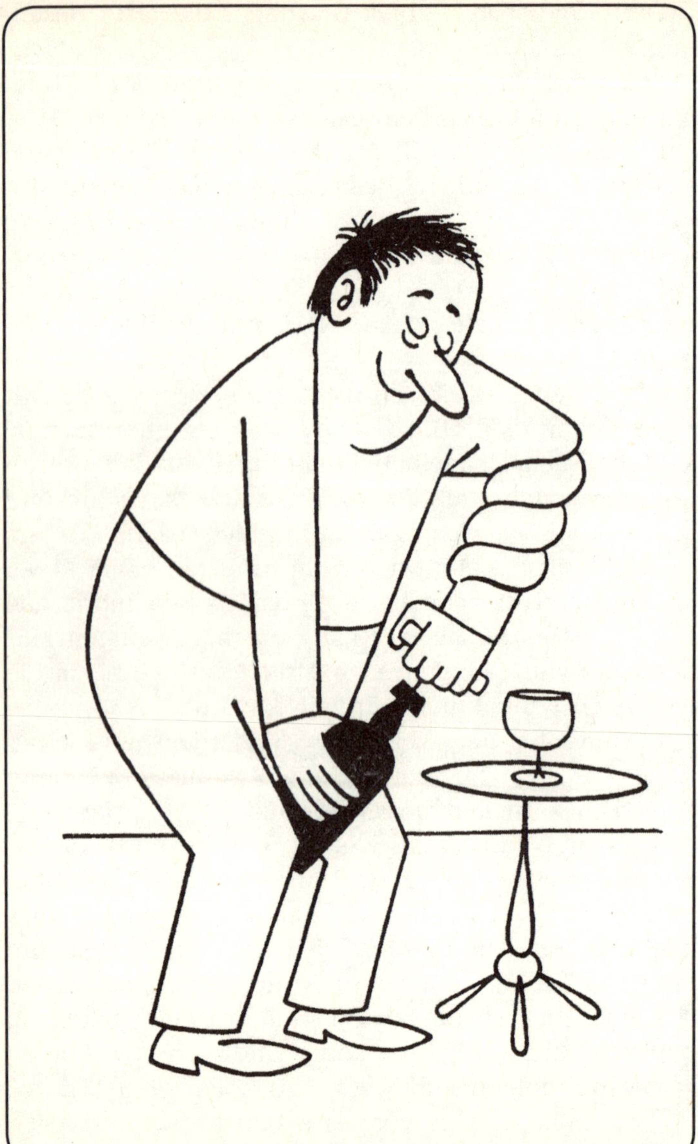

den Fluss fielen. Sie wurden dann entweder von der starken Strömung mitgerissen oder aber von Krokodilen gefressen. *So ein Unfall kann mit Crashbent Sicherheitsgurten nicht passieren!*«

»Wissen Sie, wie unangenehm es sein kann, wenn man vergesslich ist?«

Angenommen, Sie haben einen lieben alten Onkel, der Ihren Geburtstag nie vergisst, und eine Woche zu spät fällt Ihnen seiner wieder ein. Das trifft Sie wie ein Schlag. Das kann natürlich schon peinlich sein, aber es ist nichts im Vergleich zum vergessenen Geburtstag der Ehefrau. Das allerdings kann manchmal zur Katastrophe führen. Das erinnert mich an Harry. Es ist zu hoffen, dass seine Geschichte Ehemänner wachrüttelt, die schon so sehr im Alltagstrott gefangen sind, dass sie den Geburtstag ihrer Frau vergessen ... und sogar ihre eigenen Jubeltage.

Harry war nicht besser und nicht schlechter als andere Ehemänner. Nur in einem Punkt übertraf er sie alle: Er war noch vergesslicher, was Geburtstage und überhaupt jede Art von Fest- oder Feiertagen anbetraf.

Zum Beispiel brachte er es fertig, jedes Mal ihren Hochzeitstag zu vergessen. Er hatte Annette am zwanzigsten Mai geheiratet, das war nun schon ein paar Jahre her. Zwanzig, das ist doch eine schöne runde Zahl, an die man sich leicht erinnern sollte. Doch Harry vergaß ihren Hochzeitstag jedes Jahr.

Das ärgerte Annette. Andere Ehemänner brachten ihren Frauen am Hochzeitstag das Frühstück ans Bett und sagten so etwas wie »Fröhlicher Hochzeitstag, mein Liebling!« oder »Herzliche Glückwünsche zu unserem Jubiläum, mein Engel!«. Später überreichten sie Blumen oder Pralinen und manchmal sogar noch ein Orchideensträußchen obendrein. Am Abend gingen sie ins Theater und hinterher in ein gemütliches Restaurant zu einem Mitternachtssouper im Kerzenschein bei leiser Musik im Hintergrund. So machten es jedenfalls andere Ehemänner.

Nicht jedoch Harry! Er dachte an gar nichts, nicht an Frühstück im Bett, nicht an Pralinen und Blumen und Theaterkarten. Er hatte sogar vergessen, dass es überhaupt ihr Hochzeitstag war.

Wenn am nächsten Tag Annette dann beiläufig sagte: »Gestern war übrigens unser Hochzeitstag«, war er tief beschämt. So beschloss er eines Jahres, sich unter allen Umständen an ihren Hochzeitstag zu erinnern, koste es, was es wolle, selbst wenn er alles andere vergessen sollte.

An dem Morgen, an dem er in aller Frühe in den Blumenladen ging, pfiff er fröhlich vor sich hin. »Ich möchte den schönsten Strauß, den Sie zusammenstellen können«, sagte er der Verkäuferin, »heute feiern wir unseren Hochzeitstag, und ich möchte meiner Frau eine Freude machen. Ich vergesse ihn nämlich sonst immer, aber diesmal habe ich mich daran erinnert. Also, ich möchte zwei Dutzend langstielige Rosen …«

Er brachte das schöne Bukett selbst nach Hause. Mit einer eleganten Verbeugung überreichte er Annette die Rosen, küsste ihr die Hand, die er für ein Weilchen festhielt, und sagte: »Herzliche Glückwünsche zu unserem Jubiläum, mein Liebling!«

Annette war verwirrt. »Ich verstehe nicht …«, begann sie.

»Aber mein Engel, denk nach! Du sagst sonst immer, dass ich vergesslich bin. Aber diesmal hast du's offenbar vergessen.«

»Was vergessen?«

»Hast du vergessen, dass heute der Jahrestag unserer Hochzeit ist?«

»Der Jahrestag …?«

»Ja. Es ist doch der Zwanzigste heute. Ich hab's mir extra im Kalender notiert. Hab ein großes rotes Herz auf die Seite gemalt. Am Zwanzigsten haben wir geheiratet. Stimmt's?«

Annette sah ihn kalt an. »Stimmt. Am zwanzigsten Mai. Heute haben wir den zwanzigsten April!«

Harry sah in seinem Kalender nach. Sie hatte Recht. Es war ihm ganz furchtbar zumute. »Also, wie ich so einen Fehler machen konnte! Andererseits macht es ja nichts. Egal, was für ein Tag – du verdienst in jedem Fall langstielige Rosen. Ich schwöre dir, am zwanzigsten Mai bekommst du wieder einen Strauß.«

»Das glaube ich erst, wenn ich's sehe«, sagte Annette pessimistisch. Sie stellte die Rosen in eine wunderschöne Kristallvase, und sie sprachen nicht mehr über die Angelegenheit.

Am zwanzigsten Mai kam Harry aus dem Büro nach Hause. Er war müde und etwas nervös. Er küsste Annette oberflächlich auf die Wange und hängte seinen Mantel auf. Während des Abendessens sah ihm Annette in die Augen.

»Hast du nicht etwas vergessen?«, fragte sie.

Harry runzelte die Stirn und dachte angestrengt nach. »Vergessen? Die Pillen gegen das Magengeschwür … hab ich genommen.«

»Die habe ich auch nicht gemeint. Hast du nicht etwas anderes vergessen?«

Harry schaute unter den Tisch. Ja, er hatte daran gedacht, sich andere Schuhe anzuziehen. Er rieb sich das Kinn. Er dachte nach.

»Was vergessen?«, murmelte er. »Hab ich den Hund vielleicht nicht gestreichelt, als ich nach Hause kam?«

»Doch, du hast den Hund gestreichelt. Und die Katze und mich. Hätten wir Goldfische, hättest du die sicher auch gestreichelt.«

»Ich habe dir einen Kuss gegeben, als ich kam.«

»Und weiter eben nichts!« Annette war sehr verärgert und kam gleich zur Sache. »Heute ist der zwanzigste Mai. Sagt dir das nichts? DER ZWANZIGSTE MAI!«

»Ach natürlich!«, rief Harry und sprang auf. »Natürlich! Es ist schlimm mit mir, dass ich mir diese Daten nie merken kann.«

Er ging zum Telefon. »Ich werde ihr ein musikalisches Telegramm schicken«, sagte er.

»Und wem willst du ein Telegramm schicken, wenn ich fragen darf?«, wollte sie wissen, die Augen vor Staunen und Erbitterung weit aufgerissen.

»Deiner Mutter natürlich. Das ist doch heute ihr Geburtstag?«

CASINO

»Da bist du also, du unverschämtes Mannsbild!«

Olivia war schon einmal verheiratet gewesen. Nun sollte niemand Schlechtes über Nichtanwesende sagen, die sich ja nicht verteidigen können ... und Thorwald konnte sich nicht rechtfertigen, weil er bereits auf dem Friedhof lag. Aber er hätte auch so die Wahrheit nicht leugnen können. Und an der Wahrheit bestand kein Zweifel. Er war ein Schuft gewesen – einer von denen, die am Zahltag mindestens die Hälfte ihres Lohns versoffen. Woche um Woche saß Olivia in ihrer kalten Wohnung, nur mit ihrem dünnen Nachthemd bekleidet, und wartete, dass dieser Mistkerl endlich nach Hause kam. Oft tauchte er nicht vor zwei oder drei Uhr früh auf. Ein paarmal hatte er dabei versucht sich leise ins Schlafzimmer zu schleichen, um seinen Rausch auszuschlafen. Aber er war kein guter und liebevoller Ehemann, also nahm er selten Rücksicht. Meistens machte er Krach, wenn er auftauchte, und prügelte seine Frau, weil sie das Bett nicht für ihn gewärmt hatte. Ihren Kindern war er jedoch ein guter Vater, außerdem zeigte er sich auch als zuverlässiger Arbeiter. Ehre, wem Ehre gebührt. Seine Kinder schlug er nie, und er machte nie auch nur einen Tag blau. Das ist schon etwas. Also soll er in Frieden in seinem Grab ruhen.

Olivias zweiter Mann war ganz anders. Er vergeudete nie seine Zeit mit Billardspielen im Hinterzimmer seiner Stammkneipe. Auch hockte er nicht an der Bar herum, bis ihm alles vor den Augen verschwamm und das Bier sein Gesicht rötete, und er flirtete nicht mit anderen Frauen. Nein, Frederik war anders. Er hatte eine feste Stellung als Schweißer in einer Werft. Er mochte seinen Job und leistete gute Arbeit. Er ging in der Früh pünktlich weg und kam abends – pünktlich – heim, jeden Tag, einschließlich des Zahltags. Von dem Lohn, den er nach Hause brachte, fehlte nie auch nur ein Cent. Frederik war immer zufrieden und bester Laune. Mit anderen Worten, er war ein guter und liebevoller Ehemann.

Und Olivia war glücklich – zum ersten Mal seit vielen, vielen Jahren.

Doch nachdem sie auf den Tag genau einen Monat mit ihm verheiratet war, kam er nach der Arbeit nicht nach Hause. Sie hatte das Gulasch bereits auf den Tisch gestellt, und es war inzwischen kalt geworden. Wenn sie es wieder aufwärmte und warm hielt, würde das Fleisch zerfallen und die Soße einkochen. Ich hoffe, er kommt bald, dachte sie. Dann beschloss sie, den Topf einfach stehen zu lassen und das Gulasch aufzuwärmen, wenn er da war. Sie konnte nur hoffen, dass es nicht ungenießbar wurde.

Im Handumdrehen wurde es acht, dann neun. Frederik war immer noch nicht da. Man kann es Olivia nicht verdenken, dass sie sich ärgerte. Sie kniff die Lippen zusammen und machte ein finsteres Gesicht. Natürlich dachte sie: Soll es mit ihm vielleicht genauso werden wie mit diesem Trunkenbold Thorwald?

Um elf Uhr stellte Olivia das Gulasch in den Kühlschrank. »Wenn er sich endlich heimbequemt, kriegt er nichts mehr zu essen!«, sagte sie laut. »Nicht einen

Bissen! Thorwald hat auch nie was gekriegt, wenn er stinkbesoffen mitten in der Nacht angetorkelt kam! Aber meine Meinung hab ich ihm gesagt, diesem Suffkopf!«

Doch dann dachte sie: Aber Frederik? Er ist doch so anders! Was kann bloß passiert sein? Sie machte sich nun Vorwürfe. War sie selbst schuld? Hatte sie ihm zu viel über Thorwalds liederlichen Lebenswandel erzählt, wollte er es jetzt selbst ausprobieren? Sie biss sich auf die Unterlippe. Wenn sie bloß ihre große Klappe nicht so weit aufgerissen und ihm alles über ihr Leben mit Thorwald erzählt hätte! Frederik war ein zu wertvoller Mensch, als dass er durch Suff und verkommene Weiber vor die Hunde gehen durfte!

Zum hundertsten Mal schaute Olivia auf die Küchenuhr. Es war schon eins vorbei.

Allmählich schlug ihre Sorge wieder in Ärger um. Es war aus mit ihrer Geduld. Diesmal sollte es anders werden. Sie würde nicht zulassen, dass er sie schlecht behandelte. Wenn er kommt, dachte sie laut, werde ich ihm mit dem Teppichklopfer beibringen, wie man sich als anständiger Ehemann benimmt. Vielleicht hätte ich das schon bei Thorwald tun sollen!

Sie ging zum Besenschrank und holte den Teppichklopfer heraus. Dann setzte sie sich und wartete … wie sie es schon so viele Male getan hatte. Doch von jetzt an sollte es anders werden.

Zwei Uhr, dann drei. Frederik war immer noch nicht da.

Olivia umklammerte den Stiel des Teppichklopfers so fest, dass sich die Knöchel ihrer Hand weiß abhoben.

Sie begann wieder, laut vor sich hinzureden. »Wenn du dir einbildest, dass du damit bei mir durchkommst, hast du dich aber getäuscht, mein Guter!« So fest schürzte sie die Lippen, dass man sie kaum noch sehen konnte. Jetzt war sie aber wirklich stinkwütend!

Die Zeit verging furchtbar langsam, und sie wurde immer wütender. Frederik würde nicht nur für dieses eine, erste Mal bezahlen, sondern für all die Jahre, die sie unter Thorwald gelitten hatte. Halb sieben, und Frederick war immer noch nicht da! Endlich, um halb acht, hörte sie ihn die Treppe hochkommen. Olivia stand auf und trat mit dem Teppichklopfer an die Tür. Jetzt steckte Frederik den Schlüssel ins Schloss, drehte ihn, dann öffnete er die Tür und kam herein … leise, aber vergnügt vor sich hin pfeifend.

»Da bist du also, du unverschämtes Mannsbild! Du Miststück! Und du hast auch noch die Nerven zu pfeifen! Dir werd ich was zu pfeifen geben! Da – und da – und da …«

Der arme Frederik versuchte die Schläge abzuwehren, aber sie hagelten nur so auf ihn herab, bis er sich fast in einer Ecke der Diele verkrochen hatte.

»Aber Olivia … Liebling … was ist denn in dich gefahren? Ich hab doch gar nichts getan …«

Abrupt hielt Olivia inne. Ihr Blick fiel auf Frederiks Henkelmann. Jetzt erinnerte sie sich! Der Teppichklopfer entglitt ihrer Hand, und Schamesröte überzog ihr Gesicht. Dann warf sie sich in Frederiks Arme, weinte und flehte ihn an, ihr zu vergeben.

»Ich werde es mir nie verzeihen«, schluchzte sie herzerweichend. »Nie! Niemals! Du musst mir glauben, mein über alles geliebter Mann. Du musst es mir glauben, aber ich hatte wirklich völlig vergessen, dass du diesen Monat Nachtschicht hast!«

»Habt ihr die Bank in Scarsdale geleert?«

Es war fast so etwas wie eine Heimsuchung, mit Robby Killer, dem gefürchteten Chicago-Gangster, verheiratet zu sein.

Sally hatte ihn sieben Jahre lang ertragen, aber nun war sie ziemlich verzweifelt. So verzweifelt, dass sie bereit war, dass Äußerste zu tun, um seinen Anblick nicht länger ertragen zu müssen. Merkwürdig eigentlich, da sie ihn so gut wie nie zu Gesicht bekam.

Denn Robby hatte die unerträgliche Angewohnheit, sich stets hinter seiner Zeitung zu verstecken. Wenn sich Sally an den Frühstückstisch setzte, sah sie nur die Morgenzeitung. Wenn er sie mal senkte, dann nur kurz, um sich noch eine Tasse Kaffee einschenken zu lassen.

Frauen verachten Männer, die am Frühstückstisch Zeitung lesen und für ihre Frau nicht das geringste Interesse bekunden.

Dabei ließen Sallys Formen wahrlich keinen Wunsch offen. Sie hätten es verdient, von oben bis unten bewundert zu werden. Jeder andere Mann hätte sich gewünscht, ihre wohl proportionierte Figur in dem durchsichtigen schwarzen Morgenrock zu betrachten, und jeder andere Mann hätte schleunigst seine Zeitung vergessen und sich bei der stets für Sex zur Verfügung stehenden Sally eine Aufmunterung für den beginnenden

Tag geholt. Nicht so Robby. Er hielt sich an seiner Zeitung fest, der *Chicago Times.*

Der Weg zu einer dramatischen Geschichte ist kurz, wenn es darum geht, dass ein Mann seit sieben Jahren jeden Morgen am Frühstückstisch Zeitung liest.

Der Tag, von dem hier berichtet wird, begann wie jeder andere – nur hatte Sally an diesem Morgen einen scharf geladenen Revolver in der Hand, als sie ihren Platz Robby gegenüber einnahm.

»Guten Morgen, mein Bester«, sagte sie, wie sie es seit sieben Jahren tat.

»Guten Morgen«, erwiderte er mit uninteressierter Stimme hinter der Zeitung.

Sally nippte an ihrem Grapefruitsaft. »Du bist heute Nacht spät nach Hause gekommen, Robby«, fuhr sie fort, »stand etwas Besonderes auf deinem Programm?«

»Hm.«

»Habt ihr die Bank in Scarsdale geleert, von der Louis gesprochen hat?«

»Hm.«

»Heißt das ja?«

»Nein.«

Sally sandte einen hasserfüllten Blick zur Zeitung hinüber. Robby hörte, was er hören wollte, aber nicht mehr.

Sie trank noch ein Schlückchen Saft. »Inspektor Branigan hat angerufen.«

»Hm.«

»Das FBI hat Larry geschnappt.«

»Hm.«

»Dem ist der elektrische Stuhl sicher, meinte Branigan.«

»Hm.«

Sallys Hand umspannte den Revolver fester. Konnte

dieser Schafskopf nicht einen Augenblick die Zeitung sinken lassen und fragen, auf welche Weise man Larry gefasst hatte? Vielleicht war das FBI auch auf der Spur von Robby? Seine Sicherheit musste ihm doch mehr bedeuten als die blöde Morgenzeitung, oder war er wirklich so damit beschäftigt, dass er gar nicht hörte, was sie sagte?

Sie machte einen neuen Versuch. »Sag mal, warst du mit Lizzibelle, dieser großen, fetten Blondine mit den Kuhaugen, die du im Seven-Star-Club in Las Vegas aufgetan hast, warst du mit der gestern Abend zusammen? …«

»Hm.«

Es war hoffnungslos. Warum ließ er nicht die Zeitung sinken und sagte, was sie sich doch selber ausrechnen konnte, dass er nicht mit der Blondine aus Las Vegas zusammen gewesen war, wenn sie, Sally, doch wusste, dass Lizzibelle wegen Zuhälterei hinter Gittern saß?

Nein, sie konnte ihn einfach nicht länger ertragen. Es musste Schluss gemacht werden, gleichgültig, was hinterher mit ihr passieren würde. Langsam hob sie den Revolver und zielte auf seine Brust.

»Hast du etwas dagegen, Liebster, wenn ich dich jetzt abknalle?«, fragte sie mit übertrieben zärtlicher Stimme und beugte sich vor.

»Hm.«

Dieser große dumme Klotz! Er hörte natürlich überhaupt nicht hin, wenn sie etwas sagte. Das sollte ihn teuer zu stehen kommen! Das sollte ihn sein elendes Leben kosten!

»Dann erschieße ich dich jetzt, Darling, mein Robbyboy.«

»Hm.«

Sie zählte bis drei – dann schoss sie.

Robby ließ die Zeitung sinken und knöpfte seine Jacke auf. »Sieh mal«, sagte er mit schwachem, Unheil verkündendem Lächeln, »ich trage seit neuestem eine kugelsichere Weste.«

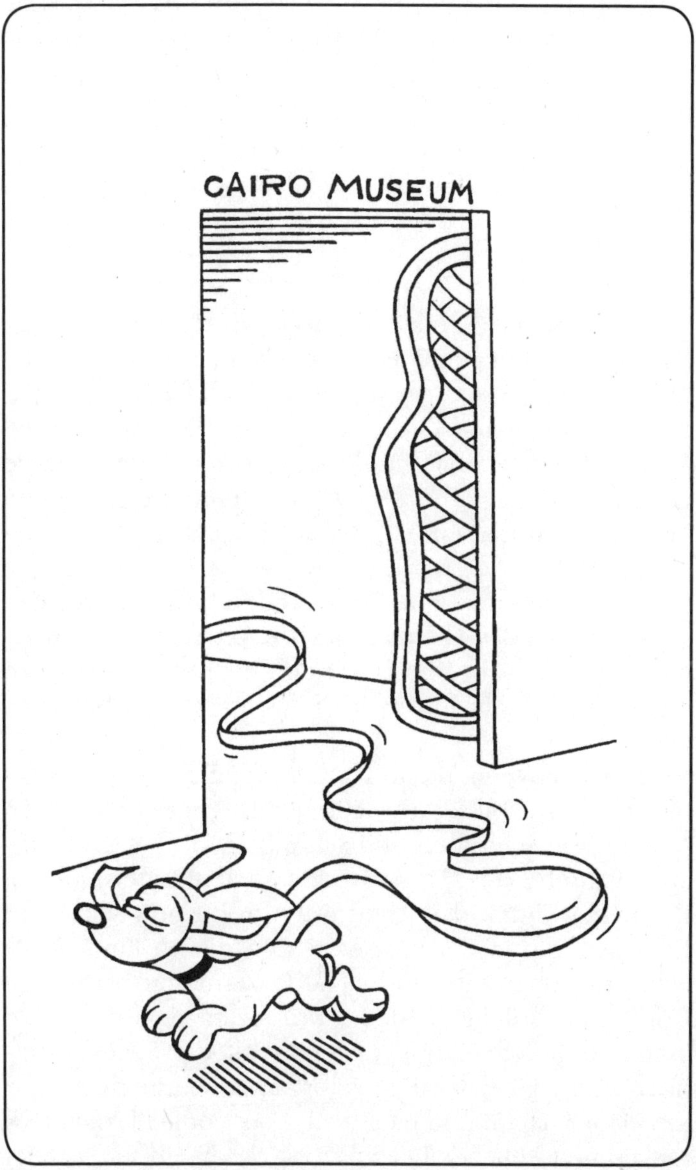
CAIRO MUSEUM

Der Weg zur vollkommenen Ehe

Mögen heutzutage noch so viele Frauen behaupten, modern und emanzipiert zu sein – über die Ehe wissen sie sehr wenig. Daher ist es kein Wunder, dass ein Buch mit dem Titel *WAS JEDE JUNG VERHEIRATETE FRAU WISSEN SOLLTE* einem Autor eine Menge Geld einbringen kann, besonders wenn er es für einen Verleger geschrieben hat, der auf Bücher über Sex spezialisiert ist …

Sie bekommen jetzt eine kleine informative Geschichte über das Thema *Wie schreibe ich einen Bestseller?* zu lesen – ein Buch, von dem man von Anfang an weiß, dass es ein Erfolg wird – sogar schon bevor es gedruckt ist.

Es gibt Autoren, die in kleinen, feuchten Bodenkammern mit Ausblick auf schmutzige Hinterhöfe leben müssen; sie schreiben und schreiben, jahrein und jahraus, während die Mäuse an den Dielenbrettern nagen, der Regen durch das lecke Dach tropft und selbst der Kanonenofen in der Ecke vor Kälte zittert. Ein solcher Schriftsteller ackert und ackert, zermartert sich den Kopf nach brillanten Ideen, produziert Seite um Seite eines getippten Manuskripts, stapelt die Seiten turmhoch, und dabei wird er selbst immer hungriger, und die Mäuse nagen und nagen … Aber endlich! Nach Jahren unmenschlicher Plackerei ist das Buch fertig. Jetzt beginnen die endlosen Wanderungen von Verleger zu Verleger, treppauf und treppab. »Nein, besten Dank, das passt nicht in unser Programm.« »Heutzutage wird so etwas nicht mehr gelesen.« »Sehr gut gemacht, sehr viel versprechend, doch unglücklicherweise nehmen wir dieses Jahr keine Manuskripte mehr an.« »Leider ist unser Verlagsprogramm für lange Zeit bereits festgelegt.« Aber endlich, beim allerletzten Verleger, passiert es. Das Manuskript wird angenommen, und dreitausend Stück werden aufgelegt. Die Buchhandlungen verkaufen hundert Exemplare, und nach ein paar Jahren wird die Restauflage für siebzehn Cents pro Kilo an eine Papiermühle verkauft.

Es gibt aber auch privilegierte Autoren – Autoren mit Weitblick, die ihr Geld auf das siegreiche politische Pferd gesetzt haben. Sie werden von ihrer Partei unterstützt und bekommen Beihilfen von der Regierung. Somit haben sie es nicht nötig, auch nur eine Zeile zu schreiben.

Die nächste Gruppe sind die Hüter des Kulturguts, denen nichts heilig ist und die einfach über alles schreiben. Für sie sind einzig und allein die Pressekritiken wichtig. Es ist ihnen gleichgültig, ob irgendjemand ihre Seelenergüsse kauft oder liest. Sie fühlen sich erhaben und zehren vom Bewusstsein dieser Erhabenheit.

Und schließlich gibt es noch eine Gruppe gerissener Jungs, die meist übersehen wird, die so genannten Vielschreiber, die es verstehen, jeden Buchstaben, den sie tippen, in klingende Münze zu verwandeln. Man könnte sie die »zweiarmigen Banditen der Literatur« nennen. Sie sind zäh und darauf aus, den Jackpot zu knacken, und das nicht nur ab und zu, sondern jedes Mal.

Simon Sexholm gehörte zu ihnen. Wenn er sich an seine superschnelle elektronische Schreibmaschine setzte, interessierte ihn nur, wie schnell er an den Speck herankommen konnte. Und jetzt hatte er einen neuen Dreh gefunden, oder – um es literarischer auszudrücken – sein Geist geriet in Bewegung, und es drängte ihn, ein neues Werk zu beginnen. Er konzentrierte sich auf sein Ziel und las im Eiltempo ein gutes Dutzend Bücher, die sich gründlich mit seinem Thema befassten. Ungestraft pickte er sich das Beste aus jedem dieser Bücher heraus, fügte hier ein paar und dort ein paar eigene Gedanken hinzu, fand einen guten, marktfähigen Titel und marschierte mit dem fertigen Manuskript in den Verlag.

»Hier«, sagte er und knallte dem Verleger sein neues Werk auf den vornehmen Palisanderschreibtisch. »Ein noch nie da gewesener Bestseller.«

Erfahrenen Blickes las der Verleger den Titel: *WAS JEDE JUNG VERHEIRATETE FRAU WISSEN SOLLTE – DER WEG ZUR VOLLKOMMENEN EHE.*

»Großartig, Sexholm«, sagte er, griff zum Telefon und bestellte das Papier für die erste Auflage. »Wir fangen mit fünfzigtausend Exemplaren an. Es gibt unzählige Frauen, die wissen, dass sie nicht genug wissen, und gern mehr wissen möchten. Ihr Buch geht sofort in den Satz.«

»Wollen Sie's nicht vorher lesen?«

»Nicht nötig. Das Ding verkauft sich allein aufgrund dieses Titels, holen Sie sich in der Buchhaltung fünfzigtausend Vorschuss.«

Es gab nichts mehr zu besprechen. Die Sache war unter Dach und Fach. Das Buch wurde gedruckt und verkaufte sich wie warme Semmeln. Die Werbeabteilung des Verlages sorgte dafür, dass der Verkauf durch einige zündende Inserate in der Tagespresse und in den Wochengazetten gefördert wurde:

Dieses Buch – ein absolutes Muss für jede junge Ehefrau. Wollen Sie, dass ihre glückliche junge Ehe glücklicher wird? Wollen Sie IHN noch glücklicher machen? Dann lesen Sie WAS JEDE JUNG VERHEIRATETE FRAU WISSEN SOLLTE. Ein unfehlbarer Führer für Unerfahrene, der nichts verschweigt.

Die zweite Auflage wurde genauso schnell verkauft wie die erste. Sexholm bekam wieder fünfzigtausend Vorschuss. Er hatte den Erfolg in der Tasche.

Simon Sexholm nimmt kein Blatt vor den Mund, schrieb ein Kritiker in einem der großen Sensationsblätter, *aber was er zu sagen hat, ist überaus lehrreich. Junge Frauen, ob verheiratet oder nicht, informiert er mit einfachen Worten, die für jedermann verständlich sind, über eine Seite der Ehe, die sie sträflich vernachlässigen. Selbst solche, die glauben, sie wüssten genug, werden schon nach ein paar Seiten zugeben müssen, dass sie im Irrtum sind. Und es schadet gar nichts, wenn der liebe Ehemann seinem kleinen Frauchen beim Lesen über die Schulter guckt.*

Acht Tage später war die dritte Auflage verkauft. Jetzt wollte sogar der Verleger das Buch lesen.

Doch nachdem er ein paar Seiten gelesen hatte, wurde er fuchsteufelswild und schlug mit der Faust auf den Tisch.

»Das ist empörend!«, brüllte er. »Das ist eine gottverdammte Unverschämtheit!«

Nun war dieser Verleger durchaus nicht zimperlich und nicht leicht zu schockieren. Jemand, der sich auf Sex-Literatur spezialisiert hatte, war auch an die spezifische Sprache gewöhnt. Aber es musste selbstverständlich Grenzen geben, und offensichtlich wurden diese Grenzen hier überschritten.

Er zitierte den Autor von *WAS JEDE JUNG VERHEIRATETE FRAU WISSEN SOLLTE* vor seinen Schreibtisch.

Sexholm erschien, ein Bild der Unschuld und ganz offensichtlich reinsten Gewissens.

»Ich möchte mit aller Deutlichkeit erklären«, verteidigte er sich noch bevor man ihn anklagte, »dass ich in meinem Buch nur dem Ausdruck gegeben habe, was meiner festen Überzeugung nach jede jung verheiratete Frau wissen sollte, wenn sie ihre glückliche Ehe noch glücklicher machen möchte.«

Der Verleger starrte ihn so lange wütend an, bis er den Blick senken musste.

»Sie haben den Ruf meines Verlags ruiniert«, fauchte er. »Sie müssen den Verstand verloren haben, Mann! Das ist eine Unverschämtheit!« Mit einem angewiderten Blick warf er Sexholms Buch in den Papierkorb.

»Ist Ihnen denn nicht klar, dass alle Frauen, die unsere Bücher regelmäßig kaufen, in eine Buchhandlung gehen und ihr Geld für dieses Machwerk hinauswerfen, weil sie erwarten, mit *WAS JEDE JUNG VERHEIRATETE FRAU WISSEN SOLLTE – DER WEG ZUR VOLLKOMMENEN EHE* ein wirklich interessantes und fesselndes Buch für lange Winterabende erstanden zu haben? Und was haben sie tatsächlich? Ein ganz gewöhnliches Kochbuch …«

Eine ordinäre und ungefährliche Aufgabe

Die amerikanische Militärbasis lag irgendwo im Fernen Osten, genauer gesagt, einige hundert Yard südlich von dem Dorf Kang Puuh, nicht weit von der Anhöhe 44, wo mehrmals harte Kämpfe ausgefochten worden waren. Die Hubschrauberpiloten Ben Stone, Larry Brandon und Duffy Smart krochen müde aus ihren harten Feldbetten. Die nervenzermürbenden Erkundungsflüge der letzten Nacht hatten sie sehr mitgenommen. Sie verschlangen ihre Portion Eier und Speck und traten dann vor den Operationschef Kapitän Bartlett.

»Ich habe eine interessante Aufgabe für euch, Jungs«, begann Bartlett mit gekünstelter Begeisterung, »sie ist ganz und gar ungefährlich, aber von großer Wichtigkeit, sofern sie richtig ausgeführt wird. Aber zuerst lest mal diese Flugblätter, die schon seit einigen Tagen von feindlichen Maschinen über unseren Kampfgebieten und den größeren Städten abgeworfen werden.«

Kapitän Bartlett reichte jedem der drei Piloten ein primitiv formuliertes, schlecht gedrucktes Flugblatt, und sie lasen:

»Soldaten, Kameraden! Ihr macht die dreckige Arbeit für die Imperialisten. Ihr befolgt die Befehle eures verantwortungslosen Präsidenten und seiner kapitalistischen Mitläufer. Ihr werft Bomben auf unsere Häuser,

aber wir verzeihen euch. Wir wissen, dass ihr tief in eurem Herzen mit uns fühlt. Ihr wisst, dass wir für eine gerechte Sache kämpfen. Soldaten! Kameraden! Sabotiert die kapitalistische, monopolistische Kriegsindustrie, zerstört eure Hubschrauber, gießt Benzin auf eure Kampfmaschinen und haltet ein Streichholz daran. Zielt euren imperialistischen Vorgesetzten und ihren mitlaufenden Hunden zwischen die Augen, legt die Waffen nieder und kommt rüber zu uns. Mit diesem Flugblatt in den Händen werdet ihr als wahre Freunde empfangen. Wir werden euch mit Reisbranntwein willkommen heißen, wir werden alles tun, damit ihr euch in der freien, glücklichen, kommunistischen Welt wohl fühlt. Kameraden! Soldaten! Wir erwarten euch!«

Die drei Piloten legten die Flugblätter nieder.

»Auf diesen Köder fallen unsere Jungs kaum herein«, gab Kapitän Bartlett seinen Kommentar ab, »aber jetzt seht euch mal dieses reizende kleine Flugblatt an, mit Playboy-Girls auf der Rückseite, das unsere eigenen Propagandaleute entworfen haben.«

Der Kapitän las den drei Piloten den Text vor:

»Hallo, Freunde! Wir wissen, dass ihr hungert, Wurzeln und Baumrinde essen müsst und am Rande des Zusammenbruchs steht. Wir wissen, dass eure Anführer euch schändlich hinters Licht führen, aber lasst euch nicht betrügen! Werft die Waffen hin, schleicht euch nachts über den nächstbesten Pfad über die Grenze und kommt zu uns rüber. Wir werden euch zu glücklichen Kapitalisten machen, denen nichts fehlt. Bei uns bekommt ihr so viel Cola, wie ihr in euch hineinschütten könnt, ihr bekommt amerikanische Zigaretten, King Size, amerikanische Kaugummis, ihr bekommt kleine, willige Nachtclubmädchen, die alles können, und ihr bekommt die Gelegenheit, an dem wilden, ausschweifenden Leben teilzunehmen, das unsere Soldaten im Urlaub führen. Brecht das Joch des Kommunismus und kommt ruhig und sicher zu uns rüber. Schon heute Abend könnt ihr singend und lachend durch unsere Straßen schlendern, mit einer süßen Puppe in jedem Arm. Yeah men, soldierboys! Mit diesem Flugblatt in der Hand ist euer kapitalistisches Glück gesichert. See you, friends!«

Mit zufriedener Miene legte Kapitän Bartlett das Flugblatt aus der Hand.

»Hübscher kleiner Gruß, oder? Jetzt brauchen wir nur noch eine ausreichende Menge dieser Blätter an den richtigen Stellen fallen zu lassen, und die richtigen Stellen sind da, wo die meisten kleinen verdammten schlitzäugigen Kerle wohnen, nämlich in ihrer größten Stadt. Das ist euer Ziel. Ihr fliegt in geringer Höhe über die am dichtesten besiedelten Gebiete der Stadt, lasst eure Grüße fallen und … hören Sie mich, Duffy?«

Duffy stand schläfrig und schwankend vor dem Kapitän. Jetzt knallte er die Hacken zusammen und rief erschreckt: »Jedes Wort, Sir!«

Kapitän Bartlett blickte Duffy eindringlich an, als ginge ihm erst jetzt richtig auf, wer da vor ihm stand.

»Ich bat um drei Freiwillige für eine Routineaufgabe, und wieso stehen Sie dann hier, Sie, der wegen seiner außerordentlichen Tapferkeit hoch dekoriert wurde, der allein Anhöhe 44 zurückeroberte? Sieben Mal wurde der Hubschrauber unter Ihnen weggeschossen, ohne dass Sie eine Schramme davongetragen haben. Warum in Himmels Namen melden Sie sich für eine so ordinäre und ungefährliche Aufgabe wie diesen lächerlichen Propagandazirkus über feindlichem Gebiet?«

»Keine Aufgabe ist ungefährlich in diesem verrotteten Land«, murmelte Duffy, »wenn man seinen Job verantwortlich ausführt, dann riskiert man in jeder Sekunde sein Leben.«

Die drei Piloten gingen zu ihren Hubschraubern, und Minuten später stiegen sie hoch und verschwanden mit ihrer kostbaren Fracht durch die Luft in Richtung Norden.

Am Nachmittag war Ben Stone wieder da.

»Ging leicht wie ein Kinderspiel«, meinte er.

Eine Stunde später landete Larry Brandon.

»Nicht der Rede wert, die kleinen Schlitzaugen schossen ein paar Löcher in die Luft, als ich die Lektüre fallen ließ, mehr passierte nicht.«

Man suchte den Himmel nach Duffys Hubschrauber ab. Der tauchte jedoch nicht auf, und man sah einander verständnislos an. Der hoch dekorierte Kriegsheld, der verwegene Draufgänger, der tapfere Verteidiger der Anhöhe 44 – konnte er wirklich eine so einfache Aufgabe nicht erledigen und die lächerlichen Flugblätter über der feindlichen Hauptstadt abwerfen?

Der Tag verging ohne ein Zeichen, und auch der nächste Tag verging. Kein Lebenszeichen von Duffy. Eine Woche verstrich, und noch immer keine Spur von Duffy. Dann wurde er als vermisst gemeldet, seine Angehörigen wurden verständigt. Auf der Militärbasis hatte man sich eben versammelt, um eine kleine Feier zu seinem Gedenken zu veranstalten, als sein Hubschrauber angeflogen kam.

Duffy landete elegant, stieg aus und schlenderte mit einem breiten Grinsen, das sein ganzes Gesicht freundlich überzog, zu den Kameraden rüber.

»Na, wie geht's, wie steht's, Leute?«

Kapitän Bartlett stürzte auf ihn zu.

»Wieso brauchen Sie Waschlappen eine ganze Woche, um ein paar lächerliche Flugblätter über feindlichem Gebiet abzuwerfen?«, schnaubte er. »Könnte ich bitte eine Erklärung dafür bekommen, aber sie muss verdammt gut sein, hören Sie.«

Duffy sah seinen Chef verblüfft und mit offenem Mund an. »Abwerfen«, murmelte er verständnislos, »sagten Sie abwerfen? Dann muss ich wohl bei der Instruktion geschlafen haben. Ich bin mit der Zunge aus dem Hals von Haus zu Haus gerannt und habe sie durch alle Briefkastenschlitze geworfen.«

Zum ersten Mal Strohwitwer

Kamma und Kay waren jung verheiratet. Da sie jedoch vor ihrer Heirat lange miteinander verlobt gewesen waren, ertrugen sie es ohne Schwierigkeiten, acht Tage voneinander getrennt zu sein. Kamma war aufs Land gefahren, um ihre Großmutter zu besuchen. Und Kay war Strohwitwer. Allein zu Hause in ihrem kleinen Reihenhaus mit Hund, Katze, Papagei und Goldfisch. Kamma dachte sich nichts dabei, ihn in der großen Stadt mit den zahllosen Versuchungen allein zu lassen, weil sie ihm einerseits vertraute und weil andererseits ihre Mutter, Frau Jenkins, im selben Stadtviertel wohnte und ihren Schwiegersohn im Auge behalten konnte. Und da Kay vor seiner Schwiegermutter großen Respekt hatte, durfte es eigentlich keine Probleme geben. Um ihm ihre Allgegenwart regelmäßig in Erinnerung zu bringen, rief sie ihn jeden Abend an, um sich zu überzeugen, dass er sich zu Hause angemessen langweilte, anstatt sich in der Stadt herumzutreiben und vielleicht in schlechte Gesellschaft zu geraten. So geschehen auch an jenem Abend, von dem wir berichten wollen.

Sie wählte die Nummer und wartete ein bisschen. Es meldete sich niemand. Also legte sie auf, schürzte missbilligend die Lippen und wählte noch einmal. Es klingelte und klingelte, aber dann wurde doch abgenommen, und sie hörte Kays Stimme:

»… wenn du den Buben gespielt härtest, hättest du seine Dame in Schwierigkeiten gebracht, und sie hätten einen Grand Slam gespielt. Hallo! Wer ist da bitte?«

»Ich bin's nur – Mutter Jenkins. Hast du Gäste?«

»Ja. Ein paar von den Jungs aus dem Handball-Club. Wir sitzen beisammen und planen unsere Strategie für die nächste Spielsaison.«

»Hast du nicht was von einer Frau gesagt – irgendeiner Dame?«

»Ich?«

»Ja, du. Wer sonst? Ich hab's genau gehört. Ist eine Frau bei dir zu Besuch?«

»Aber nein, Mutter Jenkins, ganz bestimmt nicht. Du weißt, dass ich so was nie tun würde. Ehrenwort!«

Kay hielt den Hörer ein Stück vom Ohr weg, damit er einen Schluck von dem frischen Bier trinken konnte, das ihm gerade jemand in die Hand gedrückt hatte.

»Hast du auch nicht vergessen, die Pflanzen zu gießen?«

»Nein, ich hab's nicht vergessen. In diesem Haus muss niemand Durst leiden. Ich gieße und gieße.«

Er wischte sich mit dem Handrücken den Bierschaum vom Mund. Die Freunde am Kartentisch warteten ungeduldig auf ihn.

»Hast du auch an die Palme und an den Kaktus gedacht?«

»Oh ja. Alles gegossen – kein Tropfen zu viel und keiner zu wenig.«

»Was ist los? Ich kann dich kaum hören. Dein Radio ist so laut.«

»Du opferst doch noch einmal fünfundzwanzig Cent für mich, ja? Dann schalte ich nämlich rasch das Radio aus, Mutter Jenkins … So, jetzt ist es besser, nicht wahr?«

»Isst du?«

»Im Moment nicht – sonst aber schon. Alles ist bestens in Ordnung.«

»Sind im Kühlschrank noch ein paar von Kammas Fleischklopsen übrig?«

»Noch ein paar?«

Kay hatte nicht gewusst, dass Fleischklopse im Haus waren. Auf jeden Fall hatte er sie mit großer Genugtuung vergessen.

»Stapelst du inzwischen vielleicht das Geschirr zu Bergen?«

»Das Geschirr? Was zum … Oh nein!«

Seine Stimme schien ganz plötzlich merkwürdig weit weg zu sein. Frau Jenkins presste den Hörer fest ans Ohr.

»Ich habe gefragt, ob du das Geschirr spülst, wie es sich gehört!«, schrie sie.

»HALT DEN MUND!«

Frau Jenkins war geschockt. Kays Stimme hatte ihr praktisch das Trommelfell zerrissen, so laut und klar war sie plötzlich wieder. Aber hatte sie wirklich richtig gehört?

»Was hast du gesagt?«, fragte sie und presste die Lippen so fest zusammen, dass man um ihren dünnen, blutlosen Mund herum kein einziges Fältchen mehr sah.

»HALT DEN MUND!«

Sie sank in einen Sessel. Das war zu viel. So hatte er noch nie mit ihr gesprochen. Da stimmte doch etwas nicht. Hatte er getrunken? Normalerweise trank er nur sehr wenig. Aber man konnte nie wissen. Junge Ehemänner sollte man nicht allzu lange allein lassen.

»Hast du getrunken?«

»HALT DEN MUND!«

Frau Jenkins war so bestürzt, dass sie fast in Ohnmacht fiel. Eine solche Unverschämtheit hätte sie ihm nie zugetraut. Na, der sollte was erleben! Sie würde Kamma brühwarm von seinem schamlosen Benehmen berichten, und das sofort, wenn sie nach Hause kam. Sie rief ihn aus reiner Herzensgüte an, und was tat er? Reagierte mit der Grobheit eines Hafenarbeiters. Ihr eigener Schwiegersohn!

»Jetzt hör mir mal zu, Kay! Ich will auf der Stelle wissen, was mit dir los ist. Wenn du mir nicht sofort eine plausible Erklärung für dein Benehmen gibst, werde ich …«

»DU MISTSTÜCK!«

Frau Jenkins fiel der Telefonhörer aus der Hand. Sie rang nach Luft. Dann riss sie sich zusammen, zog ihren Mantel an, bewaffnete sich mit ihrem Regenschirm – schließlich musste sie sich verteidigen können, wenn sie Kay gegenübertrat – und eilte hinaus. Sie musste unbedingt feststellen, was da los war.

Zehn Minuten später war sie da. Die Haustür war nicht abgesperrt, also trat sie ein, ohne zu klingeln oder zu klopfen. Kay und seine Freunde vom Handball-Club saßen um den Wohnzimmertisch herum, spielten Karten und tranken Bier. Über ihren Köpfen hing eine dicke Wolke aus Zigarettenrauch. Und wissen Sie, was dieser Teufelsbraten von Schwiegersohn gemacht hatte?

Er hatte den Telefonhörer in den Papageienkäfig gelegt.

Die alte Dame und der Pflaumenschnaps

Mein ganzer Stolz als Hausherr, mein Weinkeller, hatte sich bedenklich geleert; von den guten, alten, angestaubten Jahrgängen waren nur noch wenige Flaschen übrig, und als ich sie mit Kennermiene vorsichtig ans Licht hielt, musste ich mit Bedauern feststellen, dass sie leer waren, was sich im Übrigen auch aus der Tatsache ergab, dass sie keine Korken mehr hatten, und das schon seit Jahren. Ich musste also zum Weinhändler, um für Nachschub zu sorgen.

»Womit kann ich Ihnen dienen?«, erkundigte sich der Weinhändler beflissen.

»Diese Dame ist wohl vor mir dran«, sagte ich mit einem Blick auf eine reizende ältere Dame, der ich beim Betreten des Geschäftes galant die Tür aufgehalten hatte.

»Sie wünschen?«

Sie sah sich unsicher die langen Regale voller Flaschen an.

»Ich bin mir noch nicht ganz im Klaren«, meinte sie mit einer angenehmen, etwas vorsichtigen Stimme. Das reichhaltige Angebot von Bacchus' edlen Tropfen schien sie zu überwältigen. »Was ist das dort drüben?«

»Ein roter Burgunder, gnädige Frau. Ein ausgesuchter Jahrgang, direkt aus dem Distrikt …«

»Er sieht etwas staubig aus.«

Es war deutlich zu sehen, wie diese Bemerkung dem Weinhändler einen Stich ins Herz versetzte.

»Wir haben hier einen Chambertin, den ich Ihnen wärmstens empfehlen kann. Wenn Sie Wert auf ein samtweiches Bukett legen, dann können Sie immer –«

»Nein, das ist nicht das Richtige.«

Wieder zuckte der Weinhändler unmerklich zusammen.

»Es ist eine Originalabfüllung eines der besten Häuser im Département Côte de Nuits, gnädige Frau! Aber Sie können selbstverständlich auch etwas Preiswerteres bekommen. Zum Beispiel diesen Pommard? Für seinen Preis ist er recht gut.«

Die ältere Dame warf einen zweifelnden Blick auf die Flasche, schielte dann zu mir herüber, als suche sie Rat. Ich kannte den Pommard. Wir hatten uns damit einen Punsch gemacht. Zu mehr war er nicht zu gebrauchen.

»Der andere ist etwas voller«, riet ich.

Aber die ältere Dame hatte an beiden Flaschen schon das Interesse verloren.

»Die bauchige Flasche dort auf dem obersten Regal, was ist das?«, wollte sie wissen. Der Weinhändler zuckte zusammen.

»Das ist ein Vecchia Romagna Buton, ein italienischer Weinbrand«, antwortete er kühl. »Ich hatte aber den Eindruck, die gnädige Frau sei an einem guten alten Burgunder interessiert.«

»Nun, das nehme ich nicht so genau.«

»Darf ich fragen, ob Sie etwas für ein festliches Essen suchen?«

»Festessen?«, murmelte die ältere Dame abwesend. »Nein, nein, es ist für mich selbst.«

Ein bestimmtes Regal hatte ihr Interesse geweckt.

»Was haben Sie da?«, fragte sie mit einem reizenden Lächeln und blickte dem Weinhändler mutig in die Augen.

»Einen José Martinez Sherry, gnädige Frau. Halbtrocken, voll im Geschmack, dunkelgolden. Eine ausgesuchte fünfzehnjährige Originalabfüllung eines der führenden portugiesischen Häuser, in Flaschen importiert.«

»Darf ich mal sehen?«

Vorsichtig, als handele es sich um einen süßen kleinen Säugling, nahm der Weinhändler den José Martinez aus dem Regal und hielt ihn der alten Dame hin.

»Haben Sie die nur in dieser Größe ... ich meine, gibt es die auch mit einem ... äh ... dickeren Hals?«

Der Weinhändler fuhr herum und vergaß dabei sekundenlang völlig, dass der ausgesuchte fünfzehnjährige, originalabgefüllte José Martinez Erschütterungen nicht vertrug.

»Nein, so etwas gibt es nicht«, fauchte er und sah aus, als würde er jeden Augenblick explodieren. Die ältere Dame blinzelte nervös mit den Augen; dann wandte sie sich wieder an mich, als wolle sie von mir einen Rat.

»Wie wäre es mit einem Kirschwein?«, schlug ich schnell vor. Ein Glas Fruchtwein, ein Stück Kuchen dazu, das würde einer Dame ihres Alters kaum schaden können.

»Nein«, schüttelte sie den Kopf. »Kirschwein habe ich zu Hause. Damit geht es auf keinen Fall. Was ist in dieser Flasche?«

»Russischer Wodka, 48 %«, erklärte der Weinhändler kurz angebunden. Er hatte den Schock mit dem fünfzehnjährigen José Martinez noch nicht überwunden.

»Volt?«, murmelte die alte Dame verständnislos.

»Wie bitte, was?«

»Sie sagten etwas mit 48.«

Der Weinhändler antwortete nicht. Heimlich schluckte er einige Beruhigungspillen. Dann wandte er sich an mich.

»Was kann ich für Sie tun, mein Herr? Vielleicht kann ich Sie in der Zwischenzeit bedienen. Ich meine, bis die gnädige Frau sich entschieden hat.«

Ich konnte nicht mehr antworten. Plötzlich ging ein Leuchten über das Gesicht der älteren Dame.

»Der lustige, sechseckige Weißwein da oben, geben Sie mir den«, sagte sie begeistert.

»Das ist absolut kein Weißwein, meine Dame«, antwortete der Weinhändler mit starrem Blick. »Es ist ein Navip Slibowitz, ein alter serbischer Pflaumenbranntwein, einer der stärksten Schnäpse, die ich überhaupt in meinem Sortiment führe.«

»Dann nehme ich die. Würden Sie bitte so nett sein, die Flasche einzupacken?«

Ohne ein Wort wickelte der Weinhändler die Flasche ein.

»Es geht mich selbstverständlich nichts an«, erlaubte ich mir eine Bemerkung. »Aber serbischer Pflaumenschnaps kann einen ganz schön umhauen, wenn man zu viel davon bekommt.«

Die ältere Dame lächelte mich liebenswürdig an.

»Das spielt überhaupt keine Rolle«, antwortete sie. »Ich kippe ihn sowieso weg. Ich suche ja nur eine Flasche, die ich als Lampenfuß gebrauchen kann.«

Der Oberst mit den roten Boxershorts

Oberst Snarlkrunch war schlechter Laune. Mit präzise abgemessenen Schritten marschierte er in seinem Regimentsdienstzimmer auf und ab. Auf seiner Stirn zogen sich Falten zusammen wie Gewitterwolken. Er war über die Moral in der Kaserne entsetzt. Die Männer schienen nichts anderes als Spielen im Kopf zu haben. Ungezählte Male war er unangekündigt sowohl in den Unterkünften als auch im Casino aufgetaucht und hatte die Soldaten ausnahmslos bei Karten, Würfeln und anderen Formen demoralisierenden Spielens angetroffen. Sie waren jedes Mal so vertieft gewesen, dass sie ihn gar nicht zur Kenntnis genommen hatten. Direkt vor seiner Nase wurde gewürfelt, wurden Trümpfe mit triumphierendem Grinsen ausgespielt, Wetteinsätze genannt, donnerten Fäuste auf die Tische, flogen Flüche, Lästerungen und Hochrufe durch die Luft – und Zehn-Kronen-Scheine. Und wer hatte das alles zu verantworten? Ein kleiner, dürrer, rothaariger, sommersprossiger Bursche mit Ohren, die ihm fast rechtwinklig vom Kopf abstanden. Oberst Snarlkrunch wusste inzwischen, wer der kleine Bursche war: Gefreiter Larsen. Also schickte er den Stabsfeldwebel mit dem Befehl in die Kaserne, den kleinen Unruhestifter sofort zu ihm zu bringen. Wenn dieser rothaarige Zwerg vor ihm stand, würde er eins auf den Deckel bekommen, dass er sich wünschen würde, die Hebamme hätte ihn bei seiner Geburt erdrosselt.

Es klopfte.

»Herein!«, dröhnte Oberst Snarlkrunch in einer Lautstärke, dass der Putz von der Decke rieselte.

Stabsfeldwebel Madsen führte den Gefreiten Larsen herein. Er wirkte noch kleiner, sommersprossiger und lächerlicher als sonst.

Oberst Snarlkrunch musterte ihn so durchdringend, dass seine Knie einknickten und er zu schrumpfen schien.

»Lassen Sie uns allein«, entließ der Oberst den Stabsfeldwebel und nahm hinter seinem Schreibtisch Platz.

»Nun, Gefreiter Larsen«, begann er so väterlich liebenswürdig, dass allen, die ihn kannten, kalte Schauer über den Rücken gelaufen wären. Der Gefreite Larsen kannte ihn nicht, daher fühlte er sich schon sehr viel wohler. Er drückte tapfer die Knie durch und verspürte so viel Sicherheit, dass er sich ohne ausdrückliche Erlaubnis bequem hinstellte.

»Wie ich höre, spielen Sie gern, Gefreiter Larsen.«

»Jawohl, Herr Oberst«, nickte Larsen begeistert. »Alle möglichen Spiele. Ich kenne fast alle, die es gibt, und habe sie in der Kaserne eingeführt: Canasta, Siebzehn und vier, Sechsundsechzig, Skat, Chicago, Lehmann-Frau-und-Kinder. Bevor ich herkam, sind die Jungs doch bei schwarzer Peter eingeschlafen, das heißt, wenn sie nicht gerade rührselige Briefe an ihre Mütter geschrieben haben.«

Der Gefreite Larsen hatte keine Ahnung, aber die letzte Bemerkung sollte ihn 117 Ausgangsscheine kosten. Doch Oberst Snarlkrunch war ein Mann, der sich beherrschen konnte – und er beherrschte sich stets so lange, bis die unausweichliche Explosion als umso brutaler empfunden wurde.

»Was Sie nicht sagen«, brummte er. »Sie ziehen es also vor, um einen Jackpot mit fünfhundert Kronen zu spielen, statt sich in der Waffenstube beim Putzen und Ölen eines eingerosteten Gewehrs den Arsch abzufrieren.«

»Jawohl, Herr Oberst!«, ging Gefreiter Larsen in Habtachtstellung. »Das ist doch keine Frage. Ich bin einfach versessen auf alle Spiele, alle möglichen Wetten. Ich kann Ihnen versichern, Herr Oberst, dass ich in den letzten neun Monaten mit dem Wetten mehr verdient habe, als ein Unteroffizier im Jahr an Sold bekommt! Ich wette auf alles und gewinne immer! So würde ich beispielsweise hundert Kronen darauf setzen, dass Sie rote Boxershorts tragen, Herr Oberst!«

Der Oberst ging an die Decke.

»Was?«, brüllte er. »Rote Boxershorts! Haben Sie den Verstand verloren, Mann? So etwas habe ich mir in meinem ganzen Leben noch nicht anhören müssen!«

Doch der Gefreite war so begeistert von seiner Wette, dass er sich nicht einschüchtern ließ. Unbeeindruckt streckte er seine Hand aus.

»Wollen wir wetten? Um hundert Kronen?«

Der Oberst erhob sich und trat hinter seinem Schreibtisch hervor. Am liebsten hätte er den Gefreiten Larsen am Schlafittchen gepackt und zur Tür hinausbefördert. Aber er riss sich zusammen. Ihm war etwas Besseres eingefallen.

»Wie viel Geld haben Sie bei sich?«

Der Gefreite leerte seine Taschen und zog flink Bilanz.

»Einhundertsiebenundachtzig Kronen und elf Öre, Herr Oberst.«

»Würde Ihnen einer Ihrer Kameraden Geld borgen, wenn Sie das verlieren?«

»Nein, Herr Oberst.«

»Gut. Das Regiment wird Ihren Sold zurückhalten, bis Sie entlassen werden. Und jetzt wetten wir auf der Stelle einhundertsiebenundachtzig Kronen und elf Öre darauf, dass ich keine roten Boxershorts trage. Einverstanden?«

»Einverstanden, Herr Oberst! Das ist ganz ausgezeichnet, Herr Oberst!«

Stabsfeldwebel Madsen wurde als Zeuge herbeizitiert, der Oberst knöpfte seine Hosen auf und ließ sie bis zu den Knien fallen.

»Welche Farbe haben meine Unterhosen, Madsen?«

»Weiß, Herr Oberst.«

Der Oberst kassierte die einhundertsiebenundachtzig Kronen und elf Öre und steckte sie in seine Schreibtischschublade. Stabsfeldwebel Madsen blickte so verblüfft aus der Wäsche, dass sich der Oberst zu einer Erklärung genötigt sah.

»Ich habe mit dem Gefreiten Larsen um die Farbe meiner Unterhosen gewettet. Er behauptete, sie wären rot, und hat verloren. Sie sind mein Zeuge, dass mir der Gewinn zusteht.«

»Ja, Herr Oberst!«

Dann wandte sich der Oberst an den Gefreiten und donnerte: »Wegtreten!«

Gefreiter Larsen grüßte vorschriftsmäßig und ging.

»Das wird ihm hoffentlich eine Lehre sein«, knurrte der Oberst. Er war außerordentlich zufrieden mit sich. »Wenigstens ist er jetzt davon geheilt, alle möglichen Wetten abzuschließen.«

»Das bezweifle ich, Herr Oberst«, erwiderte der Stabsfeldwebel in Habtachtstellung. »Kurz bevor ich ihn zu

Ihnen hineinführte, wettete er mit mir um fünfhundert Kronen, dass der Herr Oberst in weniger als zehn Minuten die Hosen herunterlassen würde.«

Das neue Schmunzelbuch des Rekordhumoristen

Neue Höhepunkte der Heiterkeit vom Weltmeister des Humors: eine vergnügliche Mischung aus köstlichen Kurzgeschichten, witzigen Anekdoten und amüsanten Aphorismen, liebevoll illustriert. Beste Unterhaltung für alle, die unverdrossen am altbekannten Motto festhalten: Humor ist, wenn man trotzdem lacht ...

ISBN 3-404-15064-3

BASTEI LÜBBE

Lach mal wieder, denn: Optimismus kann die Welt verändern!

Willy Breinholst
KEINE BANGE
MAN LEBT NUR EINMAL
224 Seiten
ISBN 3-404-15419-3

Wie die kleinen Katastrophen des Alltags mit Humor zu meistern sind, beschreibt keiner besser als Willy Breinholst. Violinkonzerte, Heiratsanträge und Arztbesuche werden unter seiner Feder zu lustigen Geschichten, bei deren Lesen kein Auge trocken bleibt.